LISA REGAN
Halt still

Das Buch

Nach vielen Jahren als Streifenpolizistin ist Detective Jocelyn Rush fast immun gegen die Verdorbenheit, die auf den gemeineren Straßen von Philadelphia herrscht, aber nur fast. Nachdem sie ihre Tochter vor einer Entführung gerettet hat, endet sie in der Notaufnahme und entdeckt, dass Anita, eine ehemalige Prostituierte und Bekannte aus ihren früheren Tagen auf Streife, in einem brutalen Angriff auf schreckliche Weise verstümmelt wurde. Mithilfe ihres Partners und einer Spezialeinheit, der Special Victims Unit, findet Jocelyn heraus, dass Anita keineswegs das erste Opfer solcher Angriffe ist. Es sieht auch nicht so aus, als sei sie das letzte. Als die Gewalt ihr immer näher kommt, weiß Jocelyn, dass sie alles tun muss, um den sadistischen Angreifer zu stoppen, auch wenn das bedeutet, dass sie sich dafür einem schrecklichen Geheimnis aus ihrer Vergangenheit stellen muss.

Die Autorin

Lisa Regan ist Autorin von Kriminalromanen. Sie hat einen Bachelor-Abschluss in Englisch und einen Master-of-Education-Abschluss der Bloomsbury University. Sie ist Mitglied des Netzwerks »Sisters in Crime«, das Krimiautorinnen fördert, und lebt mit ihrem Mann und ihrer Tochter in Philadelphia. Für ihren ersten Roman, »Finding Claire Fletcher«, wurde sie 2013 beim eFestival von Words Best im Rahmen der Independent eBook Awards mit dem Preis für die beste Heldin ausgezeichnet. In der Kategorie für den besten Roman landete der Krimi auf dem zweiten Platz. Ihre Internetseite ist zu finden unter http://www.lisaregan.com.

LISA REGAN

HALT STILL

THRILLER

Aus dem Amerikanischen von Irena Böttcher

Die Originalausgabe erschien 2014 unter dem Titel
»Hold Still« bei Thomas & Mercer, Las Vegas.

Deutsche Erstveröffentlichung bei
AmazonCrossing, Amazon Media E.U. Sàrl
5 Rue Plaetis, L-2338, Luxemburg
Februar 2015
Copyright © der Originalausgabe 2014
By Lisa Regan
All rights reserved.
Copyright © der deutschsprachigen Ausgabe 2015
By Irena Böttcher

Umschlaggestaltung: bürosüd⁰ München, www.buerosued.de
Lektorat, Korrektorat und Satz:
Verlag Lutz Garnies, Haar bei München
www.vlg.de
Printed in Germany
by Amazon Distribution GmbH
Amazonstraße 1
04347 Leipzig, Germany

ISBN 978-1-477-83036-9

www.amazon.com/crossing

*Für Melissia McKittrick und Kerry Graham,
meine Helden im wahren Leben*

4. Oktober

Geheimnisse und Lügen — selbst das unschuldigste aller Leben hat Geheimnisse und Lügen. Als die dreijährige Olivia sie fragte: »Mama, habe ich eigentlich einen Papa?«, gefror Jocelyn Rush das Blut in den Adern.

Jocelyn war dankbar, dass sie gerade im Auto saßen. Von ihrem Autokindersitz auf der Rückbank aus konnte Olivia ihr Gesicht nicht sehen. Sie konnte die Blässe und den leeren Ausdruck nicht sehen, der sich über Jocelyns Gesichtszüge legte.

»Was hast du gesagt, mein Schatz?«, fragte sie zurück, um Zeit zu gewinnen.

Sie warf einen Blick in den Rückspiegel. Olivias Blick war auf die vorbeifliegende Szenerie gerichtet. Ihre Augenlider waren schwer. Immer wieder fielen ihr die Augen zu, und alle paar Sekunden riss sie sie wieder auf. Jocelyn wunderte sich, warum sie nicht schon längst eingeschlafen war. Sie beide hatten den Tag auf dem Smith-Spielplatz verbracht. Dort waren sie die riesige hölzerne Rutsche so oft heruntergerutscht, dass Jocelyn der Po wehtat. Olivia nannte die Rutsche »die Hui«, weil Jocelyn jedes Mal »hui!« schrie, wenn sie hinunterrutschten.

Das Kinderparadies mit seinen überdachten Spielzimmern und seinem ausgedehnten Außengelände war eines der Lieblingsziele von Olivia, wenn Jocelyn einen freien Tag hatte. Jocelyn gefiel der Spielplatz ebenfalls, weil der Eintritt nichts kostete. Sie arbeitete zwar in Vollzeit für die Polizei von Philadelphia, aber ein Kind allein großzuziehen kostete viel Geld. Sie musste sparen, wo sie konnte. Kostenlose Dinge waren immer gut.

»Habe ich einen Papa?«, wiederholte Olivia ihre Frage.

»Jeder hat einen Papa«, murmelte Jocelyn.

Seit dem Tag, an dem Jocelyn Olivia bei sich aufgenommen hatte, war ihr klar gewesen, dass irgendwann Fragen über ihre Eltern kommen mussten. Warum war Jocelyns Schwester Camille nicht in der Lage gewesen, ihre eigene Tochter großzuziehen? Wer war Olivias Vater? Warum konnte sie ihn niemals treffen?

Jocelyn hatte allerdings nicht erwartet, dass die Frage so früh kommen würde. Sie hatte gedacht, sie hätte mehr Zeit. Sie hatte sich Olivia als Teenager vorgestellt – oder zumindest im Vorteenageralter –, dass sie da erst verlangte zu erfahren, wer ihre wahren Eltern waren. Sie hatte sich eine Heranwachsende vorgestellt, die alt genug war, Gewalt und Drogenabhängigkeit zu verstehen. Jocelyn hatte Glück – niemand hatte bisher gefragt, ob sie wirklich Olivias Mutter war. Die beiden Schwestern sahen sich sehr ähnlich, und Camilles Tochter – mit ihren glatten dunklen Haaren, ihren großen kastanienbraunen Augen und ihrer geraden Nase – konnte als Tochter beider durchgehen.

»Raquel hat einen Papa«, sagte Olivia. »Er ist ein Odat.«

»Ein Soldat«, verbesserte Jocelyn sie.

»Soldat«, versuchte Olivia.

»Genau. Raquels Papa ist ganz weit weg, in Afghanistan.«

»Afitan?«

Jocelyn wiederholte das Wort einige Male. Sie war weit besser darauf vorbereitet, Fragen über den Krieg in einem fremden Land zu beantworten als die über Olivias Vater. Aber Olivias Aufmerksamkeit hatte bereits nachgelassen. Endlich ergriff der Schlaf von ihr Besitz. In diesem Augenblick, als Olivias Augenlider zufielen, spürte Jocelyn ihre Kehle eng werden.

Jocelyn fuhr um die Ecke des Fairmount Park und nahm

die 33rd Street zur Ridge Avenue. Auf der dem Park gegenüberliegenden Seite säumten dreistöckige Backsteinhäuser mit Mansardendächern und Dachfenstern die Straße. Viele von ihnen waren ausgebrannt, oder die Fenster waren zugenagelt. Bei einigen war die Veranda herabgesackt, und Abfall lag auf dem Bürgersteig. Die Türmchen und Säulen hatten ihren ästhetischen Reiz schon lange verloren. Die größeren Häuser machten Platz für zweistöckige Reihenhäuser mit Erkerfenstern. Die meisten von ihnen waren in verschiedenen Schattierungen von Braun und Tiefrot gestrichen.

Sie fuhr am Mount-Vernon-Friedhof vorbei und die West Huntington Park Avenue entlang, die Heimat einer Reihe von riesigen Fabrikgebäuden. Sie waren lange verlassen. Das zerbrochene Glas in den Fenstern kam ihr wie blitzende scharfe Zähne vor. Die Straße verengte sich, während sie die Germantown Avenue hinunterfuhr, aber die Häuser und Geschäfte wirkten um nichts weniger trostlos, als sie sich dem Stadtteil Nicetown Tioga näherte. Sie war dankbar, dass das Rumpeln des Kopfsteinpflasters und der alten Straßenbahnschienen unter den Reifen Olivia nicht aufweckte.

Als Jocelyn der Nachbarschaft näher kam, in der die Mutter ihrer besten Freundin Inez wohnte, rückte von beiden Seiten der Straße Grün näher. Inez fuhr im 35. Bezirk Streife. Ihre Mutter Martina kümmerte sich tagsüber um Olivia und Inez' vierjährige Tochter Raquel, während Jocelyn und Inez arbeiteten.

Jocelyn und Olivia wohnten im Stadtteil Roxbury, aber sie musste heute noch vorher bei Martinas Haus vorbei, um Olivias heiß geliebte Decke abzuholen, die sie am Tag zuvor dort vergessen hatte.

Sie hatten erst am gestrigen Abend bemerkt, dass sie fehlte. Olivia hatte den Trotzanfall aller Trotzanfälle hingelegt, bis sie endlich in Jocelyns Armen eingeschlafen war, mit von Schluckauf begleiteten letzten Schluchzern. Es hatte ein paar angespannte Momente gegeben, in denen Jocelyn beinahe nachgegeben und Martina angerufen hätte, um sie zu fragen, ob sie die Decke abholen könnte, aber sie war fest geblieben. Menschen vergessen nun mal Dinge und lassen sie zurück. Das musste Olivia früher oder später lernen. Eine Nacht ohne ihre Decke würde sie nicht umbringen – und sie hatte diese ja auch tatsächlich überlebt. Allerdings hatte Jocelyn nicht vor, noch einen weiteren Abend ohne Olivias geliebte Decke auszukommen.

Raquel war an diesem Tag bei ihren Großeltern väterlicherseits. Martina war, nachdem sie sich um keine Kinder zu kümmern hatte, nach Atlantic City gefahren, hatte jedoch versprochen, Olivias Decke in einer Plastiktüte zwischen die Fliegengittertür und die Haustür zu legen.

Auf der Chew Avenue war viel los. Einspuriger Verkehr in beiden Richtungen und rechts und links Stoßstange an Stoßstange geparkte Autos. Wie üblich, gab es in einem Umkreis von drei Querstraßen keinen einzigen freien Parkplatz. Jocelyn fuhr an den Rand und parkte in zweiter Reihe, mit Warnblinker. Autos fuhren um ihren Wagen herum, ohne auch nur zu hupen. In Philadelphia war das Parken in zweiter Reihe die Regel. Die Warnblinker waren nur eine zusätzliche Höflichkeit, eine Mühe, die die meisten Parker in der zweiten Reihe sich nicht einmal machten.

Jocelyn blickte zum Haus. Die Fliegengittertür stand einen Spalt offen, und sie sah eine gelbe Plastiktüte aufblitzen. Sie drehte sich um zu Olivia und wartete einen Moment, um zu sehen, ob Olivia durch das Anhalten aufwachte, doch das leise Schnarchen hielt unvermindert an. Als Jocelyn wieder nach vorn blickte, fing sie ihr eigenes Lächeln im Rückspiegel ein. Schon allein Olivia nur anzusehen brachte sie zum Lächeln. Es erstaunte sie, wie ein so kleines Persönchen ein solches Kraftpaket an Freude sein konnte.

Es sei denn, sie vermisst ihre Decke, dachte Jocelyn mit leisem Spott.

Jocelyn warf einen raschen Blick die Straße auf und ab und

versuchte einzuschätzen, wie lange sie brauchen würde, um zu Martinas Tür und zurück zu sprinten. Es konnte nicht mehr als zehn Sekunden dauern. Normalerweise ließ sie Olivia nie allein im Auto – nicht einmal, wenn sie an der Tankstelle das Benzin bezahlte –, aber die Tür war nur etwa sechs Meter weit weg, und es ging viel schneller, wenn sie einfach loslief, ohne die schlafende Olivia mitzunehmen.

Jocelyn löste den Sicherheitsgurt, stieg aus und schloss leise die Autotür. Sie lief die Stufen hoch und griff sich die Tüte. Als sie sich zum Auto zurückdrehte, sah sie die Gestalt, aber nur ein verschwommenes Bild im Randbereich ihrer Sicht. Und dann fuhr ihr Auto einfach los, in Richtung Chew Avenue, mit Olivia auf dem Rücksitz.

Jocelyn sprang die Stufen hinunter und rannte auf die Straße.

»Olivia!«, schrie sie.

Und sie rannte weiter, noch nie war sie so schnell gelaufen. Sie bemerkte kaum, wie andere Autos an ihr vorbeisausten, hupten und versuchten, ihr auszuweichen. Auch nahm sie kaum wahr, wie Schimpfwörter auf sie einprasselten.

Ihr Ford Explorer bog in der ersten Straße rechts ab, in die North 21st Street, und Jocelyn rannte hinterher. Ihre Arme und Beine flogen, ihre Füße klatschten auf das Pflaster, ihr Herzschlag donnerte in ihren Ohren. Sie wollte nach ihrer Waffe greifen, doch sie hatte sie natürlich nicht dabei. Es war ihr freier Tag.

»Gottverdammt!«

Sie verlor an Boden, als der Explorer erneut nach rechts abbog, in die Conlyn, und sie ihn aus den Augen verlor.

»Olivia!«

Jeder Muskel in ihrem Körper schrie vor Überanstrengung auf, ihre Lungen brannten. Sie bog um die Ecke – und war vor Erleichterung den Tränen nahe. Der Explorer stand hinter einem Auto, das in zweiter Reihe parkte. Kein Platz, um daran vorbeizufahren. Die Warnleuchten blinkten. Endlich einmal waren die engen Straßen von Philadelphia ein Segen und kein Fluch. Aber Jocelyn konnte den Fahrer nirgendwo sehen.

Heftig atmend näherte sie sich ihrem Auto auf der Fahrerseite und riss die Tür auf. Dann griff sie einfach zu, bis sie ein Stück Kleidung in Händen hatte. An seinem Kragen zerrte sie einen spindeldürren Punk – vielleicht neunzehn oder zwanzig Jahre alt – aus dem Wagen.

Er hatte Pickel im Gesicht und einen Bartschatten. Sein weißblondes Haar war fettig, und eine Strähne davon fiel ihm über die kohlschwarzen Augen, als er sie böse ansah.

»Hey! Was verfluchte Scheiße machen Sie...«

Dann hörte Jocelyn nichts mehr. Sie nahm wahr, dass der Junge etwas sagte, aber die Welt um sie war plötzlich verstummt. Ihr Blickfeld verengte sich auf sein Gesicht. Und als er ihr in die Augen sah, für einen kurzen, flüchtigen Augenblick, sah er ängstlich aus.

Dann schlug Jocelyn zu. Sie schlug ihn wieder und wieder. Er wehrte sich, aber seine schwachen Schläge glitten an ihrem Körper ab. Er war ihrer Wut nicht gewachsen.

Als sie fertig war, hatte sie ein paar blaue Flecken, und ihr rechtes Handgelenk pochte, aber nichts blieb in ihrem Gedächtnis. Sie wusste nur noch, sie hatte ihn geschlagen, bis er zu ihren Füßen auf dem Boden lag und sich nicht mehr bewegte. Ihr Auto war ein Stück vorgerollt und gegen die Stoßstange des Wagens davor gestoßen. Ein paar Leute waren aus ihren Häusern gekommen. Sie standen auf den Veranden und auf dem Bürgersteig und sahen mit offenem Mund zu.

Langsam kehrte Jocelyns Gehör zurück. Sie ließ den Jungen auf dem Boden liegen und öffnete die Hintertür ihres Autos. Da saß Olivia in ihrem Autositz, das Gesicht vom Schlaf gerötet. Ihr kleines rundes Gesicht war entspannt, ihr Mund stand offen. Eine Strähne ihrer braunen Haare klebte an ihrer Wange. Sie seufzte leise im Schlaf und hielt mit einer Hand fest Lulu umklammert, den pinkfarbenen Beanie-Bär, der sie überall hin begleitete.

»O Gott!«, keuchte Jocelyn. Sie schob den Hebel in die Parkstellung, dann setzte sie sich neben Olivia. Sie weinte hemmungslos. Auf ihrem Handy wählte sie 911.

»911. Wie kann ich Ihnen helfen?«

Schluchzen.

»Miss? Wie kann ich Ihnen helfen?«

»Philadelphia. Ich möchte einen Autodiebstahl melden.«

4. Oktober

Anita Grant öffnete das Badezimmerfenster und blies ihren Zigarettenrauch hinaus. Als sie einen weiteren Zug nahm, hörte sie Schritte im Flur. Sie wartete darauf, dass die Schritte sich wieder entfernten, aber sie hielten in der Nähe des Badezimmers an. Auch wenn sie damit gerechnet hatte, erschreckte sie das Klopfen an der Tür. Rasch ließ Anita Wasser laufen und hielt die Zigarette darunter. Vor der Tür war die Stimme ihrer Tochter Pia zu hören.

»Mom? Was machst du da drin?«

Anita spülte die Zigarettenkippe die Toilette hinunter und versprühte ein wenig von dem Parfum ihrer Mutter.

»Ich bin im Bad, Schatz. Was glaubst du wohl, was ich hier mache?«

Nun hörte sie die Schritte ihrer Mutter. Anita erkannte sie immer – sie waren ganz anders als die ihrer Kinder. Mit zehn und vierzehn hatten Anitas Kinder schwere Füße – sie stapften und trampelten. Der Schritt ihrer Mutter war leichter.

»Sie raucht eine Zigarette«, erklärte ihre Mutter Pia. »Und nun ab mit dir – mach deine Hausaufgaben.«

Pia trottete davon. Anitas Mutter rüttelte am Türknauf. Anita öffnete die Tür und stellte sich ihrer Mutter. Lila Grant schien heute noch kleiner und schmächtiger zu sein als ohnehin schon. Ihre Wangen waren ausgehöhlt, und das ließ ihr Gesicht eingesunken aussehen. Ihre Schlüsselbeinknochen bildeten dort, wo sie auf die Vertiefung ihrer Kehle trafen, zwei unnatürlich große Knoten, die Haut darüber glänzte und war straff gespannt. Die Krebsbehandlungen verzehrten sie zu einem Nichts.

»Mama«, sagte Anita, ihre Stimme wurde weich beim Anblick ihrer Mutter. »Ich bin vierunddreißig Jahre alt. Wenn ich rauchen will, dann rauche ich.«

Lila hob eine Augenbraue und schnüffelte. Dabei lehnte sie sich leicht ins Badezimmer hinein.

»Solange es nur Newports sind …«

Sie musterte Anitas Kleidung und Make-up und kreuzte die Arme über ihrer Mitte. Ihre Augenbrauen bildeten nun ein perfektes Dach.

»Wohin gehst du?«

Anita seufzte und sammelte die Kosmetika ein, die sie auf der Ablage liegen gelassen hatte. Sie fegte sie in ihre Handtasche.

»Ich gehe aus«, antwortete sie.

Lila blockierte die Tür. Durchdringend sah sie Anita an. Ihr Blick öffnete die bodenlose Quelle von Schuld, die Anita seit Langem in sich trug. Lila warf einen Blick den Flur entlang, wo sie beide Pia hören konnten, wie sie mit ihrem Bruder Terrence tuschelte, kaum verstehbar, da der Fernseher lief. Der Duft von gebratenem Hühnchen lag in der Luft, durchmischt mit dem antiseptischen Geruch der Cetaphil-Lotion ihrer Mutter.

»Nita«, flüsterte ihre Mutter.

Das Wort klang wie irgendetwas zwischen einem Flehen und einer Warnung. Anita sah auf ihre Füße, schluckte und blickte dann wieder zu ihrer Mutter, um Entschlossenheit bemüht.

»Es ist nicht das, was du denkst, Mama.«

Einen endlosen Augenblick lang sahen beide sich an. Anita wusste, dass ihre Mutter ihr nicht glaubte. Tausend Rechtfertigungen gingen ihr durch den Kopf, aber sie sagte nichts. Sie drängte sich an ihrer Mutter vorbei, küsste ihre Kinder zum Abschied und eilte hinaus in das schwindende Tageslicht.

Für Oktober war es warm. Sie wünschte, sie hätte nicht ihre mit Spitze besetzten Leggins unter ihrem schwarzen Minirock angezogen. Schweiß sammelte sich in den Kniekehlen und dort, wo ihre Beine auf ihren Hintern trafen. Sie zog die dünne Lederjacke aus, warf sie sich über den Arm und eilte die West Chelten Avenue hinab. Die Absätze ihrer hochhackigen schwarzen Schuhe mit Plateausohlen klapperten über den ruinierten Bürgersteig.

Dunkin' Donuts in der Germantown Avenue war voll wie immer. Genau deshalb traf Anita ihre potenziellen Kunden an solchen Orten. Hier kamen und gingen so viele Leute – niemand achtete auf sie oder darauf, mit wem sie zusammen war. Normalerweise traf sie ihre Kunden in einem Starbucks im Herzen der Innenstadt von Philadelphia, aber der Kunde, der sie heute treffen wollte, hatte einen Treffpunkt etwas näher dem Ort, wo sie lebte, im Stadtteil Germantown, vorgeschlagen.

Sie suchte die Tische ab und entdeckte LJ9124 sofort. LJ9124 war der erste Teil der E-Mail-Adresse, von der aus er ihr die Nachrichten geschickt hatte. Wie angekündigt, war er dünn, schwarz und Mitte vierzig, mit kurzen ergrauenden Haaren. Und er war nicht allein. Er saß mit einem jüngeren, erheblich größeren Schwarzen mit hellerer Haut an einem Tisch. Die Augen von LJ9124 irrten unstet umher. Sein Freund hatte einen ähnlich wachsamen, beinahe raubtierhaften Ausdruck – sie erinnerten an zwei Männer im Hof eines Gefängnisses. Keiner von ihnen hatte Kaffee bestellt. Von ganz tief unten an Anitas Rückgrat bahnte sich ein Kribbeln bis zu ihrem Nacken. In ihren Ohren schrillte ein dumpfes Klingeln. Dreh dich um und verschwinde – sofort, sagte ihr eine innere Stimme.

Und sie sah den Kopf ihrer Mutter vor sich, umwickelt mit einem Turban. Sie erinnerte sich an die Haarbüschel in der Badewanne und auf dem Kopfkissen. Weil ihre Wohnung so klein war, teilten Anita und ihre Mutter sich nachts das ausklappbare Bett im Wohnzimmer, damit die beiden Kinder ihre eigenen Zimmer haben konnten. Anita hatte die Aufgabe, das Bett jeden Morgen wieder hochzuklappen. So war ihr nicht entgangen, dass ihre Mutter jede Woche mehr und mehr Haare verlor.

Außerdem brauchte Terrence eine neue Footballausrüstung. Anitas Tagesjob als Empfangsdame sorgte für nicht mehr als ein Dach über dem Kopf und Essen auf dem Tisch. Die Krebsmedikamente und die Footballausrüstung waren Extras, die sie sich nicht leisten konnten.

Deshalb hatte sie diesem Treffen zugestimmt. Vielleicht irrte sich ihr Instinkt ja auch. Schließlich war sie seit vier Jahren nicht mehr auf der Straße gewesen. Dieses Kribbeln im Rücken könnte ein falscher Alarm sein.

Anita bahnte sich ihren Weg zum Tisch und lächelte dabei gekünstelt. Das Kribbeln wurde stärker und raubte ihr zunächst die Stimme. Entspann dich, sagte sie zu sich selbst. Es geht nur um einen Kaffee. Du musst nicht mit ihnen mitgehen.

LJ9124 stand auf und gab ihr kurz die Hand. Seine Handfläche war warm und trocken. »Bist du Anita?«, fragte er.

Er konnte der Vater von jemandem sein – ein Fabrikarbeiter, ein Busfahrer, ein ganz normaler Kerl, unauffällig und bescheiden. Warum nur machten seine Augen ihr Angst? Sie betrachtete ihn, bis ihr klar wurde, dass es die Leblosigkeit in seinen Augen war. Sie waren leer und gefühllos.

Anita setzte sich und umklammerte die Handtasche auf ihrem Schoß.

»Ich bin Larry«, sagte er. »Das ist Angel. Er spricht nicht.«

Angel nickte ihr zu. Auch seine dunklen Augen waren leer. Seine enorme Gestalt passte kaum auf den Metallstuhl. Jetzt erst fiel ihr auf, wie riesig er war. Er schien nur aus Fett zu bestehen, und sie wusste, er konnte sie wie ein Insekt zerquetschen, wenn ihm danach war. Seine Augen irrten von ihren ab, richteten sich auf die Eingangstür. Sie wurde nicht von den beiden begutachtet, fiel ihr auf. Sie hatten sie kaum angesehen, sie nicht unter die Lupe genommen. Für einen Augenblick fragte sie sich, ob sie Bullen waren.

»So«, sagte sie und verzichtete auf das Geplauder, mit dem sie normalerweise anfing. »Es geht also um dich und Angel?«

Larry sah sich im überfüllten Lokal um – erst über eine Schulter, dann über die andere. Nein, der ist definitiv kein Bulle, dachte Anita. Viel zu unruhig. Larry räusperte sich und sah sie an.

»Ja.«

»Und woran seid ihr interessiert?«, fragte Anita.

Sie versuchte, ruhig und professionell zu bleiben, auch wenn das Kribbeln inzwischen ihre Fingerspitzen erreicht hatte.

Larry ließ den Blick erneut schweifen. Er sprach nur mit einer Mundhälfte.

»Hm, weißt du, ich und Angel, wir machen es beide. Ganz normal. Nichts Ungewöhnliches.«

Anita spielte mit dem Henkel ihrer Handtasche.

»Wie lange?«

»Zwei Stunden.«

»Kannst du den Gastgeber für das Zusammentreffen spielen?«

Seine Augen flogen zurück zu ihr.

»Was?«

Sie schenkte ihm ein angestrengtes Lächeln.

»Können wir zu dir gehen? Hast du einen Ort, wo wir hingehen können?«

»Ach so. Ja, ja.« Er tauschte einen Blick mit Angel, dann sah er ihr wieder in die Augen. »Wie viel?«

Verlegen zuckte Anita mit den Schultern. Das ging alles zu schnell. Normalerweise gab es da immer eine gewisse Zeit, während der man sich näher kennenlernen konnte – ein Kaffee und eine Unterhaltung. Zur Überprüfung, ob man sich gegenseitig riechen konnte. Das jetzt ging ihr zu schnell, zu sehr wie auf dem Straßenstrich. Sie zermarterte sich das Gehirn, um eine Ausrede zu finden, wie sie sich entziehen konnte. Den Job wollte sie nicht machen.

»Fünfzehnhundert«, erwiderte sie.

Das erste Mal belebte sich Larrys Ausdruck. Seine Augen weiteten sich, seine Lippen zuckten.

»Fünfzehnhundert? Für zwei Stunden Ficken?«

Er sah seinen Partner an, der fast unmerklich nickte.

»Okay«, sagte Larry und kratzte sich seitlich an der Nase. »Aber wir haben nur dreihundert in bar da. Wir müssen unterwegs anhalten, um den Rest zu besorgen.«

Inzwischen vibrierte ihr gesamter Körper.

»Ich ..., das gefällt mir nicht«, stammelte sie. »Warum treffen wir uns nicht einfach wieder, wenn ihr das Geld zusammen habt?«

Sie starrten sie an, als ob sie auf etwas warten würden. Sie tauschten einen weiteren Blick aus. Die Flut an stummer Kommunikation zwischen ihnen hielt zu lange an. Etwas stimmte nicht. Sie stand auf und lächelte.

»Nun, es war nett, euch zu treffen.«

Sie stolperte hinaus und sah nicht zurück. Ihr Atem kam stoßweise, als sie die West Chelten Avenue hinabhastete, und ihre Absätze klapperten mit der Geschwindigkeit eines Maschinengewehrs.

»O Gott!«, murmelte sie.

In den fünf Minuten, die sie im Dunkin' Donuts verbracht hatte, war es nicht kälter geworden. Trotzdem zog sie ihre Jacke an. Sie dachte an die alten Tage zurück – an all die Zeiten, in denen sie auf dem Kensington Stroll von Philadelphia vergewaltigt und zusammengeschlagen worden war. Sie dachte an ihre Kinder und an ihre kranke Mama.

Sie hörte es nicht einmal, als das Auto herankam.

Als sich die riesigen Hände um ihre Kehle legten, war es zu spät, um Hilfe zu rufen. Sie schlug mit den Armen um sich, schlug zu mit ihrer Handtasche, wehrte sich stumm, während raue Hände sie auf den Rücksitz eines Wagens zerrten.

4. Oktober

Keiner der Leute auf der Straße näherte sich Jocelyn. Sie blieben auf ihrer Veranda, beobachteten das Spektakel und murmelten undeutlich miteinander. Der Junge, der vor Jocelyn am Boden lag, stöhnte und rollte sich auf den Rücken. Er legte sich einen blassen Arm über die Augen. Blut strömte über seinen Unterarm. Sie hatte ihm definitiv die Nase gebrochen.

Endlich hielt ein Polizeiauto hinter Jocelyns Explorer. Officer Kyle Finch stieg aus dem Streifenwagen aus.

»Ach du lieber Himmel!«, murmelte Jocelyn halblaut.

Verstohlen wischte sie sich über Augen und Gesicht und versuchte, die Fassung wiederzugewinnen.

Finch war erst seit sechs Monaten im 35. Bezirk, aber das war lange genug, um so ziemlich jedem auf den Füßen herumzutrampeln, mit dem er zu tun hatte – allen voran Jocelyn. Trotz kleinerer Verstöße war es ihm gelungen, sich sechs Jahre im Bezirk Northeast zu halten. Er war in den 35. versetzt worden, nachdem er versehentlich in seinem alten Bezirk einen anderen Streifenpolizisten angeschossen hatte. Er war ein unterdurchschnittlicher Polizist, der bei dringenden Notfällen zu spät auftauchte, übertrieben viel Zeit für einfache Aufgaben brauchte und seine Kollegen oft im Stich ließ.

Viele der Polizistinnen verknallten sich in ihn – er sah gut aus, wie eine der Sportskanonen an der Uni, obwohl er schon über dreißig war. Gern schickte er Kolleginnen allein zu einem schwierigen Fall oder überließ ihnen viele Stunden Papierkram, während er selbst schamlos mit den Zeuginnen flirtete.

Vor drei Monaten war Jocelyn in eine Bar geschickt worden, um einen bewaffneten Raubüberfall zu untersuchen. Sie hatte um Verstärkung gebeten, nachdem ein betrunkener Gast sie außerhalb der Bar angegriffen hatte. Finch hatte ihren Ruf ignoriert. Entsetzt sah sie ihn am Tatort vorbeifahren. Er hatte es ihr überlassen, den Angreifer zu überwältigen. Sie hatte auf einen anderen Polizeiwagen warten müssen, der erheblich weiter entfernt gewesen war. Bis der von ihr angeforderte Polizist eintraf, hatte der Angreifer ihr mit einer zerbrochenen Flasche den Arm aufgeschlitzt. Die Wunde musste mit zehn Stichen genäht werden. Eine dauerhafte Narbe erinnerte sie ständig an diesen Vorfall.

Ohne sich die Mühe zu machen, den Ort abzusichern, schlenderte Finch zu Jocelyns Wagen und stemmte die Hände in die Hüften. Er betrachtete die Szene, als ob er den ganzen Tag Zeit hätte oder sich in einem Kaufhaus umsehen würde. Ein Grinsen schlängelte sich über sein scharf geschnittenes Gesicht.

Hinter ihm hielt ein weiterer Streifenwagen mit Blaulicht. Erleichterung durchströmte Jocelyn, als sie die stämmige Gestalt von Inez Graham aus dem Auto aussteigen sah, mit einer Hand auf dem Griff ihrer Waffe. Inez kam heran, Sorgenfalten in der glatten dunklen Haut ihres Gesichts. Sie warf Finch einen verächtlichen Blick zu.

»Deine Schicht ist schon seit einer Stunde zu Ende. Mach dich vom Acker!«

Finch warf ihr einen abfälligen Blick zu, ohne zu antworten. Er wandte sich Jocelyn zu und pfiff durch die Zähne.

»So, so – Detective Rush. Was haben wir denn hier?« Er stieß den Autodieb mit dem Fuß an. »Das sieht mir ganz nach einem Fall von Polizeibrutalität aus.«

Jocelyn stand auf und zupfte ihre Kleidung zurecht.

»Verpiss dich, du Selbstschussanlage! Ich bin nicht im Dienst.«

Finch reagierte wie immer empört auf den Spitznamen, der ihm in den 35. Bezirk gefolgt war. Inez stieß ihn aus dem Weg und kniete sich neben den Autodieb. Sie überprüfte seinen Zustand und legte ihm Plastikhandschellen an.

»Die Sanitäter sind unterwegs«, erklärte sie. »Finch, dein Dienst ist zu Ende.«

Seine Augen flogen von Jocelyn zu Inez. Röte stieg ihm vom Hals in die Wangen.

»Ich habe auf den Notruf reagiert – ich bin der zuständige Beamte.«

Inez erhob sich und baute sich vor ihm auf. Auch wenn sie mehr als dreißig Zentimeter kleiner war, schien ihr Körper doch den Raum zwischen ihnen zu füllen. Sie stieß Finch mit dem Finger vor die muskelbepackte Brust. Jocelyn bemerkte, dass er seine schusssichere Weste nicht trug.

»Das glaubst aber auch nur du«, entgegnete Inez. »Verschwinde hier! Ich kümmere mich darum.«

Finch sah auf sie hinab. Die Spitzen seiner Ohren waren flammend rot, und seine Lippen zuckten ein wenig. Jocelyn spürte seinen Zorn.

Sie hatte das Zivilfahrzeug nicht herankommen gehört, und sie hörte auch nicht die Schritte von Kevin Sullivan, aber dann stand er neben ihr, griff sie am Ellbogen, sah sie forschend an und prüfte ihre Verletzungen. Er war ein wenig außer Atem. Da weiteten sich plötzlich seine Augen.

»Olivia!«, rief er.

Er stieß Jocelyn aus dem Weg und steckte den Kopf ins Auto.

»Sie ist okay«, erklärte Jocelyn. »Sie hat alles verschlafen.«

Obwohl in der Northwest Division die Detectives offiziell keinen Partner zugewiesen bekamen, arbeiteten Kevin und Jocelyn doch fast immer zusammen. Kevin wandte sich an Finch und deutete in Richtung der Menge, die sich auf dem Bürgersteig versammelt hatte.

»Befrag die Leute«, sagte er. »Besorg dir ein paar Zeugenaussagen und beschlagnahme alle Handys. Ich habe keine Lust, dass Videos von dem, was hier passiert ist, in den Elf-Uhr-Nachrichten landen.«

Finch verdrehte die Augen.

»Meine Schicht ist zu Ende.«

»Natürlich ist sie das«, spottete Inez, »jetzt, wo es Arbeit gibt.«

»Verpiss dich, Graham!«, zischte Finch und zog sein Handy aus der Tasche.

Rasch flogen seine Finger über den Schirm, während er sich davontrollte. Ganz offensichtlich hatte er jedes Interesse an dem Vorfall verloren.

»Ihr wart aber schnell da«, sagte Jocelyn.

»Was ist passiert?«, fragte Inez.

Jocelyn erzählte, was sie mitbekommen hatte, und kämpfte dabei mit einer neuen Welle von Tränen. Sie sah zu Olivia, die sich kurz gerührt hatte. Am liebsten hätte Jocelyn sie aus dem Auto gerissen, sie an sich gepresst, den Duft ihrer Haare gerochen und ihr schmales Gesichtchen geküsst.

Erst jetzt, wo alles vorbei und Olivia sicher war, realisierte ihr Verstand all die Gefahren, alles, was Olivia hätte passieren können, wenn es ihr nicht gelungen wäre, das Auto einzuholen. Ihr Herz hämmerte so heftig, dass es sich anfühlte, als ob ihr gesamter Körper zitterte.

»Die Sanitäter sind da«, bemerkte Kevin. »Wie wäre es, wenn ich dich und Olivia ins Krankenhaus bringe?«

Inez nickte stellvertretend.

»Ja, bring sie von hier weg, bevor die Presse Wind davon bekommt. Wir versuchen, das unter dem Deckel zu halten.« Sie winkte mit der Hand in Richtung der Menge. »Die wissen schließlich nicht, dass du ein Bulle bist.«

Kevin drängte Jocelyn in Richtung Auto.

»Du musst die Handys einsammeln«, erinnerte er Inez.

»Ich will hinten bei Olivia sitzen«, sagte Jocelyn und öffnete die hintere Autotür.

Kevin nickte. Inez winkte die anderen Streifenwagen, die auf den Notruf reagiert hatten, aus dem Weg, um ihnen Platz zu machen.

»Ich sehe euch dann im Krankenhaus.«

4. Oktober

Als Anita erwachte, hörte sie neben ihrem linken Ohr ein Rascheln. Ihre Lippen waren trocken und verkrustet. Aus ihrem Magen stieg Übelkeit auf. Desorientiert öffnete sie die Augen. Taubheit hatte ihre Arme und Beine erfasst, ihr Körper fühlte sich kalt und schwer an. Sie blinzelte in die Halbdunkelheit und fragte sich, wie lange sie wohl schon hier war. Durch ein Loch in der Wand fiel der blasse Schein einer Straßenlaterne, der die Dunkelheit kaum durchdringen konnte. Es war Abend, als Larry und Angel sie hierhergebracht hatten, und sie hielten sie, so fühlte es sich an, seit Stunden fest. Wie lange war sie hier schon gefangen? Sie war am Leben. Nur das zählte.

Sie presste die Augen zusammen, rief sich die Gesichter ihrer Kinder ins Gedächtnis und dachte an all die stummen Versprechen, die sie ihnen vorhin gegeben hatte, als die Männer über sie hergefallen waren. Sie musste unbedingt zurück, zu ihren Kindern. Sie hatte sie schon so oft im Stich gelassen. Wenn sie das überlebte, wollte sie sich bessern. Eine bessere Mutter werden, eine bessere Tochter. Sie musste einfach mit ihrem Job als Empfangsdame auskommen. Oder vielleicht einen zweiten Job annehmen. Aber niemals wieder würde sie sich Männern wie Larry und Angel ausliefern.

Unwillkürlich lief ihr ein Schauer über den ganzen Körper, als sie an den anderen Mann dachte, den Freund der beiden. Er hatte auf sie gewartet, als sie ankamen. Larry und Angel nannten ihn »Face«, also Gesicht – obwohl er eine Skimaske trug. In seinen Augen hatte sie gelesen, dass sie in tiefen, tiefen Schwierigkeiten steckte.

Anita holte tief Luft und wäre dennoch beinahe erstickt. Sie hatte den Gestank ganz vergessen – es roch wie in einem Abwasserkanal. Wie heißer Abfall, eine Toilette ohne Spülung und Katzenpisse. Sie hatte eine Weile damit verbracht, die Gerüche zuzuordnen, um die aufkommende Panikattacke zu bekämpfen. Sie war in etwas wie einem Haus, so viel erkannte sie. Den Löchern in den Wänden und Fußböden nach zu urteilen und angesichts der eingeschlagenen Fensterscheiben war es ein Haus, das zum Abriss bereitstand. Überall auf dem Boden lag Abfall. Die drei Männer hatten einen Platz für sie freigeräumt. Es gab keinen Strom. Face hatte ein Campinglicht zum Kurbeln benutzt, um den Raum zu erleuchten.

Wieder hörte Anita das Rascheln, und erneut öffnete sie die Augen. Sie drehte den Kopf nach links – und blickte direkt in die Knopfaugen einer riesigen Ratte. Ein heiserer Schrei entrang sich ihrer Kehle. Sie versuchte, von der Ratte fortzukommen, und fühlte, wie die Haut an ihren Händen riss. Erschrocken huschte die Ratte davon. Anita schrie und schrie. Sie konnte einfach nicht aufhören. Die Bewegung weckte den Schmerz in ihren Händen und Füßen. Brennend schoss er durch sie hindurch. Sie fühlte eine warme Nässe im Schritt und merkte, dass sie sich in die Hose gemacht hatte. Ihre Schreie hielten an, bis sie Füße hörte, die sich einen Weg durch den Abfall bahnten.

Über ihr schwebte Larrys Gesicht.

»Verdammt!«, knurrte er. »Sei leise! Ruhig jetzt!«

Anitas Schreie wurden schwächer, verblassten zu einem Röcheln. Sie drehte den Kopf, um hinter Larry Face zu erspähen. Er war der Schlimmste. Er hatte die Nägel eingeschlagen.

Larry fasste ihr an die Stirn und strich ihr das Haar zurück, nur einmal, sanft.

»Schsch! Leise jetzt. Er ist nicht da. Er ist fort.«

Sie wurde ruhig, ihr Kopf sank zum Boden. Sie spürte Erleichterung.

Bis sie die Zange in Larrys Hand sah.

Mit neuer Kraft kehrten ihre Schreie zurück. Sie wand sich, soweit sie das konnte, ohne sich weiter zu verletzen.

»Nein! Nein! Neeeeiiiinnnn!«, brüllte sie.

Larry seufzte und schüttelte den Kopf. Die Zange in der Hand, begab er sich auf die Knie zu ihr.

»Halt still«, sagte er.

4. Oktober

Mami, warum sind wir im Krankenhaus?«

»Weil Mami sich das Handgelenk verletzt hat, Süße.«

In der geschäftigen Notaufnahme des Einstein-Krankenhauses mussten sie fast eine Stunde warten, und das, obwohl Kevin beim Personal Druck gemacht hatte. Solange Olivia es zuließ, hielt Jocelyn ihre Tochter auf dem Schoß, küsste ihre Haare, ihre Wangen, ihre Augen, ihre perfekten kleinen Hände. Dann aber entwand Olivia sich ihr.

»Mami, hör auf!«, rief sie.

Als man sie endlich in einen durch einen Vorhang abgetrennten Raum geführt hatte und Jocelyn auf der Krankenliege lag, setzte sich Kevin auf den Stuhl daneben und versuchte Olivia abzulenken, indem er einen Latexhandschuh aufblies und ihn sich auf den Kopf hielt. Er tat so, als sei er ein Huhn, gackerte und flatterte mit seinem freien Arm. Er versuchte, Olivia mit seiner Nase zu picken, und erntete dafür endloses Gekicher. Selbst Jocelyn musste über Kevins Spiel lachen, trotz ihres geschwollenen, pochenden Handgelenks und der erstickenden Angst, die begonnen hatte, als sie im Krankenhaus angekommen waren. Immer wieder sah sie in Gedanken ihr Auto mit Olivia auf dem Rücksitz wegfahren – es war ein surrealer Augenblick, der ihr Herz ganz laut und unregelmäßig klopfen ließ.

Inez zog den Vorhang beiseite. Ihr Gesicht wirkte abgespannt. Strähnen ihrer schwarzen Haare waren dem Pferdeschwanz entkommen. Olivia rannte zu ihr und umarmte ihre

Beine. Inez strich über Olivias Haare und beugte sich zu ihr, um sie zu küssen. Sie sah zu Kevin.

»Wir haben den Kerl verhaftet. Er wartet darauf, dass ihn jemand vernimmt.«

»Was wissen wir über ihn?«, fragte Kevin.

»Er heißt Henry Richards und ist zwanzig Jahre alt. Sieht aus wie ein Fixer. Er wurde schon mal wegen Prostitution festgenommen.«

»Wie geht es ihm?«, erkundigte sich Jocelyn.

Inez zuckte mit den Schultern.

»Du hast ihm auf jeden Fall die Nase gebrochen und ein paar Rippen. Vielleicht auch den Kiefer.«

Jocelyn schloss kurz die Augen.

»O mein Gott!«, stöhnte sie.

»Er kommt wieder in Ordnung«, erklärte Inez. »Er hat es nicht anders verdient. Ach ja, und wir haben Olivias Decke auf der Chew Avenue gefunden. Sie ist in meinem Auto.«

»Danke!«

Inez stemmte die Hände auf die Hüften.

»Kevin, könntest du mit Olivia zu den Automaten gehen und ihr einen Snack besorgen?«

Olivia sprang umher.

»Ein Snack! Mami, kann ich Fritos haben?«

Normalerweise würde Jocelyn versuchen, sie zu etwas Gesünderem zu überreden, aber jetzt fehlte ihr die Energie dafür.

»Natürlich, mein Schatz«, sagte sie und war in diesem Augenblick so dankbar, dass sie der unverletzten Olivia alles erlaubt hätte.

Kevin griff nach Olivias Hand.

»Lass sie nicht aus den Augen!«, stieß Jocelyn hervor.

Kevin verdrehte die Augen.

»Ich werde sie schon nicht verlieren, Rush.«

Er nahm Olivia auf den Arm und verschwand. Inez prüfte, ob der Vorhang vollständig geschlossen war, und näherte sich der Liege.

»Du hast zehn Minuten«, erklärte sie. »Lass es raus – jetzt.«

Es dauerte nicht lange, bis die Tränen kamen. Da Olivia nicht mehr in der Nähe war, musste sie nicht mehr so tun, als ob sie ganz ruhig wäre. Jocelyns Schultern zuckten. Ein Schluchzen stieg in ihrer Kehle auf. Inez beugte sich zu ihr und umarmte sie. Ihr Schlagstock bohrte sich in Jocelyns Schenkel. Jocelyn klammerte sich an sie und ließ den Tränen freien Lauf.

»O mein Gott, Inez! Mein Baby! Er hat sie sich gegriffen! Ich war nur ein paar Sekunden weg. Ich kann es nicht fassen, dass ich das gemacht habe! Er hat sie mitgenommen, und es war meine Schuld!«

»Jocelyn!«

»Nein, Inez – welche Mutter lässt ihre Dreijährige allein im Auto, bei laufendem Motor? Ich … ich kann es nicht fassen, dass ich das gemacht habe.«

Inez drückte sie noch fester.

»Olivia ist nichts passiert!«

Jocelyn schauderte.

»Aber beinahe wäre sie heute durch meine Schuld umgekommen. Oder Schlimmeres!«

»Aber du bist hinterhergerannt und hast sie gerettet. Es geht ihr gut.«

Jocelyn wischte sich die Tränen und schüttelte den Kopf.

»Ich habe Mist gebaut. Daran führt kein Weg vorbei.«

Einen Moment lang schwiegen beide.

Dann sagte Inez: »Ich habe Raquel im Sommer aus Versehen im Auto eingesperrt. Ich hatte die Schlüssel im Auto vergessen. Es war ein Mietwagen, erinnerst du dich?«

»Der Wagen, den du hattest, nachdem Ana deinen Nissan zu Schrott gefahren hatte?«

Ana war Inez' achtzehnjährige Tochter.

»Ja«, nickte Inez. »Ich hatte nur den einen Schlüssel. Ich habe Raquel in den Autokindersitz gesetzt. Während ich sie angeschnallt habe, habe ich den Schlüssel auf den Sitz gelegt. Und bin ausgestiegen. Es war heiß.«

Jocelyn schluckte und bog ihren Kopf zurück, um ihrer Freundin ins Gesicht sehen zu können.

»Was hast du gemacht?«

Inez lächelte schief und fuhr fort: »Ich habe das Fenster eingeschlagen. Die Reparatur hat mich ein Vermögen gekostet.«

Jocelyn lachte.

»Hast du nicht gesagt, das wären irgendwelche Rowdys gewesen?«

Nun lachte auch Inez.

»Du glaubst doch wohl nicht, dass ich hier herumlaufe und den Leuten erzähle, dass ich mein Kind in einem affenheißen Auto eingesperrt habe? Also bitte! Das war eine Sache zwischen mir und der Mietwagenfirma. Was ich damit sagen will, ist – wir alle bauen mal Mist.«

Ein Tumult vor dem Vorhang erregte die Aufmerksamkeit von Inez. Sie stand auf und sah hinaus.

»Es ist der Captain und – o Gott! Phil ist bei ihm.«

Jocelyns Kehle zog sich zusammen. Das Letzte, was sie jetzt brauchen konnte, war, sich mit Phil Delisi herumschlagen zu müssen.

»Oh, meine Güte!«, rief Jocelyn. »Es gibt fünfzig Leute in der Bezirksstaatsanwaltschaft. Und er musste ausgerechnet Phil anrufen?«

Inez zuckte mit den Schultern.

»Was gibt es denn Besseres, um etwas unter den Teppich zu kehren, als einen Exfreund?«

Jocelyn schüttelte den Kopf. Sie setzte sich aufs Bett, wischte sich die Augen, strich sich die Haare aus dem Gesicht und richtete ihre Kleidung. Schon diese einfachen Bewegungen ließen einen weißglühenden Schmerz durch ihr Handgelenk rasen. Das erste Mal bemerkte sie jetzt auch das Blut an den Ärmeln ihrer Bluse. Sie schauderte.

»Sie sprechen mit Kevin«, flüsterte Inez ihr zu.

»Wie sehe ich aus?«, fragte Jocelyn.

Inez sah sie nicht einmal an.

»Wie ausgekotzt. Was spielt das für eine Rolle? Ihr habt euch schon vor einem Jahr getrennt, richtig?«

»Vor achtzehn Monaten.«

Inez räusperte sich, als der Vorhang aufgezogen wurde. Phil trat ein. Jocelyn hatte ihn seit Monaten nicht mehr gesehen, aber sein Anblick raubte ihr noch immer den Atem. Er war, natürlich, untadelig gekleidet, mit einem frischen dunkelgrauen Anzug und einer gelb und schwarz gemusterten Krawatte. Seine dichten braunen Haare waren aus dem Gesicht gekämmt. Ohne sich auch nur anzustrengen, strahlte er Wichtigkeit und Zielsicherheit aus. Er war schön, stark und männlich. Aber er ging ihr immer gegen den Strich.

Jocelyn warf Inez einen Blick zu, doch die war zu sehr damit beschäftigt, das zu beobachten, was sich vor dem Vorhang ereignete. Jocelyn bereitete sich auf eine eisige Begrüßung vor. Die letzten Male, als sie sich unterhalten hatten, waren nicht gerade durch übermäßige Freundlichkeit gekennzeichnet gewesen.

»Jocelyn«, sagte Phil, als er näher kam.

Seine Brauen waren besorgt zusammengezogen. Und dann kam der peinliche Augenblick, als er sich vorbeugte, um sie auf die Wange zu küssen, sie das aber missverstand und stattdessen ihre verletzte Hand ausstreckte. So entstand nur eine steife Halbumarmung. Phil räusperte sich, und Jocelyn lehnte sich zurück, um etwas Abstand zwischen ihnen zu schaffen.

Sosehr sie sich auch immer von ihm angezogen gefühlt hatte – sobald er sie berührte, spürte sie, wie etwas in ihr kalt wurde und sich verschloss. Intimität war für sie beide ein großes Problem gewesen. Phils überwältigendes Verlangen, alles in ihrem Leben zu kontrollieren, hatte sie außerdem immer gestört.

Er sah abwägend an ihr hoch und hinunter, und sie war froh, dieser Beziehung entkommen zu sein. Dieser Blick war immer der Vorbote von Kritik, ob sie die richtigen Schuhe anhatte oder die Bluse gebügelt war.

Jetzt fragte Phil nur: »Bist du in Ordnung?«

Sie hielt sich das Handgelenk und nickte. Inez ging zur Seite, um Captain Basil Ahearn hereinzulassen, der die Aufsicht sowohl über die Detectives der gesamten Northwest Division hatte als auch über die vier Bezirke, aus denen sich diese Abteilung zusammensetzte. Obwohl auch Ahearn einen Anzug trug, wirkte er doch erheblich älter und zerknitterter als Phil. Wenn die beiden nebeneinanderstanden, war der Kontrast beinahe komisch. Phil war weiß, und er wirkte glatt und frisch gebügelt. Ahearn war schwarz und eine wahre Studie an Knitterfalten. Außerdem roch er nach Zigaretten. Phil hingegen roch, als sei er gerade aus der Dusche gekommen, nach einer Mischung aus Seife und teurem Herrenparfum.

Captain Ahearn trat auf Jocelyn zu und seufzte schwer.

»Rush«, sagte er, »ich habe mit Detective Sullivan und Officer Graham gesprochen. Ich habe mich mit Phil beraten. Ich will, dass Sie sich die nächsten Tage freinehmen. Es wird eine Untersuchung geben, aber nachdem Sie nicht im Dienst und unbewaffnet waren, gibt es keinen Grund für eine offizielle Beurlaubung. Es gibt allerdings ein paar Bedingungen. Sie müssen sich für einen Kurs in Aggressionsbewältigung anmelden und eine achtwöchige Therapie machen.«

Jocelyns Wangen brannten.

»Wollen Sie mich auf den Arm nehmen?«, stieß sie hervor. »Aggressionsbewältigung? Dieser Mistkerl hat mein Kind entführt!«

Phil tauschte einen Blick mit Ahearn.

»Der Typ wusste nicht, dass das Kind im Auto war«, entgegnete Phil ruhig. »Du hast ihm den Kiefer, die Nase und ein paar Rippen gebrochen. Du hast, angesichts der Situation, unverhältnismäßige Gewalt eingesetzt. Du hast Glück, wenn er keinen Schadensersatz wegen Körperverletzung geltend macht.«

Jocelyn hob verneinend den Finger.

»Ich war eine private Bürgerin, deren Kind entführt worden ist. Ich tat, was ich tun musste, um sie zurückzuholen. Ich brauche keine Therapie.«

Inez hatte sich neben Jocelyn gestellt. Sie kratzte sich am Kopf, dann stemmte sie die Hände in die Hüften. Ungerührt sah sie beide Männer an.

»Das ist Blödsinn«, erklärte sie.

Ahearn seufzte und zog eine Augenbraue hoch.

»Ich habe Sie nicht nach Ihrer Meinung gefragt, Graham.«

»Nicht dass er dazu berechtigt wäre – aber Richards hat eine einstweilige Verfügung gegen dich beantragt, Jocelyn, dass du dich ihm nicht mehr nähern darfst, ein Kontaktverbot«, ergänzte Phil.

Jocelyns Wut wurde zu einem heißen Messer, das in ihrem Bauch wühlte. Ihr Gesicht lief noch röter an, als es ohnehin schon war.

»Ich will eine einstweilige Verfügung gegen ihn«, gab sie zurück und wandte sich an Ahearn. »Wenn mein Kind jetzt vermisst wäre, würden Sie alle ein ganz anderes Lied singen, und das wissen Sie auch. Ich habe getan, was ich tun musste. Ich brauche keine Therapie und keine Aggressionsbewältigung.«

Wieder tauschten Ahearn und Phil Blicke aus. Die beiden waren viel zu ruhig, und das ärgerte Jocelyn noch mehr. Sie hatten offensichtlich über alles bereits gesprochen und über ihr Schicksal entschieden, bevor sie zu ihr gekommen waren. Ahearns Gesicht war ausdruckslos, beinahe gelangweilt.

»Es gibt daran nichts zu diskutieren, Rush.«

Jocelyn verengte die Augen, stand auf und machte einen Schritt auf Phil zu, rückte ganz dicht zu ihm auf. Er wich nicht zurück.

»Das war deine Idee, richtig? Mach das nicht zu einer persönlichen Angelegenheit, Phil!«

»Ich mache daraus keine persönliche Sache«, erwiderte er, aber in seinen Augen stand Mitleid.

Jocelyn wusste nicht, wem sie als Erstem in den Arsch treten sollte – Phil oder sich selbst. Er hatte sich schon immer auf diese Idee mit der Therapie versteift, seit Jocelyns Eltern vor zweieinhalb Jahren gestorben waren. Als er sie gefragt hatte, warum sie keine sichtbaren Anzeichen von Trauer zeigte, hatte sie den Fehler gemacht, ein hässliches Familiengeheimnis mit ihm zu teilen – eines, von dem vorher nur Inez und Kevin gewusst hatten. Er war nicht in der Lage gewesen, die Sache jemals wieder unter den Tisch fallen zu lassen.

Sie hielt seinen Blick aus, bis er den Augenkontakt unterbrach. Er entfernte sich von ihr, ging zu Ahearn. Es war ein bedeutungsloser Sieg.

»Wenn der Junge Aufstand machen will, kann Ihnen das ziemlichen Ärger einbringen, Rush«, erklärte Ahearn. »Und wenn die Presse später davon Wind bekommt und herauskriegt, dass wir nichts gegen Ihre fehlende Kontrolle unternommen haben …«

»Fehlende …?«, unterbrach sie ihn wütend.

Ahearn hob die Hand, um sie zum Schweigen zu bringen.

»Wir müssen uns absichern. Wenn es jemals herauskommt, dass Sie ein Polizist außer Dienst waren, wenn irgendjemand der Presse ein mit dem Handy aufgenommenes Video schickt, will die halbe Stadt Ihren Kopf, und alle fragen, warum wir Sie nicht auf irgendeine Weise diszipliniert haben.«

»Ja – die Hälfte, die keine Kinder hat!«, murmelte Inez, was ihr einen bösen Blick von Ahearn eintrug.

Jocelyn verschränkte die Arme und zuckte zusammen, als der Schmerz durch das rechte Handgelenk schoss.

»Das ist nichts als ein Haufen Pferdescheiße für die Presse«, zischte sie.

»Er hat recht«, warf Phil ein.

Sie warf ihm einen bitteren Blick zu, bevor sie sich wieder an Ahearn wandte.

»In Ordnung. Aggressionsbewältigung. Aber keine Therapie. Und ich will eine einstweilige Verfügung gegen den Jungen – wenn nicht für mich, dann für Olivia.«

Ahearn sah zu Phil, der mit den Schultern zuckte.

»Es ist Ihr Arsch, der auf dem Spiel steht«, erklärte er.

Ahearn sah Jocelyn lange an. Endlich wandte er sich zum Gehen.

»Ich sehe Sie in ein paar Tagen«, sagte er.

4. Oktober

Zwei Stunden später kochte Jocelyn noch immer innerlich, und sie wartete noch immer darauf, dass man ihren Arm röntgte. Jemand vom Krankenhauspersonal hatte Stifte und ein Malbuch für Olivia gefunden. Gemeinsam saßen sie auf der Liege und malten, während Kevin draußen auf das Eintreffen von Inez' Tochter Ana wartete. Sie hatte angeboten, sich um Olivia zu kümmern, bis Jocelyn im Krankenhaus fertig war. Auch wenn Jocelyn ihre Tochter am liebsten keinen Augenblick aus den Augen gelassen hätte, hatte Inez doch darauf bestanden.

»Es wird ihr gutgehen«, hatte Inez ihr versichert. »Ana wird ihr Abendessen machen und nachher mit ihr ein Eis essen gehen. Das ist verdammt besser für sie, als wenn sie hier sechs Stunden herumsitzen muss.«

Als Kevin kam, um Olivia abzuholen, küsste Jocelyn sie sechsmal zum Abschied, bis Olivia ungeduldig wurde und sie fortschubste. Tränen brannten in Jocelyns Augen, als Kevin mit ihr hinausging.

»Denk dran, dir den Autokindersitz aus meinem Auto zu holen«, erinnerte sie ihn.

»Tschüss, Mami!«, rief Olivia mit einem sonnigen Lächeln über Kevins Schulter.

Für sie war alles ein tolles Abenteuer. Jocelyn winkte mit einem bemühten Lächeln zurück. Sie war sich nicht sicher, ob sie etwas sagen konnte, ohne in Tränen auszubrechen.

Fünf Minuten später war Kevin zurück und warf ihr ein

gefaltetes Stück Papier zu, während er sich in den Stuhl neben der Liege fallen ließ. Es landete in ihrem Schoß. Sie nahm es auf und drehte es in den Händen. Es war ein Origami-Kranich.

»Wo hast du das her?«, fragte sie.

»Es lag auf dem Vordersitz.« Er fischte in seiner Tasche nach einem Nikotinkaugummi. »Macht deine Schwester nicht solches Zeug? Was ist das? Origami?«

Erneut drehte Jocelyn das Papier in der Hand. Es war schlampig gefaltet und längst nicht so gut wie Camilles Origamis.

»Ja«, antwortete sie. »Mein Onkel Simon hat uns das beigebracht, als wir klein waren. Ich habe es nie richtig hingekriegt. Camille konnte es aber viel besser als das hier, und Simon… nun, er ist noch besser als Camille.«

»Ich habe gehört, er hat das oft vor Gericht gemacht, um die Geschworenen abzulenken.«

Jocelyn lachte. Simon, der Bruder ihrer Mutter, hatte Jocelyns Vater während des Jurastudiums getroffen. Er hatte Bruce Rush seiner kleinen Schwester vorgestellt, und die beiden hatten sich sehr schnell verlobt. Nach dem Studium hatten Simon und ihr Vater eine Anwaltskanzlei aufgemacht, die später eine der besten Kanzleien der Stadt in Strafsachen werden sollte.

»Ja, das war ein alter Trick. Er hat die kompliziertesten Dinge gefaltet, während der Staatsanwalt den Geschworenen Vorträge gehalten hat. Sie waren gebannt von seinen flinken Fingern und konnten so kein verdammtes Wort von dem aufnehmen, was der Staatsanwalt von sich gegeben hat. Inzwischen erlauben sie ihm das aber nicht mehr.«

Jocelyn hielt den Kranich hoch.

»Ich habe keine Ahnung, woher das kommt. Seit Wochen, vielleicht sogar Monaten waren weder Simon noch Camille in meinem Auto.«

Kevin zuckte mit den Schultern und machte gerade den Mund auf, um etwas zu sagen, als ein Pfleger hereinkam, der Jocelyn zum Röntgen abholte. Sie steckte den Kranich in ihre

Tasche und ließ sich von dem Mann zur Radiologie und wieder zur Notaufnahme bringen. Als sie zurückkam, deutete Kevin auf die Liege.

»Leg dich hin. Ruh dich aus.«

Zu erschöpft, um zu protestieren, gehorchte Jocelyn. Sie schloss die Augen und versuchte, innerlich ruhig zu werden. Ihr Handgelenk schmerzte und pochte. Niemand hatte ihr einen Eisbeutel angeboten, und sie war zu müde, um deswegen Aufstand zu machen.

Innerhalb von ein paar Augenblicken schnarchte Kevin, das Kinn auf der Brust. Er war schon immer in der Lage gewesen, überall zu schlafen, unter allen Umständen. Jocelyn versuchte, es ihm nachzutun, schloss die Augen und versuchte, die Geräusche außerhalb des Vorhangs zu ignorieren.

Selbst an einem normalen Dienstag war die Notaufnahme des Einstein-Krankenhauses brechend voll. Kinder jammerten. Stühle scharrten auf dem Linoleum.

Eine junge Frau schrie: »Ich blute wie ein Schwein! Kann mir vielleicht mal jemand helfen?«

Jemand kotzte. Eine Männerstimme sagte ungläubig: »Sehen Sie sich nur diesen Mist an – der Kerl hat sich den verdammten Finger abgeschnitten!«

Schwestern rannten umher und riefen einander Anweisungen zu, ungerührt von dem Leiden um sie herum.

Eine andere Männerstimme erklärte: »Meine Frau hat Schmerzen in der Brust.« Das waren in einer Notaufnahme magische Worte.

»Kommen Sie bitte mit«, sagte eine Schwester, und das Paar wurde rasch von der Ersteinschätzung der Notfälle in den Behandlungsbereich geführt.

Jocelyn hatte Glück – ihre Medikamente gegen die Schmerzen machten sie schläfrig. Nach ein paar Minuten flossen alle Stimmen und Geräusche zusammen zu einem sonoren Summen, das sie in einen leichten Schlaf entführte.

Eine halbe Stunde später wachte sie von einem Wimmern

auf. Sie sah zu Kevin, der sich die Augen rieb und auf die andere Seite von Jocelyns Liege zeigte. Das Wimmern kam von einem Patienten auf der anderen Seite des Vorhangs.

Jocelyn hörte die Stimme einer Frau, ruhig, aber bestimmt.

»Miss Grant, ich muss die Polizei informieren…«

»Nein, nein! Tun Sie das nicht. Es geht mir gut«, antwortete eine zweite Frauenstimme, angespannt.

»Es geht Ihnen nicht gut. Wer auch immer Ihnen das angetan hat…«

»Bitte – ich will nicht darüber sprechen!«

»Ich muss die Polizei rufen.«

Die Stimme der anderen Frau stieg drei Oktaven in die Höhe. Sie klang piepsig und schwer von unterdrückten Tränen.

»Nicht, bitte!«

Schweigen. Dann wieder die Schwester.

»In Ordnung – einstweilen keine Polizei. Miss Grant, soll ich einen Vergewaltigungstest vornehmen?«

Wieder Schweigen. Die Schwester seufzte.

»Ich nehme das mal als ein Ja. Sie sollten wissen, dass ich gesetzlich verpflichtet bin, das der Polizei zu melden.«

»Bitte! Gibt es… gibt es hier wenigstens einen etwas privateren Raum oder so etwas? Statt nur dieser Vorhänge?«

Die Stimme der Schwester klang mitfühlend.

»Es tut mir leid, Miss Grant – wir sind total voll. Wir mussten sogar einen Kerl, der sein Bein verloren hat, im Flur unterbringen. Mehr kann ich momentan nicht tun. Sobald ein Raum frei wird oder Sie mit einem anderen Patienten tauschen können, sage ich Bescheid.«

»Ich danke Ihnen.«

»Ich bin gleich zurück.«

Jocelyn und Kevin tauschten einen Blick. Dann stürzten sie beide hinaus und liefen der Schwester hinterher.

»Entschuldigung«, sagte Jocelyn. »Waren Sie gerade bei einer Patientin namens Grant?«

Die Frau nickte. Kevin zeigte seine Dienstmarke.

»Detective Sullivan, von den Northwest Detectives. Und das ist Detective Rush.«

Die Frau sah Jocelyn mit hochgezogenen Augenbrauen skeptisch an.

»Sie sind die Frau mit dem Autodiebstahl?«

»Ja«, erwiderte Jocelyn. »Aber ich bin auch Polizistin. Sie wollten uns anrufen. Nun, wir sind da. Sie haben es mit einem Fall von sexueller Nötigung zu tun?«

Die Frau runzelte die Stirn.

»Sie wissen, dass Ihr Handgelenk gebrochen ist? Der Arzt wird gleich da sein, um mit Ihnen zu sprechen. Sie sollten sich wirklich wieder hinter Vorhang fünf begeben.«

Kevin trat auf sie zu und lächelte. Auch wenn er schon über fünfzig war, seine grau melierten Haare spärlicher geworden waren und er überdies über einen Schmerbauch verfügte, konnte er die Frauen doch noch immer um den Finger wickeln. Jocelyn war der Meinung, dass es an der Güte in seinen haselnussbraunen Augen lag.

»Technisch betrachtet ist Detective Rush eine Patientin, aber ich bin hier in offizieller Funktion. Wenn Sie tatsächlich die Polizei gerufen hätten, wäre ich wahrscheinlich derjenige, der gekommen wäre, um eine erste Aussage aufzunehmen. Sobald es um ein Sexualdelikt geht, müssen wir die SVU anrufen, die Special Victims Unit. Aber wir können das Ganze schon einmal in die Wege leiten. Wir sind gerne bereit, mit Miss …«

Die Frau schluckte und warf einen Blick zur Schwesternstation.

»Grant«, ergänzte sie. »Anita Grant.«

»Anita Grant?«, wiederholte Jocelyn.

Kevin blickte erstaunt zu ihr.

»Du kennst sie?«

»Anita und ich, wir sind alte Bekannte! Sie war eine Nutte – ich lernte sie kennen, als ich in Northeast Streife gefahren bin. Sie hat dann beim Dawn Court mitgemacht und ist seit Jahren sauber.«

Das Projekt Dawn Court war ein Programm für Frauen mit mehreren Verstößen gegen das Prostitutionsverbot. Es bot Schutz, psychologische Betreuung, Beratung bei Drogensucht und eine berufliche Ausbildung. Es verschaffte Wiederholungsstraftäterinnen eine Chance, ein neues Leben zu beginnen und sich der Gesellschaft wieder sinnvoll anzuschließen, statt sie einzusperren.

Kevin wandte sich an die Schwester.

»Was ist passiert?«

Die Schwester zuckte die Schultern.

»Ich weiß es nicht. Sie will es uns nicht sagen. Sie hat ein paar schlimme Verletzungen. Allerdings hat sie sich geweigert, etwas gegen die Schmerzen zu nehmen. Wenigstens, was Betäubungsmittel betrifft. Wir haben ihr Tylenol gegeben, aber ich glaube nicht, dass das wirkt.« Angespannt lächelte sie Kevin zu. »Ich heiße übrigens Kim. Kommen Sie mit.«

Sie führte sie zu Vorhang vier.

»Miss Grant«, sagte Kim, als sie eintraten, »das sind die Detectives Sullivan und Rush. Sie wollen mit Ihnen reden.«

Anita lag auf einem schmalen Krankenhausbett, ihre Hände und Füße dick verbunden. Sie hatte zugenommen, seit sie nicht mehr auf dem Straßenstrich war. Ihr braunes Gesicht hatte sich ebenso gefüllt wie ihre Figur. Endlich sah sie gesund aus.

Sie schaute Jocelyn kurz in die Augen und sofort wieder weg. Trotzdem sah Jocelyn, wie ihr die Tränen über die Wangen strömten.

»Ich habe nichts zu sagen«, murmelte sie.

Blut drang durch die Verbände an ihren Händen, in kreisrunden Flecken vorne und hinten. Sachte untersuchte die Schwester Anitas linke Hand.

»Das hat durchgeblutet. Wir müssen den Verband wechseln.«

Anita zuckte zusammen, als Kim die Mullbinde von ihrer Hand zog, um sie neu zu verbinden. Dabei drehte sie die Hand so, dass Jocelyn die Verletzung sehen konnte. Aus einem

Loch mit dem Durchmesser eines Stiftes, das von einer Seite der Hand bis auf die andere durchging, trat Blut aus. Jocelyns Magen verkrampfte sich. Sie schluckte und schaute Anita ins Gesicht, damit diese ihr endlich in die Augen sah.

Doch Anita blickte stur geradeaus und weigerte sich, sie anzusehen. Neben Jocelyn räusperte sich Kevin und wandte sich an die Schwester.

»Woher stammt das?«

Kim zuckte mit den Schultern.

»Es sieht aus wie von einem Nagel. Ich meine, es ist nicht groß. Und es sieht aus, als ob es glatt durchgegangen sei. Es hat den Knochen in der Mittelhand leicht beschädigt, aber davon abgesehen hat sie Glück gehabt. Dasselbe gilt für die Füße.«

»Jemand hat sie gekreuzigt?«, fragte Kevin.

»So sieht es aus.«

Jocelyn wurde es schlecht.

»Anita«, sagte sie, »was ist mit Ihnen passiert?«

Anita zitterte am ganzen Körper. Sie biss sich auf die Unterlippe. Jocelyn konnte sehen, wie sie alles zurückhielt – die Angst, das Trauma. Ihr Körper bebte in dem ungesagten Wissen, was man ihr angetan hatte, aber sie sprach nicht.

Jocelyn drehte sich zu Kim um.

»Wer hat sie hierhergebracht?«

Kim zuckte erneut mit den Schultern.

»Ich bin mir nicht sicher. Sie sagte, es war ein Freund. Aber wer auch immer es war – er hat sie direkt vor der Notaufnahme liegen lassen.«

»Anita«, sagte Jocelyn sanft, »ich kann Ihnen helfen. Was auch immer Ihnen zugestoßen ist, ich kann dabei helfen, es wieder in Ordnung zu bringen, aber Sie müssen mit mir reden. Sagen Sie mir, wer das getan hat.«

Anita schüttelte den Kopf und blickte zur Seite. Eine andere Schwester zog den Vorhang zurück, neben ihr eine Ärztin.

»Wir brauchen einen Augenblick mit der Patientin allein«, erklärte die Schwester. Sie deutete mit dem Finger auf Jocelyn.

»Und Sie – Sie müssen zurück zu Vorhang fünf. Der Doktor sucht Sie schon.«

»Anita!«, flehte Jocelyn.

Die Frau sah sie nicht an.

»Einen Augenblick bitte«, sagte Jocelyn.

Sie nahm sich eine Visitenkarte von Kevin und schrieb die Nummer der Special Victims Unit ebenso wie ihre eigene Handynummer auf die Rückseite. Dabei zog sie scharf die Luft ein, als sich der Schmerz in ihrem Handgelenk meldete.

»Kevin wird einen Bericht schreiben und ihn zu Special Victims schicken. Die Ärztin wird einen Vergewaltigungstest machen. Bei der SVU wird man eine Akte anlegen – für den Fall, dass Sie doch noch Strafanzeige erstatten wollen«, und legte die Visitenkarte auf Anitas Handtasche. »Rufen Sie mich an, wenn Sie bereit sind, über alles zu reden, Anita.«

5. Oktober

In ihrem Traum stand Jocelyn wieder vor der Tür und sah durch den Spalt. Da waren vier Jungs im Teenageralter. Waren es vier oder fünf? Sie konnte sie nicht alle sehen. Zwei von ihnen hielten Camille am Boden fest. Alles, was Jocelyn sehen konnte, waren die weißen Beine ihrer Schwester, bleich und schlank. Sie zerrten sie in die Höhe.

»So fühlt es sich besser an«, erklärte einer von ihnen.

Sie sprachen aufgeregt untereinander. Es lag eine merkwürdige freudige Erregung in der Luft. Sie wussten, es war falsch, was sie taten, und deshalb beeilten sie sich damit. Sie konnten sich kaum beherrschen.

Jocelyn konnte Camilles Gesicht nicht sehen. Schaute überhaupt irgendeiner auf ihr Gesicht?

Dann stand das Traum-Ich von Jocelyn neben Camille, neben ihrem Kopf, mit dem Rücken zur grausamen Tat. Sie hielt Camilles Hand und wischte ihr die feinen Schweißperlen von der Stirn, versicherte ihr, dass bald alles vorbei sein würde. Es würde bald alles vorbei sein.

Jocelyn erwachte mit einem Zucken, als ob ihr jemand in den Magen geschlagen hätte. Sie versuchte, den Namen ihrer Schwester zu rufen, aber alles, was aus ihrem Mund kam, war ein ersticktes Wimmern. Sie setzte sich auf, griff mit der unverletzten Hand nach ihrer Kehle, zwang ihren Körper, wieder zu atmen. Ihr T-Shirt war durchnässt vom Schweiß, Haarsträhnen klebten ihr an den Wangen und auf dem Nacken.

Um Himmels willen – es war nur ein Traum! Atme!, befahl eine Stimme. Sie klang wie die ihrer Mutter, aber die konnte es nicht sein. Ihre Mutter war tot. War das noch immer Teil ihres Traums? Sie schrie auf, als ihre Lungen sich endlich wieder mit Luft füllten. Sie keuchte, als ob sie sich gerade aus den Tiefen eines wilden Gewässers freigekämpft hätte.

Ranken von Licht von der Nachtbeleuchtung im Flur zogen sich durch ihr Schlafzimmer. Es schien früher Morgen zu sein. Über Jocelyns Mitte lag ein kleines Bein. Sie griff danach und schaute auf die Eigentümerin. Olivia schnarchte leise. Ihr kleiner Körper passte genau in die Lücke zwischen Jocelyn und der Wand. Ihre Decke hielt sie an die Brust gepresst. Ihr schmales Gesicht war so friedlich! Jocelyn hatte gar nicht gehört, wie sie hereingekommen war.

Vor zwei Wochen hatte sie den Fehler begangen, Olivia bei ihr schlafen zu lassen, als diese mit einer beidseitigen Ohrentzündung gekämpft hatte. Die Ohrentzündung war inzwischen ausgeheilt, aber Olivia schlich sich jetzt jede Nacht klammheimlich aus ihrem Kinderbett in Jocelyns Bett.

Es beruhigte sie, in Olivias Gesicht zu sehen, es besänftigte die letzten Überreste des Albtraums. Als sie wieder normal atmen konnte, kletterte sie aus dem Bett und suchte in ihrer Kommode nach einem neuen T-Shirt. Als sie das Oberteil wechselte, durchlief sie eine Gänsehaut, trotz der Wärme im Zimmer. Zurück im Bett, zog sie sich die Decke über und legte den Kopf aufs Kissen, betrachtete dabei ihre Tochter. Sanft streichelte sie die Stirn des Mädchens und küsste sie.

Jocelyn wusste, eigentlich müsste sie Olivia in ihr eigenes Bett tragen. Aber sie tat es nicht. Nach allem, was sie beide durchgemacht hatten, konnte Jocelyn sich keinen besseren Platz für Olivia vorstellen als neben ihr, an sie gekuschelt, wo Jocelyn sie im Auge hatte. Sie mochte das Gefühl von Olivias Wärme neben sich, die Möglichkeit, ihre kleine Stirn zu küssen oder ihre winzigen Hände. Sie mochte das Geräusch von Olivias Atmen und die gelegentlichen leisen Seufzer, die sie im Schlaf von sich gab. Diese Klänge gehörten zu Jocelyns liebsten Dingen auf der ganzen Welt.

Jocelyn drückte einen weiteren Kuss auf Olivias Wange, drehte sich auf die andere Seite und rollte sich zusammen. Sie legte die Hand unter den Kopf und bemerkte dabei, dass sie zitterte. Ihr Handgelenk, unbeweglich eingeschlossen in eine Schiene zur Ruhigstellung, pochte. Sie wollte nicht über den Traum nachdenken, aber das ging natürlich nicht. Es musste der Anblick von Anita Grant gewesen sein, der das alles zurückgebracht hatte. Sie hatte den Traum schon seit Jahren nicht mehr gehabt.

Vielleicht hätte ich mich doch mit der Therapie einverstanden erklären sollen, dachte sie mit einem tiefen Seufzen.

Sie konzentrierte sich auf Olivias Atmen und wandte sich der Frage zu, wie sie Anita helfen konnte.

»Mami, was für eine Art von Geschäft ist das?«

»Ein Eisenwarengeschäft.«

»Haben sie hier Spielsachen?«

Jocelyn lachte und zog Olivia durch die engen Gänge von Stanley's Hardware. Es war der letzte kleine Laden dieser Art in ihrer Gegend. Betrieben wurde er von einem anderen Haus, mit langen Reihen von Garagen im Hinterhof. Es hatte Jocelyn immer erstaunt, wie viel Zeug die Eigentümer in das kleine Gebäude hineinquetschen konnten. Es war zwar davon die Rede, dass man das alte Haus abreißen und eine neue, moderne Ladenzeile errichten wollte, aber bisher war das nichts als Gerede. Immerhin, man schien hier alles zu haben – außer Spielwaren. Auch Nägel.

»Keine Spielsachen, Süße«, antwortete Jocelyn, als sie den letzten Gang des Ladens mit den Augen überflog, auf der Suche nach Nägeln.

Sie fand keine.

»Aber was haben sie dann hier?«

Jocelyn zog Olivia zur Rückseite des Ladens, zu etwas, das als Kundendiensttheke gelten konnte. Es war eine hölzerne Theke, die die Hälfte der Rückseite einnahm, aber doch so klein, dass nicht einmal ein Heizofen Platz gehabt hätte.

»Es gibt hier Werkzeuge und andere Sachen, die Erwachsene brauchen, um Dinge zu reparieren«, erklärte Jocelyn.

Sie warteten an der Theke. Olivia sah zu Jocelyn hoch, den kleinen Stofftierbären Lulu in der Hand. Sie zwickte Lulus Ohren.

»Machst du das Fenster in der Hintertür wieder heile?«

»Nein, Schatz. Nicht heute.«

»Reparierst du das Leck im Dachfenster?«

Jocelyn hob eine Augenbraue.

»Nein!«

Olivia runzelte ihre zarte Stirn. Sie schaute sich unter den Werkzeugen, Abfalltonnen, Malerutensilien und anderen Dingen für Reparaturen im Haus um.

»Machst du das Loch im Teppich im Wohnzimmer wieder zu?«

Jocelyn brach in Lachen aus.

»Nein, auch nicht. Seit wann registrierst du denn alle Arbeiten, die im Haus erledigt werden müssen, junge Dame?«

Olivias Gesicht blieb ernst.

»Was ist reti… regri…«

»Registrieren, Schatz. Das heißt, eine Liste von Dingen machen. Nein, Mami muss ein paar Sachen für einen Freund abholen. Und dann können wir vielleicht zu Mittag essen. Wir können in ein Restaurant gehen, das du magst.«

Olivia liebte Restaurants. Allein schon die Erwähnung reichte aus, um sie von ihrer Fragerei abzulenken. Ihre Augen weiteten sich, und ihre Lippen bogen sich zu einem strahlenden Lächeln.

»Können wir zu Cracker Barrel gehen?«

»Klar«, stimmte Jocelyn zu, als ein Mann im Poloshirt zur Theke kam.

Er war jung und hatte kurze braune Haare und dunkle Augen.

»Kann ich Ihnen helfen?«, fragte er.

»Ich suche Nägel.«

»Die sind ganz hinten. Was für welche brauchen Sie denn?«

Die, mit denen man jemanden kreuzigen kann, schoss es ihr durch den Kopf.

»Große. Ich muss die größten Nägel sehen, die Sie haben«, antwortete Jocelyn.

Der Mann senkte den Blick und unterdrückte mühsam ein Grinsen. Er musste sie für eine ziemliche Idiotin halten.

»Nun, wofür wollen Sie die Nägel denn verwenden? Brauchen Sie Dachnägel? Aluminiumnägel? Senkkopfnägel?«

»Einfach ganz normale Nägel.«

»Ganz gewöhnliche Nägel?«, fragte er und klang wie ein ungeduldiger Elternteil, der mit einem Kind sprach.

Jocelyn nickte.

»Ja, gewöhnliche Nägel.«

»Okay. Und wofür wollen Sie die Nägel verwenden? Weil, normalerweise sollte ein Nagel dreimal so lang sein, wie das dick ist, wofür Sie ihn verwenden, was auch immer das ist. Wenn Sie mir sagen, woran Sie arbeiten …«

Jocelyn lächelte angespannt und widerstand der Versuchung, ihm zu sagen, er solle ihr die verdammten Nägel einfach geben.

»Ich verwende die Nägel nicht. Ich baue nichts. Ich … ich muss sie nur mit etwas aus meinem Haus vergleichen.«

»Brauchen Sie einen Schraubnagel oder einen Nagel mit Gewindering?«

Verständnislos sah Jocelyn ihn an.

»Was meinen Sie damit?«

Der Mann verschwand kurz und kam mit drei kleinen Nägeln zurück. Zwei von ihnen wiesen Rillen auf, die sich über die gesamte Länge des Schafts schlängelten, der dritte war glatt.

»Den da«, entschied Jocelyn und deutete auf den letzten.

Die Schwester hatte gesagt, dass Anitas Wunden glatt waren. Ein gezahnter Nagel oder ein Nagel mit Gewinde hätte weit mehr Schaden angerichtet. Der Nagel, den der Mann ihr reichte, war etwa zweieinhalb Zentimeter lang.

»Haben Sie die auch in größer?«

Der Mann senkte das Kinn und sah sie unter hochgezogenen Augenbrauen an. Er räusperte sich.

»Das ist nicht so, wie wenn man Kleider anprobiert. Wenn Sie mir einfach sagen, was Sie reparieren wollen …«

»Ich habe Ihnen doch schon gesagt, ich will nichts reparieren!«, erwiderte Jocelyn ungeduldig.

»Meine Mami ist kein guter Retapierer«, mischte sich Olivia ein und durchbrach damit die Spannung, die sich zwischen den Erwachsenen aufgebaut hatte.

Der Mann lachte.

»Ah ja?«

Er lehnte sich über die Theke, um Olivia ins Gesicht sehen zu können. Dann senkte er die Stimme verschwörerisch.

»Ist sie mehr ein Kaputtmacher?«

Olivia lächelte. Sie blickte zu Jocelyn neben sich und versuchte, die Reaktion ihrer Mutter auf die Unterhaltung einzuschätzen. Jocelyn konnte ein Lächeln nicht zurückhalten. Olivia drehte sich wieder zu dem Mann um, grinsend.

»Ja, sie ist ein Kaputtmacher.«

Jocelyn schüttelte den Kopf. Das Bild von Henry Richards

schoss ihr durch den Kopf, wie er gestern unbeweglich und blutend auf der Straße lag. Allerdings, dachte sie grimmig: Ich mache Gesichter kaputt!

Sie zwang sich, das Bild zurückzudrängen, und richtete ihre Aufmerksamkeit wieder auf den Mann.

»Wenn Sie mir einfach zeigen, was Sie haben – ich brauche nur einen von jeder Größe.«

Er runzelte die Stirn und starrte sie noch einen Augenblick länger an, als würde er gerade überlegen, ob er noch ein paar männliche Weisheiten von sich geben sollte, bevor er endlich hinten im Laden verschwand.

Er kam mit einem Berg großer Nägel zurück und ließ sie auf der Theke liegen, damit Jocelyn sie ansehen konnte, während er sich um einen anderen Kunden kümmerte.

Jocelyn wählte ein paar Nägel, die ihr in etwa dreimal so lang vorkamen, wie eine menschliche Hand dick ist, sie hielt sich jede auf die Außenseite ihrer Hand und brachte den Nagelkopf dabei auf eine Ebene mit der Handfläche.

Olivia stand auf Zehenspitzen, um auf die Theke sehen zu können.

»Mami, was machst du da?«

»Ich versuche nur abzuschätzen, wie lang die Nägel sind, Schatz«, erwiderte Jocelyn geistesabwesend.

Sie wählte drei Kandidaten, die leicht durch eine Hand dringen konnten, mit noch zwei, drei Zentimetern Spiel.

»Und was machst du damit, Mami?«

Wahrscheinlich nicht sehr viel, ging ihr durch den Kopf. Sexualstraftaten landeten direkt bei Special Victims. Es war deren Job, in die Eisenwarenläden und Baumärkte zu gehen und nach Nägeln zu suchen, die dick und lang genug waren, durch die menschliche Hand zu dringen. Es war deren Fall. Aber das hielt Jocelyn nicht davon ab, weiterzumachen und sicherzustellen, dass Anitas Angreifer die Strafe bekamen, die sie verdienten.

Jocelyn fuhr in Olivias Haarschopf.

»Ich werde einem Freund aushelfen, Süße. Und jetzt lass uns für die Nägel bezahlen, und dann gehen wir in ein Restaurant.«

6. Oktober

Für Oktober war es ungewöhnlich warm. Trotzdem hatten ein paar Obdachlose schon im Vorhof der Polizeistation 35. Bezirk Schutz gesucht. Jocelyn trat über zwei auf dem Bauch liegende Gestalten hinweg und betrat das Gebäude, in dem die Northwest Detectives residierten.

Der diensthabende Sergeant, ein Mann mittleren Alters mit dem Namen McDowell, lächelte sie an.

»Rush – gut, Sie zu sehen.«

Jocelyn lächelte zurück und salutierte scherzhaft.

»Ich habe mir nur einen Tag freigenommen, McDowell. Aber es ist gut, wieder da zu sein.«

Der andere Polizist grinste.

»Es war ein langer Tag. Haben Sie schon mit der Aggressionsbewältigung angefangen?«

»Ich hatte heute Morgen den ersten Unterricht.«

»Und, wie war's?«, wollte McDowell wissen.

»Ich sitze mit fünf Kerlen in einem Raum, die regelmäßig ihre Frauen verprügeln, und einer Frau, die im Streit um einen Parkplatz das Auto ihres Nachbarn in Brand gesetzt hat. Was glauben Sie wohl?«

McDowell kratzte sich am Kopf. Beide Augenbrauen hoben sich.

»O je – ich glaube, die Aggressionsbewältigung ist ein guter Ort, um richtig sauer zu werden.«

Jocelyn lachte und machte sich auf den Weg die Stufen hoch zu ihrem Büro der Northwest Detectives. Diese Abteilung war zuständig für vier Polizeibezirke in der Stadt. Der obere Stock des Gebäudes sah aus wie ein altmodisches Klassenzimmer, mit Holzböden und einem leichten Kreidegeruch. Er war gesteckt voll mit Bürotischen, und an den Wänden waren Aktenschränke aufgereiht. Als Befragungszimmer diente eine kleine Kammer, in der es nach Pisse roch, mit einer geklauten Parkbank darin.

Kevin saß hinter seinem Schreibtisch, beinahe verdeckt durch Akten und Papierkram.

»Rush!« Er stand auf und grinste breit. Lachfältchen zeigten sich in den Winkeln seiner haselnussbraunen Augen. »Du bist zurück! Wie geht es Olivia?«

Sie sah sich um und glättete ihre Jacke mit der linken Hand.

»Es geht ihr gut«, antwortete sie. »Sie war begeistert, dass ich einen zusätzlichen freien Tag hatte.«

»Hey, Schlägertyp«, bemerkte Chen, einer der anderen Detectives, im Vorbeigehen. »Wie geht's deinem Arm?«

Jocelyn hielt den rechten Arm hoch, schob den Ärmel ihrer Jacke bis zum Ellbogen hoch und enthüllte die Schiene, die sie die nächsten sechs Wochen tragen musste.

»Gut genug, um dich in den Arsch zu treten.«

»Schön, dich zu sehen, Rush. Ich bin froh, dass du okay bist«, lachte er.

Ein Tumult hinter ihr zog Jocelyns Aufmerksamkeit auf sich. Die Tür zum »Befragungsraum« stand offen. Eine junge Frau ging darin auf und ab. Sie war Anfang zwanzig, schlank, mit langen, unordentlichen blonden Haaren. Ihr lavendelfarbenes Kleid war zerrissen und vorne mit Blut bespritzt. Sie hielt sich einen Eisbeutel gegen den Kopf. Als sie sich umdrehte, sah Jocelyn, dass sie ein blaues Auge hatte. Ihre Lippe war aufgesprungen und angeschwollen.

»Ich habe Ihnen doch schon gesagt, was passiert ist!«, sagte die Frau. »Kann ich jetzt gehen?«

Jocelyn hörte eine Männerstimme, ruhig, aber interessiert.

»Gnädige Frau, Sie müssen noch eine Weile hierbleiben. Jemand von der Spezialeinheit Special Victims muss sie befragen. Es wird Sie jemand abholen. Während Sie warten, können wir gerne auch über etwas anderes reden.«

Sie erkannte die Stimme sofort. Jocelyn wandte sich zurück zu Kevin und deutete mit dem Daumen zurück auf die Kammer.

»Ist das die Selbstschussanlage?«

»Ja«, bestätigte Kevin. »Der Germantown-Grabscher hat erneut zugeschlagen. Nur hat sich die Frau diesmal gewehrt.«

Ein Mann belästigte schon seit Wochen die Frauen im Stadtteil Germantown. Er näherte sich ihnen am helllichten Tag und berührte ihre Brüste und Genitalien. Weiter ging er nie, und er floh normalerweise, sobald die Frauen sich wehrten. Sie hatten ein paar unscharfe Aufnahmen von Überwachungskameras von ihm, aber nicht mehr, worauf sie aufbauen konnten. Das Phantombild, das sie veröffentlichen konnten, hatte nichts erbracht.

»Sag bloß! Haben wir ihn gekriegt?«

»Nein, aber sie hat mit dem Kerl eine ziemliche Auseinandersetzung angefangen. Sie hat ihm während des Kampfs den Hut weggeschlagen und versucht, ihm ein paar Haare auszureißen. Er hat ihr ein paar Schläge verpasst und ist abgezogen. Aber sie hatte ein paar seiner Haare. Wir haben sie eingetütet, aber wir warten darauf, dass jemand von der SVU kommt, um sie mitzunehmen. Sie ist von selbst gekommen. Sie wollte nicht im Polizeiwagen gebracht werden.«

Jocelyn ging in Richtung des Raums, und Kevin folgte ihr.

»Wie lange ist sie schon da drin?«

Kevin kratzte sich am Kopf.

»Jetzt, wo du es sagst …«, bemerkte er. »Sie sind schon eine ganze Weile zugange.«

»Erzählen Sie mir etwas über sich«, fuhr Finch fort.

»Wollen Sie mich verarschen?«, entgegnete die Frau mit ansteigender Stimme. »Sehen Sie sich mein Gesicht an! Ich wurde gerade angegriffen. Ich will nicht mit Ihnen reden! Ich will nach Hause – oder ins Krankenhaus.«

Nun hörte man wieder Finch.

»Es tut mir leid, gnädige Frau. Ich dachte nur, Sie wollen vielleicht Gesellschaft, während Sie warten. Ich wollte nicht …«

Ein lauter verärgerter Seufzer.

»Kann ich nicht einfach gehen? Ich meine, Sie können mich doch nicht gegen meinen Willen hierbehalten, oder?«

Jocelyn stieß die Tür auf. Finch saß auf der Bank, an die Wand gelehnt, die Arme auf der Bank ausgebreitet. Falls er überrascht war, sie zu sehen, zeigte er das nicht.

»Gnädige Frau«, sagte Jocelyn und führte die Frau aus der Kammer, vor der Kevin wartete. »Detective Sullivan wird Sie nach unten begleiten und sich um eine Fahrgelegenheit kümmern. Man wird Sie bei Special Victims befragen, und dort wird man auch sicherstellen, dass ein Arzt Sie untersucht.«

Jocelyn drehte sich zu Kevin um und fischte ihre Autoschlüssel aus der Tasche. Sie gab sie ihm.

»Ruf Inez an. Sie soll kommen und die Zeugin mit meinem Auto zur SVU bringen.«

Finch wartete, bis Kevin und die Frau außer Hörweite waren. Dann stand er auf und ging zu Jocelyn. Er starrte auf sie herab und versuchte, den Vorteil seiner Größe – er war etwa dreißig Zentimeter größer als sie – auszunutzen, um sie einzuschüchtern. Sie stemmte die Hände in die Hüften und schob das Kinn hoch.

»Was, verfluchte Scheiße, machst du da?«, fragte Finch.

»Was, verfluchte Scheiße, machst *du* da?«, forderte Jocelyn ihn heraus.

Finch zeigte hinter sich auf die Kammer.

»Ich habe ein Opfer befragt.«

Jocelyn lachte, hart und trocken.

»Das war nicht die Befragung eines Opfers. Wo ist dein Notizblock? Wo ist dein Stift? Hast du dir etwa keine Notizen gemacht?« Abschätzig wedelte sie mit der Hand in der Luft.

»Vergiss es. Sie ist sowieso das Problem der SVU. Wie lange warst du mit ihr da drin? Versuchst du etwa, hier den Casanova bei einer Frau zu spielen, die gerade sexuell belästigt worden ist? Das ist wirklich unter der Gürtellinie – selbst für dich.«

Finch trat einen weiteren Schritt auf Jocelyn zu. Sein Atem roch nach Pfefferminzbonbons. Was zum Teufel?, dachte sie. Was für eine Art von Bulle hat denn einen Pfefferminzatem? Er streckte die Hand aus, um sie vor die Brust zu stoßen, doch sie schlug danach.

»Fass mich bloß nicht an, du Selbstschussanlage!«

»Unterbrich gefälligst nicht meine Befragungen!«, erwiderte er.

Jocelyn verschränkte die Arme und sah ihn herausfordernd an. Sie spürte, dass sich hinter ihr die Kollegen versammelten, da es plötzlich so still in dieser normalerweise so lauten Einheit war.

»Rush!«, rief Kevin.

Jocelyn hörte das Rascheln hinter sich, als er sich seinen Weg durch die anderen Polizisten bahnte.

»Hey«, sagte Kevin, als er bei ihr ankam, und zu Finch sagte er: »Halt dich zurück, Junge!«

Finch lachte hämisch, während er Kevin von Kopf bis Fuß musterte.

»Warum, Opa? Hast du noch sonst was vor?«

Kevin sah Finch an, als sei er der dümmste Mensch, der ihm jemals untergekommen war.

»Nein, du Blödmann – aber sie hat noch was vor, und du willst dich garantiert nicht mit ihr anlegen.«

Hinter Jocelyn ertönte Lachen.

»Pass bloß auf, dass sie sich an dir nicht auch noch das andere Handgelenk bricht«, sagte jemand.

»Bist du nicht im Dienst?«, fragte Jocelyn. »Hast du dich etwa in der Kammer eingenistet, damit du nichts arbeiten musst?«

Nun machte sie einen Schritt auf ihn zu, und Finch wich zurück.

»Oder wolltest du dir einfach nur einen geilen Arsch besorgen? Weißt du, es gibt diese Orte, die Männer besuchen können, um Frauen aufzureißen. Man nennt sie Bars und Klubs. Es sei denn, natürlich, du magst deine Tussis schon ein bisschen aufgemischt.«

Die Spitzen seiner Ohren röteten sich. Er schluckte hart, und sein Adamsapfel bewegte sich.

»Fick dich, Rush!«

»Erledige deinen verdammten Job, du kleiner Scheißkerl. Und mach die Frauen in deiner Freizeit an!«

Jocelyn wandte sich von ihm ab.

»Fotze!«, rief er ihr nach.

Im Raum war ein kollektives Aufatmen zu hören.

»Hey, pass auf, was du sagst, Junge!«, mahnte Kevin. »Du übertreibst es gerade mächtig.«

Jocelyn drehte sich wieder um und ging auf ihn zu. Sie stellte sich auf die Zehenspitzen, um seinem Gesicht näher zu sein.

»Du willst was von mir?«, fauchte sie.

Ihre Wut fühlte sich an wie Hitzewellen, die ihr Körper ausstrahlte. Sie schubste ihn.

»Du willst mir eine verpassen? Na los – mach doch. Los!«

Kevin trat zwischen sie und drückte eine Hand gegen Finchs Brust, um ihn in Schach zu halten. Dann sah er zu Jocelyn.

»Rush, lass es. Er ist es nicht wert.«

»Komm schon, du kleiner Mistkerl!«, sagte Jocelyn. »Schlag mich doch. Dann wirst du schon sehen, was für eine Fotze ich wirklich bin.«

Kevin schüttelte den Kopf und stellte sich direkt vor Jocelyn. Streng sah er sie an.

»Das reicht!«, sagte er. »Lass uns gehen.«

Nachdem Jocelyn sich nicht rührte, fasste er sie am Arm und zog sie fort vom Befragungsraum.

Die Kollegen gingen an ihre Tische zurück. Finch machte sich auf in Richtung Treppe, aber nicht ohne Jocelyn noch einen tödlichen Blick zuzuwerfen, bevor er verschwand. Jocelyns gesunde Hand hatte sich zur Faust geballt. Die Narbe an ihrem linken Unterarm prickelte. Hitze stieg ihr ins Gesicht. Kevin zog erneut an ihrem Arm, zerrte sie in die Gegenwart zurück und hielt sie davon ab, Finch hinterherzugehen.

Jocelyn setzte sich an den Schreibtisch gegenüber von Kevin, die Augen noch immer auf die Stelle am Treppenabsatz gerichtet, wo Finch gerade verschwunden war. Nur einmal würde sie ihm gerne gründlich den Arsch versohlen. Nur ein einziges Mal. Aber sie steckte schon tief genug in der Scheiße, und ein Dreckskerl wie Finch war wohl kaum ihre Karriere wert. Sie musste an Olivia denken. Sie wandte sich zu Kevin und seufzte.

»Warum hast du das gemacht?«, wollte Kevin wissen.

»Er ist ein Arschloch.«

»Das wissen wir doch alle schon längst, Rush. Du hast dich gerade für den Kurs in Aggressionsbewältigung angemeldet. Willst du gleich auch noch suspendiert werden?«

Jocelyn schüttelte den Kopf.

»Tut mir leid, Kev – er geht mir einfach nur auf die Nerven.«

Kevin schob ein paar Papiere auf seinem Schreibtisch umher. Es schien offensichtlich kein System zu geben, obwohl sich Jocelyn sicher war, dass das meiste von dem Papierkram noch vor dem Ende der Nachtschicht auf ihrem Schreibtisch landen würde.

»Ist schon in Ordnung«, sagte er.

Er grinste verschmitzt und beugte sich zu ihr vor.

»Ich hätte es allerdings gerne gesehen, wie du ihm gezeigt hättest, was 'ne Harke ist.«

Jocelyn lachte. »Wenn er lange genug hier bleibt, wird der Tag irgendwann kommen. In Ordnung – vergessen wir ihn. Was steht für heute Nacht an?«

Kevin lehnte sich im Stuhl zurück und brüllte in Richtung von Detective Chen, der während der Auseinandersetzung zwischen Jocelyn und Finch Anrufe entgegengenommen hatte.

»Was liegt an?«

Chen rasselte die Anrufe des Abends in einem so uninteressierten Ton herunter, als ob er die Speisekarte eines Pizzaservice vorlesen würde.

»Ich habe einen Schusswechsel auf einem Spielplatz, keine Verletzten, zwei Raubüberfälle – einer davon bewaffnet –, eine Dame, die man tot in ihrer Garage gefunden hat, unter mysteriösen Umständen, und einen Selbstmord.«

»Einen Selbstmord?«, hakte Kevin nach. »Was für einer?«

»Ein Typ ist von der Henry-Avenue-Brücke gesprungen.«

»Wann?«

Chen sah seine Aufzeichnungen durch.

»Vor etwa einer Viertelstunde.«

Kevin sah Jocelyn an. Es war einer dieser Das-klingt-doch-interessant-Blicke.

»Was meinst du? Wir können heute Abend mit etwas Einfachem anfangen. Wie klingt das mit dem Selbstmord?«

»Ich weiß nicht, Kev.«

Jocelyn fragte sich sofort, welche Art von Familie der Selbstmörder hatte. Gab es da kleine Kinder? Wie viele Leben hatte er ruiniert durch seinen Sprung von der Brücke? Sie dachte an den letzten Selbstmord, mit dem sie vor etwa sechs Monaten zu tun gehabt hatten. Der Typ hatte bei seiner Mutter gelebt. Er war ihr einziger Sohn. Ihr Mann war tot, und sie kam nicht oft aus dem Haus. Jocelyn hatte der Frau die Nachricht in ihrem staubigen, nach Schmerzsalbe riechenden Wohnzimmer überbracht. Sie hatte zugesehen, wie sich das Gesicht der Frau veränderte, von höflichem Unglauben hin zu hemmungslosem Kummer – der Schmerz in ihren Augen war so unmittelbar und fühlbar gewesen, dass Jocelyn, als sie das Haus verließ, den Wunsch verspürte, sich in einer Bar zu betrinken.

»Nein«, sagte sie zu Kevin, »ich verkrafte keinen Selbstmord. Lass uns die Schießerei auf dem Spielplatz übernehmen. Danach will ich Anita Grant einen Besuch abstatten und sehen, ob ich sie zum Sprechen bringen kann.«

Er wirkte enttäuscht, gab jedoch nach und griff sich seine Jacke von der Stuhllehne.

»Rush«, rief Chen, »Anruf auf Leitung drei.«

Jocelyn signalisierte Kevin, noch zu warten, dann nahm sie den Hörer vom Telefon auf dem Schreibtisch auf.

»Rush.«

»Ich bin's«, sagte Inez.

»Hast du meine Schlüssel bekommen? Kannst du die Frau zur SVU bringen?«

»Ja, klar«, antwortete Inez. Dann zögerte sie, räusperte sich. »Ich habe deine Schwester hier in der CCTV. Sie ist noch nicht verhaftet.«

CCTV war der Haftraum unten, der von Überwachungskameras – Closed Circuit Television – beobachtet wurde. Jocelyn sank in ihrem Stuhl zusammen. Sie schloss kurz die Augen und nahm einen tiefen Atemzug.

»Wofür ist sie drin – Drogen oder Prostitution?«

Inez zögerte.

»Prostitution.«

Jocelyns Hand verkrampfte sich um den Hörer, bis ihre Knöchel weiß wurden, dann lockerte sie den Griff wieder.

»Nimm sie fest.«

»Was?«

»Nimm sie fest.«

»Ich schicke sie zu dir hoch.«

»Nein, Inez. Das ist Camilles dritte Verhaftung in diesem Jahr. *In diesem Jahr!* Ich weiß es zu schätzen, dass du mich vorgewarnt hast, aber ich habe keine Lust mehr. Ich bin fertig damit, ihr zu helfen. Nimm sie einfach fest.«

Es gab eine lange Pause. Tote Luft. Ein Rascheln.

»Okay, in Ordnung«, sagte Inez.

Jocelyn hängte auf.

Kevin ließ seinen Autoschlüssel klimpern.

»Bist du fertig?«

Jocelyn nickte. Sie waren oben an der Treppe angekommen, als Chen sie erneut zurückrief.

»Du hast einen Anruf auf Leitung zwei.«

Kevin warf ihr einen ungeduldigen Blick zu, eine Augenbraue nach oben gezogen, die Mundwinkel nach unten.

»Du bist heute Abend offensichtlich sehr gefragt.«

»Nur noch eine Minute«, bat Jocelyn.

Kevin warf die Arme in die Luft und rief über Jocelyns Kopf hinweg: »Hey, Chen – gib die Spielplatzschießerei jemand anderem. Wir nehmen die alte Frau in der Garage.«

Jocelyn schnappte sich den Hörer.

»Inez, ich habe keinen Scherz gemacht. Stell sie unter Anklage. Ich werde meine Meinung nicht ändern.«

»Detective Rush?«, sagte eine unbekannte Stimme.

»Wer sind Sie?«

»Ich versuche, Detective Jocelyn Rush zu erreichen«, sagte die Frau.

»Sie haben sie erreicht. Worum geht es?«

»Hallo, Detective. Ich weiß nicht, ob Sie sich an mich erinnern. Wir haben uns vor zwei Tagen in der Notaufnahme getroffen. Ich bin eine Krankenschwester am Albert Einstein. Mein Name ist Kim Bottinger.«

»Ich erinnere mich«, sagte Jocelyn.

»Anita Grant hat mich gebeten, Sie anzurufen.«

Jocelyns Puls beschleunigte sich, aber sie hielt ihren Tonfall kühl.

»Ich dachte, Sie sind eine Schwester in der Notaufnahme. Jetzt sagen Sie mir nicht, sie ist noch immer dort und wartet!«

Kim lachte.

»Nein, das ist sie nicht. Sie wurde in der Nacht im Krankenhaus aufgenommen, in dem Sie auch waren. Ich habe Sie in meinen Pausen ein paar Mal besucht, um sie davon zu überzeugen, dass sie unbedingt Anzeige erstatten muss. Es war ein anderer Detective hier – eine Frau von Special Victims, aber Anita wollte nicht mit ihr reden. Ich glaube, sie ist jetzt bereit dazu, etwas zu sagen, aber sie will nur mit Ihnen sprechen.«

»In Ordnung«, erwiderte Jocelyn. »Ich bin auf dem Weg.«

6. Oktober

Zwanzig Minuten später standen Jocelyn und Kevin vor Anita Grants Zimmer im Krankenhaus. Jocelyn hatte auf dem Weg zum Einstein bei der SVU angerufen und mit Lieutenant Caleb Vaughn gesprochen, der ihr die Erlaubnis gegeben hatte, mit Anita zu reden. Er hatte versprochen, sich später am Abend noch einmal bei Jocelyn zu melden. Kim Bottinger hatte sie in der Notaufnahme getroffen und sie nach oben geführt.

»Ich habe ihr gesagt, dass Sie kommen«, bemerkte die Schwester und warf Kevin einen nervösen Blick zu, angespannt lächelnd ergänzte sie: »Ich glaube nicht, dass sie etwas sagt, wenn Sie dabei sind.«

»Das verstehe ich«, sagte er ebenfalls lächelnd. »Ich kann mit Ihnen hier draußen warten.«

Statt ihm zu erklären, dass sie zurück in die Notaufnahme musste, um ihre Schicht zu beenden, nickte sie. Und errötete. Jocelyn unterdrückte ein Stöhnen. Kevin strahlte geradezu. Eine Schwester, die anbot, mit ihm zusammen zu warten, war das, was in Kevins Welt bereits große weibliche Aufmerksamkeit war. Er war zweimal geschieden und arbeitete doppelt so viele Stunden wie Jocelyn. Er hatte keine Zeit für ein Date oder auch nur einen Flirt. Und die Opfer von Verbrechen zu befragen war auch nicht gerade die beste Methode, um Frauen kennenzulernen.

Jocelyn wies mit dem Kopf zur Tür.

»Ich lasse die Tür einen Spalt auf, Sullivan.«

Kevin lehnte sich gegen die Wand und kreuzte die Arme über der Brust, ohne die Augen von der Schwester abzuwenden.

Jocelyn ging an Kim vorbei. Die Schwester legte ihr eine Hand auf den Arm. »Es gibt da noch etwas.«

Sie sah sich um, als ob sie sicherstellen wollte, dass niemand zuhörte, und beugte sich zu Jocelyn vor.

»Vor ein paar Monaten war eine andere Frau in der Notaufnahme. Sie war definitiv eine Nutte. Sie hat nicht gesagt, dass sie vergewaltigt worden ist, aber sie hatte die gleichen... Verletzungen. Wir haben die Polizei gerufen. Allerdings ist sie verschwunden, bevor einer mit ihr sprechen konnte. Ich weiß nicht, was mit ihr passiert ist.«

»Was wollen Sie damit sagen?«, fragte Jocelyn und tauschte einen Blick mit Kevin.

»Ich will damit sagen, dass sie das zweite Opfer ist – das wir so zu Gesicht bekommen haben.«

Jocelyn seufzte.

»Warten Sie hier. Wir reden später.«

Das Zimmer von Anita im zweiten Stock war erheblich ruhiger als die beschissene Unterbringung, die sie in der Notaufnahme bekommen hatte. Sie lag auf dem Bett, die Füße auf Kissen gebettet. Ihre Hände waren noch immer verbunden und ruhten in ihrem Schoß. Jocelyn zog sich einen Stuhl neben das Bett. Anitas Augen wanderten zwischen Jocelyn und der Tür hin und her.

»Entspannen Sie sich«, sagte Jocelyn. »Sie haben nach mir gefragt, und Sie haben mich gekriegt. Nur mich.«

Die Spannung löste sich aus Anitas Schultern, und sie ließ den Kopf gegen das Kissen sinken. Jocelyn zog einen Notizblock und einen Stift heraus. Sie schnitt eine Grimasse, als sie versuchte, mit ihrer verletzten Hand zu schreiben.

»Was ist mit Ihnen passiert?«, erkundigte sich Anita.

»Ein Autodiebstahl. Und mit Ihnen?«

Ein leichtes Lächeln huschte über Anitas Gesicht.

»Sie haben sich überhaupt nicht verändert, Rush.«

Jocelyn lächelte zurück.

»Wahrscheinlich nicht. Und was ist mit Ihnen, Anita? Ich dachte, Sie wären clean.«

»Das bin ich auch.«

Die zwei Frauen sahen sich unverwandt an, bis Anita den Blickkontakt unterbrach. Sie sah stur geradeaus. Nach einem

Augenblick begann ihre Unterlippe zu zittern. Sie verschränkte die Arme und versuchte, sich selbst zu umarmen, zuckte wegen der Schmerzen in ihren Händen zusammen. Ein kleiner Kreis Blut suppte durch den Verband an ihrer rechten Hand.

»Ich bin clean. Ich nehme keine Drogen mehr. Aber ich habe eine Anzeige in dem Internetportal laufen, das jeder kennt. Okay?«

»Wirklich?!«

Anita sah Jocelyn böse an.

»Was? Ich bin eine gottverdammte Empfangsdame, Rush! Ich habe zwei Kinder, und meine Mutter ist krank. Ich verdiene zwölf Dollar pro Stunde. Ich muss nicht mehr meine Drogensucht bedienen. Aber es ist einfach leicht verdientes Geld. Ich prüfe die Kunden vorher, und ich mache es nicht durchgehend. Es ist etwas ganz anderes als The Stroll.«

The Stroll war die Gegend in Philadelphia, wo man leicht an Drogen und Nutten kommen konnte. Gleichzeitig war es auch die gewalttätigste und unsicherste Gegend der Stadt – vor allem für Prostituierte.

»Bisher hatte ich noch nie Probleme«, fuhr Anita fort. »Wie ich sagte – auf diese Weise ist es auch einfacher, meine Freier vorher zu überprüfen. Die meiste Zeit muss ich nicht mal viel machen. Ich treffe sie vorher an einem öffentlichen Ort, und dann machen wir eine andere Zeit und einen anderen Ort aus für … Sie wissen schon …«

»Ich weiß«, erwiderte Jocelyn.

»Und dieser Kerl hat auf die Anzeige geantwortet und gesagt, dass er und sein Freund einen flotten Dreier haben wollen.«

»Wie hat er auf die Anzeige geantwortet? Hat er Sie angerufen? Ihnen eine SMS geschickt?«

»Er hat mir eine E-Mail geschickt.«

»Diese E-Mail brauche ich«, erklärte Jocelyn.

Anita deutete mit einer Kopfbewegung auf den Nachttisch.

»Ich kann sie Ihnen von meinem Handy aus weiterleiten, bevor Sie gehen.«

»Wie hieß der Kerl?«

»Larry. Seinen Nachnamen kenne ich nicht. Seine E-Mail-Adresse hat mit LJ9124 angefangen. Vielleicht hat er einen Nachnamen mit J. Oder das J steht für seinen zweiten Vornamen.«

Jocelyn schrieb mit. Schmerz strömte durch ihr Handgelenk. Sie hoffte, dass das Fläschchen mit Ibuprofen-Tabletten in ihrem Schreibtisch nicht leer war. Sie würde etwas davon brauchen, wenn sie zurück in der Abteilung war.

»Also Larry und sein Freund wollten einen Dreier. Was haben Sie dazu gesagt?«

Anita zuckte mit den Schultern.

»So etwas habe ich vorher noch nie gemacht. Also habe ich gesagt, klar, treffen wir uns einfach auf einen Kaffee, und dann reden wir darüber. Wie ich schon sagte – ich überprüfe die Männer vorher. Wenn sie nicht bereit sind, sich zuerst auf einen Kaffee zu treffen, mache ich es nicht. Wenn man sich auf einen Kaffee trifft und ich ein schlechtes Gefühl habe, mache ich es nicht. Und wenn ich nicht das bin, was sie sich vorgestellt haben, können sie sich vom Acker machen.«

»Wo haben Sie sich getroffen?«

»Im Dunkin' Donuts in der Germantown Avenue. Sie waren beide da – Larry und sein Freund. Er sagte, sein Name sei Angel.«

»Wie haben sie ausgesehen?«

»Es waren beides Schwarze. Larry war hochgewachsen und ziemlich dünn. Ich denke, so etwa ein Meter achtzig. Er war Mitte bis Ende vierzig. Sein Freund war jünger, Ende zwanzig, würde ich sagen. Er war nicht ganz so groß, wahrscheinlich so etwa ein Meter siebzig. Und er war dick. Ich meine richtig fett, ein echter Kleiderschrank. Er hat nicht viel gesagt. Larry meinte, er spricht nicht.«

»Meinte er damit, er will nicht sprechen oder er kann nicht sprechen?«

Anitas Augen irrten zur Decke, als sie über die Frage nachdachte.

»Larry hat gesagt: ›Er spricht nicht.‹ Aber vielleicht konnte er auch gar nicht sprechen. Er hat nämlich die ganze Zeit kein Wort gesagt. Vielleicht stimmte etwas mit ihm nicht.«

»Haben Sie sich auf etwas geeinigt?«

Anita schüttelte den Kopf.

»Nein. Ich hatte ein schlechtes Gefühl. Ich habe ein paar Minuten mit ihnen zusammengesessen. Ich mochte es nicht, wie sie mich angesehen haben. Sie kamen mir wie die Art von Kerlen vor, die sich an keine Absprachen halten. Von der Sorte habe ich auf The Stroll viele erlebt. Ich wurde von ein paar von ihnen vergewaltigt. Deshalb habe ich ihnen einen richtig hohen Preis genannt. Sie meinten, sie hätten nur ein paar Hundert Dollar bei sich und wollten unterwegs noch einmal anhalten, um sich den Rest zu besorgen. Ich habe ihnen gesagt, sie sollen mich anrufen, wenn sie das Geld beisammen hätten, und bin gegangen.«

Jocelyn blickte von ihrem Notizblock auf.

»Und was ist dann passiert?«

Anita schien im Bett zu schrumpfen. Ihr Körper zog sich in sich selbst zurück, als ob sie versuchen würde, sich kleiner zu machen, zu einem weniger kompakten Ziel zu werden. Sie kreuzte die bandagierten Hände über der Brust. Ihre Arme bildeten ein X.

»Ich bin die Chelten Avenue entlanggelaufen, und dann kamen sie mir im Auto hinterher. Angel ist ausgestiegen und hat mich ins Auto gezerrt. Ich habe versucht, wieder rauszukommen, aber Larry ist schon losgefahren, und Angel hat mich auf dem Rücksitz festgehalten. Ich habe gekämpft wie der Teufel. Merkwürdig war, dass er mich nicht geschlagen hat. Ich war mir ganz sicher, dass er mir eine verpassen würde, so wie ich mich gewehrt habe, aber das hat er nicht gemacht. Er hat mich einfach nur festgehalten. Er war so mächtig!«

Da war etwas in ihrer Stimme, ein plötzliches scharfes Einziehen des Atems, als sie versuchte, ein Schluchzen zu unterdrücken.

»Es ist alles gut«, sagte Jocelyn sanft. »Lassen Sie sich Zeit.«
Anita schaute sie nicht an, als sie weitersprach.

»Sie haben mich in dieses Haus gebracht. Ich weiß aber nicht, wo es ist. Ich konnte nicht sehen, wohin wir gefahren sind, weil Angel mein Gesicht in den Rücksitz gepresst hat. Das Haus war unbewohnt. Es war dunkel, aber nach allem, was ich sehen konnte, war da eine ganze Reihe abbruchreifer Häuser. Es war ekelhaft – überall Abfall. Und Ratten. In einer Wand war ein großes Loch, und die Fenster waren eingeschlagen. Sie haben mich ins Haus gezerrt, und da war schon ein anderer Kerl. Larry und Angel haben ihn Face genannt. Er hat einen Raum auf der Rückseite des Hauses mit einem dieser Campinglichter beleuchtet, die man kurbeln muss. Er trug eine Maske, aber ich konnte an seinem Hals und seinen Armen sehen, dass es ein Weißer war.«

»Was für eine Art Maske war das?«, unterbrach sie Jocelyn.

»Eine Skimaske. Schwarz. Ich konnte aber seine Augen sehen. Sie waren blau. Er hat sehr leise gesprochen; es war fast wie ein Flüstern. Er hat Larry und Angel gesagt, sie sollten mich festhalten. Sie haben mich auf den Boden gelegt…«

Ein Schluchzen brach aus Anitas Kehle hervor. Sie sah aus wie ein Tier in Todesangst, wie ein Kaninchen, das von einem größeren Tier gefangen wurde und gerade die Zähne des Raubtiers spürt, die sich in seinen kleinen Körper schlagen. Jocelyn streckte die Hand aus und drückte Anitas Arm. Anita schluckte. Sie brauchte einen Moment, um sich wieder zu fassen.

»Sie haben mich festgehalten, und Face hat die Nägel in meine Hände gehämmert. Er hat mich direkt auf den Fußboden genagelt. Es waren große, alte Nägel. Ich habe geschrien – und immer wieder gefleht, mich gehen zu lassen, aber keiner von ihnen hat reagiert. Face hat immer weiter gehämmert. Dann hat er sich zu meinen Füßen auf einen Klappstuhl gesetzt und hat…«

Sie brach ab und sah zur Seite, die Augen geschlossen. Ihre Stimme war nur noch ein heiseres Flüstern, als sie weitersprach.

»Er hat ihnen befohlen, es zu tun. Er sagte … er sagte: ›Jetzt seid ihr dran.‹«

»Hat er zugesehen?«

Anita nickte.

»Ja. Er saß da und hat zugesehen, während sie sich abgewechselt haben. Er hat die ganze Zeit gelächelt. Das konnte ich an seinen Augen sehen. Und dann hat er sich selbst befriedigt. Ich dachte schon, das war es jetzt – sie sind fertig. Aber nach all dem ist er aufgestanden und hat dem Dicken gesagt, er soll meine Beine festhalten. Sie haben die Knie heruntergedrückt und die Füße flach auf den Boden gehalten, damit Face sie auf den Boden nageln konnte. Es war mühsamer als bei den Händen. Er hatte ziemliche Mühe mit meinen Füßen, hat geflucht und so weiter. Ich weiß nicht einmal, warum er das gemacht hat. Sie hatten doch schon bekommen, was sie wollten. Es gab gar keinen Grund dafür, meine Füße festzunageln!«

Um gegen die in ihr aufsteigende Übelkeit anzukämpfen, stand Jocelyn auf und goss sich aus der kleinen Karaffe auf Anitas Nachttisch Wasser ein. Sie bot auch Anita Wasser an, doch die lehnte ab. Dann ging Jocelyn zurück zum Stuhl und nahm Notizbuch und Stift wieder auf.

»Was war danach?«

Anita zuckte mit den Schultern, eine schnelle, ruckartige Bewegung.

»Ich wurde ohnmächtig. Als ich wieder zu mir kam, war nur noch Larry da. Er hat die Nägel herausgenommen. Wenigstens hat er damit begonnen, aber als er bei meinen Füßen ankam, bin ich wieder ohnmächtig geworden. Ich bin auf dem Bürgersteig vor der Notaufnahme wieder zu mir gekommen.«

Jocelyn nahm die kleine braune Papiertüte von Stanley's Hardware aus der Jackentasche. Sie schüttelte die Nägel heraus und breitete sie auf Anitas Nachttisch aus. Bei diesem Anblick rollten Anita die Tränen über die Wangen, doch sie brachte keinen Ton heraus.

»Waren es solche Nägel?«

Anita nickte.

»Ja«, antwortete sie heiser. »Es waren einfach ganz gewöhnliche alte Nägel. Ich weiß noch, sie sahen so groß aus – so wie dieser hier.«

Sie befingerte einen Nagel mit einem Schaft von knapp acht Zentimetern.

»War es ein normaler Hammer?«

»Ja – genau die Art, wie man sie in jedem Eisenwarenladen kriegt.«

»Was können Sie mir über Face sagen?«, fragte Jocelyn, schob die Nägel wieder in die Tüte und stopfte sie zurück in die Jackentasche.

Anita zuckte wieder mit den Schultern und wischte sich mit der Rückseite ihrer verbundenen Hände die Tränen ab.

»Nichts. Ich habe nur seine Augen gesehen. Er war ein Weißer mit blauen Augen.«

»Klein, groß, schlank, dick?«

Anita schluckte.

»Er war groß, vielleicht ein Meter achtzig. Dünn, aber muskulös. Seine Arme waren mit Muskeln bepackt und sein Brustkorb auch. So, als ob er trainieren würde.«

»Das ist ein Hinweis. Was hat er angehabt?«

»Ein schwarzes T-Shirt und Jeans. Schwarze Sneaker. Er hat aber ziemlich ordentlich ausgesehen, so, als ob er sehr auf sich achten würde. Da war nichts zerknittert oder so.«

»Hatte er Tätowierungen? Muttermale? Narben? Irgendwelche besonderen Kennzeichen?«

Anita schüttelte den Kopf.

»Nichts, was ich hätte sehen können. Ich habe nur seine Arme und seinen Hals gesehen, alles andere war bedeckt. Aber er roch …«

Sie hielt inne und biss sich auf die Unterlippe.

»Wonach hat er gerochen?«, bohrte Jocelyn.

Anita blinzelte, um weitere Tränen zurückzuhalten.

»Das klingt jetzt sicher total pervers – aber er hat gut

gerochen. Nach Seife oder Aftershave oder so etwas. Er roch sauber.«

»Okay«, nickte Jocelyn. »Hilft weiter. Was ist mit dem Auto? Können Sie sich da an irgendetwas erinnern?«

»Es war grau. Das ist alles, was ich weiß. Es war dunkel, und ich hatte Angst. Ich habe nicht viel davon gesehen.«

»Hatte es zwei oder vier Türen?«

»Vier. Angel hat mich ja auf den Rücksitz gezerrt.«

»Hilft weiter, Anita. Sonst noch etwas?«

Anita schluckte und atmete tief durch. Sie deutete auf ihre Handtasche, die auf dem Nachttisch lag.

»Da sind dreihundert Dollar in meiner Tasche. Die waren vorher nicht drin. Ich hatte nur etwa zwanzig Dollar bei mir, als ich zum Treffen gegangen bin.«

Jocelyn stand auf und ging um das Bett herum.

»Darf ich?«, fragte sie und streckte die Hand nach der Tasche aus.

Anita nickte. Jocelyn durchsuchte die Tasche, bis sie drei neue Hundertdollarscheine fand, ordentlich zusammengefaltet in einer Innentasche.

»Haben Sie das Geld in dieser Innentasche gefunden?«

»Ja. Ich wusste nicht, was ich damit machen sollte, also habe ich es einfach wieder zurückgesteckt. Meinen Sie, Sie finden darauf Fingerabdrücke?«

Jocelyn schüttelte den Kopf.

»Nein, bei Geld funktioniert das nicht. Das hatten zu viele Leute in der Hand. Haben Sie gesehen, wie einer von den dreien es hineingesteckt hat?«

»Nein, aber es war vorher nicht da. Wer sollte es mir sonst gegeben haben? Sie haben mich bezahlt. Sie haben mich auf den Fußboden genagelt, mich vergewaltigt, und dann haben sie mich dafür bezahlt. Bitte nehmen Sie das Geld an sich! Ich will es um Himmels willen nicht haben!«

Ein Schaudern ließ Anitas Körper erbeben. Jocelyn legte das Geld in ein Papiertuch, das sie sich aus dem Bad geholt hatte.

»Okay, das ist jetzt ein Beweismittel«, erklärte sie.

Sie steckte es in die Jackentasche, zu den Nägeln, und stöhnte. Dann zog sie ihren Notizblock wieder hervor.

»Ich schreibe Ihnen jetzt eine E-Mail-Adresse auf. Dahin können Sie mir alle Nachrichten von diesem Kerl weiterleiten. Fällt Ihnen sonst noch irgendetwas ein? Irgendetwas, an das Sie sich erinnern?«

Anita sah auf ihre verbundenen Hände, starrte sie lange an. Jocelyn bemerkte, dass auch die Wunde an der anderen Hand durchgeblutet hatte.

»Nein«, erwiderte Anita. »Das ist alles, woran ich mich erinnere. Ich weiß, es ist nicht viel.«

Jocelyn klappte den Notizblock zu und ließ ihn in ihrer Jackentasche verschwinden.

»Hey«, sagte sie und zwang Anita, sie anzusehen. »Es ist genug für heute. Genug für den Anfang.«

6. Oktober

Vor Anitas Zimmer berichtete Jocelyn alles Kevin, der allerdings das meiste der Unterhaltung mit Anita ohnehin gehört hatte.

»Wo ist die Schwester?«, erkundigte sich Jocelyn.

»In der Toilette«, antwortete Kevin.

Als Kim Bottinger aus der Toilette weiter unten im Gang auftauchte, zog Jocelyn sie beiseite.

»Ich brauche den Namen der anderen Frau – der Prostituierten.«

Kim sah sich um, plötzlich nervös. Sie schob die Hände in die Taschen ihres Kittels.

»Ich unterliege der Schweigepflicht«, erklärte sie. »Ich könnte meinen Job verlieren, gefeuert werden.«

»Die verdammten Datenschutzgesetze!«, murrte Kevin.

Jocelyn beugte sich zu der Frau vor, ihre Stirn vor Besorgnis in Falten gelegt.

»Sie haben uns angerufen, Kim. Sie haben sich um Anita gekümmert. Ich kann sehen, dass die Sache Sie beschäftigt. Gerade jetzt läuft da draußen eine Gruppe von sadistischen Vergewaltigern herum. Ich brauche ja nicht die Krankenunterlagen der Frau – nur ihren Namen. Das ist alles.«

Kim schluckte. Sie wandte einen Augenblick lang den Blick ab. Ihre Hände lösten sich aus den Taschen. Sie rieb sich eine Handfläche mit den Fingern der anderen Hand – genau an der Stelle, an der Anita gekreuzigt worden war.

»Niemand muss erfahren, wer uns den Namen gegeben hat«, ergänzte Jocelyn. »Sie geben uns den Namen, und wir verschwinden.«

Kevin fing den Blick der Schwester auf und lächelte ermutigend.

»Sie helfen damit einer Menge Frauen.«

Kim sah wieder zu Jocelyn. Ihr Gesicht wurde noch blasser. Sie sah sich im Flur um, aber niemand war da. Dennoch senkte sie ihre Stimme.

»Alicia«, sagte sie, »Alicia Herrigan oder Herman – etwas in dieser Richtung. Sie war groß, fast ein Meter achtzig, und sie hatte eine große Tätowierung an der Kehle. Ich erinnere mich nicht mehr, was es war, aber es war sehr groß.«

Jocelyn legte ihr die Hand auf den Arm.

»Ich danke Ihnen.«

»Wie lange ist das her?«, erkundigte sich Kevin.

»Etwa sechs Monate.«

Jocelyn zog eine Visitenkarte aus ihrer Jackentasche und drückte sie Kim in die Hand.

»Danke! Rufen Sie mich an, wenn Ihnen noch etwas einfällt oder wenn ein weiteres Opfer eingeliefert wird.«

»Was ist das? Irgendein religiöser Kram?«, überlegte Kevin, als sie sich ihren Weg über den Parkplatz bahnten, auf der

Suche nach ihrem Wagen. Er warf einen Nikotinkaugummi ein. Seine Lippen machten beim Kauen ein schmatzendes Geräusch.

»Die Schlüssel«, verlangte Jocelyn.

Kevin warf ihr die Schlüssel zu, und sie schloss das Auto auf. Es hatte begonnen zu regnen, ein leichter Sprühregen. Im Auto stellte Jocelyn die Scheibenwischer an.

»Ich glaube ganz und gar nicht, dass es hier ein religiöses Element gibt.«

Sie musste Kevin nicht ansehen, um zu wissen, dass er skeptisch eine Augenbraue anhob.

»Sie haben sie gekreuzigt.«

Er nahm sich einen weiteren Kaugummi, doch Jocelyn schlug ihm den aus der Hand.

»Kannst du nicht einfach eine Zigarette rauchen, Gottverdammt? Du bringst mich noch um mit deinem Schmatzen!«

»Der Fall macht dich wirklich unleidlich«, entgegnete er und sah aus dem Fenster. Sein Schmatzen wurde deutlich leiser. »Ich würde ja gerne rauchen, das kannst du mir glauben. Aber die Tussis mögen den Geruch nicht.«

»Doch – die Tussis, die selbst rauchen.«

»Sehr witzig! Es ist einfach nicht gesund. Du hast ja auch geraucht, aber jetzt hast du Olivia und bist ganz brav und ordentlich und der ganze Mist. Du bist total langweilig geworden, Rush.«

Jocelyn dachte an den Kurs in Aggressionsbewältigung, den sie an diesem Morgen absolviert hatte, und seufzte.

»So langweilig nun auch wieder nicht, Kev. Nicht so langweilig. Schau mal – hier geht es mehr um Verstümmelung und Demütigung. Dieser Kerl hat bei den Vergewaltigungen zugesehen, verflucht noch mal! Er hat die Nägel eingehauen, und dann hat er zugesehen. Er hat gewichst. Das ist sadistisch.«

»Okay – lass uns die Sache einfach an die SVU weitergeben.«

Jocelyn zog ihr Handy heraus und rief bei der SVU an. Nur um herauszufinden, dass Lieutenant Vaughn unterwegs war.

Aus der letzten Unterhaltung hatte sie seine Handynummer. Die wählte sie dreimal, hatte aber jedes Mal nur die Mailbox dran.

»Die sind da ziemlich überlastet«, erinnerte Kevin sie. »Sie haben den Germantown-Grabscher, den Stadtzentrumsvergewaltiger und diese Kaufman-Sache. Oh, und noch den üblichen Kram, der es nicht in die Nachrichten schafft – wie unsere Freundin Anita.«

Jocelyn stöhnte. Sie lehnte den Ellbogen auf die Kante des Fensters und rieb sich die Augen.

»Die Kaufman-Sache hatte ich ganz vergessen. Gott, ich hoffe nur, sie finden das Mädchen.«

Taylor Kaufman war eine Neunjährige, die vor etwa achtundvierzig Stunden am helllichten Tag aus ihrer Gegend in Northeast Philadelphia entführt worden war. In den davorliegenden Wochen hatte es zwei Entführungsversuche durch einen Mann gegeben, auf den die Beschreibung von Taylors Entführer passte.

Kevins Schmatzen nahm an Intensität zu.

»Ich auch. Die von der SVU werden sich heute doch nicht mehr bei dir melden. Lass uns einfach in die Abteilung zurückfahren. Wir werden unsere Berichte schreiben und dann sehen, was noch hereingekommen ist.«

Jocelyn drehte sich zu ihm um, sah ihm tief in die Augen.

»Ich will keinen Bericht machen.«

Kevin starrte sie lange an, dann schüttelte er den Kopf.

»Rush, ich weiß, dass ihr beide euch schon lange kennt, du und Anita, aber das ist nicht unser Fall. Du kannst dir in einem SVU-Fall nicht die Rosinen herauspicken. Wir haben mit Sexualdelikten nichts zu schaffen. Wir haben genug zu tun, auch ohne die Arbeit anderer zu erledigen.«

»Sie hat gesagt, das Auto war grau«, bemerkte Jocelyn, als ob er nichts gesagt hätte. »Ich glaube, ich habe auf dem Weg hierher ein GRM über einen grauen Bonneville gehört.«

Ein GRM, die Abkürzung für General Radio Memorandum, war Philadelphias Version eines APB, eines »All-Points Bulletin«, also einer Fahndungsausschreibung. Jocelyn stellte den Polizeifunk an und lauschte.

»Da könnte es einen Zusammenhang geben«, fügte sie hinzu.

Kevin seufzte und kratzte sich das dünner werdende Haar am Hinterkopf.

»Rush! Das – ist – nicht – unser – Fall!«

Jocelyn schlug nach Kevins Arm und bedauerte das umgehend, als der Schmerz durch ihr Handgelenk schoss.

»Nun komm schon, Kev! Wir sind doch schon unterwegs. Lass uns auf dem Rückweg zur Abteilung einfach bei Dunkin' Donuts vorbeifahren und fragen, ob sie eine Überwachungskamera haben. Damit ersparen wir Vaughn die Fahrt.«

Kevin verdrehte die Augen.

»Gibt es noch etwas, das du für diesen Kerl tun willst?«

Jocelyn lächelte und fuhr vom Parkplatz des Einstein-Krankenhauses.

»Ich will diese Alicia Hardigan finden.«

»Ich dachte, Kim hätte gesagt, dass ihr Name Herrigan ist.«

Jocelyn schüttelte den Kopf.

»Ja, sie hat Herrigan gesagt, aber ich glaube, ich kenne die Frau, von der sie geredet hat, und sie heißt Alicia Hardigan. Sie hat mal auf The Stroll gearbeitet, und sie hat ein riesiges Schmetterlingstattoo an ihrer Kehle.«

Kevin zuckte mit den Schultern.

»Meinetwegen. Aber dann machen wir unseren Bericht und kümmern uns um unsere eigenen Angelegenheiten.«

»Garantiert«, versprach Jocelyn.

Der Manager des Dunkin' Donut zeigte ihnen das Filmmaterial des Treffens zwischen Anita und den zwei Schwarzen, auf die Anitas Beschreibung zutraf. Sie schienen sich nicht einmal fünf Minuten unterhalten zu haben, bevor Anita aufstand und das Restaurant verließ. Danach starrten die zwei Männer sich kurz an und brachen ebenfalls auf. Der Schwarz-Weiß-Film war unscharf, aber Jocelyn und Kevin konnten ihn verwenden, um Anitas Aussage zu bestätigen. Der Manager versprach, ihnen bis zum nächsten Morgen eine Kopie auf DVD zu brennen. Sie kehrten zu den Northwest Detectives zurück, um den Bericht für die SVU vorzubereiten und die E-Mails herunterzuladen, die Anita an Jocelyn weitergeleitet hatte. Kevin verschwand kurz, um ein Käsesteaksandwich zu besorgen, und Jocelyn nahm die Stufen zu den Büros der Detectives.

Ihre Schwester saß neben ihrem Schreibtisch, die Handgelenke in Handschellen. Camille war in sich zusammengesunken und blass, mit tiefen dunklen Ringen unter den Augen. Das orangefarbene Oberteil mit Spaghettiträgern, das sie trug, schien ihr zu groß zu sein. Ihre ehemals vollen Brüste waren flach. Statt der früheren Kurven zeigte ihr Körper harte Kanten, und die Knochen traten unter der Haut hervor. Ein kurzer Jeansminirock verbarg kaum ihre Beine, deren Anblick Jocelyn zusammenzucken ließ. Sie war gerade mal ein Kilo von der Magersucht entfernt.

Camilles Augen leuchteten auf, als sie Jocelyn sah. Sie rutschte wie ein Hund an einer Kette auf dem Stuhl umher, als Jocelyn sich näherte.

»Was machst du denn hier?«, fragte Jocelyn. »Was macht sie hier?«, wiederholte sie lauter und richtete ihre Frage dabei an die Handvoll Kollegen, die an ihren Schreibtischen saßen.

»Da musst du Inez fragen«, antwortete jemand.

»Himmel!«, zischte Jocelyn.

Für die Officer der Abteilung war es inzwischen zur Regel geworden, Camille zu Jocelyn zu bringen, damit sie entscheiden konnte, ob Anklage gegen ihre Schwester erhoben wurde oder nicht, wenn man sie verhaftete. Aber Jocelyn hatte bei Inez keinen Zweifel daran gelassen, dass es diesmal für Camille keine Vorzugsbehandlung mehr geben würde.

»Joc, Joc – hast du was zu rauchen?«

Jocelyn setzte sich Camille gegenüber.

»Du weißt, dass ich nicht rauche.«

Die Handschellen klirrten, als Camille etwas auf den Schreibtisch legte. In diesem Augenblick entdeckte Jocelyn auch die zwanzig Origami-Figuren, die ihren Schreibtisch bedeckten. Sie entfaltete eine der Figuren – es war aus einem der Papiere auf ihrem Schreibtisch gefaltet, ein Beweismittelbeleg.

»Camille!«

Camille wiegte sich im Stuhl vor und zurück, ihre Augen leuchtend und hungrig.

»Du warst ziemlich lange weg. Ich hatte keine Zigaretten.«

»Das sind wichtige Unterlagen, Camille!«

Das Wiegen endete abrupt. Der Stuhl quietschte.

»Es tut mir leid. Papier zu falten, das beruhigt mich. Das weißt du doch.«

Seufzend ging Jocelyn zu Kevins Schreibtisch und fand die Notfallpackung Zigaretten in der mittleren Schublade. Sie warf sie Camille zu, die gierig danach griff und die Packung in den Händen zerquetschte. Jocelyn setzte sich wieder und nahm Kevins Feuerzeug, um Camilles Zigarette anzuzünden. Eigentlich war das Rauchen im gesamten Gebäude verboten, aber die Detectives missachteten das Verbot regelmäßig, wenn es um Zeugen und Opfer ging. Und um Camille.

Mit dem ersten Zug verlangsamte sie das Wiegen, das sie wiederaufgenommen hatte. Auf Kevins Schreibtisch stand eine fast leere Coladose. Jocelyn nahm sie und stellte sie Camille als Aschenbecher hin. Camille rauchte schweigend, während Jocelyn ihre Kreationen eine nach der anderen wieder entfaltete und die Seiten glättete. Über die Jahre war Origami für Camille zu einer beruhigenden Angewohnheit geworden. Sich auf die komplizierten Faltungen zu konzentrieren, die Nähte wieder und wieder zu glätten, half ihr dabei, ruhig zu bleiben, wenn sie ängstlich war. Sie war immer gut darin gewesen. Onkel Simons Meisterschülerin. Jocelyn hatte nie die Geduld dafür aufgebracht.

Jocelyn fuhr ihren Computer hoch, damit sie sich bei ihrem

E-Mail-Konto anmelden und die E-Mails ausdrucken konnte, die Anita ihr weitergeleitet hatte.

»Hast du was von Onkel Simon gehört?«, fragte Camille.

»Nein«, log Jocelyn.

»Regelt er nicht Moms und Dads Nachlass?«

»Das wird er bestimmt.«

»Glaubst du, sie haben mich enterbt?«

»Nun, wenn sie es nicht getan haben, hätten sie es auf jeden Fall tun sollen.«

Camille ignorierte den Seitenhieb und wechselte das Thema. »Wie geht's Taffy?«

Jocelyn zuckte zusammen.

»Sie heißt nicht Taffy. Darüber haben wir doch schon geredet.«

Die Handschellen klingelten, als Camille sich die zweite Zigarette am Stummel der ersten anzündete.

»Ach ja, stimmt. Sie heißt jetzt Olivia. Ich weiß überhaupt nicht, warum du den Namen geändert hast.«

»Weil ich nicht will, dass sie später mal eine Stripperin wird«, entgegnete Jocelyn ausdruckslos.

Camille gab einen verächtlichen Laut von sich.

»Also – wie geht es Olivia?«

»Das geht dich nichts an.«

Camille überdeckte ihre Verletzung rasch mit einem intensiven Blick.

»Darf ich sie sehen? Nur einmal?«

Jocelyn schüttelte den Kopf, die Augen fest auf den Bildschirm gerichtet.

»Du bist gerade wegen Prostitution festgenommen worden. Was glaubst du denn?«

Camilles Schultern sackten herab, rundeten sich nach vorne, und sie wirkte noch zusammengesunkener.

»Sie ist meine Tochter«, sagte sie leise.

Jocelyn versuchte, ihre Stimme unter Kontrolle zu halten. Der alte Zorn stieg ätzend in ihrer Kehle hoch.

»Sie ist *meine* Tochter«, korrigierte sie.

Camille starrte auf ihren Schoß und warf die zweite Zigarettenkippe in die Dose. Der angespannte Moment verflog. Jocelyn beugte sich zu ihrer Schwester vor.

»Weißt du, was Ramon gesagt hat, als ich ihn gebeten habe, auf seine elterlichen Rechte zu verzichten?«

Camille sah auf und erwiderte Jocelyns Blick. In ihren Augen flackerte etwas wie Reue auf.

»Wir waren gar nicht richtig zusammen. Ich meine, ich wollte mich sowieso von ihm trennen.«

Jocelyn ignorierte Camilles Lüge und fuhr fort.

»Er sagte über das Baby: ›Nimm sie ruhig. Bevor sie nicht wenigstens vier ist, kann ich mit ihr sowieso kein Geld verdienen.‹«

Bei der Erinnerung daran wurde es Jocelyn noch immer schlecht. Manchmal, wenn sie Olivia jetzt betrachtete, nahm es ihr den Atem, sich vorzustellen, wovor alles sie Olivia gerettet hatte.

Wieder klingelten die Handschellen. Camille wand sich, als ob der Stuhl brennen würde.

»Aber sie war mein Baby«, protestierte sie schwach. »Er hat sich nicht um sie gekümmert.«

Jocelyn lachte, ein trockener, kurzer Laut wie ein Bellen. Sie stieß sich mit dem Schreibtischstuhl ab.

»Und du hast dich ebenfalls nicht um sie gekümmert. Es sei denn, du glaubst, dass du einen sieben Tage alten Säugling in einem Drogenlabor großziehen wolltest und sie zum Schlafen ins Waschbecken gelegt hast, dass das dich zur Mutter des Jahres machte.«

»Das war doch nur vorübergehend…«

Jocelyn hob die Hand. »Ich will es nicht hören. Es ist mir egal. Sie gehört jetzt mir. Es ist meine Tochter. Du kannst mich noch mal fragen, wenn du ein paar Jahre clean gewesen bist. Dann darfst du vielleicht auch mal deine Nichte sehen.«

Camille fiel nun im Stuhl vollends in sich zusammen. Jocelyn konnte sehen, wie sie aufgab. Ihre Augen wanderten im Raum umher. Der intensive Ausdruck in ihrem Gesicht war verschwunden. Es gab nicht viel, auf das sich Camilles Aufmerksamkeit für mehr als fünf Minuten konzentrieren konnte, außer auf Drogen. Als Camille sich eine weitere Zigarette anzündete, kehrte Jocelyn zum Ausdrucken der E-Mails zurück, die Anita ihr geschickt hatte.

»Nur noch ein Mail, und dann gehen wir runter zur erkennungsdienstlichen Behandlung.«

Camille erschrak.

»Was?«

»Du hast mich schon verstanden.«

Camille sagte nichts. Sie rauchte ihre Zigarette scheinbar gelassen zu Ende. Als Jocelyn das Zischen der Kippe in der Cola hörte, stand sie auf und zog Camille auf die Füße.

»Gehen wir.«

Camille streckte die Hände aus, die Handflächen nach oben. Die Handschellen stießen gegen ihre knochigen Handgelenke.

»Nun komm schon, Joc. Gib mir eine Chance!«

»Nein«, sagte Jocelyn.

Auf der Treppe kamen sie an Kevin vorbei. Er lächelte sie an, und als er den Mund öffnen wollte, erstarb ihm Camilles Name auf den Lippen, als er Jocelyns eisigen Blick bemerkte. Er klappte den Mund wieder zu und ging in weitem Bogen um sie herum.

Nachdem Jocelyn ihre Schwester abgeliefert und zu ihrem Schreibtisch zurückgekehrt war, starrte er sie an, bis sie ihn genervt anblaffte.

Kevin schüttelte den Kopf.

»Das ist kalt, Rush. Wirklich kalt.«

6. Oktober

Kevin warf die drei E-Mails und die Annonce aus dem Internetportal für Kleinanzeigen, die Jocelyn ausgedruckt und ihm hingelegt hatte, auf den Haufen Papierkram, der sich auf seinem Schreibtisch türmte.

»Das ist sinnlos«, sagte er.

Er nahm sich eine Ecke von seinem Käsesteaksandwich und stopfte es sich in den Mund.

»In der Anzeige sucht sie nach einem ›Begleiter‹. Das klingt mehr nach einem Betreuer für alte Leute. Und seine Antwort darauf sagt überhaupt nichts.«

Jocelyn hob ihre Schultern.

»Immerhin verrät es uns die Zeit und den Ort des Treffens. Ich schicke es mal zu meiner Freundin in der Abteilung Computerkriminalität. Vielleicht kann sie den Eigentümer des E-Mail-Kontos aufspüren. Sie schuldet mir noch einen Gefallen.«

Kevin schnaubte verächtlich.

»Bevor du da was zurückbekommst, bin ich im Altersheim. Warum machst du dir überhaupt die Mühe? Schick einfach alles zur SVU. Hast du mit dem Lieutenant dort schon gesprochen? Wie war doch gleich sein Name? Vaughn?«

Jocelyn nickte.

»Ja, Caleb Vaughn. Er ist noch immer unterwegs und geht nicht ans Handy.«

Kevin lehnte sich in seinem Stuhl zurück, was dem gebrechlichen Gestell ein langes Quietschen entlockte. Er streckte die Arme über den Kopf und verschränkte die Finger im Nacken. Er sah sich lange im Raum um.

»Es ist heute ziemlich voll hier. Was zum Teufel ist los?«

Jocelyn blickte von ihrem Bildschirm auf und betrachtete die Kollegen an ihren Schreibtischen. Es war sehr ungewöhnlich, sie alle gleichzeitig im Büro zu sehen. Die meisten waren die überwiegende Zeit ihrer Schicht unterwegs und reagierten auf Notrufe. Normalerweise war es ziemlich schwierig, genügend Leute zu finden, um sie zu einer Untersuchung zu schicken.

Chen kam vorbei. Er versetzte Kevins Stuhl einen Stoß und ließ ihn dadurch beinahe kopfüber hinunterpurzeln.

»Gute und ruhige Nacht, Sullivan!«

Kevin griff nach der Kante des Schreibtischs, um das Gleichgewicht wiederzugewinnen. Der Stuhl quietschte erneut, diesmal sogar noch lauter.

»In Philadelphia gibt es keine ruhigen Nächte. Die Kriminellen sind wahrscheinlich alle gerade beim Essen. Warte noch eine Stunde und …«

»Sieh dir das an«, fiel Jocelyn ihm ins Wort.

Sie tippte mit dem Finger gegen ihren Bildschirm.

»Gestern Abend gegen sechs kam ein Notruf rein. Ein Zeuge hat einen massigen Schwarzen mit heller Haut gesehen, wie er eine Frau, eine Schwarze, in einen grauen Bonneville gezerrt hat, älteres Modell. Der Zeuge hat sich sogar die Autonummer gemerkt. Das Auto ist registriert auf einen Larry John Warner, neunundvierzig Jahre alt.«

Mit ein paar Mausklicks brachte Jocelyn ein altes Polizeifoto auf den Schirm, das vor etwa fünf Jahren aufgenommen worden war. Sein braunes Haar war mit Grau durchsetzt. Er wirkte wie der Schauspieler Morgan Freeman, nur ausgezehrter.

»Sieht aus wie der Kerl, den Anita beschrieben hat, und wie der von dem Video bei Dunkin' Donuts.«

»Wofür war er im Gefängnis?«, wollte Kevin wissen.

Jocelyn scrollte die Liste der Verhaftungen und Verurteilungen herunter, die Warner im Lauf der Jahre gesammelt hatte.

»Urkundenfälschung … Scheckbetrug … Hehlerei … Identitätsdiebstahl. Ein paar Mal Drogenbesitz und einmal Trunkenheit am Steuer.«

Kevins Augenbrauen zogen sich zusammen.

»Irgendwas Gewalttätiges?«

Jocelyn scrollte noch weiter herunter.

»Schwere Körperverletzung… terroristische Drohungen. Vor fünf Jahren. Er hat achtzehn Monate abgesessen.«

»Hat man ihn gestern Abend festgenommen?«

Jocelyn klickte sich zurück auf den ersten Schirm.

»Inez hat den Notruf beantwortet. Fragen wir sie einfach.«

Eine SMS später wusste Jocelyn, wo Inez sich aufhielt.

»Sie ist unten im CCTV«, sagte sie. »Lass uns gehen.«

Kevin seufzte.

»Warte mal, eine Minute, Rush. Ich werde mir hier nicht für die SVU den Arsch aufreißen. Wann hatten wir das letzte Mal eine ruhige Nacht? Wir sollten das genießen.«

Jocelyn verdrehte die Augen.

»Du willst wirklich auf deinem Arsch sitzen, wenn Ahearn nachher die Runde macht?«

Kevin zog eine Grimasse. Seine Lippen bildeten eine schmale Linie. »Wie recht du hast.«

»Lass uns einfach so lange dranbleiben, bis ich Vaughn erreicht habe.«

Inez kam ihnen im Flur entgegen.

»Ja, ich habe mit dem Zeugen gesprochen. Er war ziemlich erschüttert. Wir haben das Kennzeichen überprüft und sind auf Warner gestoßen. Er war nicht zu Hause. Aber seine Mutter war da. Sie hat uns erlaubt, dass wir uns umsehen. Es war nichts da. Wir haben das Fahrzeug per GRM gesucht. Nichts kam zurück. Niemand hat eine Schwarze als vermisst gemeldet, deshalb ist nichts weiter passiert.«

»Die Frau ist im Einstein«, sagte Jocelyn.

»Sie ist am Leben?«

»Ja – aber sie wünschte, sie wäre es nicht«, warf Kevin ein.

Inez ratterte Warners Adresse herunter.

»Vielleicht wollt ihr für den Anfang noch mal vorbeifahren. Womöglich ist er ja seitdem zu Hause gewesen.«

»Danke, Inez«, sagte Jocelyn und ergänzte, zu Kevin gewandt: »Lass uns gehen.«

Larry Warner lebte in einem ziemlich heruntergekommenen Haus in der North 16th Street. Jocelyn fuhr einmal am Haus vorbei und parkte dann drei Häuser weiter. Der graue Bonneville stand an der Straße, direkt gegenüber von Warners Haus.

»So einfach kann das gar nicht sein«, meinte Kevin, als er aus dem Auto stieg.

»Warte ab«, erwiderte Jocelyn und verschloss den Wagen. »Ich bin mir sicher, das wird nicht ganz einfach.«

In den Ritzen des Pflasters vor dem Haus wuchs Unkraut. In den Lücken der Treppe zur Veranda hatten sich kleine Häufchen Glasscherben gesammelt. Das Haus war in einer hässlichen roten Farbe gestrichen, beinahe burgunderrot. Das Dach der Veranda war herabgesackt, und eines der Fenster darüber war zugenagelt. Die Fliegengittertür gab ein Geräusch wie einen Rülpser von sich, als Jocelyn sie öffnete.

»Wir können ja froh sein, dass du die Tür jetzt nicht ganz in der Hand hast«, bemerkte Kevin.

Jocelyn klopfte an die Tür. Sie warteten lange. Der Regen hatte aufgehört. Eine kühle Oktoberbrise wehte über die Veranda und brachte die Geräusche von weiter unten spielenden Kindern mit sich. Auf der Straße gingen zwei Männer vorbei, die angestrengt einen Einkaufswagen mit einem ausgeweideten Kühlschrank schoben.

Jocelyn klopfte erneut, lauter. Dann wurde die Tür geöffnet. In Jeans und einem abgetragenen T-Shirt stand Larry Warner vor ihnen. Er beäugte sie von Kopf bis Fuß. An der Art und Weise, wie er rasch die Straße entlangblickte, erkannte Jocelyn, dass er genau wusste, sie waren Bullen. In einer solchen Umgebung wollte man nicht dabei gesehen werden, wenn man mit den Bullen sprach. Ganz gleich, ob man gegen das Gesetz verstoßen hatte oder nicht.

Larry blieb ruhig.

»Kann ich Ihnen helfen?«, fragte er.

Jocelyn stellte einen Fuß in die Tür und zeigte ihre Dienstmarke.

»Ich bin Detective Rush, das ist Detective Sullivan. Dürfen wir hereinkommen?«

Mit derselben gespielten Gleichgültigkeit zuckte Larry mit den Schultern und ließ sie eintreten. Ein moderiger Geruch begrüßte sie. Die Dielen des Fußbodens im Wohnzimmer bogen sich unter ihren Schritten durch. Ein genoppter grüner Teppich war in der Mitte des Raums ausgebreitet. Es gab eine Sofagarnitur, die nicht zusammenpasste und so alt aussah, wie Jocelyn es war. Das einzig Moderne war ein Fernseher mit einer Diagonale von ein Meter dreißig, der auf einem angeschlagenen Couchtisch stand.

»Ist sonst noch jemand da?«, erkundigte sich Kevin, der in der Nähe der Eingangstür stehen geblieben war.

Larry nickte. »Meine Mom ist oben. Sie schläft. Und mein Freund ist hier.«

Er deutete den Flur entlang, in Richtung von etwas, das wie eine Küche aussah.

»Angel!«, schrie er. »Die Polizei ist da!«

Der Mann, der aus der Küche auftauchte, in der Hand einen mit Spaghetti voll gehäuften Teller, war riesig. Seine Gestalt schien den Rahmen der Küchentür zu sprengen. Jocelyn schätzte sein Alter auf Mitte oder Ende zwanzig. Seine Hängebacken hingen ihm über den Hals. Rollen von Fett dehnten sein rotes Sweatshirt. Er war genauso, wie Anita ihn beschrieben hatte. Kevin und Jocelyn tauschten einen verstohlenen Blick miteinander. Jocelyn konnte Kevins Gedanken fast hören: So einfach kann das doch nicht sein!

Angel nickte ihnen zu und setzte sich auf die Couch. Er aß sein Abendessen, als wären sie gar nicht da.

»Das ist Angel«, stellte Larry ihn vor.

»Hat Angel auch einen Nachnamen?«, fragte Kevin und klappte seinen Notizblock auf.

»Donovan«, erwiderte Larry.

Er setzte sich auf das kleine Sofa und begann damit, sich mit der Fernbedienung durch die Kanäle zu klicken.

»Angel spricht nicht«, fügte er hinzu.

»Und warum nicht?«, erkundigte sich Jocelyn.

»Er hat vor ein paar Jahren einen Schuss in die Kehle abgekriegt.«

Wie auf ein Stichwort hin hörte Angel auf zu essen und zog seinen Kragen herunter. Dabei enthüllte er einen großen Knoten Narbengewebe in der Mitte seiner Kehle. Seine Augen begegneten denen von Jocelyn. Sie waren braun und leer. Es stand nichts darin.

»Vor wie vielen Jahren war das?«, fragte sie.

Angel hielt eine Hand hoch und wedelte mit sämtlichen Fingern. Sein Mund formte »fünf«.

»Mister Warner, Mister Donovan, bitte kommen Sie mit zur Division, um ein paar Fragen zu beantworten.«

»Worüber?«, erkundigte sich Larry.

Seine Haltung war offen und entspannt.

»Über eine Frau, die gerade im Einstein-Krankenhaus wegen ein paar ziemlich hässlicher Verletzungen behandelt wird«, antwortete Kevin.

»Ich weiß nichts von einer Frau im Krankenhaus«, erklärte Larry.

Angel nickte zur Bestätigung.

»Kennen Sie eine Frau namens Anita Grant?«, fragte Jocelyn.

»Nein.«

»Und wie ist es mit dem Namen Nitaluv79?«

Es war ein leichtes Flackern in seinen Augen zu sehen, das nur einen Sekundenbruchteil anhielt und ihn verriet. Jocelyn spürte, dass er gerade überlegte, was er ihnen sagen sollte und wie tief die Schwierigkeiten waren, in denen er steckte. Er beugte sich vor. Angel beendete sein Abendessen, stellte den leeren Teller auf den Couchtisch und lehnte sich zurück, beobachtete alles mit absolutem Desinteresse.

»Sie sagten, es geht um eine Frau?«, sagte Larry schließlich.

»Warum kommen Sie nicht einfach mit zur Division?«, schlug Jocelyn vor. »Da können wir über alles reden.«

Larry war oft genug festgenommen worden, um zu wissen, wie das Spiel abläuft. Er wehrte sich nicht. Stattdessen stand er auf und stellte den Fernseher aus.

»Ich hole nur meine Schuhe«, erklärte er.

Kevin folgte Larry nach oben. Jocelyn sah Angel an.

»Sie auch, Mister Donovan.«

Wortlos stand Angel auf und kam zu ihr. Er überragte sie, und die enorme Breite seines Körpers schien den ganzen restlichen Raum einzunehmen. Sie straffte sich und sah ihm direkt in die Augen. Er stand dicht vor ihr, aber ihr wurde klar, dass er gar nicht versuchte, sie einzuschüchtern. Er wartete nur auf weitere Befehle.

Larry kehrte mit Kevin im Schlepptau ins Wohnzimmer zurück. Jocelyn warf Donovan einen Blick zu und wies auf die Tür.

»Gehen wir!«

6. Oktober

Zurück in der Abteilung, brachten Jocelyn und Kevin die beiden Männer in getrennten Befragungsräumen unter und begaben sich nach oben an ihre Schreibtische. Jocelyn versuchte erneut, Vaughn auf seinem Handy zu erreichen, aber er antwortete noch immer nicht.

Als sie die Stufen zur Northwest Division hochstiegen, fiel Jocelyn auf, wie unnatürlich ruhig es auf der Treppe war. Normalerweise konnte man hier die Stimmen der Detectives an ihren Schreibtischen oder am Telefon hören. Ein kleiner Anflug von Furcht machte sich in ihrem Magen breit. Was, wenn die Abteilung von Notrufen überflutet worden war, nachdem sie und Kevin aufgebrochen waren? Was, wenn nicht genug Detectives dagewesen waren, um auf alles zu reagieren? Ahearn würde sie sich ordentlich vorknöpfen, wenn er wüsste, dass sie unterwegs gewesen waren, um an einem SVU-Fall zu arbeiten.

Als ob er ihre Gedanken lesen könnte, brummte Kevin: »Ich hoffe nur, die sind alle an ihrem Schreibtisch eingeschlafen.«

Oben an der Treppe löste sich die Spannung wieder auf, die sich in Jocelyns Schultern aufgebaut hatte. Nahezu die gesamte Schicht war um den kleinen Fernseher versammelt, der in einer Ecke vom Raum an der Wand angebracht war. Der Fernseher lief so gut wie nie, aber jetzt hafteten aller Augen an den Bildern, die über den Schirm liefen.

Kevin und Jocelyn tauschten einen Blick, in dem sich Erleichterung zeigte. Sie schlenderten zu der Gruppe. Jocelyn fand sich neben Chen wieder und stieß ihm den Ellbogen in die Rippen.

»Was ist los?«

»Ist das Kensington?«, fragte Kevin laut.

Der Fernseher zeigte eine Luftaufnahme von ein paar dicht besiedelten Häuserblocks. Einige der Wohnstraßen waren nicht breiter als eine Gasse und umsäumt von niedrigen, gedrungenen Häusern mit Flachdach. Das Wort »Sondermeldung« lief über den Bildschirm. Polizeiwagen mit blinkenden Blaulichtern füllten die engen Straßen. Von der Perspektive aus der Luft erinnerten die Bilder Jocelyn an ein altes Computerspiel, *Pac-Man*. Stetig bewegten sich die Polizeifahrzeuge durch das Gitter der Straße, auf der Suche nach ihrer Beute.

»Sie haben das Kaufman-Mädchen gefunden«, erklärte Chen in uninteressiertem Ton.

Jocelyn fühlte, wie ihre Gedärme sich verkrampften und wieder entspannten. Einen Sekundenbruchteil lang fing sich der Atem in ihrer Kehle. Sie hustete und versuchte, den Laut so normal wie möglich klingen zu lassen.

Als sie fragte: »Lebend?«, brach ihre Stimme.

Chen bemerkte es nicht.

»Ja«, antwortete er.

Er rieb sich mit der Handfläche über die Augen, als ob er ein unangenehmes Gefühl wegwischen wollte.

»Gefesselt, verprügelt und vergewaltigt, aber am Leben.«

Jocelyn unterdrückte ein atemloses »Gott sei Dank«, das ihr beinahe entflohen wäre. Auch wenn Northwest mit Sexualstraftaten nichts zu tun hatte – Jocelyn hatte während ihrer Laufbahn genug Verbrechen gegen Kinder gesehen. Vor Olivia war sie in der Lage gewesen, mit einer Mauer den Teil in sich abzuschotten, der darauf mit hysterischer Wut gegen die Täter und schmerzhaftem Mitgefühl für die Opfer reagierte, und hatte mit kalter Effizienz ihre Arbeit erledigt.

Aber seit sie Mutter war, bekam diese Mauer Risse, und manchmal drangen ihre wahren Gefühle durch. Das hielt sie zwar nicht davon ab, ihren Job zu machen und ihn gut zu machen, aber es fiel ihr schwerer, nachts ruhig zu schlafen.

Chen setzte seinen Bericht fort.

»Sie haben sie im Keller von diesem Kerl gefunden. Er ist zur Hintertür entkommen und in einem weißen Honda geflohen. Die Kenzos haben mitbekommen, dass die Polizei einen Typen in einem weißen Fahrzeug verfolgt. Sie haben irgendeinen armen Kerl an der Ecke Lehigh Avenue und Memphis Street aus dem Auto gezerrt und ihn nach Strich und Faden verprügelt.«

Kenzos war der Spitzname der Leute, die im Bereich Kensington in Philadelphia lebten. Einer der Kriminalbeamten nahm den Faden auf.

»Ja, und dann haben sie gemerkt, dass sie den Falschen erwischt hatten, während der Vergewaltiger zu Fuß fliehen konnte, nachdem er sein Auto gegen eine Hauswand gesetzt hatte.«

»Ich hoffe, die Kenzos finden ihn als Erste«, sagte jemand.

Der Rest der Einheit lachte.

»Nein«, widersprach Kevin. »Ich hoffe, er zieht eine Waffe.«

Seine Bemerkung wurde mit grimmigem, aber zustimmendem Nicken aufgenommen. Jocelyn schluckte den Kloß in ihrer Kehle hinunter. Sie gab es nur ungern zu, aber sie war derselben Meinung – es war für alle Beteiligten besser, wenn die Polizisten gezwungen waren, den Kinderschänder bei der Ergreifung erschießen und töten zu können.

Sie warf einen Blick auf ihr stummes Handy.

»Ich denke, ich weiß, wo Vaughn gerade ist.«

Kevin nickte.

»Die SVU steckt arschtief da drin. Was sollen wir jetzt mit ihren Verdächtigen machen?«

»Sie festhalten, bis die SVU kommt«, warf einer der anderen Detectives ein.

Jocelyn richtete die Augen auf Kevin. Sie starrte ihn an, bis er die Augen verdrehte. Mit einem Stöhnen hob er die Arme.

»In Ordnung«, knurrte er. »Lass uns gehen, sie vernehmen.«

Sie rissen sich vom Fernseher los und setzten sich nebeneinander an Jocelyns Schreibtisch. Sie ließ eine Überprüfung von Angel Donovan laufen. Er war achtundzwanzig, in Philadelphia geboren, mit einem Dutzend Festnahmen wegen Drogendelikten. Als Teenager hatte er ein paar Jahre abgesessen. Der Rest der Anklagen war fallen gelassen worden, bevor Donovan auch nur vor Gericht erscheinen konnte.

»In den letzten fünf Jahren war er sauber – es sei denn, du zählst den Strafzettel wegen Geschwindigkeitsüberschreitung dazu, den er sich letztes Jahr eingefangen hat«, sagte Kevin und blickte blinzelnd auf den Bildschirm.

Jocelyn beugte sich vor und las den Bericht.

»Fünf Jahre? Vor fünf Jahren hat er einen Schuss in die Kehle abbekommen. Und danach wird er plötzlich nicht mehr straffällig? Unwahrscheinlich!«

Kevin zuckte mit den Schultern.

»Nun, klar wissen wir, dass er nicht alle kriminellen Aktivitäten eingestellt hat. Aber man hat ihn einfach nur nicht erwischt.«

Jocelyn kaute kurz auf ihrer Unterlippe.

»Vor fünf Jahren gab es die erste gewalttätige Straftat. Ich glaube, wir müssen herausfinden, was vor fünf Jahren passiert ist und wie Donovan darin verwickelt war.«

Jocelyn versuchte, auf die digitale Polizeiakte zuzugreifen, aber da war nichts.

»Das ist merkwürdig«, sagte sie. »Nichts zu finden. Ein Fahndungsfoto, eine Zusammenfassung der Straftaten, und das war's.«

»Kein Polizeiprotokoll? Keine Berichte?«

Kevin rollte seinen Stuhl näher und drängte sie beiseite. Seine Finger rasten über die Tastatur. Er arbeitete zehn Minuten lang, bevor er einen Strom von Flüchen vom Stapel ließ.

»Das ergibt keinen Sinn«, sagte er. »Eine solche Scheiße verschwindet nicht einfach.«

Jocelyn lehnte sich vor und griff nach dem Telefon.

»Im Büro der Staatsanwaltschaft wird man die Unterlagen haben. Die haben alles.«

Kevin runzelte die Stirn.

»Du rufst Phil an?«

»Nicht Phil. Seine Rechtsassistentin, Lori. Ich mochte sie sowieso schon immer lieber als Phil. Sie schickt Olivia immer noch Geschenke zum Geburtstag und zu Weihnachten.«

Lori konnte die Akte im Computersystem der Staatsanwaltschaft ebenfalls nicht finden, versprach aber, in den Papierakten nachzusehen, ob sie etwas auftreiben konnte. Allerdings meinte sie, es könne ein paar Wochen dauern, bis sie etwas finden würde.

»Hier stimmt etwas nicht«, bemerkte Kevin, nachdem Jocelyn ihm von der Unterhaltung berichtet hatte.

Er schob sich einen weiteren Nikotinkaugummi in den Mund.

»Okay – wir können ebenso gut mit den Kerlen reden. Wir sind ja sowieso die ganze Nacht hier.«

Jocelyn grinste und machte sich auf in Richtung Treppe.

»Viel Glück mit der Vernehmung, Kevin – du kannst Donovan befragen. Ich greife mir Warner.«

Sie lauerte darauf, ob ihm bewusst würde, dass Donovan ja gar nicht sprechen konnte. Sie beobachtete, wie sich sein nichtssagender Gesichtsausdruck in Verwirrung verwandelte. Dann lief sie die Stufen hinunter und wich dabei dem Stift aus, den er nach ihr warf.

»Den Stift wirst du für Donovan brauchen«, rief sie über die Schulter zurück.

6. Oktober

Im Befragungsraum saß Larry Warner und lehnte sich im Stuhl nach hinten, die Beine lang ausgestreckt. Sein rechter Fuß bewegte sich kaum merklich auf und ab. Er hatte die Arme vor sich verschränkt. Als Jocelyn eintrat, blieb er ruhig. Nur seine Augen flackerten in ihre Richtung, folgten ihr quer durch den Raum. Sie zog sich einen Stuhl zu ihm. Die Stuhlbeine scharrten über den Linoleumboden. Sie setzte sich, wandte sich ihm zu und legte einen Arm auf den Tisch.

Er sprach nur wenig während ihrer Einleitung und murmelte eine Zustimmung, dass er seine Rechte verstanden habe, nachdem sie ihm diese vorgelesen hatte.

»Also«, begann sie. »Wie lange wohnen Sie schon in der North 16th Street?«

Seine Augen verloren etwas von ihrer unruhigen Spannung.

»Etwa zehn Jahre. Es ist das Haus meiner Mutter.«

»Was macht Ihre Mutter?«

»Sie hat für einen Arzt gearbeitet, medizinische Assistentin oder so was. Jetzt ist sie krank.«

»Das tut mir leid zu hören. Ist es behandelbar?«

Er schüttelte den Kopf.

»Nein, nicht wirklich. Sie leidet ein wenig unter Demenz. Aber ihr wahres Problem sind ihre Lungen und ihr Herz. Sie braucht Sauerstoff. Die Ärzte sagen, sie hat chronisches Herz-Irgendwas.«

»Chronische Herzinsuffizienz?«

»Ja, genau das ist es«, nickte er.

»Das tut mir leid, Larry. Das ist bestimmt nicht einfach.«

Er zuckte mit den Schultern.

»Larry, wissen Sie, warum Sie hier sind?«

Er wischte sich mit einer Hand über die Nasenspitze. Seine Augen irrten umher.

»Keine Ahnung. Ich denke, es geht um eine Frau.«

»Ja, ein Escort-Girl. Ihr Name ist Anita Grant. Aber das wussten Sie, nicht wahr?«

Keine Antwort. Die zuckende Bewegung seines rechten Fußes beschleunigte sich.

»War es das erste Mal, dass Sie sich online mit einem Escort-Girl verabredet haben?«

Larry richtete sich ein wenig auf. Die Finger seiner rechten Hand flatterten über den ausgefransten Kragen seines T-Shirts.

»Online?«

»Ja, über das Internet. Ist es das erste Mal, dass Sie über das Internet versucht haben, ein Escort-Girl zu finden?«

Larry leckte sich die Lippen. Seine Antwort kam langsam.

»Ich bin nicht oft online.«

»Larry«, sagte Jocelyn und beugte sich in seine Richtung. »Wir wissen, dass Sie sich mit Anita Grant per E-Mail zu einem Treffen verabredet haben. Ich habe Kopien der E-Mails. Ich weiß, dass es Ihr Computer war, weil wir Ihre IP-Adresse haben.«

»IP-Adresse?«, wiederholte er verwirrt.

Jocelyn wusste um ihre Lüge, aber sie war sich ziemlich sicher, dass sie – oder jemand von der SVU – in wenigen Tagen seinen Computer beschlagnahmen konnte. Oder jemand aus der Abteilung Computerkriminalität in der Lage war zu bestätigen, dass Larry Warner Anita die E-Mails geschickt hatte, in denen er um ein Treffen bat.

»Ich habe Filmaufnahmen von dem Treffen zwischen Ihnen und Angel Donovan mit Anita im Dunkin' Donuts auf der Germantown Avenue, um Viertel vor sechs abends, vor zwei Tagen. Also, sagen Sie mir – war dies das erste Mal, dass Sie online nach einem Escort-Girl gesucht haben?«

»Ich habe nicht nach einem Escort-Girl gesucht …«, begann Larry, doch Jocelyn hob die Hand, um ihn zum Schweigen zu bringen.

»Larry, ich habe ein E-Mail von Ihnen an Anita, wo es um das Treffen geht. Und ich habe die Aufnahmen der Überwachungskamera im Dunkin' Donuts. Ich weiß, dass Sie auf Anitas Anzeige geantwortet und sich mit ihr getroffen haben, um ein weiteres Treffen auszumachen, bei dem es um Sex gehen sollte. Anita ist seit zehn Jahren eine Prostituierte.«

Larry schwieg und sah überall hin, nur nicht zu Jocelyn. Sie ließ den Moment verstreichen. Das einzige Geräusch im Raum war das hektische Tappen seines Fußes auf dem Linoleum. Er leckte sich die Lippen und sah zur Tür.

Jocelyn versuchte es mit einer anderen Taktik.

»Wussten Sie, dass Prostitution das älteste Gewerbe der Welt genannt wird? Himmel, in Nevada ist alles sogar legal. Sie – Sie sind noch nicht so alt, sehen immer noch gut aus. Sie müssen sich um Ihre Mutter kümmern. Jeder braucht ein bisschen Entspannung. Das ist keine große Sache, Larry. Vielleicht waren Sie online und haben sich einfach nur ein bisschen umgesehen. Vielleicht haben Sie einfach nur etwas gesucht, bei dem es nicht um tiefe Gefühle geht, die ja nichts als Probleme machen.«

Er nickte fast unmerklich, als sie das sagte.

»Also«, fuhr Jocelyn fort, »war dies das erste Mal, dass Sie die Online-Dienste genutzt haben, um ein Escort-Girl zu finden?«

Larry seufzte, zupfte wieder an seinem Kragen.

»Ja.«

»Wessen Idee war es, ein Escort-Girl zu suchen?«

»Was?«

»War es Ihre Idee, ein Escort-Girl anzuheuern?«

Er zog die Nasenflügel ein und blinzelte, als ob es im Raum plötzlich zu hell geworden wäre.

»Ähm, ja.«

Jocelyn wusste, dass er log, ließ es aber für den Augenblick auf sich beruhen.

»Und dann haben Sie sich mit Anita getroffen. Worüber haben Sie gesprochen?«

»Gesprochen?«

»Ja – worüber haben Sie gesprochen?«

»Hm – Sie wissen schon. Über Sex.«

»Worum haben Sie sie gebeten?«

»Sie war – sie sollte es mit mir und Angel machen.«

»Sie sollte mit Ihnen und Mister Donovan Geschlechtsverkehr haben?«

Er nickte.

»Was hat sie Ihnen als Preis genannt?«

»Hm, fünfzehnhundert.«

»Haben Sie sich einverstanden erklärt, ihr fünfzehnhundert zu zahlen?«

»Habe ich was?«

Jocelyn wusste, dass Verdächtige, die logen, die Tendenz besaßen, die Fragen zu wiederholen, um sich Zeit zu verschaffen. So auch Larry, seit sie hereingekommen war. Trotzdem ging ihre Geduld zur Neige. Sie zeigte es ihm nicht. Mit aller Ruhe, die sie aufbringen konnte, wiederholte sie die Frage.

»Ich erinnere mich nicht«, antwortete er.

»Nun, Miss Grant sagt, dass Sie sich nicht einigen konnten. Sie sagt, Sie hätten ihr nur eine Teilzahlung angeboten, woraufhin sie das Dunkin' Donuts verlassen hat. Es gibt die Aussage eines unabhängigen Zeugen, der gesehen hat, wie Angel Donovan Miss Grant etwa eine Viertelstunde später in einen grauen Bonneville gezerrt hat.«

Larry bekam einen Hustenanfall. Sein Körper faltete sich zusammen.

»Ich hole Ihnen Wasser«, erklärte Jocelyn.

Sie ging aus dem Raum und den Flur entlang zu dem Zimmer, in dem Kevin gerade Angel befragte. Sie klopfte zweimal an die Tür und marschierte weiter, ans Ende des Flurs, wo der Trinkwasserspender stand. Fünf Minuten später kam Kevin heraus. Er hielt mehrere Blätter Papier in der Hand.

»Hast du etwas herausgefunden?«, fragte Jocelyn.

Kevin schüttelte den Kopf.

»Dieser nicht sprechende Typ ist eine echte Nervensäge. Ach ja – und der Kerl kann nicht buchstabieren, selbst wenn sein Leben davon abhinge.«

Er hielt ein Blatt Papier hoch. Die Buchstaben sahen aus wie die von einem Erstklässler und sollten wohl ausdrücken, dass er nichts wisse.

Jocelyn hob eine Augenbraue.

»Und was sagt er über den dritten Mann?«

»Er sagt, da war niemand anders; nur er und Warner. Den ganzen Rest hat er allerdings zugegeben. Er ist nicht gerade der Hellste.«

»Nur drei Mahlzeiten am Tag im Gefängnis! Und ich kann mir nicht vorstellen, wie ein Kerl von diesen Ausmaßen nicht für jedermann die Nutte spielen würde.«

Kevin lachte trocken.

»Man weiß es nie«, erwiderte er. »Wenn ich ihn richtig verstanden habe, hat Larry ihn gebeten, ihm eine Frau zu verschaffen. Sie sind ins Dunkin' Donuts gegangen, haben Anita getroffen. Sie wollte das Geld nicht, das sie ihr angeboten haben, und ist verschwunden. Sie sind ihr gefolgt, haben sie ins Auto gezerrt. Er behauptet, er kennt das Haus nicht, wo sie sie hingebracht haben – er sei vorher noch nie dagewesen.«

»Das ist Quatsch«, kommentierte Jocelyn. »Und was sagt er darüber, dass sie gekreuzigt wurde?«

Kevin zuckte mit den Schultern.

»Sie waren es nicht. Er meint, Warner und er hätten sie in ein Haus gebracht und dort Geschlechtsverkehr mit ihr gehabt. Anschließend, so behauptet er, hätten sie Anita wieder zum

Dunkin' Donuts gebracht, und er habe keine Ahnung, was das mit der Kreuzigung sein soll. Das ist alles.«

»Sie leugnen also beide, dass dieser dritte Kerl existiert, der Weiße. Hast du ihn gefragt, wer Face ist?«

Kevin nickte und hielt in jeder Hand ein Blatt Papier hoch. Schief und krumm verlaufende Buchstaben bildeten auf einem der Blätter die Worte: »Kein Man in Haus«, und auf dem anderen: »Ken keinen Fäis.« Er habe also noch nie von jemandem namens Face gehört.

»Das ist genauso Quatsch!«, rief Jocelyn und lief im schmalen Flur hin und her. »Himmel! Das kommt mir alles wie einstudiert vor.«

»Mit dem Typen haben wir kein Glück. Er gibt zu, Anita ins Auto gezwungen zu haben, und räumt auch die Vergewaltigung ein. Ich habe ihn gefragt, ob Anita sich gewehrt hat, und das hat er bejaht. Aber er wird den Weißen nicht verraten. Ich verstehe das nicht.«

»Womit auch immer der Kerl sie in der Hand hat, es ist eine Riesensache«, fügt Jocelyn hinzu. »Lass uns versuchen, sie zu knacken.«

»In Ordnung«, stimmte Kevin zu.

»Warte mal!«

Jocelyn nahm Kevin den Stapel Papiere aus der Hand und fischte ein paar Blätter heraus. Auf einem stand nur »Ja«, auf einem anderen, »Sie ins Auto gehohlt«, und das dritte Blatt war das, auf dem »Kein Man in Haus« stand. Von diesem letzten Blatt riss sie die Ecke ab, auf der das »Kein« stand. Jetzt sagte der Zettel nur noch: »Man in Haus.« Sie nahm die Blätter und einen Becher mit Wasser mit in den Befragungsraum, wo Larry wartete.

Sie legte die Blätter vor ihm auf den Tisch und stellte den Becher in seine Reichweite. Er saß über den Tisch gebeugt. Das Tapp-Tapp-Tapp-Tapp seines rechten Absatzes gegen den Linoleumboden füllte den Raum. Er nahm einen Schluck Wasser und ließ sie dabei nicht aus den Augen.

Jocelyn seufzte und setzte sich wieder neben ihn.

»Larry«, sagte sie, »lassen Sie uns zur Sache kommen. Ich will nicht noch mehr Ihrer Zeit verschwenden. Schließlich sind Sie nicht dumm«, und sie schnippte mit dem Finger gegen die Blätter, die sie mitgebracht hatte. »Es ist offensichtlich – Sie sind derjenige, der bei dieser Sache fürs Denken zuständig ist.«

Larrys Augen starrten auf die von Angel wackelig gezeichneten Buchstaben.

»Wir wissen, dass Sie und Angel Donovan Anita Grant in Ihr Auto gezwungen haben. Wir wissen, dass Sie beide sie zu einem anderen Ort gebracht haben, wo einer Ihrer Partner gewartet hat. Wohin haben Sie sie gebracht?«

Larry starrte sie stumm an. Sie konnte sehen, wie er in Gedanken versuchte, sich etwas zurechtzulegen, wie er darüber nachsann, was er ihr sagen, was er verschweigen sollte, was Sinn ergab und was nicht. Er räusperte sich.

»Wir haben sie nirgendwohin gebracht.«

»Aber Angel hat sie in Ihr Auto gezerrt, richtig?«

Erneut zupfte er an seinem Kragen.

»Ja. Sie war im Auto. Aber wir sind nirgendwohin gefahren. Wir haben sie bezahlt. Wir haben sie für Sex bezahlt.«

Jocelyn seufzte wieder.

»Okay, Larry. Wer hat sie bezahlt? Sie? Angel Donovan? Oder war es Ihr Partner?«

Larrys Augen huschten hin und her.

»Mein Partner?«

»Ja, Larry. In das Ganze war ein dritter Mann verwickelt. Wer ist er?«

Ein weiteres Mal leckte sich Larry die Lippen. Sein Mund gab dabei ein schmatzendes Geräusch von sich.

»Da war niemand sonst.«

»Im Auto nicht, nein. Aber als Sie ins Haus gekommen sind, hat jemand auf Sie gewartet. Wer ist er? Er hat einen Namen, Larry!«

Larry schüttelte langsam den Kopf und kratzte sich an der Nase.

»Da war niemand …«

Jocelyn hob erneut die Hand, um ihn zum Schweigen zu bringen.

»Larry, Miss Grant sagt, dass da ein dritter Mann war, und Angel Donovan hat das bestätigt. Wir wissen, dass an diesem Abend noch jemand anderes bei Ihnen war. Wie heißt er?«

Sie blätterte durch die Blätter von Angels Interview, suchte die, auf der die »Man in Haus« stand, und schob das Blatt direkt unter Larrys Nase.

»Was ist passiert, Larry?«, fragte Jocelyn. »Ich habe es von Anita Grant gehört, und ich habe es von Angel Donovan gehört. Jetzt will ich es von Ihnen hören. Das ist Ihre Chance, mir zu erzählen, was in dem Haus passiert ist. Wenn Sie jetzt mit mir reden, kann ich Ihnen helfen. Ich glaube nicht, dass das alles Ihre Idee war, aber ich muss das von Ihnen bestätigt bekommen. Wer ist Face?«

Larrys Augen flitzten von dem Blatt Papier zu Jocelyns Augen. Den Bruchteil einer Sekunde lang hatte er den Ausdruck eines Rehs, das sich im Scheinwerferlicht gefangen sieht. Doch er erholte sich schnell und räusperte sich.

»Wer?«, fragte er.

»Face. Wer ist er?«

»Ich kenne keinen Face.«

»Sie kennen niemanden, der sich Face nennt?«

»Nein.«

Jocelyn lehnte sich zu ihm und senkte die Stimme.

»Nun, Angel Donovan kennt so jemanden. Und Anita Grant ganz sicher. Warum belügen Sie uns, Larry? Sagen Sie es mir, und ich kann Ihnen helfen.«

Er schwieg. Jocelyn wartete einen Augenblick, bevor sie die Befragung fortsetzte.

»Wohin haben Sie Anita Grant gebracht?«

Larry zuckte mit den Schultern.

»Ich erinnere mich nicht.«

»War es irgendwo in Kensington?«

»Keine Ahnung.«

»Sie sind dorthin gefahren, Larry – Sie müssen doch irgendeine Vorstellung haben.«

Erneut kratzte er sich an der Nase.

»Ich erinnere mich nicht.«

»In Ordnung. Vergessen wir erst einmal das Haus. Mit den Aussagen von Anita Grant, dem unabhängigen Zeugen und Angel Donovan kriegen wir Sie wegen Entführung und Vergewaltigung dran. Das bedeutet zehn bis zwanzig Jahre für jedes der beiden Verbrechen. Sie könnten im Gefängnis sitzen, bis Sie neunzig sind. Denken Sie mal darüber nach. Sie können sich das antun – oder Sie sagen mir den Namen des dritten Mannes. Dann werde ich alles tun, damit die Strafe reduziert wird. Ich bin mir sicher, dass der Staatsanwalt Ihnen entgegenkommt, wenn Sie bereit sind, zu kooperieren.«

Sie sah seinen Augen den inneren Kampf an. Der Moment dehnte sich aus.

»Was hat er gegen Sie in der Hand, Larry? Was auch immer es ist, wir können eine Lösung finden. Er hat die Nägel eingeschlagen – nicht Sie. Warum sollten Sie die Strafe für etwas auf sich nehmen, das Sie nicht getan haben? Geben Sie mir einen Namen, und ich kann für Sie einen Deal aushandeln. Ich kann Ihnen helfen.«

Sein Blick irrte im Raum umher, streifte kurz ihre Augen. Sein Adamsapfel zuckte in seiner Kehle. Das Geräusch, als er das Gewicht im Stuhl verlagerte, wirkte überaus laut.

»Sie sind nicht dumm, Larry. Lassen Sie es nicht zu, dass dieser Kerl Ihr Leben ruiniert. Sie müssen an Ihre kranke Mutter denken. Wer soll sich denn um sie kümmern, wenn Sie eingesperrt sind?«

Er ließ den Kopf in die Hände sinken. Seine Schultern kippten nach vorne. Einen Augenblick lang dachte Jocelyn, er würde kapitulieren.

»Wer ist er, Larry? Sagen Sie mir seinen Namen!«

Er hob den Kopf und sah sie an. Seine Augen waren ausdruckslos und leer.

»Ich kann nicht«, sagte er.

6. Oktober

Jocelyns Atem fing sich in ihrer Kehle. Sie schluckte und fragte, mit einem Gesichtsausdruck, der nichts verriet: »Warum nicht, Larry?«

Seine Finger trommelten auf die Blätter, die Angel beschrieben hatte.

»Da war niemand sonst.«

»Für wen lügen Sie, Larry?«

»Für niemanden.«

Jocelyn wusste, dass es sinnlos war, die Befragung fortzuführen. Warner und Donovan hatten sich vorher überlegt, was sie sagen würden, wenn man sie erwischte oder die Polizei sie befragte. Und ihren Partner zu verraten stand nicht in ihrem Plan.

Larrys Stakkatotrommeln auf der Tischplatte wurde schneller und lauter. Jocelyn beobachtete ihn, bis er sich im Stuhl zurechtrückte und wieder mit dem Auf und Ab seines rechten Fußes begann. Als es peinlich zu werden begann, beugte sie sich noch einmal vor und fing seinen Blick ein.

»Ich kann es nicht glauben, dass Sie so unglaublich dumm sind, Larry.«

Sie bearbeitete ihn dann noch eine weitere halbe Stunde, doch er gab nicht nach. Er war wie eine Schallplatte mit einem Sprung, er wiederholte immer dasselbe.

Schließlich verließen Jocelyn und Kevin die beiden Männer im Unterbringungsbereich und gingen nach oben, um ihre weitere Strategie zu überlegen. Die meisten anderen Detectives waren verschwunden, um Notrufen nachzugehen. Der Fernseher in der Ecke lief noch immer, ohne Ton, zeigte Bilder von abendlichen Sitcoms, mit gelegentlichen weiteren Informationen über die »Sondermeldung«.

Kevin ließ sich in seinen Schreibtischstuhl fallen und lockerte seine Krawatte.

»Ich habe es satt, mit den beiden Mistkerlen zu reden. Lass uns einfach die SVU anrufen, die sollen sie abholen.«

Chen hastete vorbei, einen Stapel Akten im Arm. Seitlich aus seinem Mund hing ein Stift.

»Vergiss es, Sully. Die Kollegen haben alle Hände voll zu tun. Der Verdächtige im Kaufman-Fall hat sich in einem Haus verbarrikadiert. Mit Geiseln und allem. Die Situation ist total verfahren. Ach ja, und der Germantown-Grabscher hat heute Abend zweimal zugeschlagen.«

Kevin rieb sich die Augen.

»Himmel noch mal!«, brummte er. »Die werden ewig brauchen, bis sie hier sein können. Na gut – scheiß drauf. Meinetwegen können die beiden den nächsten Tag in der Zelle verbringen.«

Jocelyn lief auf und ab. Sie lockerte die Schiene an ihrem Handgelenk und rieb sich leicht die Haut, bevor sie sie wieder anzog. Ihre Beine schmerzten vor Erschöpfung. Ihre Schicht näherte sich dem Ende, aber sie wusste, dass sie noch lange nach Ende der Schicht dasitzen würden, um den Papierkram zu erledigen. Ihr fiel ein, dass sie Olivia versprochen hatte, am Morgen mit ihr ein Halloweenkostüm zu besorgen.

»Das ist einfach nicht richtig!«, stieß Jocelyn hervor. »Warum schützen die beiden diesen Kerl?«

Kevin seufzte.

»Wen interessiert das? Das ist sowieso nicht unser Problem. Lass sie uns einfach erkennungsdienstlich behandeln, und dann bleiben sie unten, bis die SVU sie abholt.«

»Und was sollen wir angeben?«

Kevin strich sich mit der Hand durch das dünner werdende Haar.

»Verflucht, Rush! Was wir nur können. Vergewaltigung, Entführung, schwere Körperverletzung.«

Sie blieb stehen und sah Kevin an.

»Wir brauchen den dritten Mann.«

»Das ist nicht unser Fall. Wir werden nicht versuchen, den dritten Kerl zu kriegen. Wir werden sie wegen der Anschuldigungen festhalten, die wir haben, und dann gehen wir nach Hause.«

Jocelyn blieb vor ihm stehen und stemmte die Hände in die Hüften. Sie hob die Augenbrauen, bis Kevin laut stöhnte, sich in seinem Stuhl zurücklehnte und an die Decke sah, als ob er wünschte, dass ihn Aliens entführten, und das sofort.

»Was zum Teufel willst du, Rush?«

»Ich will sicherstellen, dass wir unsere Arbeit ordentlich gemacht haben, bevor die SVU den Fall übernimmt.«

Kevin betrachtete sie kopfschüttelnd.

»Wir haben unsere Arbeit ordentlich gemacht. Sieh mal – wir kriegen den dritten Typen nicht über diese Scheißkerle. Hast du Warner etwa einen Deal angeboten?«

Jocelyn nickte. Sie suchte in ihrem Schreibtisch nach dem Fläschchen mit Ibuprofen.

»Er wollte keinen Deal.«

»Donovan auch nicht.«

Sie fand das Fläschchen, öffnete es und schüttelte zwei Tabletten auf den Schreibtisch.

»Donovan ist nur der, der die Muckis spielen lässt. Er macht alles, was Warner ihm befiehlt, weil Warner das Sagen hat. Sie haben das vorher abgesprochen. Sie haben abgesprochen, was sie sagen, wenn man sie hopsnimmt.«

Kevin zog die Packung Nikotinkaugummis aus seiner Jackentasche und warf zwei davon ein.

»Also verhaften wir sie. Die SVU kann ihre Partner überprüfen. Die beschlagnahmen das Auto, die Handys und

Warners Computer. Die Kerle müssen diesen Face ja angerufen haben. So kann die SVU ihn aufspüren. Aber das ist jetzt nicht mehr unser Problem.«

Jocelyn fischte eine Dose mit warmer Cola unter den Papieren auf ihrem Schreibtisch hervor und nahm einen Schluck, um das Ibuprofen hinunterzuspülen. Der schale, süßliche Geschmack ließ sie eine Grimasse ziehen.

»Ich glaube nicht, dass die SVU Face so finden kann. Warner und Donovan waren schlau genug, ihre Aussagen abzusprechen. Wieso glaubst du, dass eine simple Überprüfung ihrer Handys uns zu dem anderen Typen führt?«

»Dann versuchen sie eben etwas anderes. Wen kümmert das, Rush? Sieh mal, ich weiß ja, du kennst Anita noch von deiner Zeit auf Streife. Aber die SVU übernimmt nun mal alle Sexualstraftaten. Das ist dir doch nicht neu. Wir können da nichts machen.«

Jocelyn hob beide Hände, um sich die Augen zu reiben, und zuckte zusammen, als das raue Material der Schiene ihre Wange berührte. Sie vergaß immer wieder, dass sie die Schiene trug, trotz des Pochens in ihrem Handgelenk. Sie ließ sich in ihren Stuhl fallen, lehnte den Kopf gegen die Nackenstütze und schloss die Augen. Kevin hatte ja recht – natürlich. Weder ihr Boss noch die Special Victims Unit würden allzu erfreut darauf reagieren, wenn sie einen Fall verfolgten, der nicht ihr Fall war, und wenn ihre Arbeit noch so gut war. Es gab genügend Verbrechen in ihrem eigenen Zuständigkeitsbereich.

Sie dachte an Anita, wie sie in ihrem Krankenbett kauerte, die blutdurchtränkten Verbände an den zitternden Händen. Jocelyn verstand, warum Anita zur Prostitution zurückgekehrt war. Es war leicht verdientes Geld, und Anita war nicht wohlhabend, unabhängig davon, wie man das definierte. Die Prostitution war ohnehin nie Anitas größtes Problem gewesen. Es waren immer die Drogen – so wie für viele andere Leute auch. Wie für Camille. Aber anders als Jocelyns Schwester hatte Anita die Kraft gehabt, der Sucht zu entkommen, und war stark genug gewesen, den Drogen in den letzten Jahren fernzubleiben. Als sie sich noch auf The Stroll herumgetrieben hatte, war Anita zäh und einfallsreich gewesen. Sie war stark. Das waren die Eigenschaften, die es ihr ermöglicht hatten, ihr Leben in Ordnung zu bringen, keine Drogen mehr zu nehmen und für sich und ihre Kinder eine neue Grundlage zu schaffen.

Hass erfüllte Jocelyn, wenn sie daran dachte, wie jemand diese lebenssprühende, beherzte Frau, die sie kannte, in ein Häufchen Elend verwandeln konnte. Es brannte in ihr, tief in ihrem Bauch, in ihrem innersten Kern. Das, was sie am liebsten mit den Männern, die Anita verletzt hatten, machen würde, stieß an die Grenzen ihrer Menschlichkeit.

Aber sie musste den Fall loslassen.

Sie konnte sich bei Anita erkundigen, wie alles lief, aber sie musste ihre Arbeit tun, und diese Arbeit bestand nicht darin, Sexualdelikte zu untersuchen. Sie seufzte.

»Okay, bringen wir das mit den Anschuldigungen auf den Weg.«

Kevin drehte sich zu seinem Computer.

»Aber gerne!«

7. Oktober

Jocelyn trat um sich, als sie aus dem Traum erwachte. Ihr Mund arbeitete daran, den Schrei freizugeben, der in ihrer Kehle feststeckte. Ein Blick auf ihren Wecker zeigte ihr, dass es drei Uhr vierundzwanzig war. Sie bemühte sich, wieder zu atmen, zog ihre Beine unter der Decke hervor, die sich verwickelt hatte, stellte die Füße auf den Boden und setzte sich aufrecht. Sie war erleichtert, dass Olivia sich nicht in ihr Bett geschlichen hatte. Dicke Schweißtropfen liefen ihr seitlich vom

Gesicht hinunter. Sie wischte sie mit dem Handrücken fort. Dabei kratzte ihre Schiene an der Wange, und ihr Handgelenk pochte. Sie versuchte, ihr Atmen zu verlangsamen.

Es war derselbe Traum wie in der letzten Nacht. Sie hatte dagestanden und durch die Ritzen der Schlafzimmertür ihrer Schwester gespäht, während diese Jungs Camille wehtaten. Fünf waren es insgesamt. Einer von ihnen hatte bloß zugesehen. Dann war sie gerannt, und das ganz normale Haus ihrer Eltern hatte sich in ein endloses Labyrinth an Gängen verwandelt. Sie rannte und rannte und rannte, aber sie konnte weder ihren Vater noch jemand anderen finden, der helfen konnte.

War es so passiert? War sie wirklich dabeigewesen? Hatte sie es tatsächlich gesehen? Sie konnte sich nicht erinnern, hatte sich nie erinnern können. Nur zwei Wochen nach der Vergewaltigung, mit siebzehn, war sie in einen Autounfall verwickelt gewesen. Alle Erinnerungen von der Woche vor der Vergewaltigung bis zur Woche nach ihrem Unfall waren gelöscht – ein Monat ihres Lebens einfach verloren. Ihr Arzt hatte gesagt, das sei bei schweren Kopfverletzungen nichts Ungewöhnliches.

Das Letzte, woran Jocelyn sich erinnerte, war, wie sie sich irgendwann nach der Schule in ihr Auto gesetzt hatte, bevor die ganzen schlimmen Dinge passiert waren. Sie wusste noch, wie sie ihren Freunden auf dem Parkplatz zugewinkt hatte und zum Ausgang gefahren war. Dann war sie zu Hause, in ihrem Bett. Ihr ganzer Körper schmerzte. Ihr Haar war rasiert worden, wo man ihr die Schädeldecke geöffnet hatte. Ihre Mutter hielt Wache neben ihrem Bett.

»Ein Unfall«, hatte ihre Mutter gesagt. »Du hattest einen Unfall.«

Niemand hatte ihr erklärt, was in diesem Monat geschehen war, den sie verloren hatte. Ihre Familie vermied das Thema geflissentlich, so häufig sie es auch ansprach. Ein Unfall, das war alles, was ihre Mutter sagte.

Die sechs Monate danach waren immer noch ziemlich verschwommen. Ärzte, Therapeuten, Arbeiten für die Schule, alles zu Hause. Ihre Familie war wohlhabend genug, sodass ihr Vater es sich leisten konnte, alle notwendigen medizinischen Behandlungen im Haus stattfinden zu lassen.

Sie verließ das Haus fast nie und kam kaum dazu, über anderes nachzudenken als die Frage, wie sie wieder gehen und selbstständig essen lernen konnte. Ihre Mutter war immer weinerlich und zittrig, presste oft ein Taschentuch gegen den Mund, als ob sie einen Ansturm mächtiger Trauer zurückhalten würde. Ihre Schwester Camille war launisch und in sich gekehrt. Sie wollte mit keinem reden und sah fast niemanden an. Nur Jocelyns Vater war genauso, wie er immer gewesen war – kalt, distanziert und meistens abwesend.

Nur durch Zufall hatte Jocelyn von Camilles Vergewaltigung erfahren. Nachts konnte sie meistens nicht schlafen und schlich im Haus umher, ständig in Bewegung, gegen die Lähmung im linken Bein kämpfend. Eines Nachts wollte sie ins Arbeitszimmer ihres Vaters gehen, um irgendein Buch zu suchen, das sie unterhalten könnte. An der Tür hörte sie die laute Stimme ihrer Mutter.

»Wir können nicht einfach nichts tun, Bruce!«

Die Stimme ihres Vaters war erheblich leiser. Obwohl sie das Ohr gegen die Tür presste, konnte Jocelyn nur Fetzen dessen verstehen, was er sagte.

»… einfach nur Jungs. Verstehst du nicht, wie viele Leben das ruinieren würde?«

»Wie kannst du so was nur sagen!«, schrie ihre Mutter. »Diese Jungs haben unsere Tochter vergewaltigt. Unsere Tochter!«

Etwas krachte hinter der Tür. Jocelyn sprang mit klopfendem Herzen zurück. Die Stimme ihres Vaters klang alarmiert, fast ängstlich.

»Elizabeth!«, rief er mahnend.

»Du Schweinehund!«, brüllte ihre Mutter. »Du Scheißkerl! Du Arschloch!«

Ein weiteres Krachen.

»Elizabeth!«

Nun schrie auch ihr Vater, und die Strenge war in seinen Tonfall zurückgekehrt. Dann senkte er die Stimme wieder.

»Ich habe die Entscheidung bereits getroffen. Wir reden hier über Teenager … Es kann nichts Gutes dabei herauskommen, wenn wir das an die Öffentlichkeit zerren … die Zeitungen … außer Kontrolle. Ich weiß, was für diese Familie am besten ist. Lass mich die Sache einfach auf meine Art regeln … nicht vor Gericht und nicht in der Presse. Die Jungs werden bestraft werden.«

Die Stimme ihrer Mutter war noch immer laut, aber jetzt ruhiger.

»Und was ist mit Camille?«

Jocelyn hörte etwas, das sie für ein Seufzen ihres Vaters hielt.

»Ich werde mich um Camille kümmern«, sagte er.

»Und Jocelyn? Sie hat alles gesehen.«

Ein weiteres Seufzen.

»Jocelyn kann sich an nichts erinnern. An nichts – nicht nach diesem Unfall. Du weißt so gut wie ich, dass diese Erinnerungen nie zurückkehren werden. Sieh sie dir doch an, verdammt noch mal! Sie kann ja kaum laufen. Über sie müssen wir uns bestimmt keine Gedanken machen.«

Ihre Mutter hatte lange geschwiegen, minutenlang. Dann hatte zerbrechendes Glas die Stille durchbrochen. Jocelyn hatte ihre Mutter noch nie so wütend, so bedrohlich erlebt.

»Ich werde das nicht vergessen!«, war das Letzte, was sie gesagt hatte.

Jocelyn spielte die Unterhaltung aus dieser Nacht wieder und wieder in ihrem Kopf ab. Sie konnte einfach nicht loslassen. Lange Zeit versuchte sie, mit Camille darüber zu reden, aber Camille verbot ihr immer den Mund. Nach vielen Versuchen weigerte sie sich, überhaupt mit Jocelyn zu sprechen. Trotzdem machte Jocelyn alles, um den Plan ihres Vaters zu untergraben, die ganze Sache unter den Teppich zu kehren. Zuerst ging sie zum Sheriff, dann zum Büro des Staatsanwalts, wo ihr zwei Staatsanwälte mit faszinierter Aufmerksamkeit zuhörten und versprachen, die Vergewaltigung gründlich zu untersuchen. Man bestellte Camille ein, zusammen mit ihrem Vater, aber Camille wollte partout nicht zugeben, dass ein Verbrechen passiert war.

Dann war Jocelyn bei einem Reporter des *Times Herald* gewesen. Der war sehr interessiert an der Geschichte, aber nach ein paar Wochen rief er sie an und teilte ihr mit, es gäbe keine Geschichte. Auch er hatte mit Camille gesprochen. Es gebe keinerlei Beweise dafür, dass ein Verbrechen stattgefunden habe, und ohne Camilles Zeugenaussage, ohne ihre Bestätigung, dass die Vergewaltigung tatsächlich geschehen war, gebe es nichts, was er unternehmen könne.

Noch bevor Jocelyn das Haus ihrer Eltern verließ, um aufs College zu gehen, viele Monate nach dem Unfall, war Camille von zu Hause weggelaufen. Ihre Eltern spürten sie einige Male auf den Straßen des nahen Philadelphia auf. Camille war zwei Jahre jünger als Jocelyn. Da sie noch minderjährig war, hatten ihre Eltern noch immer die Aufsicht über sie. Bis sie achtzehn wurde, war sie bereits in drei verschiedenen Entziehungskliniken gewesen.

Das Gesicht von Elizabeth Rush hatte einen dauerhaft zerstörten und bitteren Ausdruck angenommen. Die liebevolle, lebhafte Frau, die Jocelyn ihr ganzes Leben lang gekannt hatte, war verschwunden. Die Frau, die jedes Stück ihres Christbaumschmucks einzeln in Luftpolsterfolie verpackte, um sicherzustellen, dass nichts kaputtging. Selbst die billigen Teile. Die Frau, die kleine Kinder anderer Menschen so behutsam herzte, als seien sie so zerbrechlich wie die fliegenden Schirmchen von Löwenzahn. Die Frau, die auf die Papierservietten in den Lunchpaketen ihrer Kinder Sprichwörter und Liebeserklärungen schrieb: »Du wirst von Tag zu Tag schöner.« Oder: »Dein wacher Geist wird den Sieg davontragen.« Oder auch einfach nur: »Ich liebe dich von ganzem Herzen.«

Elizabeth Rush war zu einer dunklen, dornigen Hülle ihres früheren Selbst geworden. Sie war ständig so zornig, dass nicht einmal ihre ältesten Freundinnen ihre Gegenwart länger ertragen konnten. Nur ihr Bruder kümmerte sich weiter um sie. Soweit Jocelyn das wusste, hatte ihre Mutter mit ihrem Mann nie wieder gesprochen, außer wenn es um absolute Notwendigkeiten ging. Sie hatte niemals wieder in einem Bett mit ihm geschlafen. Die Jahre vor ihrem Tod hatte sie damit verbracht, immer wieder Camille aufzuspüren und ihr aus der Patsche zu helfen. Aber Camille war zu tief gesunken.

»Mami?«

Olivias schläfrige Stimme ließ Jocelyn zusammenschrecken. Ihr Körper zog sich krampfhaft zusammen, und ihr Herzschlag beschleunigte sich. Das Nachtlicht im Flur beleuchtete Olivias kleine Gestalt. Das Mädchen stand barfuß im Türrahmen von Jocelyns Schlafzimmer. Ihr Nachthemd klebte an ihrer Haut, und sie hielt ihre Decke fest in der rechten Hand. Mit der Linken rieb sie ihre Augen. Jocelyn streckte den Arm aus, und Olivia schlurfte zu ihr. Zusammen legten sie sich aufs Bett. Mit einem zufriedenen Seufzen schmiegte Olivia sich an Jocelyn. Gemeinsam schliefen sie wieder ein, tief und traumlos.

7. Oktober

Das Geraschel von vielen Körpern holte Larry vom Saum des Schlafes zurück. Seine Augen öffneten sich, und er drehte den Kopf nach rechts. Auf der Pritsche neben ihm schnarchte Angel friedlich. Der Junge schlief immer gut, ganz gleich, wo sie sich befanden. So massig, wie er war, musste er sich auch keine Gedanken darüber machen, dass die anderen Insassen sich an ihm vergriffen. Trotzdem verstand Larry es nicht, wie er bei dem Lärm schlafen konnte. Achtzig Mann in einem kleinen Raum, das sorgte für eine Menge Schnarchen, unruhiges Hin-und-her-Werfen, Stöhnen, Furzen und sogar Weinen.

Larry setzte sich auf und blickte die Pritschen entlang, die in der entsprechend nachgerüsteten Sporthalle des Holmesburg-Gefängnisses standen. Das Gefängnis thronte wie eine mittelalterliche Burg inmitten eines der Arbeiterviertel von Northeast Philadelphia. Bis 1995 war es geschlossen gewesen. Dann hatte die Stadt Philadelphia die Sporthalle des Holmesburg renoviert und das Gefängnis erneut eröffnet, damit es den Überhang an Gefangenen aus der größeren Curran-Fromhold-Justizvollzugsanstalt aufnehmen konnte.

Larry war an beiden Orten schon gewesen, und einer war so schlimm wie der andere. Wahrscheinlich würde man ihn und Angel hier festhalten, während sie auf das Strafverfahren wegen der Delikte warteten, die die Lady von den Bullen ihnen vorgeworfen hatte.

»Schlampe!«, murmelte er.

Als seine Augen sich an die Halbdunkelheit gewöhnt hatten, entdeckte er auch die Quelle des lauten Raschelns etwa zehn Pritschen links von ihm. Die Körper der beiden Männer, die es miteinander trieben, waren nur vage zu erkennen. Bald vernahm Larry die anderen Geräusche, die er gelernt hatte mit einem Gefängnis zu verbinden – das rhythmische Quietschen einer Pritsche, Haut, die gegen Haut klatschte, und kehliges Stöhnen. Er wandte sich ab, zog das Kissen hinter seinem Kopf hervor und schlug damit nach Angel.

Angel erwachte sofort. Seine riesigen Fäuste schossen zur Seite und landeten auf Larrys Pritsche. Larry wartete, bis Angel ganz aufgewacht war, bevor er die Beine aus dem Bett schwang und sich auf die Kante setzte. Angel tat es ihm nach. Sie saßen sich direkt gegenüber. Die Augen des Jungen waren klein, schwarze Murmeln, die im abgedimmten Licht der Lampen auf beiden Seiten der Sporthalle glitzerten. Angel hob die linke Hand, die Handfläche von Larry abgewandt. Er fragte damit, was los sei.

Es war eine Art Zeichensprache, die die beiden über die Jahre hinweg entwickelt hatten. Angel beherrschte die echte

Gebärdensprache nicht, und keiner von ihnen hatte Lust gehabt, sie zu lernen. Also hatten sie ihre eigene Sprache entwickelt, die aus Gesten, mit dem Mund geformten Worten und verschiedenen Gesichtsausdrücken bestand.

»Warum hast du bei den Bullen gepetzt?«, flüsterte Larry.

Angel verdrehte die Augen und bewegte den Zeigefinger vor Larry hin und her.

»Hast du nicht? Natürlich hast du!«, zischte Larry.

Angel wischte sich mit der Hand über das Gesicht und schüttelte den Kopf, was bedeutete, dass er nichts von Face gesagt habe.

Larry überlegte. Es wäre nicht das erste Mal, dass ein Bulle einen Trick versucht hätte, um ihn zu einem Geständnis zu bewegen. Die Bullenlady hatte die ganze Sache wahrscheinlich frei erfunden.

»Hast du ihnen von der Nutte erzählt?«

Angel zuckte mit den Schultern. Das war ein Ja.

Larry seufzte. Er rieb sich die Nase mit den Handkanten.

»Und deshalb kriegen sie uns wegen Vergewaltigung dran, du Blödmann! Du solltest doch bei unserer Geschichte bleiben!«

Angel hob beide Hände, die Handflächen nach oben gerichtet, und zuckte wieder mit den Schultern.

Larry stieß ihm den Zeigefinger vor die Brust.

»Warum? Damit man uns nicht ins Gefängnis steckt – darum!«

Angel winkte abfällig mit der Hand. Er zeigte auf sich, auf Larry, dann machte er seine Geste für Face und fuhr sich mit der Handkante quer über die Kehle, als ob er sie aufschlitzen wollte. Mit einem lockeren Schütteln des Handgelenks beendete er seine stumme Erklärung. Larry verstand sie: Sie sollten Face fallen lassen.

Larry kratzte sich am Kopf. Face war ihnen schon seit Jahren ein Dorn im Auge, das stimmte. Der Kerl war auch völlig verrückt, aber die Vereinbarung, die sie getroffen hatten, hatte sich gelohnt. Vor allem nach Dwaynes Tod.

»Wir brauchen ihn noch«, widersprach Larry.

Angel schlug sich mit einer Faust in die andere Handfläche, dann verhakte er die Daumen ineinander und ließ seine Finger flattern, wie einen Vogel.

Larry schüttelte den Kopf. »Nein, wir können ihn nicht in die Pfanne hauen und dann verschwinden. Noch nicht. Er muss erst tun, was er versprochen hat.«

Angel bewegte seine Masse, und die Pritsche quietschte wie eine Maus, die unter seinem Gewicht zerquetscht wurde. Langsam schüttelte er den Kopf. Er rieb den rechten Daumen über Zeige- und Mittelfinger. Sie würden das Geld nie zurückbekommen.

Larry sah in Angels Augen.

»Es geht nicht nur ums Geld – das weißt du doch.«

Angel wiederholte die Geste für Face und hob den Mittelfinger. Deutlich genug: »Er kann uns mal!«

»Noch nicht«, sagte Larry.

Angels sonst so nichtssagender Gesichtsausdruck war verkniffen. Er zeigte nach oben und tippte sich anschließend mit dem Zeigefinger auf sein linkes Handgelenk – er wolle hier raus, und das sofort.

»Wir kommen auf Kaution frei«, versicherte ihm Larry.

Angels Augenbrauen zogen sich zusammen. Sein Mund fragte: »Wie?«

»Meine Mutter weiß, was zu tun ist.«

Angel verdrehte die Augen, dann tippte er sich zweimal gegen die Schläfe. Er hielt sie für verrückt. Wieder schlug er sich mit der Faust gegen die Handfläche. Ja, sie hatten eine bessere Chance, frei zu kommen und frei zu bleiben, wenn sie Face verrieten.

»Ich habe ihr Anweisungen gegeben.«

Ein lautloses Lachen erschütterte Angels Schultern. Es machte Larry immer wahnsinnig, wenn Angel lachte. Es war unheimlich, wenn nicht der kleinste Laut zu hören war. Larry wusste ja, dass die Kugel Angels Stimmbänder durchtrennt hatte. Trotzdem flippte er immer beinahe aus bei diesem stummen Lachen.

»Sie wird sich nicht erinnern«, formte Angel mit dem Mund.

Es konnte natürlich sein, dass Hattie Warner sich nicht an die Anweisungen erinnern konnte, die Larry ihr gegeben hatte. Womöglich merkte sie nicht einmal, dass er verschwunden war. Aber bisher hatte sie ihn noch nie im Stich gelassen – Demenz hin oder her.

»Ich wette mit dir um fünfzig Mäuse, dass sie sich erinnert!«

7. Oktober

Mami, Mami! Darf ich ›Himmel und Huhn‹ im Fernsehen ansehen? Kann ich Kakao haben? Und Suppe zum Frühstück?«

Um acht Uhr stieg Jocelyn verschlafen aus dem Bett und murmelte Zustimmendes zu Olivias Litanei an Forderungen, während sie ins Badezimmer ging. Olivia stand vor ihr, als sie pinkelte. Sie drückte Lulu, den pinkfarbenen kleinen Bären, an sich und berichtete Jocelyn von ihren Träumen.

»Da war eine dicke Spinne, und die aß gerne Pizza.«

»Pizza?«, rief Jocelyn aus und bemühte sich um einen Tonfall, der weit fröhlicher war, als sie sich fühlte.

Olivia lächelte und nickte, wischte sich eine dunkle Haarsträhne aus dem schmalen Gesicht.

»Ja«, sagte sie und wippte vor und zurück. »Sie aß gerne Pizza. Es war eine Pizzaspinne!«

»Eine Pizzaspinne? Wow!«

Jocelyn zog die Spülung.

»Und die Spinne ist in einem orangenen Auto gefahren«, fuhr Olivia fort.

Sie putzten sich gemeinsam die Zähne, bürsteten sich die Haare und gingen nach unten, wo Jocelyn die Kaffeemaschine anstellte. Während sie wartete, bis die Kanne sich füllte, legte sie die DVD *Himmel und Huhn* in den DVD-Player und sah sich vorher noch schnell die neuesten Nachrichten über den Kaufman-Entführer im Fernsehen an. Nach einer zehnstündigen Belagerung durch das Sondereinsatzteam von Philly hatte er sich selbst eine Kugel in den Kopf gejagt.

»Es gibt doch einen Gott«, murmelte Jocelyn.

»Was hast du gesagt, Mami?«

Jocelyn wühlte in ihren Haaren und küsste sie auf die Stirn.

»Nichts, mein Schatz. Sieh dir *Himmel und Huhn* an. Ich mache dir Kakao in der Lerntasse. Wie wäre es mit einem Ei zum Frühstück?«

»Suppe!«, beharrte Olivia.

Jocelyn seufzte. Das Kind war regelrecht verrückt nach Suppe. In der letzten Zeit war es sogar das Einzige, was sie überhaupt noch zu sich nahm. Die Kinderärztin hatte gesagt, dass es für Kleinkinder ganz normal ist, beim Essen wählerisch zu sein, aber Olivias Verhalten ging über wählerisch weit hinaus. Es gab Phasen, in denen sie nur ein einziges Nahrungsmittel akzeptierte. Jocelyn bemühte sich härter darum, Olivia von einer ausgewogeneren Ernährung zu überzeugen, als sie sich bei den Verdächtigen während der Vernehmung anstrengte. Sie bot ihr eine große Auswahl an Nahrung an, aber es blieb alles unangerührt. Im letzten Monat waren mit Käse überbackene Makkaroni das Essen der Wahl gewesen. Diesen Monat war Suppe dran.

»Du hattest gestern schon Suppe zum Mittag- und zum Abendessen. Lass uns einfach ein paar Eier zum Frühstück machen.«

»Suppe!«, schmollte Olivia.

»Eier!«, sagte Jocelyn bestimmt.

Olivia beobachtete sie lange und versuchte herauszufinden, wie weit sie in dieser Sache gehen konnte.

»Okay«, stimmte Olivia endlich zu und fragte: »Darf ich malen, bis mein Ei fertig ist?«

»Klar«, sagte Jocelyn lächelnd.

Olivia lief ins Wohnzimmer und holte sich Papier und Stifte. Jocelyn war in der Küche beschäftigt, kochte Olivias Ei und trank eine Tasse Kaffee. Die Türglocke läutete.

»Mami, Mami – da ist jemand an der Tür!«, rief Olivia.

Jocelyn legte das Ei zum Kühlen auf einen Teller mit Disney-Prinzessinnen und ging zur Tür. Sie bekamen nicht viel Besuch. Sie linste durch den Spion. Olivia zog am Saum ihres T-Shirts.

»Wer ist es, Mami? Wer ist es?«

»Es ist Onkel Simon«, antwortete sie und öffnete die Tür.

Olivia quietschte vor Vergnügen und versteckte sich sofort hinter der Couch.

Auf Jocelyns Veranda stand Simon Wilde. Er trug einen grauen Anzug und ein oben offenes blaues Hemd, das den Blick auf ein paar lockige Brusthaare freigab. Sein ehemals schwarzes Haar war jetzt beinahe zur Hälfte ergraut. Das hatte Jocelyn an dem Tag bemerkt, an dem Jocelyns Eltern gestorben waren. Auch wenn er dünn und schon fast siebzig war, war er mit seinen langen Gliedmaßen und seinem Gesicht wie Al Pacino immer noch eine beeindruckende Erscheinung. Die dreijährige Olivia allerdings war davon nicht zu beeindrucken. Ihr Kichern wurde lauter, als sie seine Stimme hörte.

»Wo ist denn Miss Olivia?«, rief er und sah sich im Raum um. »Ich war mir sicher, dass sie hier wohnt.«

Olivias Kopf tauchte hinter der Couch auf. Sie hatte noch nie lange Geduld gehabt.

»Ich bin hier! Ich bin hier!«

Simons Gesicht erhellte sich. Er jagte ihr durchs Wohnzimmer hinterher, fing sie endlich ein und riss sie in seine langen Arme. Er drückte sie an sich und pflanzte geräuschvoll einen Kuss auf ihre Wange, bevor er sie wieder freiließ. Olivia wollte sich allerdings gar nicht befreien. Sie zog an seiner Hand und drängte ihn, mit ihr ins Esszimmer zu gehen, um ihre Spielsachen anzusehen.

111

Jocelyn stellte sich an die Wand des Zimmers, die Arme vor dem Körper verschränkt.

»Was führt dich zu uns?«

Simon schenkte ihr ein lausbubenhaftes Lächeln – genau das Lächeln, mit dem er seit fast vierzig Jahren die weiblichen Geschworenen bezauberte. Als ihr Vater noch lebte, waren er und Simon ein beeindruckendes Team gewesen. Rush und Wilde war noch immer eine der am meisten gefürchteten und respektierten Anwaltskanzleien in Strafsachen in Philadelphia. Jocelyns Vater war derjenige gewesen, der die anderen einschüchterte, und Simon derjenige, der sie bezirzte. Hart und sanft, Yin und Yang. Jocelyn hasste es, das zugeben zu müssen, aber sie hatte Simon heimlich immer mehr gemocht als ihren Vater. Sie hatte ihren Vater geliebt, aber er war ein harter Mann gewesen, und nach der Sache mit der Vergewaltigung hatte sie jeglichen Respekt vor ihm verloren.

»Ich bin hier, um meine entzückende Nichte und meine ebenso entzückende Großnichte zu besuchen«, erwiderte Simon.

Jocelyn lächelte trocken.

»Bitte! Ich habe noch nie einen Anwalt gekannt, der keine Hintergedanken gehabt hätte.«

Simon lachte, antwortete jedoch nicht. Stattdessen begab er sich auf den Fußboden und nahm die Lalaloopsy-Puppe entgegen, die Olivia ihm gab. Diese Puppen waren ganz neu auf dem Spielzeugmarkt. Es waren Puppen mit einem extrem schlanken Körper, riesigen Köpfen und Knopfaugen. Sie waren die Nachfolger der Stoffpuppen Raggedy Ann und Andy – nur dass sie komplett aus Kunststoff bestanden und nicht mehr aus Stoff.

Jocelyn deutete auf die Küche.

»Wenn du länger bleibst, mache ich dir auch ein Ei.«

Olivia sah Simon an, die Stirn in Falten gelegt, die Augenbrauen zusammengezogen und die Nase kritisch gerümpft. Für einen kurzen Augenblick war sie das exakte Ebenbild von

Jocelyns Mutter. Simon bemerkte es ebenfalls. Jocelyn konnte es an der plötzlichen Traurigkeit in seinem Gesicht sehen.

»Onkel Simon, magst du Eier?«

»Ich liebe Eier. Ich esse jeden Morgen zwei zum Frühstück«, antwortete er mit einem raschen Blick zu Jocelyn.

Olivia strahlte und sprang umher.

»Ich auch! Ich auch!«

Eine Stunde später hatten sie ein halbes Dutzend Eier vertilgt, mit der Lalaloopsy-Puppe gespielt und sich dann aufs Basteln gestürzt. Simon steckte knietief in Olivias Kreationen. Sie hatten ein System entwickelt, bei dem Simon die Origami-Figuren faltete und Olivia sie bemalte. Die Figuren lagen überall – Blumen, Kraniche, Schwäne, Schmetterlinge und Windräder.

Irgendwann wurde es Olivia langweilig, und sie kehrte zu ihrem Malen zurück. Sie zeichnete eine Reihe von Prinzessinnen mit Schmetterlingen und Lutschern, bis sie zu Meerjungfrauen überging.

»Für ihr Alter ist sie sehr weit entwickelt«, bemerkte Simon.

Jocelyn lächelte. Sie setzte sich auf die Couch, die Beine untergeschlagen, die dritte Tasse Kaffee in der Hand. Es war ein merkwürdiges Gefühl, mit Olivia zu Hause, aber nicht diejenige zu sein, die mit ihr auf dem Fußboden spielte. Aber wenn Simon zu Besuch war, registrierte Olivia Jocelyn kaum.

»Und?«, fragte Simon. »Hast du Camille gesehen?«

»Ja, gestern Abend«, antwortete Jocelyn. »Man hat sie wegen Prost… Kundenwerbung festgenommen.«

Simon schüttelte den Kopf und gab einen Laut von sich, der tief aus seiner Kehle kam.

Ohne von ihrem Blatt aufzusehen, fragte Olivia: »Was ist Kunduwebun?«

Simon wirkte alarmiert.

»Kundenwerbung, Schatz. So nennt man das, wenn du versuchst, etwas zu verkaufen«, erklärte Jocelyn.

»So wie die Leute im Supermarkt?«

»So ähnlich. Aber Kundenwerbung ist eher, wenn jemand auf dich zukommt oder in dein Haus kommt und dir dabei versucht, etwas zu verkaufen.«

»So wie der Eismann?«

»Ja, so schon eher«, lachte Jocelyn.

Simon stieß den Atem aus und hob eine Augenbraue in Richtung Jocelyn.

»Beeindruckend!«

»Sie ist in Riverside«, ergänzte Jocelyn.

Riverside war die Justizvollzugsanstalt für Frauen in Philadelphia.

»Ich muss mit euch beiden sprechen. Es geht um den Nachlass eurer Eltern.«

»Ich will darüber nicht reden«, entgegnete Jocelyn und hob abwehrend die Hand.

Simon sah sich um. Als ob sie es zum ersten Mal sähe, fiel Jocelyn plötzlich auf, dass der Teppichboden sich an den Ecken löste, dass die Decke Risse aufwies. Und dann war da noch das kaputte Schloss am vorderen Fenster, das sie mit einem Kantholz zugeklemmt hatte. Hier waren einige Reparaturen nötig. Sie hatte das kaum noch bemerkt.

»Du könntest das Geld gut gebrauchen«, meinte Simon.

Jocelyn ignorierte ihn. Simon presste die Lippen zu einer schmalen Linie zusammen.

»Da ist noch etwas. Deine Mutter hat mich gebeten …«

»Onkel Simon, Onkel Simon! Sieh mal! Sieh dir das an!«

Olivia zerrte mit aller Kraft an Simons Arm, zog ihn näher heran. Er sah über ihre Schulter, um ihr neuestes Bild zu bewundern.

»Wow!«, rief er aus. »Olivia, das ist sehr schön!«

Jocelyn beugte sich vor, um die Meerjungfrau zu betrachten, die Olivia gezeichnet und bunt angemalt hatte.

»Süße, das ist unglaublich!«, rief sie aus und stieß Simon an. »Sieh es dir nur an – sie hat sogar Muscheln gezeichnet, wo die Brüste sind.«

Simon lachte. Olivia warf Jocelyn einen ernsten Blick zu.

»Das ist ein Muschel-BH, Mami!«

»Du hast recht, mein Schatz, und du hast das sehr gut gezeichnet«, nickte sie.

»Das müssen wir an den Kühlschrank hängen«, verlangte Olivia.

Simons Handy piepte, und er zog es hervor, um auf den Bildschirm zu sehen. Er runzelte die Stirn, als er die SMS überflog und rasch etwas tippte.

»Ich muss zurück ins Büro«, sagte er.

Olivia hielt ihm das Bild mit der Meerjungfrau direkt vors Gesicht.

»Aber zuerst musst du mir helfen, das an den Kühlschrank zu machen!«, rief sie.

Simon stand mühevoll auf. Seine Knie knackten. Er war immer so energiegeladen gewesen, so lebendig. Es war ein merkwürdiges Gefühl für Jocelyn, die Zeichen seines fortschreitenden Alters zu sehen. Irgendwann würde es ihn nicht mehr geben. Der Gedanke daran machte ihr das Herz schwer. Es waren nur noch so wenige aus ihrer Familie übrig. Dennoch lächelte sie, als Olivia ihn in die Küche zog.

»Ich hoffe, ihr findet noch einen Platz!«, rief Jocelyn ihnen hinterher.

Ihr Kühlschrank war fast vollständig mit Olivias Kunstwerken bedeckt. Manchmal war es sogar schwierig, den Griff zu finden. Jocelyn konnte sich von keinem einzigen Bild trennen. Nach ein paar ruhigen Augenblicken, unterbrochen nur durch das Rascheln von Papier und das Klappern von Magneten, die zu Boden fielen, kam Olivia zurück ins Wohnzimmer, triumphierend strahlend.

»Habt ihr einen Platz gefunden?«, fragte Jocelyn.

»Ja.«

Hinter ihr kam Simon. Er hielt ein cremefarbenes Blatt Papier in der Hand. Seine linke Augenbraue war sehr ernst nach oben gezogen.

»Du hast meinen Brief also doch bekommen«, meinte er und reichte ihr das Blatt.

Ein Brief auf dickem, feinem Papier mit dem Briefkopf von Rush and Wilde. Er hatte seit einem Monat am Kühlschrank gehangen, begraben unter Olivias vielen Bildern. Begraben – aber nicht vergessen. Simon zog sein Jackett an.

»Verdammt noch mal, Jocelyn – du musst unbedingt in mein Büro kommen! Es gibt ein paar Dinge, die wir besprechen müssen.«

Betont blickte er zu Olivia, die die Knöpfe am DVD-Spieler betätigte und versuchte, *Himmel und Huhn* wieder zum Laufen zu bringen – zum zweiten Mal an diesem Tag.

»Privat«, ergänzte Simon.

Wie blind starrte Jocelyn auf den Brief. Sie musste ihn nicht noch einmal lesen. Sie hatte ihn schon so oft gelesen, dass sie ihn auswendig hersagen konnte.

Sehr geehrte Ms Bishop,

hiermit möchte ich Sie darüber in Kenntnis setzen, dass das Vermögen Ihrer Eltern nach dem Verkauf des Familienheims in Ardmore ebenso wie der Immobilien in New Jersey und den Poconobergen liquidiert wurde. Der Gesamtwert des Nachlasses beläuft sich auf 16 100 000 Dollar. Ihr Anteil daran beläuft sich auf 8 050 000 Dollar. Der Betrag befindet sich derzeit auf einem Nachlasskonto. Vor der Verteilung an Sie und Ihre Schwester muss ich einen Nachtrag zum Testament Ihrer Mutter mit Ihnen besprechen. Bitte setzen Sie sich nach Erhalt des Briefes mit mir in Verbindung, um einen Termin zu vereinbaren.

Simon umarmte und küsste Olivia zum Abschied. Jocelyn starrte noch immer mit leeren Augen auf den Brief, als Simon sich herabbeugte, um sie auf die Wange zu küssen.

»Du musst unbedingt in mein Büro kommen«, mahnte er. »Es ist wichtig.«

8. Oktober

Am nächsten Nachmittag schleppte Jocelyn sich zur Arbeit. Erschöpfung zog an jedem Muskel ihres Körpers und machte ihre Bewegungen schwer und langsam. Ihre Augen brannten, und ihr gebrochenes Handgelenk schmerzte, als sei es altersschwach und arthritisch. Sie war in der Nacht zuvor erst gegen vier Uhr morgens nach Hause gekommen. Sie und Kevin waren noch spät gerufen worden. Sie hatte gerade lange genug geschlafen, um wieder den Albtraum zu haben, bevor sie Olivia für den gesamten Tag zu Martina bringen musste, damit sie um neun Uhr vor Gericht auftreten konnte.

Das war ein Teil ihrer Arbeit, von der die meisten Leute nicht einmal wussten, dass er notwendig war. Auftreten vor Gericht. Sie und Kevin waren diese Woche in einer Verhandlung wegen bewaffneten Raubüberfalls als Zeugen geladen wurden. Es war ein Fall, den sie vor zwei Jahren abgeschlossen hatten.

Die Verhandlung hatte an diesem Morgen begonnen, und trotz der Versicherungen des Staatsanwalts, dass sie gleich am ersten Tag aufgerufen würden, hatten sie den ganzen Tag im Strafgericht gewartet. Die Vernehmung der anderen Zeugen hatte länger gedauert als erwartet. Kevin hatte die Zeit damit verbracht, aufrecht sitzend auf einer der Bänke im Flur zu schlafen, mit einem leisen Schnarchen. Jocelyn hatte versucht, es ihm nachzutun, aber sie war noch nie in der Lage gewesen, an öffentlichen Orten zu schlafen.

Um halb vier mussten sie dann zur Spätschicht aufbrechen. Jocelyn war müde und schlecht gelaunt, weil sie einen ganzen Tag verschwendet hatte, den sie ebenso gut mit Olivia hätte verbringen können. Das schlechte Gewissen verursachte ihr Sodbrennen. Genau genommen würde sie Olivia vierundzwanzig Stunden lang nicht sehen. Sie hasste solche Tage.

Sie hatte Martina schon dreimal angerufen und sie gebeten, Olivia ans Telefon zu holen. Sie vermisste ihre Tochter schmerzlich. Vielleicht konnte sie im Lauf der Woche etwas Besonderes mit ihr unternehmen. Zum Beispiel einen Besuch im Please Touch Museum – wo man alles anfassen durfte und sogar sollte.

Seufzend blätterte Jocelyn durch den Papierkram auf ihrem Schreibtisch. Kevin stellte ihr eine Tasse Kaffee hin. Der Duft beruhigte sie umgehend. Er setzte sich ihr gegenüber hinter seinen eigenen Schreibtisch.

»Ihr zwei seht aus wie ausgekotzt«, bemerkte Chen im Vorbeigehen.

Er legte einen Stapel von Telefonnachrichten neben Jocelyns Kaffeebecher.

»Bitte keine anstrengenden Fälle heute Abend«, erklärte Kevin. »Ich möchte nur ganz einfache Sachen. So etwas wie Selbstmorde.«

Jocelyn zuckte zusammen und blickte zu Kevin.

»Was hast du nur immer mit deinen Selbstmorden?«

Kevin zuckte mit den Schultern.

»Warum denn nicht? Es gibt keine Zeugen, die man aufspüren muss, kaum Beweise. Und man muss keine Akte für die Staatsanwaltschaft vorbereiten. Nun komm schon – das ist doch perfekt.«

Jocelyn Augenbrauen zogen sich zusammen.

»Und was ist mit den Familien, Kevin? Das ist doch schrecklich, es den Familien mitteilen zu müssen.«

»Du hast da ein echtes Problem, Sullivan«, sagte Chen.

»Ich? Also bitte! Wir arbeiten alle hier – wir haben alle Probleme.«

Kevin wedelte mit einem Stück Papier in der Luft. Als sie es sich näher betrachtete, konnte Jocelyn sehen, dass es ein Blatt aus cremefarbenem Papier in einer Plastikhülle war.

»Wo wir schon von Selbstmord sprechen – das ist nicht unserer.« Er hielt Jocelyn das Papier hin. »Das ist nicht unserer, richtig?«

Es war ein eleganter Briefkopf – dickes, feines Papier, die Buchstaben oben in weinroter Tinte eingeprägt. Er sah so ähnlich aus wie der Brief, den sie von Rush and Wilde erhalten hatte. Teures Papier. Oben stand: »Vom Schreibtisch von Michael Pearce.« Der Name ging wie ein Ruck durch sie hindurch. Sie fragte sich sofort, ob es wohl derselbe Michael Pearce war, der in Camilles Vergewaltigung verwickelt gewesen war.

Einige der Namen von Camilles Vergewaltigern – so wie dieser – waren häufiger als andere. Sie hatte im Lauf ihrer Karriere schon einige Michael Pearces und James Evanses erlebt, aber keiner von ihnen war einer von denen gewesen, die Camille vergewaltigt hatten.

Damals als Teenager hatte sie eine Weile dafür gebraucht, herauszufinden, wer die fünf Jungs gewesen waren. Schwierig war es allerdings nicht gewesen. Einer nach dem anderen waren die Väter der Jungs bei den Rushs aufgetaucht, beschämt, reuig und voller Angst. Jeder von ihnen hatte mehr als zwei Stunden im Arbeitszimmer ihres Vaters verbracht, hinter verschlossenen Türen.

Sie kannte die Väter und ihre Söhne, weil vier der Jungs in ihrer Klasse gewesen waren. Nur einer von ihnen war jünger, er war in der Klasse zwischen Camille und Jocelyn. Sie waren alle beliebt, erfolgreich in der Schule und im Sport, auf dem besten Wege zu den Eliteunis. Einer von ihnen war sogar schon vorzeitig von Harvard akzeptiert worden. Sie sahen alle gut aus, waren ordentlich und sauber. Man sah sie nie ohne frisch gebügelte Khakihosen und Polohemden. Wahrscheinlich hatte ihre Kleidung auch dann keine Knitterfalten, wenn man sie gerade mit dem Auto überfahren hatte.

Einige von ihnen hatten eine Punkfrisur, aber selbst die war makellos zerwühlt. Sie waren wohlgeformt und perfekt proportioniert. Ein starkes Kinn, ebenmäßige Zähne. Sonnengebräunt im Winter, bronzefarben im Sommer, mit glänzenden silbernen Armbanduhren, die drei Pfund wogen und mehr gekostet hatten, als Jocelyn jetzt in einer Woche verdiente. Sie sahen alle aus, als müssten sie Rettungsschwimmer sein. Sie waren die Art von Jungs, die heranwuchsen, um später einmal Ärzte, Rechtsanwälte und Steuerberater zu werden. Mit einem perfekten Leben, perfekten Ehefrauen – und schmutzigen Geheimnissen. Jocelyn hasste sie.

Sie hatten sich in denselben Kreisen bewegt wie Jocelyn und Camille, obwohl Jocelyn sie nach diesem Sommer nicht mehr gesehen hatte – diesem Sommer nach Camilles Vergewaltigung und Jocelyns Unfall. Dem Sommer, der ihre eigene perfekte Familie zerstört hatte. Jocelyn hatte ihr letztes Schuljahr zu Hause abgeschlossen. Sie hatte bereits die Zusage für einen Studienplatz in Princeton.

Vor ein paar Jahren hatte sie aufgehört, den fünf Männern hinterherzuschnüffeln. Einer von ihnen war tot, das wusste sie. Ein betrunkener Autofahrer hatte ihn getötet. Einer von ihnen saß wegen Mordes im Gefängnis. Sie wusste nicht, was aus den drei anderen geworden war. Es sei denn, dies jetzt war derselbe Michael Pearce.

Kevin raschelte wenige Zentimeter vor ihrer Nase mit dem Papier und zog ihre Aufmerksamkeit wieder auf den Brief. Er war mit der Maschine geschrieben, aber mit einem Füller oder Kugelschreiber unterzeichnet worden. Jocelyn las ihn.

Liebe Mutti, es ist nicht so, wie es aussieht. Das verspreche ich Dir. Bitte nimm all mein Geld und das Haus. Nimm alles. Und finde ein gutes Zuhause für Nibbles. Alles Liebe, Michael.

Jocelyn versuchte zu schlucken, aber ihre Kehle fühlte sich an wie Sandpapier.

»Wir haben diesen Notruf nicht übernommen, oder?«, erkundigte sich Kevin.

Jocelyn schüttelte den Kopf.

Chen hatte sich erneut seinen Weg zu ihren Schreibtischen gebahnt und beugte sich über Kevins Schulter.

»Oh, tut mir leid«, erklärte er. »Das ist der Kerl, der von der Henry-Avenue-Brücke gesprungen ist. Anscheinend hatte man ihn gerade auf Kaution freigelassen. Er saß wegen Kinderpornografie im Gefängnis, hat auf seine Verhandlung gewartet. Du hast recht, das ist nicht euer Fall. Die Mutter kommt vorbei, um das abzuholen.«

»Seine Mutter«, krächzte Jocelyn heiser.

»Ja, sie braucht das für irgendetwas.«

In diesem Augenblick steckte Captain Ahearn den Kopf aus seinem Büro.

»Sullivan, Rush – bewegt eure Ärsche hier rein!«, brüllte er.

Erleichtert darüber, einen Vorwand zu haben, um dem cremefarbenen Abschiedsbrief zu entkommen, sprang Jocelyn auf. Ihr Stuhl rollte zurück und wäre beinahe umgekippt.

»Nun mach mal langsam, Rush!«, brummte Kevin. »So eilig habe ich es nicht, mir den Kopf abreißen zu lassen.«

Er reichte Chen den Abschiedsbrief von Michael Pearce zurück.

Jocelyn murmelte ein »Leck mich doch!« und machte sich auf den Weg zu Ahearns Büro. Kevin folgte ihr auf dem Fuß. Sein Kaffeeatem traf ihren Nacken.

»Wir sind aufgeschmissen«, flüsterte er. »Es geht bestimmt um diesen SVU-Fall. Wir hätten die beiden Mistkerle verrotten lassen sollen, bis die SVU sie abholt.«

Jocelyn verdrehte die Augen.

»Halt die Klappe!«, zischte sie, als sie Ahearns Büro betraten. Nebeneinander standen sie vor dem Schreibtisch ihres Vorgesetzten wie zwei Schüler vor dem Schreibtisch des Schulleiters. Ahearn saß nur im Hemd hinter dem Schreibtisch. Sein Anzugjackett hing über der Rückenlehne seines Stuhls. In seinem Büro war es noch wärmer als im Großraumbüro draußen, und es roch nach Zitrone. Er betrachtete sein Handy, als er mit ihnen sprach.

»Habt ihr beiden gestern eine Sache für die SVU erledigt?«, fragte er knurrig.

Neben Jocelyn wurde Kevin unruhig. Seine Füße scharrten vor und zurück. Jocelyn konnte Ahearns Tonfall nicht deuten.

»Ja«, antwortete sie.

»Nun, wir haben den Fall nicht übernommen«, stellte Kevin klar. »Aber das Opfer wollte nur mit Rush reden. Die SVU hat der Befragung zugestimmt und...«

Mit einer Handbewegung schnitt Ahearn ihm das Wort ab. Verärgerung zog seine Mundwinkel nach unten.

»Lieutenant Vaughn hat mich persönlich angerufen, um sich für eure Unterstützung in dem Fall zu bedanken, vor allem in Anbetracht der Kaufman-Sache. Bei der SVU hatte man mit diesem Scheiß alle Hände voll zu tun. Wie auch immer – er hat gesagt, ihr beide hättet gute Arbeit geleistet.«

Jocelyn erlaubte sich einen kleinen Seufzer der Erleichterung. Kevin neben ihr stand endlich still.

»Das Einzige, was er noch wissen wollte ist, ob ihr noch irgendwelche Informationen habt über eine...«, er hielt inne und sah auf seinen Block, auf dem er ein paar Dinge notiert hatte, »Alicia Herrigan.«

»Hardigan«, korrigierte ihn Jocelyn, was ihr einen verweisenden Blick von Ahearn eintrug.

»Vaughn wollte sicherstellen, dass ihr alles in den Bericht geschrieben habt«, fuhr er fort.

Kevin gab einen genervten Laut von sich.

»Captain, wir haben ihnen alles gegeben, was wir hatten. Es war nicht unsere Aufgabe, irgendwelchen Hinweisen zu folgen.«

Mit einem Stoß in seine Rippen brachte Jocelyn ihn zum Schweigen.

»Wir werden alles noch einmal durchgehen«, versprach sie.

Ahearn starrte sie beide mit einem Ausdruck an, dem abzulesen war, dass er zwar nicht wusste, was mit ihnen los war, dass sie aber das, was auch immer, schleunigst einstellen sollten.

»In Ordnung«, sagte er. »Und hört auf, eure Zeit mit SVU-Fällen zu verschwenden. Wir sind auch ohne das schon mehr als ausgelastet.«

»Kein Problem«, erwiderte Jocelyn.

»Sullivan, Rush!«, rief Chen ihnen zu, als sie aus Ahearns Büro kamen. »Ich habe einen Fall im Krankenhaus, im Einstein.«

»Den übernehmen wir«, beschloss Kevin.

8. Oktober

Ich verbringe hier mehr Zeit als in meinem eigenen gottverdammten Wohnzimmer!«, knurrte Kevin, als er und Jocelyn durch die Türen der Notaufnahme hasteten. Die automatischen Türen schlossen sich hinter ihnen. Kevin hielt im Vorraum an und betrachtete sein Spiegelbild im Glas. Er strich sich die Haare auf dem Kopf zurück, hob für eine bessere Wirkung das Kinn und machte die Haare dann doch wieder nach vorne.

Mit den Händen auf den Hüften stand Jocelyn hinter ihm.

»Was machst du da?«

Kevin betrachtete blinzelnd die geisterhafte Reflexion im Glas und rieb sich die Bartstoppeln am Kinn.

»Wie sehe ich aus?«

Jocelyn hob die Augenbrauen.

»Hast du vor, tanzen zu gehen, oder was?«

Kevin drehte sich zu ihr um und lächelte. Er deutete auf das zweite Paar Türen, das in den eigentlichen Notaufnahmebereich führte.

»Ich will einfach nur gut aussehen – falls Schwester Bottinger Dienst hat.«

Jocelyn verdrehte die Augen und ging weiter.

»Du meine Güte!«, murmelte sie entnervt.

Kevin hatte sie im Eingang zur Wartehalle eingeholt.

»Nun komm schon!«, meinte er. »Sie ist doch richtig süß!«

Jocelyn betrachtete ihn aufmerksam. Sein Gesicht zeigte eine verlegene Röte, die sie schon seit vier Jahren nicht mehr beobachtet hatte – nicht mehr seit seiner unglückseligen Affäre mit einer Lehrerin, die fünfzehn Jahre jünger war als er. Drei Monate lang waren die beiden füreinander Feuer und Flamme gewesen – und dann tat die Frau auf einmal so, als ob es Kevin gar nicht gebe. Das hatte ihn innerlich zerschmettert.

Jocelyn seufzte. Wenigstens war Schwester Bottinger im passenderen Alter.

»Du siehst gut aus, Kevin.«

»Auch mit den Bartstoppeln?«, fragte er und strich sich noch einmal übers Kinn.

»Ja. Dadurch wirkst du besonders männlich. Können wir jetzt endlich mit diesem Typen reden?«

Sie marschierte ohne ihn los, suchte sich ihren Weg durch die Patienten auf Stühlen und Tragen, die überall warteten. Ein Mann saß vornübergebeugt in einem Rollstuhl. Vor dem Stuhl breitete sich Erbrochenes aus. Jocelyn schlug einen Bogen darum und rümpfte die Nase angesichts des Gestanks. Sie erreichten den Bereich der Notaufnahme mit den einzelnen Vorhängen, wo Jocelyn und Anita in der Nacht des Autodiebstahls gewesen waren. Ein Arzt mit Brille und dunklen, extrem kurzen Haaren kam hinter einem Vorhang hervor. Blutspritzer waren bogenförmig auf seinem blauen Kittel verteilt. Als er herankam, zerrte er seine Latexhandschuhe herunter und knautschte sie zusammen.

»Oh, gut, dass Sie da sind.«

Jocelyn und Kevin wiesen sich aus. Er warf nur einen flüchtigen Blick auf die Dienstausweise und deponierte die Handschuhe im nächsten Abfall.

»Sie sind hier wegen der Auseinandersetzung in der Bar, richtig?«, fragte er und blickte von Jocelyn zu Kevin und wieder zurück.

»Ja«, antwortete Jocelyn.

»Okay, das ist gut. Dieser Kerl muss aus meinem Krankenhaus verschwinden. Wir sind überbelegt und brauchen das Zimmer.«

Der Arzt drehte sich um. Jocelyn und Kevin folgten ihm.

»Die Frau, der er die Flasche übergezogen hat, ist hier«, erklärte der Arzt und deutete auf einen durch einen Vorhang abgeteilten Bereich links. »Die Flasche ist nicht zerbrochen. Sie hat also nur ein paar Prellungen abbekommen.«

Jocelyn steckte den Kopf durch den Vorhang, um sich die Frau anzusehen. Sie schnarchte mit offenem Mund. Ihr Arm, an Schläuche angeschlossen, lag auf einem Kissen. Die Frau war Mitte dreißig, hatte strohblondes Haar, Tätowierungen an den Handgelenken und trug ausgeblichene Jeans, die dreißig Jahre alt zu sein schienen, und ein schwarzes T-Shirt, das mindestens zwei Größen zu klein war. Ein großer, angeschwollener blauer Fleck zog sich über ihren Kiefer, begann am Kinn und erstreckte sich über ihre Wange bis zum Ohr.

»Was für ein Prachtexemplar«, meldete sich Kevin hinter Jocelyn zu Wort.

Sein Atem brachte ihre Haare zum Flattern. Sie roch Pfefferminzkaugummi. Kevins Atem roch sonst nie nach etwas anderem als Kaffee. Schwester Bottinger durfte sich wirklich auf etwas gefasst machen.

»Sie hatte ziemliche Kopfschmerzen«, erklärte der Arzt. »Wir haben ihr etwas gegen die Schmerzen gegeben. Sie können sie aufwecken, aber ich bin mir nicht sicher, ob sie etwas Zusammenhängendes von sich geben kann. Der Barkeeper ist hier.«

Er zog einen Vorhang gegenüber zurück. Dahinter saß ein breitschultriger älterer Mann auf einer Liege. Er verrenkte sich – erfolglos –, um die Reihe der Stiche zu sehen, die seinen Oberarm entlangliefen.

»Dieser Mann ist beim Streit dazwischengegangen und hat dabei ein paar Glassplitter abbekommen. Die Wunde musste mit zwölf Stichen genäht werden. Und er hat noch Glück gehabt, dass es nicht schlimmer war. Er kann Ihnen alles erzählen.«

Der Arzt deutete auf einen separaten Raum am Ende der Reihe von Vorhängen.

»Und dort ist der Typ, der mit allem angefangen hat.«

Kevin runzelte die Stirn.

»Sie haben ihm ein separates Zimmer gegeben?«

Der Arzt fuhr herum und starrte Kevin an. Ungeduld zerrte an den Ecken seiner dünnen Lippen.

»Er brauchte ein separates Zimmer. Er ist ziemlich aggressiv, und sein Blutalkoholspiegel ist kaum noch messbar.«

»Wer hat ihn hierhergebracht?«, fragte Jocelyn.

Der Arzt zuckte mit den Schultern.

»Ich weiß es nicht. Irgendein Officer. Er ist noch bei dem Kerl. Dessen Name ist übrigens Martin, Todd Martin. Wie auch immer – je schneller Sie ihn hier rauskriegen, desto besser.«

Er marschierte davon und ließ sie mitten im Bereich der Erstaufnahme stehen. Jocelyn seufzte.

»Du redest mit dem Barkeeper. Ich kümmere mich um den Betrunkenen.«

Kevin salutierte spöttisch und verschwand hinter einem der Vorhänge. In dem separaten Zimmer lag ein großer Mann mit breitem Brustkorb auf der Liege. Eines seiner fleischigen Handgelenke war mit Handschellen an den Rahmen des Bettes gefesselt. Er hatte lange, strähnige dunkle Haare und einen lichten Bart. Jocelyn schätzte, dass Todd Martin etwa Mitte dreißig war. Er trug ein schwarzes Hemd und ausgefranste Jeans. Sie konnte den Alkohol an ihm riechen, noch bevor sie ganz zur Tür herein war. Eine Reihe von Stichen zierte seine Stirn über der linken Augenbraue. Seine Oberlippe war aufgeplatzt. In seinen Haaren klebte getrocknetes Blut. Neben dem Bett stand ein Nachttisch mit einem ausklappbaren Tablett, auf dem die Überreste eines medizinischen Nähbestecks und verschiedene blutige Tupfer lagen.

Martins Kopf drehte sich in ihre Richtung, als sie eintrat. Seine Augen zeigten die typische glasige Leere von gewohnheitsmäßigen Trinkern.

»Holen Sie mich hier raus, verflucht noch mal!«, verlangte er.

Seine Stimme wurde mit jedem Wort lauter. Jocelyn beachtete ihn erst mal nicht, sondern sah sich im Raum um.

»Scheiße«, murmelte sie halblaut, als sie Finch entdeckte, der auf einem Stuhl in der Ecke saß.

Er sah von der Zeitschrift auf, in der er geblättert hatte.

»Himmel«, flüsterte er verwirrt.

Die Linie seiner fein ziselierten Augenbrauen zerfurchte sich. Jocelyn studierte Martin einen Augenblick.

»Ich glaube nicht, dass dieser Kerl in der Verfassung ist, vernommen zu werden. Bringen wir ihn in die Abteilung und lassen ihn seinen Rausch ausschlafen.« Sie deutete auf Martins Handgelenk. »Sind das deine Handschellen, Finch?«

Er nickte, stand mit scheinbar großer Anstrengung auf und ging zum Bett, um Martin von den Handschellen zu befreien.

Martin blickte von Jocelyn zu Finch. Ihm traten beinahe die Augen aus dem Kopf.

»Holt mich verflucht noch mal hier raus!«, brüllte er.

Jocelyn und Finch ignorierten ihn.

»Setzen Sie sich«, befahl Finch.

»Ich sagte, hol mich verflucht noch mal hier raus, du blödes Schwein!«

Heiß traf die Welle von Whiskyatem Jocelyns Gesicht. Finch verzog offen das Gesicht.

»Ich sagte, setzen Sie sich!«, wiederholte Finch.

Martin griff nach dem Bettrahmen und rüttelte an den Handschellen, versuchte, sie abzustreifen. Jocelyn griff nach seinen Beinen und warf sie seitlich über den Rand der Liege.

»Aufstehen – und zwar jetzt sofort!«, erklärte sie mit einer Stimme, die keinen Widerspruch duldete. Er beendete seinen Kampf mit den Handschellen und setzte sich auf. Stumm starrte er sie beide an.

»Hast du ihm seine Rechte vorgelesen?«, fragte Jocelyn.

Finch schob den Schlüssel in das Handschellenschloss.

»Was glaubst du denn?«

»Ich lass mich nicht einsperren«, erklärte Martin. »Ich lass mich nicht einsperren!«

Erneut wurde seine Stimme mit jedem Wort lauter und höher.

Als Finch die Handschellen vom Bettrahmen gelöst hatte und nach Martins anderer Hand griff, schoss der Mann nach oben und stolperte dabei nach vorne. Er holte mit einem Arm aus und stieß Finch nach hinten, der flach auf seinen Hintern fiel. Im Fallen nahm Finch das ausklappbare Tablett mit. Die Überreste des Nähbestecks und die blutigen Tupfer flogen in alle Richtungen. Bevor ihr Gehirn überhaupt registrieren konnte, was hier vor sich ging, hatte Jocelyn schon nach der Waffe gegriffen, doch die Bewegung kam zu spät. Martin griff nach ihr und presste sie an sich, noch bevor sie ihre Pistolentasche öffnen konnte. Er legte einen fleischigen Unterarm um ihre Kehle. Sie griff danach und zerrte mit beiden Händen daran, bereit, sich zu wehren. Bis sie die kalte Klinge eines Messers an ihrer Kehle spürte.

»Halt still«, flüsterte er ihr ins Ohr. Der Alkoholdunst brannte ihr in der Nase. Woher zum Teufel hatte er ein Messer?

Sie hatte gerade noch Zeit für ein Wort, bevor sich sein Unterarm zuzog und ihr gerade genug Raum zum Atmen ließ, aber nicht für mehr.

»Finch!«

Martin brüllte erneut etwas. Sie konnte ihn nicht hören, denn das Adrenalin, das durch ihren Körper schoss, brachte vorübergehend die ganze Welt um sie herum zum Schweigen. Er presste ihr weiter die Kehle zusammen, dann ließ er kurz los und setzte wieder das Messer an. Sie strengte ihre Augen an und versuchte, Finch in ihrem Blickfeld zu entdecken. Er stand auf – langsam. Seine Hand wanderte zu seiner Pistole, für ihre Begriffe erheblich zu träge.

Martin sah ihn an und presste das Messer an ihre Kehle.

»Lass das lieber, du Schwein. Sonst schlitze ich ihr die verdammte Kehle auf.«

Den Bruchteil einer Sekunde lang dachte sie, dass Finch dennoch nach seiner Waffe greifen würde. Aber stattdessen stoppte er und erhob beide Hände.

»Ich werde sie umbringen, verflucht noch mal!«, knurrte Martin.

Nach Alkohol stinkende Spucke flog durch die Luft.

Jocelyn konnte nur an eines denken – an Olivia, daran, wie sie aussah, wenn sie schlief, die weiche Rundung ihrer Wangen, die Art, wie ihr feines blondes Haar schimmerte, das ihr Gesicht umrahmte, wenn das Licht aus dem Flur darauf fiel. Jocelyn würde sterben. Irgendein nichtsnutziger Trunkenbold würde ihr die Kehle durchschneiden, während Finch tatenlos dabeistand. Alles, woran sie denken konnte, war Olivia. Natürlich hatte sie in ihrem Testament Vorsorge getroffen. Aber wenn Inez auch eine noch so gute Mutter war – Jocelyn wollte diejenige sein, die dabei war, wenn Olivia aufwuchs. Das war einfach nicht gerecht!

Ihre Hände zitterten. Noch immer zerrte sie an Martins Arm. Die Geräusche kehrten zurück.

Dann hörte sie Kevins Stimme, ruhig und ein wenig genervt.

»Finch, warum hat dieser Mistkerl ein Messer?«

Jocelyn sah nach vorne, direkt zu Kevin, der im Türrahmen stand, seine Waffe auf Martins Kopf gerichtet. Seine Augen brannten mit einer Intensität, die er sonst nur selten zeigte. Er sah sie nicht an. Er würde die Augen nicht von dem Mann mit dem Messer lassen, das wusste sie. Nicht einmal den Bruchteil einer Sekunde.

»Finch«, wiederholte er, seine Worte diesmal langsam betonend, »warum hat dieser Mistkerl ein Messer?«

Es war derselbe Tonfall, in dem er Finch fragen würde, wo sein Kaffee war. Von links hörte Jocelyn Finch stammeln.

»Ich … ich weiß es nicht. Ich … ich …«

»Hast du ihn etwa nicht durchsucht?«

Ein böses Knurren entrang sich Martins Kehle.

»Hey!«, schrie er Kevin an.

Jocelyns Atem hörte sich in ihren Ohren an wie die Niagara-fälle.

»Halt die Klappe«, sagte Kevin ruhig.

Einen kurzen Moment lang lockerte Martin den Griff. Geräuschvoll sog Jocelyn die Luft ein.

»Was?«, fragte Martin.

»Ich sagte, halt die Klappe«, erwiderte Kevin. »Ich unterhalte mich gerade mit diesem Wichser hier, der ganz offensichtlich vergessen hat, dich auf Waffen abzutasten.«

»Was soll das?«, widersprach Finch ärgerlich.

»Du hältst ebenfalls die Klappe«, sagte Kevin. »Du hast uns da alle schön in die Scheiße geritten.«

»Was?«, brachte Finch betroffen hervor.

»Hey«, sagte Kevin zu Martin, »sieh dir nur diesen Arm-leuchter an. Der hat dich gerade richtig ins Knie gefickt.«

Martins Griff lockerte sich weiter, als er sich leicht drehte, um zu Finch zu sehen. Einen kurzen Augenblick lang entfernte sich das Messer von ihrer Kehle. Sie presste die Augen zusammen, um die Tränen der Erleichterung aufzuhalten, die dort brannten. Dann zog er den Arm wieder an, und die Spitze der Klinge legte sich an ihre Halsschlagader.

»Was?«, fragten jetzt Martin und Finch gleichzeitig.

»Er hat dich gerade ins Knie gefickt«, wiederholte Kevin.

»Ich bin hier der, der ein Messer hat, du Arschloch!«

»Genau. Du hast ein Messer, das dieser Blödmann versäumt hat dir abzunehmen, als er dich verhaftet hat. Verhaftet für was? Ungebührliches Benehmen unter Alkoholeinfluss? Ein-fache Körperverletzung? Und jetzt hältst du einer Polizistin das Messer an die Kehle. Du weißt, was das heißt? Du bist am Arsch, Mann. Wenn du der Tussi auch nur den kleinsten Krat-zer verpasst, kriegen die Bullen dich wegen versuchten Mordes dran. Und wahrscheinlich auch noch wegen Entführung. Das sind Verbrechen. Und das heißt, zwanzig bis fünfzig Jahre Gefängnis.«

»Du kannst mich mal am Arsch lecken, Opa!«, schnaubte Martin.

»Danke nein, ich verzichte. Aber mach dir mal keine Sorgen – dort, wo du landest, gibt es jede Menge Männer, die großes Interesse an deinem Arsch haben werden.«

Jocelyn konnte spüren, wie Martin zögerte, als er in Kevins Richtung erneut spuckte, dass dieser ihn …

»Magst du das?«, fragte Kevin. »In den Arsch gefickt zu werden?«

»Halt's Maul!«

»Ich sag ja nur. Wenn du die Tussi hier weiter festhältst, beschert dir das alles an Arschficken, was du dir nur wünschen kannst. Die machen es sogar zwei- oder dreimal hintereinander. Sie lieben das.«

»Ich gehe nicht ins Gefängnis!«, brüllte Martin und schraubte seine Stimme immer höher.

»Und ob du das wirst!«, sagte Kevin lachend.

Die Messerspitze drohte nun ihre Haut zu ritzen. Bis Kevins Stimme Martin stoppte.

»Es sei denn …«

Martin erstarrte. Kevin ließ den Augenblick sich dehnen, ließ den Mann auf sich zukommen.

»Es sei denn was?«

»Es sei denn, du lässt sie jetzt sofort los. Es sind nur wir drei hier, und wir belassen es dabei. Du lässt sie los – und sie bleibt am Leben. Ich muss dich nicht erschießen, und dieser Blödmann da in der Ecke kriegt den Arsch nicht dafür aufgerissen, dass er dich nicht durchsucht hat. Für dich bleibt es bei ungebührlichem Benehmen unter Alkoholeinfluss. Damit kommst du mit Bewährung und vielleicht einer Geldstrafe davon.«

Der Griff des Mannes lockerte sich spürbar. Jocelyn schnappte nach Luft.

»Also – was wird jetzt? Willst du das Messer runternehmen und die Tussi gehen lassen, oder willst du es dir im Gefängnis gemütlich machen?«

Jocelyn wartete. Aber er brauchte zu lange, um sich zu entscheiden – gerade einen Herzschlag zu lang. Das war der Augenblick, in dem Kevin ihr in die Augen sah, als würde er »Jetzt!« brüllen.

Alles dauerte nun nur wenige Sekunden. Jocelyn zerrte Martins Arm nach unten. Ihre Schiene verfing sich dabei in den Haaren an seinem Unterarm. Sie griff die Hand, in der er das Messer hielt, und schlug seinen Arm zur Seite. Es entstand eine Öffnung, durch die sie hindurchschlüpfen konnte, bis sie hinter ihm stand. Sie hielt seine Handgelenke fest, während sie sich drehte, sodass sie am Ende beide in dieselbe Richtung sahen. Nun zerrte sie heftig an seinem Handgelenk und schüttelte dabei seine Hand, bis ihm das Messer aus der Hand fiel. Er schrie vor Schmerz auf, zu überrascht, um seine freie Hand einzusetzen.

Kevin war sofort an ihrer Seite. Gemeinsam warfen sie Martin zu Boden. Kevin kniete seitlich auf seinem Hals. Er zog Martins Hände hinter seinem Rücken zusammen und fesselte sie mit Finchs Handschellen, die noch immer von einem der Handgelenke herabhingen. Das Schnappen der Handschellensicherung war eines der besten Geräusche, die Jocelyn jemals gehört hatte.

»Geh verdammt noch mal von mir runter!«, schrie Martin und zappelte hin und her.

Kevin warf einen Blick zu Finch, der stocksteif dastand.

»Hey, Hängeschwanz!«

Finch verengte die Augen.

»Wie hast du mich gerade genannt?«

Kevin ließ Martin auf dem Boden herumzappeln und griff sich das Messer mit zwei Fingern, legte es aufs Krankenbett.

»Hängeschwanz«, wiederholte Kevin. »Du weißt schon – ein Mann, der es nicht bringt. Nett von dir, uns so tatkräftig zu unterstützen.«

Finch deutete mit dem Finger auf Kevin. Zorn rötete sein Gesicht.

»Du... du...«

Er brachte den Satz nicht zu Ende. Jocelyn marschierte zu ihm und versetzte ihm, in einer einzigen, fließenden Bewegung, einen Fausthieb ins Gesicht. Mit links. Das hatte er nicht erwartet. Das zweite Mal an diesem Abend flog er nach hinten, stieß krachend gegen die Wand. Halb betäubt glitt er zu Boden. Jocelyn stand über ihm. Ihr Brustkorb atmete heftig, und sie hatte noch immer die Hände zu Fäusten geballt.

Finch rieb sich den Kiefer und sah zu ihr hoch. In seinen Augen stand blanker Hass.

»Jetzt bist du dran!«

»Halt die Klappe!«, zischte Jocelyn mit heiserer Stimme.

Eine Ewigkeit lang sahen sie sich an. Keiner von ihnen wollte zuerst nachgeben und wegsehen. Endlich drehte Jocelyn sich um und ging aus dem Raum.

8. Oktober

Jocelyn lief den Gang hinunter in Richtung der Türen, durch die Kevin und sie gekommen waren. Sie hatte die Augen stur geradeaus gerichtet und stoppte nicht einmal, als ein Arzt im blauen Kittel sie anrief. Jeder Muskel in ihrem Körper war vor Anstrengung angespannt, um nicht zu zittern. Sie ging durch die automatischen Glastüren.

Erst draußen blieb sie stehen. Sie setzte sich auf eine der Bänke, die die Raucher immer benutzten. Sie beugte sich vor und ließ den Kopf zwischen die Knie sinken. Sie konnte das Zittern nicht mehr eindämmen, aber jetzt, ohne Zuschauer, ließ sie es laufen. Als Kevin sie fand, sah sie aus wie jemand, der wohl gerade einen Anfall hatte.

Seufzend setzte er sich neben sie. Sie sah nicht hoch, aber sie erkannte ihn an dem Knistern, als er einen Nikotinkaugummi aus der Verpackung befreite und in den Mund schob. Er legte ihr eine Hand auf die Schulter.

»Bist du in Ordnung?«

Sie hob den Kopf und warf ihm einen Blick zu.

»Nein«, antwortete sie. »Ich bin stinksauer!«

Und genau das war sie. Mehr als alles andere. Dieses Gefühl war stärker als das, bedroht worden zu sein. Oder sich zu freuen, am Leben zu sein. Der Zorn raste durch sie hindurch, als ob man ihn ihr intravenös gespritzt hätte. Einen Augenblick lang fürchtete sie, sie könnte zerplatzen, in tausend Stücke explodieren. Ihre Brust arbeitete unter der Anstrengung, gegen diesen Ärger anzuatmen.

»Dieser verfluchte Wichser! Das hätte mich gerade das Leben kosten können, und das alles nur, weil er seine verdammte Arbeit nicht machen kann, weil er faul und unfähig ist! Ich habe schon eine Narbe seinetwegen. Scheiße! Ich hätte ihn umbringen sollen!«

»Hey, hol mal Luft!«, sagte Kevin.

»Das versuche ich ja. Es klappt nicht.«

»Und du hast gedacht, du brauchst den Kurs in Aggressionsbewältigung nicht!«, sagte er lachend.

Ihre Hand schoss hervor und traf ihn hart am Oberarm. Es war die Hand mit der Schiene.

»Au!«, beschwerte er sich, rieb sich den Arm und deutete auf ihr Handgelenk. »Das wirst du morgen früh spüren.«

»Das ist mir scheißegal!«

Sie setzte sich auf und konzentrierte sich darauf, Luft in ihre Lungen zu bringen – so wie man ihr das in der einzigen Aggressionsbewältigungsstunde beigebracht hatte, in der sie bisher gewesen war.

Sie saßen da und beobachteten Menschen, die im Auto kamen und ihre Lieben vor dem Krankenhaus absetzten. Einige von ihnen stiegen hastig aus dem Auto, rannten in die Notaufnahme und kamen kurz darauf mit einem Sicherheitsbeamten zurück, der einen leeren Rollstuhl schob. Andere ließen ihre Lieben aussteigen und suchten sich anschließend einen Parkplatz, während ihre Lieben geduldig warteten. Hin und wieder blitzten die roten Lichter der Krankenwagen auf, die in Richtung Unfallstation fuhren. Es gab immer wieder hektische Aktivität, gefolgt von tödlicher Stille, während der nur Kevins unaufhörliches Schmatzen zu hören war.

»Hey, Rush«, bemerkte er, als es wieder einmal ruhiger geworden war.

Sie wandte den Kopf, um ihn anzusehen. Ihr Körper schien sich endlich zu entspannen und die Wut zu entweichen.

»Ja«, hauchte sie.

»Erinnerst du dich, wie du Selbstschussanlage da drin eine verpasst hast?«

»Ja.«

»Das war ziemlich krass.«

Jocelyn lachte. Es begann als leises Glucksen, bis sie so laut und so lange lachte, dass ihr am Ende die Seiten wehtaten.

»Doch, das war es wirklich«, fügte Kevin hinzu.

Sie wischte sich die Lachtränen aus den Augen. Ihr Körper zuckte noch immer vor Lachen. Der Rest der Anspannung der gerade überstandenen Auseinandersetzung im Krankenhaus löste sich auf.

»Auf jeden Fall hat es sich verdammt gut angefühlt.«

»Da bin ich mir sicher.«

»Er wird mich melden«, bemerkte Jocelyn, nun wieder ernst.

»Na und?«, entgegnete Kevin und wedelte mit der Hand. »Ich werde ihn ebenfalls melden. Und was er gemacht hat, war weit schlimmer. Außerdem hatte er ja schon ähnlichen Ärger. Irgendwann kriegt er, was er verdient.«

»Hey, Kev?«, sagte Jocelyn.

»Ja?«

Sie lächelte.

»Nenn mich nie wieder eine Tussi!«

Jetzt war es an ihm zu lachen.

»Abgemacht!«, versprach er und schlug sich mit der Hand

aufs Knie. »Lass uns die Sache abschließen, und dann hauen wir hier ab.«

Jocelyn wartete draußen auf Kevin, als ihr eine Frau im Rollstuhl auffiel. Sie saß allein im Vorraum zum Eingang der Notaufnahme. Es waren ihre bandagierten Hände und Füße, die Jocelyns Aufmerksamkeit auf sich gezogen hatten.

»Anita?« Jocelyn näherte sich ihr.

Sie trat über die Schwelle des Vorraums, und die beiden Glastüren schlossen sich automatisch hinter ihr mit einem lauten Fauchen.

Anita sah kurz zu ihr auf und sofort wieder auf ihren Schoß. Sie trug Straßenkleidung, die schmutzig und zerknittert aussah, eine rote Baumwollbluse und verblichene Jeans. Das war nicht Anitas Stil. Die SVU hatte offensichtlich alle Kleidung beschlagnahmt, die sie bei ihrer Einlieferung angehabt hatte. Die Sachen sahen aus wie geschenkte Klamotten. Jocelyn hätte ein Wochengehalt darauf verwettet, dass eine der Schwestern sie zur Verfügung gestellt hatte. Anita presste ihre Handtasche gegen den Bauch. Ihre verbundenen Hände waren wie riesige Pfoten.

Jocelyn sah sich um. Anita saß nahe der Wand, als ob sie auf jemanden warten würde. Kurz beobachtete Jocelyn den Parkplatz, aber da kamen keine Scheinwerferlichter näher.

»Anita, was ist los?«, drängte Jocelyn.

Anitas Kinn zeigte ein leichtes Zittern, das Jocelyn beinahe übersehen hätte. Anita schluckte und blinzelte gegen die Tränen an.

»Ich bin entlassen worden«, murmelte sie.

Wieder schaute Jocelyn zum Parkplatz. Es kam immer noch niemand.

»Sollen wir Sie nach Hause bringen?«, fragte Jocelyn.

Endlich sah Anita sie an. Etwas wie Erleichterung breitete sich auf ihrem Gesicht aus und glättete die Sorgenfalten auf ihrer Stirn.

»Okay«, nickte sie.

Kevin erwartete sie zwanzig Minuten später auf dem Parkplatz und half Jocelyn dabei, Anita auf dem Rücksitz des Fahrzeugs unterzubringen. Als Jocelyn den Rollstuhl zusammenklappte und in den Kofferraum legen wollte, hörte sie einen der Sicherheitsbeamten vom Einstein aus dem Häuschen am Parkplatz rufen.

»Das ist Eigentum des Krankenhauses!«

Sie ging zu ihm und zeigte ihre Dienstmarke.

»Jetzt ist es Eigentum der Polizei!«

Er zeigte ihr den Stinkefinger.

»Oh, danke sehr!«, rief sie höhnisch und stieg ins Auto.

Kevin fuhr los. Auf dem Rücksitz lachte Anita leise.

»Sie sind wirklich eine Nummer, Rush!«

»Wohnen Sie noch immer in der West Chelten?«, wollte Jocelyn wissen.

»Ja, in einem der Grove-Apartments. Ich … ich wohne im zweiten Stock.«

»Gibt es da einen Aufzug?«, fragte Kevin.

»Nein«, antwortete Anita.

Kevin verdrehte seine Augen, bis Jocelyn ihm den Ellbogen scharf in die Seite stieß. Er räusperte sich und lächelte Anita im Rückspiegel angespannt an.

»Das ist in Ordnung. Wir werden Sie schon irgendwie da hochkriegen.«

Eine Zeit lang fuhren sie schweigend weiter.

Dann erkundigte sich Jocelyn: »Hat schon jemand von der SVU mit Ihnen gesprochen?«

»O ja, da war jemand«, sagte Anita und ließ ein Zungenschnalzen hören. »Sein Name ist Vaughn. Aber er ist viel zu hübsch, um mit ihm reden zu können.«

Jocelyns Schultern waren wieder angespannt, aber sie konnte immerhin lachen.

»Zu hübsch, um mit ihm reden zu können?«

Sie und Kevin tauschten einen Blick. Kevin zuckte mit den Schultern und richtete die Augen wieder auf die Straße.

»Der Junge sieht aus wie ein gottverdammter Filmstar«, erklärte Anita. »Mit ihm unterhalte ich mich ganz gewiss nicht über … Nun, Sie wissen schon.«

Vaughn hatte sich die Mühe gemacht, Anita persönlich aufzusuchen. Jocelyn spürte Erleichterung. Vaughn war ein Lieutenant. Er hätte Anita nicht befragen müssen, er hätte auch einfach einen seiner Detectives schicken können. Aber er hatte sich die Zeit genommen, selbst ins Krankenhaus zu fahren. Das bedeutete, dass er den Fall ernst nahm – auch wenn er zu hübsch war, um mit ihm reden zu können.

»Mir ist noch etwas eingefallen«, sagte Anita.

Jocelyn drehte sich im Sitz, um sie anzusehen. Der Rücksitz schien Anita regelrecht zu verschlucken. Sie wirkte so winzig! Das Weiß ihrer Verbände stach in der nächtlichen Dunkelheit scharf heraus.

»Und was?«

»Der Kerl, der die Nägel eingeschlagen hat …«

Anita hielt inne, um sich die Lippen zu lecken, als ob allein schon das Sprechen über die Vergewaltigung ihren Mund trocken gemacht hätte.

»Er hatte eine große silberne Armbanduhr. Ich glaube, es war eine Michael Kors. Ziemlich teuer.«

»Was ist Michael Kors?«, fragte Kevin und sah fragend zu Jocelyn.

»Es ist ein Designer. Michael Kors ist eine Uhrenmarke. Phil trägt eine Michael Kors. Ich musste ein halbes Wochengehalt für die ausgeben, weil er sie sich zu Weihnachten gewünscht hatte. Er konnte sich unmöglich mit einer etwas weniger teuren Uhr abgeben.«

Kevin pfiff durch die Zähne.

»So viel Geld für eine Uhr? Welch ein Blödsinn!«

»Ich weiß«, stimmte Jocelyn zu.

Phils teurer Geschmack war einer der Anlässe, über die sie sich ständig gestritten hatten. Natürlich verdiente er mehr als sie, aber selbst das Gehalt eines Staatsanwalts reichte nicht aus, um den Lebensstil zu finanzieren, den Phil anstrebte. Er fand nichts dabei, Hunderte oder sogar Tausende von Dollar für überflüssige Dinge auszugeben.

Sie hatte ihm die Uhr gekauft, weil er sie sich so sehr gewünscht hatte und weil sie ihm eine Freude machen wollte. Als er sich an Weihnachten tatsächlich wie ein Kind gefreut und die Uhr mit vor Entzücken gerötetem Gesicht angelegt hatte, musste sie ständig daran denken, dass er jetzt etwas am Handgelenk trug, das der Stromrechnung für drei Monate entsprach. Er hatte ihre Sparsamkeit nie verstanden und ihr immer wieder vorgeworfen, dass doch auch ihre Eltern Geld hatten. Dass sie selbst nun aber wenig habe, hatte er nicht verstehen wollen. Kevins Stimme riss sie aus der Erinnerung.

»Woher wissen Sie, dass es eine Michael Kors war?«, fragte er Anita.

»Es waren die Initialen MK darauf. Und ich kenne die Marke, weil einer der Männer bei mir im Büro so eine trägt. Die von Face war groß und klobig.«

»Das ist gut, Anita«, lobte Jocelyn sie. »Haben Sie das auch Vaughn gegenüber erwähnt?«

»Nein. Es ist mir erst heute Morgen eingefallen.«

»Das ist das Haus«, erklärte Jocelyn und deutete auf das Gebäude. Kevin fuhr an den Rand. Gemeinsam trugen er und Jocelyn Anita hoch in den zweiten Stock. Die Wohnung war klein und altmodisch, aber gut gepflegt. Sie roch nach Zimt und Sagrotan.

»Wo sind meine Kinder?«, fragte Anita ihre Mutter, als Jocelyn und Kevin sie ins Wohnzimmer trugen.

»Terrence hat Football, und Pia ist bei ihrer Freundin«, antwortete Lila, die Arme fest über der Brust gekreuzt. »Sie werden noch früh genug nach Hause kommen.«

Kevin lief noch einmal nach unten, um den Rollstuhl zu holen. Lila half Anita auf das ausziehbare Sofabett. Die Frau war spindeldürr und trug einen Turban um den Kopf.

Sie hatte Jocelyn und Kevin kaum zur Kenntnis genommen und ihre Tochter mit geschürzten Lippen und gerunzelter Stirn begutachtet. Leise begann Anita zu weinen. Ihr Schluchzen wurde von Schluckauf unterbrochen. Wortlos legte Lila ihr eine Decke über die Beine, schüttelte den Kopf und drehte ihrer Tochter den Rücken zu.

Jocelyns Kehle wurde eng. Die kleine Wohnung schien sie einzuschließen, doch sie wehrte sich gegen das unwillkommene Gefühl. Sie setzte sich neben Anita und lehnte sich zu ihr hinüber.

»Reiß dich zusammen, Anita. Alles wird gut. Ich habe die beiden Mistkerle schon hinter Gitter gebracht.«

Jocelyn schaute über die Schulter. Lila war im Flur verschwunden.

»Es kümmert mich einen Scheißdreck, was deine Mutter denkt. Das war alles nicht deine Schuld.«

Anita lächelte und wischte sich vorsichtig die Tränen mit der Rückseite ihrer verbundenen Hände ab. Als ihre Augen auf Jocelyns trafen, ließ die Traurigkeit darin Jocelyn zurückweichen. In ihrem kurzen, gequälten Leben hatte Anita schon eine Menge mitmachen müssen. Aber das jetzt, das hatte etwas zerstört, wohin in ihrem früheren Leben nichts hatte gelangen können. Sie presste die Lippen zu einer dünnen Linie zusammen und hob sie an den Ecken leicht an. Es war eine Mischung aus einem Lächeln und einer Grimasse.

»Es wird immer wieder solche geben, Rush«, sagte sie. »Du bringst diese Männer ins Gefängnis – aber es kommen immer wieder welche nach.«

20. Oktober

Rush, was machst du da?« Kevins Stimme erschreckte sie. Ihr Schreibtischstuhl quietschte laut, als sie zusammenzuckte.

»Was zum Teufel, Kevin!«, fluchte sie. »Du sollst dich nicht an mich heranschleichen!«

Ein paar andere Detectives im Raum lachten.

»Du bist ja total abwesend, Rush«, rief einer. »Was hast du denn da auf dem Bildschirm? Pornos?«

Sie zeigte den Stinkefinger und rückte mit dem Stuhl beiseite, als Kevin seinen eigenen an ihren Schreibtisch zog und sich setzte. Er warf drei dicke Akten auf den Tisch, die einen Stapel Papiere zum Einsturz brachten und auf den Boden flattern ließen.

»Wir haben Berichte zu schreiben, Rush.«

»Gottverdammt, Kevin!«, schimpfte Jocelyn und beugte sich hinab, um die Papiere aufzuheben.

Bereits halb unter ihrem Schreibtisch, wurde ihr bewusst, dass das für den Rest der Männer so aussehen musste, als hätte sie ihren Kopf in Kevins Schoß. Und schon flogen die Scherze mit dem Schwanzblasen im Raum umher. Sie streckte die Hand nach oben, wieder mit erhobenem Mittelfinger.

»Mit dir macht es überhaupt keinen Spaß mehr, Rush«, beklagte sich einer der anderen Detectives.

Sie setzte sich wieder auf den Stuhl, ihr Gesicht hochrot. Ein paar Haarsträhnen waren ihrem Pferdeschwanz entkommen. Kevin lehnte sich über ihren Schreibtisch und betrachtete blinzelnd den Bildschirm.

»Arbeitest du schon wieder an dem SVU-Fall?«

Sie stieß ihn beiseite und ließ mit einem Mausklick die Seite verschwinden, die sie sich gerade angesehen hatte. Es war jetzt fast zwei Wochen her, seit man Anita aus dem Krankenhaus entlassen hatte. Jocelyn hatte Lieutenant Caleb Vaughn mehrere Nachrichten hinterlassen, doch er rief nie zurück. Sie hatte mit ihm über die Armbanduhr sprechen wollen, an die Anita sich erinnerte. Außerdem wollte sie wissen, ob er Alicia Hardigan schon aufgespürt hatte.

Kevins Augen legten sich in besorgte Falten. Er rieb sich mit der Hand durch die dünnen Haare und betrachtete sie.

»Rush«, sagte er und senkte dabei die Stimme. »Was machst du da?«

»Vaughn hat mich nicht zurückgerufen.«

Sie zog sich eine der Akten heran, die er ihr auf den Schreibtisch geworfen hatte, ohne sie zu öffnen.

Kevin befingerte die Packung mit Nikotinkaugummis, die aus seiner Jackentasche lugte. Plötzlich fiel ihr auf, dass Kevin das erste Mal seit Wochen nicht nach Rauch roch. Es verwirrte sie.

»Na und?«, erwiderte er. »Wen kümmert das? Falls es dir noch nicht aufgefallen ist – wir haben genug mit unseren eigenen Fällen zu tun.«

Jocelyn sah zur Seite. In ihrem Kiefer zuckte es. Dann sah sie wieder Kevin an, blickte ihm direkt in seine haselnussbraunen Augen und flüsterte zwei Worte.

»Rasheedah Jones.«

Er wurde blass und lehnte sich in seinem Stuhl zurück, wie um zu entkommen – sowohl ihr als auch der Erwähnung des einzigen Falles in seiner Laufbahn, der ihm wirklich unter die Haut gegangen war.

»Das ist nicht fair!«, beschwerte er sich. »Warum erinnerst du mich daran?«

»Anita ist meine Rasheedah Jones«, antwortete Jocelyn und sah ihn unverwandt an.

Rasheedah Jones war eine achtundsiebzigjährige Frau gewesen, die von fünf Jungs im Teenageralter auf einer U-Bahn-Treppe völlig grundlos zusammengeschlagen worden war. Sie hatte nicht mehr als zehn Dollar bei sich, und nicht einmal die hatten sie genommen. Sie hatten sie mit Fäusten geschlagen und mit Füßen getreten – und sogar ihren Gehstock als Waffe eingesetzt.

»Ihr eigener Stock!«, hatte Kevin in den Wochen danach immer wieder gemurmelt.

Sie waren den Jugendlichen schnell auf der Spur gewesen. Die kriminelle Jugend von Philadelphia war nicht unbedingt die hellste. Kevin und Jocelyn hatten ein paar ziemlich gute Überwachungsaufnahmen der Jungs vor und nach der Tat auftreiben können. Darunter war auch ein Video, das zeigte, wie einer von ihnen ihren Stock als Souvenir mitgenommen hatte.

Dann war Rasheedah Jones an ihren Verletzungen gestorben, und der Fall war an die Mordkommission weitergeleitet worden.

Aber Kevin konnte einfach nicht loslassen.

Kevin war ein Profi. Er war schon fünfzehn Jahre länger bei der Polizei als Jocelyn. Genau genommen konnte er demnächst in Rente gehen, wenn er das wollte. Aber er war ein Junggeselle Mitte fünfzig. Er vertilgte Fertiggerichte und verbrachte die meiste Freizeit im Pflegeheim, wo er seine Mutter besuchte. Seine Schwester lebte mit ihrer Familie in Maryland, und er sah sie nicht oft. An Olivias Geburtstag gab er jedes Jahr Hunderte von Dollar für lächerlich extravagante Geschenke aus. Er hatte keine Ahnung, wie er ohne seinen Job funktionieren sollte.

Und das war völlig in Ordnung, denn Kevin konnte seinen Job erledigen, ohne dass der ihm zu nahe ging. Aber Rasheedah Jones hatte ihn viele Nächte wachgehalten. Er konnte, er wollte diesen Fall einfach nicht vergessen. Er ging den Leuten in der Mordkommission auf die Nerven. Er hatte sich in die Ermittlungen hineingedrängt, in denen er nichts zu suchen hatte. Bis er förmlich ermahnt worden war.

»Anita ist nicht tot!«, zischte er. »Sie hat es überlebt.«

Jocelyn sah ihn unverwandt an, bis er die Vernunft besaß, den Blick auf seine Füße zu senken.

»Wer hat dir den Rücken freigehalten, Kev?«

Ein Moment des Schweigens verging. Ein weiterer. Kevin rieb sich mit den Händen über die Augen und seufzte schwer.

»Ich denke mal, ich kann mich immer noch für den vorzeitigen Ruhestand entscheiden, wenn die Sache auffliegt«, bemerkte er. »Was hast du dir denn vorgestellt?«

»Ich will Alicia Hardigan finden.«

Hattie Warner wiegte sich in ihrem Sessel vor und zurück und beobachtete die Stäubchen, die im Sonnenlicht tanzten, das durch das Wohnzimmerfenster strömte. Sie horchte auf das Pochen des Heizofens. Noch immer war ihr kalt. Sie zerrte an den Ecken der genoppten blau-weißen Decke, die sie sich um die Schultern gelegt hatte, zog sie sich tiefer auf die Brust herab. Sie betrachtete den großen Fernseher, aber da lief nichts. Die Fernbedienung war nirgendwo zu finden.

»Klopf, klopf, klopf«, pochte der Heizofen.

Ihre Finger bearbeiteten ein paar Knöpfe seitlich am Sessel, aber dadurch schaltete sich das Fernsehen auch nicht an. Allerdings erwachte der Sauerstofftank röhrend zum Leben. Wo hatte sie bloß die Maske hingetan …

»Klopf, klopf, klopf.«

Dieser verdammte Heizofen!

»Larry!«, rief sie.

Der Junge hörte auch nie! Oben in seinem Zimmer war er, hörte laute Musik und schwänzte die Schule.

»Klopf, klopf.«

Dann sprach der Heizofen auf einmal.

»Misses Warner«, sagte er.

Hattie erstarrte in ihrem Sessel.

»Klopf, klopf. Frau Warner!«

Sie stand auf und ging zum Ofen. Als sie ihn öffnete, stand ein Mann dort. Sie blickte hinter ihn und sah die Veranda.

»Misses Warner?«, wiederholte der Mann und beugte sich zu ihr, um ihr ins Gesicht zu sehen. Er war groß, ein Weißer, und sah aus, als ob er im Fernsehen auftreten würde. Er trug einen schwarzen Anzug, wie ein Prediger.

»Er ist in seinem Zimmer«, erklärte sie. »Ich habe ihm noch gesagt: Du gehst jetzt besser zur Schule, aber der Junge hat ja noch nie auf mich gehört. Wie soll er denn später mal seinen eigenen Sohn großziehen, ohne Ausbildung und ohne Job?«

Der Mann lächelte. Er reichte ihr seine Geldbörse, aber da war kein Geld drin.

»Misses Warner, ich bin Lieutenant Caleb Vaughn. Ich bin bei der Special Victims Unit von Philadelphia.«

Sie starrte seine Geldbörse an, dann wieder ihn. Er hatte dichte, seidige Haare und einen Bartschatten. Männer hatten abends immer einen Bartschatten. War es schon Abend? Dann musste sie dringend Abendessen machen.

»Von wo sind Sie?«, fragte sie.

Sanft nahm er die Geldbörse wieder von ihrer ausgestreckten Hand.

»Ich bin von der Polizei«, antwortete er. »Von der Polizei Philadelphia. Die Special Victims Unit.«

»Sind Sie im Fernsehen?«

Vaughn lachte.

»Nein, nicht die Fernsehserie *Special Victims Unit* – die Polizeiabteilung. Kann ich hereinkommen?«

Hattie zuckte mit den Schultern.

»Ich denke schon. Aber ich habe die Miete noch nicht. Ich kriege mein Geld erst am Freitag. Sie können dann wiederkommen.«

Vaughn folgte ihr ins Wohnzimmer. Er sah sich um. Sein Gesicht verzog sich.

»Ich bin nicht hier wegen Ihrer Miete, Misses Warner. Ich bin hier wegen Ihres Sohnes, Larry.«

Sie setzte sich auf den Sessel, schob die Finger zwischen Armlehnen und Sitzkissen, suchte dort, bis der Mann zugriff und ihr die Maske reichte, die an ihrem Sauerstofftank hing.

»Danke«, sagte sie.

Vaughn setzte sich halb auf den ramponierten Couchtisch. So war er auf gleicher Höhe mit ihr. Er lächelte wieder. Sie konnte sich nicht erinnern, in welcher Fernsehshow sie ihn gesehen hatte.

»Sie haben gütige Augen«, erklärte sie. »Sind Sie ein Arzt? Ich hätte es gerne gehabt, dass Larry ein Arzt wird.«

»Nein, Misses Warner, ich bin von der Polizei.«

»Die von der Polizei waren gerade da«, sagte sie, »und sie haben alles mitgenommen – Computer und Telefone.«

Der Mann nickte.

»Das waren meine Ermittler. Sie haben einen Durchsuchungsbeschluss ausgeführt. Diese Dinge waren Beweise. Misses Warner, ich bin hier wegen Larry.«

»Er steckt in Schwierigkeiten?«

»Ja.«

»Ich habe ihm ja gesagt, er soll das mit den Schecks lieber lassen. Fälschung ist gegen das Gesetz«, und sie schüttelte den Kopf. »Aber ich kann ja sagen, was ich will.«

»Ich bin nicht hier wegen der Schecks. Ihr Sohn hat großen Ärger. Es geht um Entführung und Vergewaltigung.«

Hattie riss ihre Hände an ihren Brustkorb und zog tief Luft ein, die ihre Lungen nicht wirklich erreichte.

»Vergewaltigung?«

»Ja, Misses Warner. Larry ist im Gefängnis. Zusammen mit seinem Freund, Angel Donovan. Kennen Sie ihn?«

Sie starrte hinter ihn, ihre Augen konzentrierten sich auf die tanzenden Staubflocken. Warum ging bloß dieser verdammte Fernseher nicht an? Der Mann wiederholte seine Frage und bewegte dabei den Kopf, um ihren Blick aufzufangen.

Ihr Verstand klammerte sich an ein Wort.

»Gefängnis? Sie haben Larry eingesperrt?«

»Ja«, antwortete der Mann.

»Er hat mir gesagt…«, begann Hattie, aber sie konnte den Rest der Worte nicht finden. »Ich sollte irgendetwas tun.«

Sie sah sich um, aber nichts brachte die Erinnerung zurück. Larry hatte gesagt, wenn er jemals ins Gefängnis komme, müsse sie…

»Was hat er nur gesagt?«, überlegte sie und schaute auf ihre Füße.

»Misses Warner, ich bin hier, weil ein anderer Mann in die Straftaten verwickelt war, deren man Larry beschuldigt. Ein Weißer. Kennen Sie die Namen von Freunden von Larry, die Weiße sind?«

»Larry hat keine Freunde, die Weiße sind«, erwiderte sie.

Was war nur mit ihren Füßen? Sie sah nur ihre abgetretenen Hausschuhe, ehemals pinkfarben und jetzt abgenutzt und schmutzig-rosa. Was hatte Larry bloß gesagt?

»Larry pflegt keinen Umgang mit Weißen, soweit Sie das wissen?«

Hattie schüttelte den Kopf.

»Nein. Larry ist immer mit Angel und Dwayne zusammen. Obwohl ich nicht kapiere, warum Dwayne etwas mit ihm zu tun haben will, nachdem Larry ihn doch die ganze Zeit nicht beachtet hat. Sein eigener Sohn! Er wollte nichts mit dem Kind zu tun haben.«

Vaughn runzelte die Stirn.

»Dwayne ist Ihr Enkel?«

Hattie starrte auf ihre Hausschuhe, legte einen Fuß über den anderen und zog ihn wieder zurück. Irgendetwas war da mit ihren verdammten Füßen.

»Wer?«, fragte sie.

»Dwayne.«

»Ich kenne keinen Dwayne.«

Es war unter ihren Füßen! Sie klatschte begeistert in die Hände und lächelte Vaughn strahlend an.

»Wie heißen Sie?«, erkundigte sie sich.

Der Mann seufzte. Er fuhr sich mit einer Hand durch die dichten dunklen Haare.

»Lieutenant Caleb Vaughn.«

Sie stand auf. Er erhob sich ebenfalls.

»Mister Vaughn, können Sie meinen Sessel verschieben?«, bat sie und zeigte auf die andere Seite des Raums. »Dorthin, neben das Fenster.«

Erneutes, noch tieferes Seufzen. Diese verdammten Umzugsleute! Hoffentlich erwartete er nicht auch noch ein Trinkgeld, wo er sich so anstellt!

»Natürlich«, sagte Vaughn. »Das kann ich gern machen.«

Er zog den Sessel zum Fenster, dankte ihr für ihre Zeit und ging. Hattie kniete sich auf den Boden, wo ihr Sessel gestanden hatte, und hob den grünen Teppich hoch.

»Larry ist in Schwierigkeiten«, murmelte sie.

Es kostete sie drei Versuche, das lose Bodenbrett zu finden. Sie griff in das dunkle Loch und tastete umher, bis sich ihre Hand um einen großen Plastikbeutel mit einem Reißverschluss schloss. Sobald sie den Beutel herausgezogen hatte, leerte sie ihn auf dem Boden aus. Sieben oder acht Stapel von Hundertdollarscheinen fielen auf den Boden. Da war auch eine Visitenkarte, schmal und weiß: Kautionsagent. Auf der Rückseite der Karte stand handschriftlich: »Larry hat gesagt, du sollst diesen Mann anrufen.«

Sie drehte die Karte wieder um. Larry hatte ihr gesagt, sie sollte diesen Kerl anrufen, wegen des Geldes. Er würde Larry rausholen und nach Hause bringen. Sie betrachtete die Nummer eine Weile, bevor sie das Geld wieder in den Beutel schob. Und wo war jetzt das verdammte Telefon?

27. Oktober

Jocelyn war schon seit Jahren nicht mehr auf dem Kensington Stroll gewesen. Nicht mehr seit ihrer Zeit als Streifenpolizistin. Aber dort hat sich nicht viel verändert. Falls überhaupt, war alles noch schmutziger geworden. Die El, die Hochbahn von Philadelphia, spannte sich über die gesamte Länge der Kensington Avenue wie ein gigantischer blauer Tausendfüßler, dessen Körper einen dunklen, metallischen Schatten auf alle Bewohner warf.

Die Gebäude, die noch standen, waren verrottet, die gesamte Umgebung sah wie wahllos zusammengewürfelt aus. Als ob jemand die Häuser einfach auf den Beton geworfen und zusammengequetscht hätte, um Raum für etwas Besseres zu schaffen. Nur dass das Bessere nie gebaut worden war. Viele der Gebäude wiesen alle möglichen Schattierungen von Rot auf. Es wirkte so, als ob jemand mit einem frischen Anstrich begonnen hätte, der nie fertiggestellt wurde. Einige der Reihenhäuser waren abgerissen worden, was jetzt wie Zahnlücken aussah. Sah man genau hin, fanden sich in Ritzen und Spalten gebrauchte Spritzennadeln.

Verlassene Warenhäuser waren mit Graffiti verunstaltet. Die Fenster waren eingeschlagen. Die Schilder der Geschäfte in der Kensington Avenue sahen aus, als ob jemand sie im Keller selbst gemalt hätte. Die meisten Läden hatten entweder ziehharmonikaartige Sicherheitstore wie die von Garagen oder schmiedeeiserne Gitter vor den Fenstern. Im oberen Stock waren die Fenster in nahezu allen Läden zugenagelt.

An Pflanzen fand man hier allenfalls, was an Unkraut aus dem brüchigen Asphalt spross. Verlassene, mit Abfall übersäte Parkplätze brachen gelegentlich die Front der eng zusammengepressten Häuser auf. Das alles sah nach Verzweiflung aus, und es fühlte sich auch so an. Als wenn das Leben sich aus den Gedärmen des Asphalts gequält hätte, nur um gleich wieder vergewaltigt und zertrampelt zu werden, wieder und wieder.

»Pass auf, wo du hintrittst«, warnte Jocelyn, als sie und Kevin aus dem Auto stiegen.

Wie Jocelyn geahnt hatte, war Alicia Hardigan Nutte schon ihr Leben lang. Seit zehn Jahren war sie immer wieder wegen Prostitution verhaftet worden – seit ihrem achtzehnten Geburtstag. Wegen geringer Drogendelikte war sie öfter mal im Gefängnis gelandet, und die Liste ihrer wechselnden Adressen konnte ein ganzes Telefonbuch füllen.

Jocelyn und Kevin hatten auf einen Abend gewartet, an dem wenig genug los war, losziehen und Hardigan aufspüren zu können, ohne dass jemand ihre Abwesenheit bemerkte – oder Ahearn meldete.

Sie entschlossen sich, The Stroll entlangzulaufen, dabei immer wieder Hardigans letztes Fahndungsfoto zu zeigen und zu versuchen, jemanden zu finden, der sie kannte. Die Prostituierten, mit denen sie sprachen, hatten allerdings die Angewohnheit, Polizisten nicht zu trauen. Und nicht mit ihnen zu sprechen. So oft Jocelyn den Frauen auch versicherte, dass Hardigan nicht in Schwierigkeiten war – immer wieder wandte man sich mit einem harten Gesichtsausdruck von ihr ab und erklärte, dass man die Frau auf dem Foto nicht kenne. Sie wusste, dass wenigstens die Hälfte der Frauen log.

Kevin traf sie nach einer Stunde an der Ecke der Kensington und Allegheny Avenue.

»Ich habe nichts herausgefunden«, erklärte er. »Aber ich habe ein paar Leute gesehen, die es neben dem Haus miteinander getrieben haben.«

Jocelyn schüttelte den Kopf.

»Das hilft uns nicht weiter.«

Kevin zeigte hinter sie.

»Und was ist mit der da?«

Jocelyn drehte sich um. Mit einem ironischen Lächeln im ledrigen Gesicht kam Delores Halsey auf sie zu.

»Jocelyn Rush«, sagte sie. »Ich habe gehört, dass Sie hier sind.«

Delores war um die fünfzig, sah aber wie mindestens sechzig aus. Ihre Haare waren ein gebleichtes Blond, trocken und spröde. Ihre Haut war runzlig und hing herab, gebräunt von zu viel Sonne und dünn geworden vom Leben auf der Straße. Ihr Jeansminirock und die hochhackigen Schuhe passten ganz und gar nicht zu ihrem Alter, erst recht nicht zu dem kalten Wetter. Immerhin hatte sie eine Jacke an – aus Jeansstoff wie ihr Rock. Sie hatte sehr freizügig blauen Lidschatten und Rouge aufgetragen. Ihre Haut schien beides zu verweigern. Die Kosmetik lag als Schicht auf ihrem Gesicht und löste sich stellenweise ab.

»Delores! Wie geht es Ihnen?«, fragte Jocelyn lächelnd.

Delores zuckte mit den Schultern.

»Wie immer. Sie wissen ja, wie es aussieht. Wer ist Ihr Freund?«

Sie begutachtete Kevin von Kopf bis Fuß, bis er unruhig wurde und die Arme vor der Brust verschränkte.

»Das ist Detective Sullivan«, stellte Jocelyn ihn vor.

Delores sah ihn noch einen Augenblick lang abschätzend an, dann beschloss sie offensichtlich, dass er ihre Aufmerksamkeit nicht wert war, und wandte sich wieder Jocelyn zu.

»Ich habe gehört, Sie fragen nach Alicia.«

»Was wissen Sie über sie?«, erkundigte sich Jocelyn.

Delores lächelte ein beinahe zahnloses Lächeln.

»Genug, um mir ein kostenloses Essen von euch zu verschaffen.«

Zwanzig Minuten später saßen sie im Tiffany Diner in einer Nische. Kevin wirkte angewidert, und Delores erntete schockierte Blicke der anderen Gäste. Sie bestellte gleich zwei Gerichte. Jocelyn nahm einen Kaffee und Kevin ein Wasser. Delores aß, als ob es die letzte Mahlzeit ihres Lebens wäre, und Jocelyn fiel auf, dass das durchaus zutreffen könnte, wenn man bedachte, wo sie arbeitete.

»Also – was wissen Sie über Alicia Hardigan?«, fragte Jocelyn.

»Hat sie Ärger?«, fragte Delores zwischen zwei Bissen zurück.

»Nein«, antwortete Kevin. »Aber jemand anderes hat Ärger. Jemand, von dem wir vermuten, dass er ihr etwas angetan hat.«

Delores blickte zu Jocelyn, die bestätigend nickte.

»Nun«, sagte Delores und winkte eine Kellnerin für eine zweite Limonade heran. »Sie ist seit Jahren auf The Stroll unterwegs. Ich habe sie vor etwa zwei Monaten gesehen, und sie war total im Arsch.«

»Im Arsch auf welche Weise?«, wollte Kevin wissen.

»Die Schlampe konnte kaum laufen, so besoffen war sie. Ihre Nase hörte nicht auf zu bluten, und sie bekam überhaupt nichts mehr mit. Sie hat keine Freier gekriegt, weil sie total mit Blut beschmiert war. Manchen von denen ist es sogar egal, ob du dir in die Hose pinkelst. Aber sie fassen dich nicht an, wenn du überall Blut hast.«

»Arbeitet sie immer noch?«, erkundigte sich Jocelyn.

Delores schüttelte den Kopf.

»Nein. Sie hat sich im letzten Monat eine Überdosis verpasst. Ich habe gehört, sie haben sie ins Episcopal gebracht. Sie lag zwei Tage im Koma. Ihr Bruder ist gekommen und hat sie mitgenommen. Sie ist irgendwo in einer Entziehungsklinik, in der Main Line.«

»Ernsthaft?«, bemerkte Kevin. »Wie nett von dem Bruder, aufzutauchen, nachdem sie sich eine Überdosis verpasst hatte.«

Delores wedelte mit einem Finger auf ihn zu.

»Ihr Bruder versucht schon seit Jahren, ihr zu helfen. Sie wollte keine Hilfe. Ich wette, sie fühlt sich hundsmiserabel im Entzug. Das wird auch nicht helfen. Ihr Zuhause ist die Straße. Sie wird sich niemals ändern. Und sie wird ganz gewiss nicht brav und ordentlich. Sie wird zurückkommen.«

»Hat sie noch andere Familie?«, fragte Kevin.

Delores schüttelte den Kopf und vertilgte den Rest ihres Cheeseburgers.

»Nein, nur den Bruder. Sie waren beide in Pflegefamilien, getrennt voneinander. Vor ein paar Jahren hat der Bruder sie gefunden, und seitdem versucht er, sie auf den rechten Weg zurückzubringen.«

»Kennen Sie den Namen des Bruders?«, wollte Jocelyn wissen.

»Nein.«

»Und wie ist es mit der Entziehungsklinik?«

»Booster oder Brewster oder so etwas. Irgendwas mit B. Aber warten Sie zwei Wochen – dann ist sie wieder hier.«

»Können Sie sich daran erinnern, ob sie in diesem Jahr irgendwann einmal total verkorkst war?«, fragte Jocelyn.

Die Stirn zwischen Delores' Augenbrauen legte sich in Falten. Jocelyn beugte sich vor und stützte die Ellbogen auf den Tisch.

»Hatte sie Ärger mit jemandem?«

Delores dachte nach.

»Nicht dass ich mich erinnern kann – aber sie war eine Weile verschwunden. Irgendwann im April. Sie war zwei Monate oder so nirgendwo zu finden. Als sie zurückkam, war sie erheblich dicker als vorher.«

»Haben Sie sonst noch etwas bemerkt, das an ihr anders war?«, warf Kevin ein. »Außer dass sie zugenommen hatte?«

Delores erstarrte, Messer und Gabel in der Luft über dem Teller. Sie sah Jocelyn an, ihr Blick hart wie Feuerstein.

»Was geht hier ab?«

Jocelyn senkte die Stimme.

»Wir glauben, dass es zwei oder drei Männer gibt, die sich an Prostituierten vergreifen. Sie kreuzigen und vergewaltigen.«

»Sie kreuzigen?«

»Ja.«

»Sie meinen, ihre Hände festnageln?«

»Und ihre Füße.«

Delores' Gesichtsausdruck wurde leer. Ihre Hände zitterten einen Augenblick lang.

»Himmel!«, stieß sie hervor, »glauben Sie, sie haben Alicia erwischt?«

»Ja. Wir müssen unbedingt mit ihr reden.«

Delores lehnte sich im Sitz zurück und presste ihre Schulterblätter gegen die Wand zur Nachbarnische. Sie legte das Besteck auf den Tisch und nahm eine Serviette auf, von der sie kleine Stücke riss, die sie zwischen Daumen und Mittelfinger zu Bällchen rollte. Sie sagte lange nichts. Jocelyns Kaffee war mittlerweile kalt.

»Sind Sie auf der Suche nach den Kerlen?«, erkundigte sich Delores.

»Zwei von ihnen haben wir schon«, erwiderte Kevin.

»Wir suchen den Letzten«, erklärte Jocelyn. »Seien Sie

versichert, wir werden nichts von unserem Gespräch melden. Also – wenn Sie was hören, rufen Sie mich an.«

Jocelyn gab Delores eine Visitenkarte, ihre Handynummer auf die Rückseite gekritzelt. Delores stopfte die Karte in die Tasche ihres unmöglich kurzen Minirocks und starrte auf ihr nur halb aufgegessenes Mahl. Sie legte die Serviette beiseite und nahm sich ein paar Pommes.

»Ich werde mich mal umhören«, versprach sie endlich.

»Das weiß ich sehr zu schätzen«, sagte Jocelyn. »Und rufen Sie auf jeden Fall an, wenn Sie etwas erfahren.

27. Oktober

Die Main Line ist eine Ansammlung von wohlhabenden Vorstadtorten in den Nachbarbezirken von Philadelphia. Hier leben Philadelphias Reiche ein echtes Kleinstadtleben – sicher in ihren üppigen und untadelig gepflegten Villen, nur wenige Minuten von der geschäftigen Stadt mit all ihrer Pracht und all ihrem Schmutz entfernt. Die Bewohner der Main Line haben, mit nur zehn oder zwanzig Minuten Fahrt mit dem Auto oder der Bahn, Zugang zu allem, was die Stadt zu bieten hat: eine Broadwayshow, illegale Drogen, ein Museum oder einen Raubüberfall. Jocelyn war in einem dieser Orte aufgewachsen, in einer Villa nicht weit von dem Gebäude entfernt, in dem Alicia Hardigan derzeit untergebracht war – für ihren jüngsten Versuch der Rehabilitation.

Leise, nahezu unmerklich war der Abend hereingebrochen. Der goldene Schimmer der beleuchteten Fenster verlieh Brewster House eine einladende Atmosphäre. Die Klinik befand sich in einer Villa, die von sanft hügeligen, frisch gemähten Rasenflächen umgeben war, die so weit reichten, wie das Auge sehen konnte. Beinahe erwartete Jocelyn, ein paar Golfer zu entdecken. Es wirkte mehr wie ein Country Club, nicht wie eine Entziehungsanstalt. Vor dem Haus war ein kleiner Parkplatz für Besucher ausgewiesen. Jocelyn und Kevin erklommen die ausladenden Marmorstufen und traten durch Doppeltüren, die in einen großen Empfangsbereich führten, der ganz in angenehmen Farbtönen von Hellbraun und Graubraun gehalten war. Der Tisch am Empfang war leer. Rechts gab es weitere Doppeltüren, die verschlossen waren. Ein Schild zog ihre Aufmerksamkeit auf die schwarze Sprechanlage an der Wand, für den Kontakt nach den üblichen Bürozeiten.

Es brauchte zwanzig Minuten trickreicher Verhandlungen, wozu ein Anruf beim Verwalter gehörte, der bereits zu Hause war, bis man ihnen erlaubte, Alicia Hardigan zu sehen. Eine Hilfskraft führte sie zu einem kleinen Gemeinschaftsbereich – zwei Sofas und ein Sessel, um einen Fernseher mit einer Diagonale von neunzig Zentimetern gruppiert. Eine Show auf Boulevardniveau füllte den Bildschirm. Alicia nahm die Fernbedienung und stellte den Ton leiser, als Jocelyn und Kevin den Raum betraten.

Misstrauisch beäugte sie die beiden von ihrer Couchecke aus. Sie war wie ein Ball zusammengerollt und hatte die Füße unter sich gezogen. Selbst in übergroßen Jeans und einem weiten Sweatshirt wirkte sie ausgemergelt. Ihr blondes Haar war sehr kurz geschnitten und oben mit Gel zu Stacheln aufgestellt. Ihre Gesichtshaut war straff und glänzte. Sie sah mehr aus wie ein halb verhungerter Junge vor der Pubertät und nicht wie eine achtundzwanzigjährige Frau. Ein großer bunter Schmetterling breitete seine Flügel über ihrer Kehle aus. Der untere Teil der Flügel verschwand unter dem Kragen ihres Sweatshirts. Sie hob die Hand an die Lippen, zupfte an ihrer Haut, und Jocelyn bemerkte, dass sie Handschuhe trug, dünne schwarze Handschuhe, deren Finger abgeschnitten waren.

»Seid ihr Bullen?«, fragte sie.

»Ich bin Detective Rush, und das ist Detective Sullivan«, erklärte Jocelyn und zeigte kurz ihre Dienstmarke.

Jocelyn setzte sich Alicia gegenüber auf eine Sesselkante. Kevin blieb stehen.

»Kommt ihr aus Philly?«

Sie starrte Kevin an. Immer schneller und zorniger zupften ihre Finger an ihrer Haut. Jocelyn nickte Kevin zu, der sich nun auf die andere Couch setzte, so weit entfernt von Alicia wie nur möglich. Er betrachtete die Fernsehshow und wirkte gelangweilt.

Alicia schien sich ein wenig zu entspannen.

»Ja«, antwortete Jocelyn. »Wir sind bei den Northwest Detectives.«

»Ich habe in der letzten Zeit nichts angestellt. Ich bin nicht auf Bewährung…«

Jocelyn hob die Hand, um die Frau zum Schweigen zu bringen, und lächelte.

»Wir sind nicht hier wegen etwas, das Sie getan haben.«

Alicias braune Augen glitten zwischen Jocelyn und Kevin hin und her. Langsam zog sie ihre Beine unter sich hervor.

»Wir sind hier wegen etwas, das Ihnen passiert ist – vor etwa sechs Monaten.«

Es war erstaunlich, wie schnell Alicia sich wieder verschloss. Ihre Füße verschwanden erneut unter ihrem mageren Körper. Ihre Augen wurden glasig, und sie kreuzte die Arme über der Brust, als umarmte sie sich selbst.

»Ich weiß nicht, wovon Sie reden«, sagte sie leise.

Jocelyn wartete lange. Alicias Blick flackerte zu Kevin. Er hatte sich zurückgelehnt, die Augen geschlossen und die Hände auf dem Bauch gefaltet, als ob er dösen würde.

»Ich muss Ihnen nur ein paar Fragen über das stellen, was passiert ist, Alicia«, erklärte Jocelyn sanft. »Das ist alles.«

»Ich weiß von nichts. Es ist nichts passiert.«

»Nur ein paar Fragen – und schon sind wir wieder aus Ihrem Leben verschwunden.«

Alicia schnaubte, aber in ihren Augen standen Tränen, und ihr Körper zitterte.

»Natürlich – die Bullen sagen immer solche Scheiße. ›Lass mich dir helfen, Alicia. Wir sind auf deiner Seite, Alicia.‹ Und schon sitze ich im Gefängnis.«

Jocelyn rückte näher an Alicia heran.

»Ich bin nicht hier, um Hilfe anzubieten oder etwas zu versprechen. Ich brauche nur ein paar Informationen. Das ist alles.«

Alicia sah an Jocelyn vorbei. Ihre Zähne nagten an ihrer Unterlippe, bis sie wund war.

»Ich weiß von nichts«, wiederholte sie.

Jocelyn stand auf und setzte sich neben Alicia.

»Kann ich mir Ihre Hände ansehen?«

Alicia wandte sich zu ihr, die Augen geweitet. Entsetzen färbte ihr Gesicht grau.

»Was? Ich …«

Jocelyn schaute einen Augenblick auf ihren Schoß hinab. Als sie sprach, war ihr Tonfall ruhig und sanft, fast ein Flüstern.

»Alicia, ich will nicht, dass Sie das alles in Gedanken noch einmal erleben. Und ich will Ihnen ganz sicher keinen Stress machen, nicht während Sie hier sind, aber sie haben es wieder getan. Vor ein paar Wochen. Das Opfer ist eine Frau, die ich seit vielen Jahren kenne. Eine Frau wie Sie. Jemand, der versucht hat, sein Leben in Ordnung zu bringen und sich etwas Besseres aufzubauen. Ich will diese Kerle kriegen, aber ich brauche Hilfe. Alles, was Sie mir sagen können, hilft vielleicht dabei, sie hinter Gitter zu bringen.«

Während Jocelyn sprach, hatte Alicia sie angesehen, doch jetzt blickte sie zum Fernseher. Das Schweigen hielt so lange an, dass Jocelyn eine Visitenkarte herauszog, um sie Alicia zu geben. Endlich sprach diese.

»Ich werde nicht wieder in Ordnung kommen. Mein Bruder – weiß der Teufel, wie er ein so ordentlicher Mensch werden konnte –, er denkt, ich kann mich fangen, ein neues Leben beginnen. Das ist es, was er immer sagt. Ich mache das hier immer wieder«, dabei fuchtelte ihr Arm im Zimmer umher,

»aber nicht, weil dann alles besser wird. Ich mache es für ihn. Er sieht immer so traurig und enttäuscht aus. Aber wenn ich auf Entzug bin, ist er total glücklich. Ich wollte sterben. Ich habe es versucht, mit der letzten Überdosis. Aber nicht einmal das kriege ich richtig hin.«

»Irgendetwas müssen Sie richtig machen«, warf Jocelyn ein, in der Hoffnung, dass sie weiterredete. »Ihr Bruder liebt Sie ganz offensichtlich sehr.«

Alicia zuckte mit den Schultern.

»Er verdient etwas Besseres als mich«, sagte sie nüchtern. »Er sieht gut aus, er ist erfolgreich, und dann hat er diese drogensüchtige Nutte als Schwester. Ich hätte sterben sollen. Wenn ich tot wäre, müsste ich wenigstens nicht mehr länger darüber nachdenken, was sie mir angetan haben.«

Alicia schauderte. Sie befingerte den Handschuh ihrer linken Hand und sah rasch zu Kevin, der noch immer so tat, als schliefe er. Schließlich lehnte sich Alicia zu Jocelyn hinüber und schob den Handschuh zurück. Sie legte ihre Linke in Jocelyns Schoß und kniff die Augen zu. Zwei knotige Narben, vom Durchmesser einer Münze, verunstalteten die Seiten ihrer Hand. Jocelyn berührte die Stellen vorsichtig und drehte die Hand mehrmals um. Auf dem Handrücken sah es noch schlimmer aus als auf der Handfläche. Ihre Kehle zog sich zusammen. Einen Moment lang konnte sie nicht atmen. Unendlich vorsichtig zog sie den Handschuh wieder über die Narben und gab Alicias Hand frei.

Alicia öffnete die Augen und schwenkte ihre linke Hand, als wäre sie ein totes Ding.

»Die rechte Hand sieht genauso aus«, würgte sie hervor. »Ich trage die Handschuhe, weil ich es nicht verkrafte, das zu sehen. Dabei habe ich noch andere Narben am Körper, die weit schlimmer aussehen.«

Sie zog den Ärmel ihres Sweatshirts hoch und entblößte ihre Ellbogenbeuge, ein geschrumpftes, mit Narben übersätes Stück Gewebe, das aussah, als ob es gleich abfallen würde.

»Aber die Narben an den Händen... Sie erinnern mich. Und wenn ich darüber nachdenke, will ich nur noch eins, mir den nächsten Schuss verpassen.«

Alicia wiegte sich vor und zurück. Jocelyn ließ sie reden, blieb total still, wollte den Bann auf keinen Fall brechen.

»Ich bin keine Heilige«, fuhr Alicia fort. »Seit ich sechzehn war, habe ich nichts als Scheiße gebaut. Seit ich achtzehn war, gehe ich auf den Strich. Ich hatte einen Pflegevater, der mir zwanzig Dollar gab, wenn ich ihm einen geblasen habe. Es war leicht verdientes Geld. Natürlich war es auf The Stroll erheblich schwieriger. An das meiste kann ich mich gar nicht mehr erinnern, es ist alles so verschwommen. Ich wurde nie vergewaltigt, aber ich habe eine Menge Scheiße gemacht, die ich wirklich nicht tun wollte. Es gab da einen Polizisten, der hat mich in Ruhe gelassen, wenn ich es ihm umsonst besorgt habe. Am Anfang bin ich oft betrogen worden – bis ich die ganzen Tricks gelernt habe. Ich habe auch ein paar schlimme Dinge gesehen. Vielen der Frauen passiert Schlimmes. Aber die Nacht...«

Sie brach abrupt ab und schluckte. Ihre Kehle arbeitete, wobei der Schmetterling dabei seine Flügel bewegte.

»Können Sie mir erzählen, was passiert ist?«, drängte Jocelyn.

»Es war eine Verabredung auf der Straße. Ein älterer Schwarzer kam auf mich zu, an der Ecke Kensington und Monmouth. Er sagte, er wolle es mit mir treiben, während sein Freund zusah. Wir sind in eine Gasse gegangen. Er gab mir das Geld. Sein Freund kam aus der anderen Richtung. Er war massig und hatte hellere Haut als der alte Kerl. Er sprach nicht. Er hat immer nur auf das Ende der Gasse gezeigt. Der Ältere tat so, als wolle er mit dem großen Typen nicht mitgehen. Dann sagte er, er hätte sein Auto um die Ecke geparkt, und wir sollten es in seinem Auto machen. Ich sagte Nein. Und dann schlug die Stimmung auf einmal um. Der Dicke hat mich hochgehoben, als ob ich nichts wiegen würde. Ich habe geschrien und um mich getreten, aber es hat nichts geholfen. Sie haben mich ins Auto gezerrt.«

»Was für ein Auto war das? Können Sie sich erinnern?«

Alicia schüttelte den Kopf.

»Ich weiß nur noch, dass es grau war.«

»Grau«, wiederholte Jocelyn. »Okay, das ist gut. Sie haben Sie also ins Auto gezogen. Und dann?«

»Nun, der massige Kerl hat mich auf den Rücksitz gedrückt, der andere ist gefahren. Er hat mein Gesicht in den Sitz gepresst. Ich konnte nicht sehen, wo wir hingefahren sind. Als sie mich aus dem Auto geholt haben, haben sie mir eine Jacke über den Kopf gezogen. Ich konnte nur den Asphalt unter mir sehen. Der Dicke hat mich ins Haus getragen ...«

»Was glauben Sie – wie lange waren Sie im Auto?«

»Ich weiß es nicht«, sagte sie und zuckte die Schultern. »Vielleicht zehn Minuten. Schwer zu sagen. Ich dachte ja, die bringen mich um. Und ich wünschte, sie hätten das auch getan.«

»Und dann haben sie Sie in ein Haus gebracht?«

»Ja, aber es war ein verlassenes Haus. Es roch nach Pisse und Rauch. Sie haben mich im vorderen Zimmer auf den Boden gelegt. Die Fenster waren zugenagelt. Sie hatten eine Lampe – so eine, wie die Leute sie mit zum Campen nehmen. Überall war Abfall – und jede Menge Küchenschaben. Der Dicke hat mich festgehalten, und der andere ist zur Rückseite des Hauses gegangen. Als er zurückkam, war da noch ein Weißer. Er trug eine Skimaske, aber ich konnte sehen, dass sein Hals und seine Hände weiß waren. Er hat mich lange angesehen.«

»Welche Kleidung hat er getragen?«

»Jeans und ein langärmeliges schwarzes T-Shirt. Er war ziemlich massiv. Ich meine muskulös. Als ob er regelmäßig trainieren würde. Er sah mich eine Weile einfach nur an, und dann sagte er: ›Haltet sie fest.‹«

Alicia schloss erneut die Augen. Ihre oberen Zähne nagten an der Unterlippe, die zu bluten begann.

»Ich könnte eine Zigarette brauchen.«

Jocelyn sah sich im Zimmer um.

»Dürfen Sie denn hier drin rauchen?«

»Nein, natürlich nicht!«, lachte sie. »Nur im Raucherraum. Außerdem stehe ich wegen Selbstmordgefahr unter Aufsicht. Ich darf nicht mit Feuer spielen.«

Jocelyn sah zu Kevin, dessen Kopf nach rechts gesunken war.

»Wie wäre es mit einem Nikotinkaugummi?«

Alicia richtete sich auf.

»Haben Sie einen?«

Jocelyn schüttelte den Kopf.

»Ich nicht.«

Sie erhob sich und schlich sich übertrieben vorsichtig auf Zehenspitzen an Kevin heran. Verstohlen zog sie ihm die Packung aus der Jackentasche. Alicia lachte leise, als Jocelyn ihr einen Kaugummi reichte. Sie kaute langsam.

»Danke!«

Geduldig wartete Jocelyn darauf, dass Alicia weiter berichtete.

»Die beiden Schwarzen haben mich unten auf dem Boden festgehalten. Ich habe mich wie eine Irre gewehrt, aber sie waren einfach zu stark. Der weiße Kerl ist verschwunden. Er kam zurück, als die beiden anderen mich fixiert hatten. Sie hatten meine Arme so ausgebreitet …« Sie nahm die Arme seitlich hoch. »Als der Dritte zurückkam, hatte er Hammer und Nägel. Er hat meine Hände auf den Fußboden genagelt. Ich habe geschrien und geschrien, aber sie haben mich einfach ignoriert. Dann haben sie mich mit dem Dritten allein gelassen.«

»Hat er auch Ihre Füße an den Boden genagelt?«

»Meine Füße? Nein. Er hat mir die Jeans heruntergezerrt und hat versucht, mich zu ficken. Aber er konnte nicht. Sein Schwanz war schlaff.«

»Hat er etwas gesagt?«

»Nein. Er hat nur ständig so eine Art Grunzen von sich gegeben. Als er nicht konnte, hat er die beiden anderen wieder reingeholt. ›Jetzt seid ihr dran‹, hat er gesagt. Die anderen beiden ... sie hatten keine Probleme. Und der weiße Kerl – ich habe ihn gesehen. Er stand in einer Ecke, während die beiden über mich hergefallen sind, und sein Schwanz war hart wie Stahl. Er hat es sich selbst besorgt, während ich vergewaltigt wurde.«

Wut sorgte dafür, dass Alicias Stimme um ein paar Oktaven anstieg.

»Und was ist dann passiert?«

»Ich bin ohnmächtig geworden. Als ich wieder zu mir kam, war nur noch der dünne Ältere da. Er saß in einer Ecke, auf einem Klappstuhl, und hat mich einfach beobachtet. Als ich ihn gesehen habe, habe ich angefangen zu weinen. Er hat nichts gesagt – das heißt, er sagte nur: ›Halt still‹, und dann hat er die Nägel mit einer Zange herausgezogen. Er zog mich hoch und hängte mir wieder die Jacke über den Kopf. Sie roch nach Zigaretten und Bratfett, aber das war besser als der Gestank im Haus. Ich konnte meine Arme nicht fühlen. Er zog mir meine Jeans wieder an, verkehrt herum, und brachte mich zum Auto. Ein paar Querstraßen vom Einstein entfernt hat er mich abgesetzt.«

»Wie lange waren Sie im Haus?«

Alicia verzog angeekelt das Gesicht.

»Lange genug, dass mir eine Küchenschabe ins Ohr gekrochen ist. Ich glaube, ich war über Nacht im Haus. Es war Mittwoch, als ich das Date hatte, und Donnerstag, als ich zum Krankenhaus kam. Sie haben mich versorgt und holten die Küchenschabe aus meinem Ohr. Dann sagten sie, sie müssten das den Bullen melden – obwohl ich ihnen nie erzählt hatte, was überhaupt passiert war.«

»Warum sind Sie abgehauen, Alicia?«

Alicia stieß verächtlich die Luft aus.

»Ich will Sie ja nicht beleidigen, aber ich traue den Bullen nicht. Glauben Sie vielleicht, dass mir irgendeiner von denen geglaubt hätte? Oder sich einen feuchten Kehricht um mich geschert? Ich hatte einfach Angst. Ich wollte irgendwohin, wo ich das alles vergessen konnte. Aber ich kann nicht. Ich kann es nicht vergessen.«

Jocelyn breitete zehn Fahndungsfotos auf dem Tisch aus. Ohne Zögern deutete Alicia auf die Fotos von Warner und Donovan.

»Eine Sache noch«, ergänzte Jocelyn. »Können Sie sich an irgendetwas erinnern, was den weißen Kerl betrifft? Irgendetwas? Es ist egal, wie unwichtig oder lächerlich es ist. Es könnte wichtig sein.«

Nachdenklich kaute Alicia auf ihrem Kaugummi.

»Nun, er hatte blaue Augen. Und er war muskulös, wie ich schon sagte.«

»Wie groß war er?«

»Ich denke, fast ein Meter achtzig. Und er war total sauber.«

»Sauber?«

»Ja«, nickte sie. »Seine Klamotten waren ordentlich und sauber, und er roch auch sauber – nach Seife.«

»Irgendeine bestimmte Sorte Seife?«

»Ich weiß es nicht. Ich meine nur, er roch sauber, als ob er gerade aus der Dusche gekommen wäre.«

Jocelyn nahm ihre Visitenkarte, schrieb ihre Handynummer auf die Rückseite und gab sie Alicia.

»Rufen Sie mich an, wenn Ihnen noch irgendwas einfällt.«

»Konnte ich Ihnen helfen?«

Jocelyn stand auf, ging zu Kevin und stieß gegen seinen Fuß. Er tat so, als ob er gerade aufwachen würde, streckte sich und gähnte.

»Ja«, antwortete Jocelyn. »Sie waren eine große Hilfe.«

Alicia betrachtete die Visitenkarte.

»Für einen Bullen«, bemerkte sie, »sind Sie ziemlich nett.«

Das hast du gut gemacht«, bemerkte Kevin, als sie ins Auto stiegen. »Aber du schuldest mir ein paar Nikotinkaugummis.«

Jocelyn lachte, doch Kevin tat ganz ernst.

»Das ist kein Witz – das Zeug ist teuer!«

»Wie wäre es zur Entschädigung mit einem Kaffee im Dunkin' Donuts?«

Kevin klatschte in die Hände.

»Das klingt schon besser. Und, hat Hardigan Warner und Donovan identifiziert?«

»Allerdings«, bestätigte Jocelyn.

»Na, das war ja einfach«, freute sich Kevin und spielte am Radio herum, bis er einen Sender mit Oldies gefunden hatte. »Aber eines verstehe ich nicht. Weder Warner noch Donovan haben sich Mühe gegeben zu verbergen, wer sie sind. Sie hatten keine Masken oder sonst etwas. Ich meine, wenn du vorhättest, eine Frau zu entführen und zu vergewaltigen, würdest du doch ein bisschen vorsichtiger dabei vorgehen, oder?«

»Sie haben nicht damit gerechnet, dass es so weit kommen würde«, erwiderte Jocelyn.

»Sie haben nicht damit gerechnet, erwischt zu werden? Sie haben ihre Opfer ins gottverdammte Krankenhaus gebracht!«

»Nein«, widersprach Jocelyn. »Sie sind davon ausgegangen, dass ihre Opfer sie nicht anzeigen. Und Alicia ist ja auch tatsächlich untergetaucht, und Anita wollte erst ebenfalls nichts sagen.«

Sie warf Kevin einen Blick zu und sah, wie sich sein Gesicht anspannte, als es ihm dämmerte.

»Sie haben gedacht, sie werden nicht erwischt, weil sie sich immer nur Nutten vorknöpfen!«

»Genau.«

»Aber warum haben sie sie nicht einfach umgebracht? Warum haben sie sie am Leben gelassen?«

Jocelyn zuckte mit den Schultern.

»Bei Mord sind die Strafen noch härter als bei Vergewaltigung. Außerdem können sie so immer noch behaupten, sie hätten dafür bezahlt, und dann ist es nichts mit einer Verurteilung. Wie du gesagt hast – sie nehmen sich nur Nutten vor.«

»Es könnte also sein, dass es noch eine Menge anderer Opfer gibt, irgendwo da draußen.«

»Das könnte sein, ja.«

»Aber wart mal – was ist mit diesem Weißen? Warum trägt der eine Maske?«

»Weil er, wer auch immer er ist, eine Menge mehr zu verlieren hat als Warner und Donovan.«

Das nächste Dunkin' Donuts war auf der West Lancaster Avenue. Jocelyn wollte sich einfach beim Durchfahren etwas mitnehmen, aber Kevin bestand darauf, dass sie ins Lokal gingen, weil er die Auswahl an Donuts sehen wollte. Jocelyn dachte an Olivia und daran, wie sehr sie die kleinen Donuts liebte, besonders die mit Schokolade. Olivia konnte sogar schon das Schild von Dunkin' Donuts erkennen. Wann immer sie an einem vorbeifuhren, drehte sie reinweg durch. Manchmal hatte Jocelyn diese Lokale sogar bewusst vermieden. Der Gedanke an Olivia zauberte ein Lächeln in ihr Gesicht, das jedoch schnell verschwand, als sie die erhobene Stimme eines Mannes hörte.

Ein großer Mann mit sandfarbenen Haaren, in etwa in Jocelyns Alter, stand vor der Theke, schrie und gestikulierte wild umher und wies immer wieder auf ein Getränk, das auf der Theke stand. Die Frau dahinter starrte ihn ängstlich an.

»Das ist Kaffee!«, rief der Mann. »Kaffee! Ich wollte einen Tee haben! Tee! Das hier schmeckt wie Scheiße. Es ist ekelhaft! Ich stand genau hier und habe Tee bestellt – und Sie haben mir einen Kaffee gegeben! Und dann auch noch Kaffee, der wie Scheiße schmeckt. Was ist bloß mit Ihnen los? Ich bin der einzige Kunde, ich habe nur eine einzige Sache bestellt, und nicht einmal das kriegen Sie hin?«

»Entschuldigen Sie, mein Herr«, sagte Kevin, doch der Mann sprach einfach weiter, als ob Kevin nichts gesagt hätte.

»Sind Sie taub? Oder einfach nur dämlich?«

Kevin trat zwischen den Mann und die Theke.

»Hey, Mensch«, sagte er. »Entspannen Sie sich. Ich bin sicher, diese nette Dame gibt Ihnen gerne einen Tee.«

Die Frau nahm den Stein des Anstoßes und verschwand. Der zornige Mann drehte sich zu Kevin um. Verachtung verzog seine Oberlippe.

»Kümmern Sie sich gefälligst um Ihren eigenen Dreck!«

»In Ordnung«, mischte sich Jocelyn ein und trat auf den Mann zu. »Das reicht! Kommen Sie bitte mit nach draußen.«

Der Mann wirbelte zu ihr herum. Seine Verachtung verwandelte sich in Betroffenheit. Die zornigen Linien in seinem Gesicht lockerten sich angesichts ihres autoritären Tons. Dann kehrte seine Streitlust zurück.

»Wer zum …«

»Wer zum Teufel ich bin?«, fiel sie ihm ins Wort. »Ich bin die verdammte Polizei – und Sie sind der verdammte Mistkerl, der jetzt mitkommt. Sofort!«

In einer schwunghaften Bewegung hielt sie ihm ihre Dienstmarke unter die Nase und nahm seinen Ellbogen. Sie führte ihn nach draußen. Vor der Tür gab sie ihm einen kleinen Stoß. Er stolperte die drei Stufen hinunter und konnte nur mühsam das Gleichgewicht behalten. Einen Augenblick lang schien er verwirrt.

»Rush?«, fragte er dann, als er ihr Gesicht im Schein der Parkplatzlaternen betrachtete.

»Detective Rush, ja. Wenn Sie nicht auf der Polizeiwache landen wollen, mit einer Anzeige wegen Belästigung und terroristischer Bedrohung, dann steigen Sie jetzt in Ihr Auto und fahren davon. Und ich rate Ihnen dringend, dieses Lokal hier in Zukunft zu meiden.«

Er glättete die Aufschläge seines Anzugjacketts und drehte sich zu ihr um. Er studierte noch einmal ihr Gesicht, dann streckte er die Hand aus, die Handfläche nach oben. »Lassen Sie mich noch einmal Ihre Dienstmarke sehen.«

»Herr ...«

»James«, sagte er hochmütig. »James Evans.«

Jocelyn erstarrte. Eis schien durch ihre Adern zu fließen und sich rasch in ihrem Körper auszubreiten. Sie schluckte. Ihre Hand wanderte zur Waffe.

»Was?«, sagte sie heiser.

Sie würde sie nicht mehr erkennen, natürlich nicht. Wenigstens nicht, wenn sie ihnen gegenüberstand. Sie hatte keinerlei Erinnerung an diese Zeit. Vor einigen Jahren hatte sie die Fotos im Schuljahrbuch betrachtet, bereits da hatten sie alle schon ganz anders ausgesehen. Es war vor achtzehn Jahren gewesen. Sie waren jetzt erwachsen, hatten sich verändert, und weder diesen James Evans noch die anderen würde sie wiedererkennen.

»James Evans«, wiederholte er. »Ich bin mit zwei Mädchen namens Rush zur Schule gegangen. Welches davon bist du?«

Schnell hatte Jocelyn die Fassung wiedergewonnen. Sie versetzte ihm einen Stoß in Richtung des einzigen anderen Fahrzeugs auf dem Parkplatz, es war ein Porsche.

»Ich bin diejenige, die Ihnen sagt, dass Sie jetzt abhauen, und zwar ganz schnell.«

Er ignorierte sie.

»Eine Polizistin also – aha. Das überrascht mich nicht. Du hast meiner Familie die Hölle auf Erden bereitet.«

Ein Geräusch wie Donner rauschte in ihren Ohren. Ihr Blickfeld verengte sich auf den Bereich direkt vor ihr, und Evans füllte es ganz aus. Sie schnappte ihre Pistolentasche auf.

»Wie bitte?«, fragte sie ungläubig in erhöhtem Ton.

Er betrachtete sie mit verengten Augen und ergänzte lässig: »Deine Schwester allerdings – wie war doch gleich ihr Name? Karen? Cameron? Jedenfalls, wir hatten ein paar tolle Zeiten miteinander, sie und ich. Es war allerdings ziemlich perverses Zeug.«

Dann presste sich der Lauf der Pistole unter sein Kinn. Jocelyn kam ihm ganz nahe, presste ihn gegen den Porsche. Ihre Hand war ruhig.

»Was zum Teufel!«, brüllte Evans und warf die Hände nach oben.

»Ich glaube nicht, dass du das Thema mit mir wirklich vertiefen willst, du Stück Scheiße!«

»Bist du verrückt?«, fragte er.

Seine Augen irrten umher, auf der Suche nach einem Ausweg.

Jocelyn grub den Lauf der Waffe so fest in seinen Hals, dass die weiche Unterseite des Kinns einen Abdruck davon zeigte.

»Ich weiß es nicht. Bin ich verrückt? Rede ruhig weiter – dann finden wir es heraus!«

Hinter sich hörte sie die Stimme von Kevin, der heranhastete.

»Rush! Herr im Himmel!«

Er zog sie fort von Evans, drückte ihre Waffe zu Boden. Evans öffnete den Mund, um etwas zu sagen, doch Kevin ließ ihn nicht zu Wort kommen.

»Tun Sie sich selbst einen Gefallen – und verschwinden Sie hier, so wie wir es Ihnen gleich gesagt haben.«

Evans Hände zitterten, als er seine Schlüssel aus der Tasche des Jacketts zog. Er drückte auf das kleine Kästchen, das die Türverriegelung aufspringen ließ, und stieg ein. Nach einem letzten erschrockenen Blick zu Jocelyn fuhr er mit quietschenden Reifen vom Parkplatz.

Kevin schüttelte den Kopf.

»Steck das Ding weg!«, befahl er. »Und steig ins Auto!«

Jocelyn starrte Evans hinterher, die Waffe noch immer in der Hand. Langsam ließ das Donnern in ihrem Kopf nach. Kevin stand neben ihrem Wagen. Sein Gesicht war knallrot angelaufen. Sie bemerkte es kaum. In seiner Schläfe pochte eine

Ader. Schließlich schlug er mit der flachen Hand aufs Autodach.

»Verdammt, Rush! Beweg dich! Ins Auto!«

Schweigend stieg Jocelyn ein und fuhr los. Kevin atmete angestrengt. Volle fünf Minuten lang sagte er nichts. Daher wusste Jocelyn, dass er wirklich sauer auf sie war. Sie wagte einen Blick zu ihm. Sein Gesicht war noch immer rot, vom Hals bis zu den Haarwurzeln. Sobald sie die Green-Lane-Brücke überquert hatten und wieder in Philadelphia waren, machte er den Mund auf.

»Was hast du nur in der letzten Zeit, Rush? Du bist total außer Kontrolle. Ich sollte dich eigentlich melden. Du bewegst dich ohnehin schon auf dünnem Eis. Wir sollten nicht einmal hier sein. Das ist nicht unser gottverdammter Fall!«

»Ich weiß«, sagte Jocelyn angespannt.

»Und was ist, wenn dieser Typ sich über dich beschwert?«

»Das wird er nicht.«

»Woher willst du das wissen?«

»Ich weiß es einfach. Er war einer der Jungs, die Camille vergewaltigt haben, als wir Teenager waren.«

Kevins Wut legte sich ein wenig. Er sah zur Seite und ließ ein paar Sekunden vorbeigehen.

»Oh«, meinte er dann, machte erneut eine Pause und ergänzte: »Trotzdem, Rush – du kannst nicht einfach bei irgendeinem Bürger die Waffe ziehen, ob er nun Abschaum ist oder nicht. Willst du mit aller Gewalt deinen Job verlieren, oder was?«

»Du weißt, dass ich mir das nicht leisten kann. Ich habe jetzt ein Kind.«

»Was ist dann dein Problem?«

Jocelyn schluckte und versuchte, eine Antwort zu finden, die ihn beruhigen konnte.

Endlich sagte sie: »Ich weiß es nicht.«

Kevin schüttelte den Kopf und seufzte, sein Atem war ein lautes Zischen.

»Dieser Kerl ist ein Stück Scheiße, keine Frage. Aber in einem Dunkin' Donuts eine Bedienung zur Schnecke zu machen ist kein Verbrechen. Du kannst nicht einfach mit deiner Waffe auf jedes Arschloch zielen, das dir unterkommt – selbst wenn du weißt, welche Leichen er im Keller vergraben hat. Du bist doch keine Anfängerin mehr, verflucht noch mal! Du solltest es eigentlich besser wissen.«

»Ich weiß«, murmelte Jocelyn.

»Reiß dich verdammt noch mal zusammen, Rush! Ich will dich nicht melden müssen. Nie!«

Er griff nach dem leeren Getränkehalter in der Mitte.

»Oh, verflucht!«

Jocelyn warf ihm einen Blick zu.

»Was ist los?«

»Nach dem ganzen Mist habe ich nun nicht mal meinen Kaffee bekommen!«

30. Oktober

In den nächsten drei Nächten gab es zwei Schießereien, zwei Messerstechereien und einen Raubüberfall. In zweien dieser Nächte konnte Jocelyn Olivia erst gegen drei Uhr bei Martina abholen. Olivia verschlief den Weg nach Hause, und nachdem sie gut geschlafen hatte, war sie jedes Mal pünktlich um sieben Uhr morgens wach.

In der vierten Nacht kam Jocelyn sich vor wie ein lebender Leichnam. Kevin hatte frei, und sie dankte dem weiten, unbekannten Universum, dass es eine ruhige Schicht zu werden schien. Am nächsten Tag war Halloween, und sie wollte wach und aufmerksam genug sein, um einen schönen Tag mit Olivia zu verbringen. Auch wenn sie eigentlich noch viel zu klein war, um das mit dem »Süßes, oder ich geb dir Saures« zu verstehen, liebte sie es doch, sich zu verkleiden. Jocelyn hatte vor, mit ihr zu ein paar Häusern von Nachbarn zu gehen, die sie kannte. Sie konnte es kaum erwarten, Olivia in dem Disney-Prinzessinnen-Kleid zu sehen, das sie sich ausgesucht hatte.

Sie legte den Kopf auf den Schreibtisch und versuchte zu dösen. Immer wieder schlief sie kurz ein, aber es war ein unruhiger Schlaf. Bruchstücke eines verstörenden Traums, in dem Olivia als Disney-Prinzessin verkleidet war und entführt wurde, ließen sie alle paar Minuten aufschrecken.

Chen tauchte neben ihr auf. Er stellte ihr einen Styropor-becher mit Kaffee auf den Schreibtisch, neben ihren Kopf.

»Manchmal ist es das Einschlafen einfach nicht wert«, bemerkte er.

Jocelyn hob den Kopf und sah ihn mit verschlafenen Augen an.

»Albträume. Die habe ich auch«, ergänzte er lächelnd.

Mit der gesunden Hand strich sie sich die Haare aus dem Gesicht und rieb sich die Augen, bevor sie nach dem Kaffee griff. Sie nahm das Aroma tief in sich auf und hob den Deckel, um zu prüfen, ob Chen ihr auch Milch und Zucker hinein-getan hatte. Er hatte. Sie nahm kleine Schlucke und nickte ihren Dank. Dann versuchte sie, mit dem ewig währenden großen Stapel an Papierkram fertig zu werden, der sich auf ihrem Schreibtisch angesammelt hatte. Aber ihre Gedanken gingen immer wieder zurück zu Anita Grant und Alicia Hardigan. Inzwischen hatte sie Caleb Vaughn sechs Nach-richten hinterlassen. Einmal hatte er zurückgerufen, aber da war sie gerade unterwegs gewesen und hatte nicht drangehen können.

Jocelyn sah sich im Raum um. Die meisten Schreibtische waren leer. Sie fischte ihren Autoschlüssel aus dem Chaos auf ihrem Schreibtisch und nahm sich den Kaffeebecher.

»Chen, ruf mich an, wenn hier alles zusammenbricht.«

Chen winkte ihr zu, ohne von seinem Bildschirm aufzu-sehen.

Sie fuhr zur Ecke 2nd Street und Westmoreland, wo die Büros der SVU waren. Es war ein fünfstöckiges Backsteingebäude, das nicht verriet, was sich darin befand, und zwischen verkommenen Reihenhäusern stand, deren Außenwände Risse zeigten wie Krampfadern. Auf der anderen Seite, parallel zur Westmoreland, war gebaut worden. Funkelnd neue Wohngebäude und Wolkenkratzer erhoben sich aus Unrat und Verfall. Sie wirkten so sauber und neu, Jocelyns Augen schmerzten, wenn sie sie ansah. Sie fragte sich, wie lange dieser Zustand anhalten würde, bevor auch diese Häuser sich der schmutzigen Umgebung angepasst haben würden.

In der gesamten Stadt versuchte man die von Kriminalität geplagten Viertel wiederzubeleben und zu verschönern. In einigen Bereichen griff die Erneuerung, und die alten Häuser wurden von Ärzten, Anwälten und Universitätsprofessoren gekauft, die sich an der perfekten städtischen Sachkenntnis erfreuen wollten, ohne erschossen zu werden, wenn sie ihr Haus verließen. Die Verbrechensrate sank, wenigstens vorübergehend. Die neuen Eigentümer brachten die Häuser in Schuss, und kleine Läden und Handwerker florierten. Es war Mode, diese Viertel zu besuchen, und noch moderner war es, in einem der Häuser zu wohnen. In anderen Vierteln war die Kriminalität zu sehr die übliche Lebensform, zu tief verwurzelt, um sich daraus erheben zu können.

Zum Glück gab es bei der SVU einen Parkplatz. Schon seit Jahren arbeitete die Stadt daran, die SVU zu verlegen und mit anderen Behörden, die sich mit Missbrauch und Gewalt befassten, und mit den Staatsanwälten aus dem Büro des Bezirksstaatsanwalts zu verbinden. Die Stadt wollte alle diese Behörden an einem einzigen zentralen Standort, was Jocelyn sinnvoll erschien.

Allerdings wollte niemand die Abteilung Sexualstraftaten in seiner Wohngegend haben. Drogendealer, Mörder und Prostituierte waren ja okay – aber nicht die Opfer von Sexualdelikten und diejenigen, die sie untersuchten. Jocelyn glaubte sich erinnern zu können, dass die Stadt sich gerade einen neuen Standort hatte sichern können, aber das hatte Jahre gedauert. Und weitere Jahre würde es dauern, bis die SVU endlich in das glänzend neue Gebäude umziehen konnte.

Am Empfang zeigte sie ihre Dienstmarke und erklärte, dass sie hier sei, um Lieutenant Caleb Vaughn zu sprechen.

»Er ist unterwegs«, erklärte die diensthabende Polizistin desinteressiert, ohne Jocelyn auch nur anzusehen. Stattdessen machte sie mit ihrem Kreuzworträtsel weiter.

»Ich wusste gar nicht, dass man jetzt Hellseher an den Empfang setzt«, bemerkte Jocelyn. »Das muss Ihnen eine Menge Telefonanrufe ersparen.«

Jetzt schaute die Frau doch auf, eine Augenbraue angehoben und ihre Mundwinkel verachtungsvoll herabgezogen.

»Wie bitte?«

Jocelyn ahmte die hochgezogene Augenbraue nach und deutete auf das Telefon auf dem Schreibtisch.

»Wie wäre es denn, wenn Sie anrufen und herausfinden, ob Vaughn da ist oder nicht.«

Jocelyn erwartete Widerstand, doch die Frau nahm tatsächlich den Hörer auf und wählte. Sie hielt die Augen auf Jocelyn gerichtet, während sie sprach.

»Ist Vaughn da? Ja, Hier ist jemand für ihn. Ja. Northwest. Okay.«

Sie legte auf.

»Er kommt gleich herunter«, sagte sie und nahm ihr Kreuzworträtsel wieder auf.

»Gleich« stellte sich als halbe Stunde heraus. Jocelyn war kurz davor, am Empfang vorbei hinaufzustürmen, als ein hochgewachsener Mann mit dichten dunklen Haaren auftauchte. Er schien um die vierzig zu sein. Kleine Fältchen zeigten sich um seine braunen Augen, als er den Raum absuchte. Sein Blick blieb an ihr hängen, und in diesem Sekundenbruchteil durchfuhr sie etwas wie ein Stromschlag. In Gedanken hörte sie Anitas Stimme, dass der Mann zu hübsch sei, um mit ihm zu reden. Jocelyn schluckte. Vaughn kam zu ihr und streckte die Hand aus.

»Caleb Vaughn.«

Noch vor fünf Sekunden war Jocelyn bereit gewesen, ihn zur Schnecke zu machen. Jetzt nahm sie seine Hand und starrte ihn an. Aus der Nähe konnte sie sehen, dass auch um seinen Mund Lachfältchen waren. Seine Augen waren dunkel, gleichzeitig hart und gütig. Er sah nicht aus wie ein Bulle. Er sah aus wie ein Lehrer am Gymnasium – ein richtig heißer Lehrer. Er erinnerte sie an die Art von Mann, der mit zunehmendem Alter immer schöner wird. Ein bisschen wie George Clooney, mit Haaren wie Patrick Demsey. Er sah freilich ziemlich ungepflegt aus – seine Krawatte war gelockert, und die beiden obersten Knöpfe seines zerknitterten weißen Hemds standen offen. Links von der Krawatte war ein kleiner Riss im Hemd.

»Geschieden«, platzte sie heraus.

Calebs Hand lag noch immer in ihrer. Er ließ nicht los, schenkte ihr nur einen fragenden Blick und lachte warm.

»Nein«, erwiderte er. »Single. Nie verheiratet. Und Sie?«

Jocelyn wünschte sich, sie könnte das Erröten verbergen. Sie hatte das wirklich nicht laut aussprechen wollen. Sie räusperte sich.

»Ebenso.«

Als sie auf ihre noch immer miteinander verbundenen Hände sah, war sie froh, dass er keine Bemerkung über ihre Schiene machte. Sie hatte wirklich keine Lust, eine Frage darüber zu beantworten.

Beide bemerkten gleichzeitig, dass ihre Hände viel zu lange ineinander ruhten. Caleb gab ihre Hand frei. Aus dem Augenwinkel heraus sah sie die diensthabende Polizistin am Empfang den Kopf schütteln. Caleb lächelte sie noch immer an.

»Nachdem ich jetzt Ihren Familienstand kenne – wie wäre es mit Ihrem Namen?«

Sie fummelte in ihrer Tasche und zog ihren Dienstausweis hervor.

»Rush. Jocelyn Rush. Ich bin bei den Northwest Detectives. Ich habe am Fall Grant gearbeitet – und Ihnen um die sechs Nachrichten hinterlassen.«

Er fuhr sich mit der Hand durch die Haare und brachte sie noch mehr durcheinander, während er ihren Polizeiausweis betrachtete.

»Ja, der Fall Grant. Ich hatte Sie deswegen angerufen. Tut mir leid, dass Sie mir hinterhertelefonieren mussten. Ich bin oft unterwegs.«

»Das hörte ich, ja.«

Er gab ihr den Dienstausweis zurück.

»Was kann ich für Sie tun?«

Am liebsten hätte sie gesagt, dass er zu ihr nach Hause kommen solle. Glücklicherweise kam das nicht aus ihrem Mund.

»Ich habe mit Alicia Hardigan gesprochen. Sie hatte ein paar interessante Informationen. Ich wollte mich einfach mit Ihnen kurzschließen, weil ich das Gefühl habe, dass wir in dieser Sache gerade mal die Oberfläche ankratzen.«

»Sie haben Hardigan also gefunden?«, bemerkte er. »Fein. Mögen Sie Kaffee?«

»Was? Ja, ich …«

»Warten Sie hier«, sagte er und ließ sie mit offenem Mund stehen.

Die Polizistin sah noch einmal von ihrem Kreuzworträtsel auf und schüttelte erneut den Kopf. Jocelyn errötete das zweite Mal in fünf Minuten und wandte sich ab.

Diesmal musste sie nicht lange auf ihn warten. Auch jetzt lächelte er warm. Seine dunklen Augen funkelten. Über einem Arm trug er ein Anzugjackett und in der Hand zwei dünne Akten.

»Fahren Sie«, sagte er und führte sie aus dem Gebäude.

Der Imbiss, zu dem er ihr den Weg zeigte, war nur fünf Minuten entfernt. Es war ein kleines, gemütliches, fast leeres Lokal, eines dieser Lokale in einem umgebauten Reihenhaus, in das nur die Leute gingen, die dort wohnten. Eine Kellnerin saß an der Kasse, vertieft in ein Taschenbuch. Die andere bediente die einzigen beiden Tische mit Gästen. Caleb wählte eine Nische in der Ecke, außer Hörweite der anderen. Als die Kellnerin kam, bestellte er zwei Kaffee und zwei Stück Zitronenkuchen.

»Den Zitronenkuchen hier müssen Sie wirklich probieren«, erklärte er. »Er ist fantastisch. Und außerdem eines der wenigen essbaren Dinge auf der Karte. Oh – Sie haben keine Allergie, oder?«

Sie schüttelte den Kopf und sah ihn verwirrt an. Er benahm sich überhaupt nicht wie ein Polizist. Sie hatte sich einfach in die Ermittlungen gedrängt, und er hielt ihr keine Standpauke. Stattdessen bestellte er ihr ein Stück Kuchen. Er war zu hübsch, um mit ihm zu reden, und er bestellte ihr Kuchen. Sie versuchte, das ungewohnte Prickeln zu beruhigen, das aus ihrer Mitte aufstieg, und sich darauf zu konzentrieren, warum sie hier war – die Untersuchung.

»Nein, ich habe keine Allergie.«

»Gut. Sie werden den Kuchen lieben. Ich verspreche es Ihnen«, zwinkerte er ihr zu.

Sein Handy klingelte. Er schaute auf das Display und warf ihr einen entschuldigenden Blick zu.

»Ich muss drangehen«, erklärte er. »Es ist mein Sohn.«

»Ihr Sohn?«

Er bat sie mit erhobenem Finger, kurz zu warten, und antwortete. Das Telefonat dauerte keine halbe Minute und hatte irgendetwas mit verlorenen Schlüsseln zu tun. Caleb beendete es und grinste.

»Ich war zweiundzwanzig«, berichtete er. »Wir haben uns getrennt, bevor er drei Jahre alt war. Sie hat einen anderen geheiratet und ist nach North Carolina gezogen, als er elf war. Brian ist bei mir geblieben. Jetzt hat er gerade mit seinem Studium an der Temple University angefangen. Haben Sie Kinder?«

Jocelyn beobachtete ihn, während sie antwortete.

»Ja. Olivia. Sie ist drei.«

»Sie und ihr Vater …«

Jocelyn winkte ab.

»Sie ist die Tochter meiner Schwester – meine Nichte. Aber meine Schwester konnte sich nicht um sie kümmern, also habe ich sie adoptiert.«

Die Kellnerin brachte den Kaffee.

»Der Kuchen kommt gleich«, versprach sie.

Jocelyn fiel auf, dass sie ihren Kaffee auf dieselbe Art nahmen – zwei Löffel Zucker und drei kleine Döschen Milch.

»Also – wir haben in Larry Warners Haus sechs Prepaidhandys gefunden. Mit allen hatte er in den letzten sieben Monaten jeweils nur zwei andere Prepaidhandys angerufen. Keine der Nummern kann zu einer Person nachverfolgt werden. Wir sind alle Nummern in den echten Handys von Warner und Donovan durchgegangen, aber keiner ihrer Kontakte entspricht der Beschreibung des dritten Mannes.«

»Was ist mit dem Computer? Haben Sie seinen Computer?«

In seinen Mundwinkeln zuckte es amüsiert. Er schüttelte den Kopf.

»Wir haben ihn, aber das hat überhaupt nichts erbracht. Ich meine, wir können ihn über die E-Mails mit Grant in Verbindung bringen, aber das ist alles, was wir haben. Das hilft uns nicht, was den verbleibenden Verdächtigen angeht. Und jetzt erzählen Sie mir von Alicia Hardigan.«

Er nahm einen Schluck von seinem Kaffee, mit einem zischenden Laut und einer Grimasse. Jocelyn rührte in ihrem Kaffee und berichtete von dem Gespräch mit Hardigan – und von der Michael-Kors-Uhr, an die sich Anita erinnert hatte.

Dann schob er die beiden Aktenordner, die er mitgebracht hatte, über den Tisch zu Jocelyn.

»Sie haben recht mit dem, was Sie vorhin gesagt haben – dass wir uns bisher nur an der Oberfläche bewegen.«

Er öffnete die oberste Akte.

»Das hier«, erklärte er, »war der erste Fall. Es ist vor etwa vier Jahren passiert. Ihr Name ist Raeann Church. Sie hat etwa drei Jahre in Atlantic City gearbeitet. Ein männlicher Schwarzer

Ende vierzig in einem altmodischen blauen Ford hat sie wegen Sex angesprochen. Sie haben sich auf ihren Service und einen Preis geeinigt. Er ist drei Querstraßen weiter gefahren, und dort stieg ein anderer Schwarzer ins Auto, ein massiger Kerl. Er hat kein Wort gesagt. Er hat dafür gesorgt, dass sie das Auto nicht verlassen konnte. Sie fuhren stundenlang, sagte sie, bis sie nicht mehr wusste, wo sie war. Am Ende landeten sie ...«

»Lassen Sie mich raten«, sagte Jocelyn und blätterte durch die Akte, während sie weitersprach. »Sie haben sie in ein verlassenes Haus gebracht. Dann war da ein Weißer mit einer Skimaske. Er hat sie auf den Fußboden genagelt, versuchte, Sex mit ihr zu haben, und hat keinen hochgekriegt. Daraufhin hat er den beiden anderen gesagt, sie sollten es mit ihr treiben, während er zugesehen hat. Am nächsten Tag hat der Fahrer die Nägel herausgezogen und sie vor dem Krankenhaus abgeliefert.«

In der Akte gab es einen Polizeibericht, ein paar Protokolle von Befragungen, die Aussage des Opfers und Fotos von Raeann Church. Sie war eine Weiße, mit einer großen Nase, die offensichtlich mehrfach gebrochen gewesen war, und kleinen, eingesunkenen Augen. Sie wäre eine attraktive Frau gewesen, wenn die Straße sie nicht in eine geisterhaft blasse, strichartige Figur verwandelt hätte. Sie hatte fettige dunkle Haare und fahle Haut. Es gab Fotos ihrer Hände, aber nur auf der Linken gab es die Narbe von einem Nagel.

»Fast richtig«, nickte Caleb. »Sie haben sie nicht in ein Abbruchhaus, sondern in ein Motel im Northeast-Bezirk gebracht ...«

»Haben Sie Aufnahmen von den Sicherheitskameras?«

Caleb trank seinen Kaffee und runzelte die Stirn.

»Es war nicht die Art von Motel, wo es Sicherheitskameras gibt, wenn Sie wissen, was ich meine. Der Weiße war schon da. Er hat versucht, Geschlechtsverkehr mit ihr zu haben, aber das klappte nicht – und ja, deshalb hat er den beiden anderen gesagt, sie sollten es mit ihr treiben. Dann hatte der Typ auf einmal die Idee, sie auf den Fußboden zu nageln. Raeann konnte es nicht sagen, woher die Werkzeuge kamen, aber sie haben sie eine Weile mit dem Dünnen allein gelassen und kamen mit Hammer und Nägeln zurück. Sie haben ihr einen Nagel durch die Hand geschlagen. Sie hat geschrien wie am Spieß, und dann hat der Eigentümer des Motels sie rausgeworfen. Der Fahrer hat sie ein paar Querstraßen vom Frankford-Torresdale-Krankenhaus entfernt herausgelassen.«

»Das klingt in der Tat so, als sei das das erste Mal gewesen«, bemerkte Jocelyn.

Die Kellnerin kam mit zwei Stück Zitronenkuchen zurück. Jocelyn nahm einen Bissen davon. Er schmolz in ihrem Mund. Noch bevor sie die zweite Gabel genommen hatte, war Caleb mit seinem Stück schon halb fertig. Sie stöhnte leise.

»Der ist unglaublich!«, sagte sie und meinte es auch so.

Sie wusste genau, sie würde sich nachher noch lange nach dem Geschmack sehnen, wenn sie wieder in ihrer eigenen Abteilung war.

»Ich weiß«, stimmte Caleb zu. »Das ist völlig verrückt, nicht wahr? Ein kleiner Imbiss, den keiner kennt, und sie haben den besten Zitronenkuchen, den Sie jemals gegessen haben.«

Jocelyn lachte und tippte mit dem Zeigefinger auf Calebs Notizen.

»Hier steht überhaupt nichts darüber, dass dieser Weiße eine Skimaske getragen hat.«

»Das liegt daran, dass er keine Skimaske trug.«

Die Seiten flogen durch ihre Finger, als Jocelyn fieberhaft nach den Phantomzeichnungen suchte.

»Wo sind die Phantombilder?«

Caleb zog eine Grimasse.

»Wissen Sie, wie viel ein Zeichner kostet? Damals konnten wir uns das nur für Serientäter und bei Straftaten gegen Kinder erlauben.«

Jocelyns Gabel klirrte gegen den Teller, als sie ihr aus der Hand fiel.

»Wollen Sie mich verarschen?«, schimpfte sie, aber sie wusste genau, wovon Caleb sprach.

Wie alles andere brauchte auch die Polizei Geld, und die Budgets reichten nie sehr weit. Es hatte viele Fälle im Lauf ihrer Karriere gegeben, wo sie gerne gerichtsmedizinische Hilfe in Anspruch genommen hätte, allerdings war es ihr aufgrund der Einschränkungen im Budget nicht möglich gewesen. Echte Polizeiarbeit war von den Fernsehserien wie CSI mit ihrer ständigen aufwendigen Spurensicherung so weit entfernt, wie man sich das überhaupt nur vorstellen konnte.

»Raeann war eine bekannte Prostituierte. Ein Opfer mit hohem Risiko. Sie war bereit, mit einem dieser Kerle Sex zu haben – und dann ist alles schiefgegangen. In ihrer Aussage hat sie erklärt, dass sie sich nicht sehr gewehrt hatte, bis die Männer mit Hammer und Nägeln gekommen sind. Sie hatte gehofft, dass sie das überlebt, wenn sie bei allem mitmacht. Und sie haben sie bezahlt. Wenn ich für einen Fall wie diesen Tausende von Dollar für Phantomzeichnungen ausgegeben hätte, wäre ich gefeuert worden.«

Jocelyn stöhnte.

»Ich weiß, ich weiß. Ich kenne das alles. Vergessen Sie es. Lebt diese Frau wenigstens noch? Können wir mit ihr reden?«

Ihm schien das »wir« nicht weiter aufgefallen zu sein.

»Ja. Nach allem, was ich gehört habe, ist sie noch am Leben. Sie hat allerdings in Atlantic City gearbeitet. Es kann also eine Weile dauern, sie zu finden.«

»Okay. Und was ist mit dem zweiten Opfer?«

»Das Szenario war dem weit ähnlicher, das Sie beschrieben haben. Es ist etwa sechs Monate später passiert. Der Name des Opfers ist Honey Mae.«

»Wirklich?«

Caleb lachte.

»Ja, wirklich. Ich weiß nicht, was manche Leute sich denken. Ob sie wollen, dass ihre Kinder aufwachsen, um Nutten zu werden?«

Jocelyn dachte an den Streit, den sie mit Camille über Olivias ursprünglichen Namen gehabt hatte – Taffy.

»Da kann ich nur zustimmen.«

»Wie auch immer – Honey Mae hat hier in Philly gearbeitet. Die beiden Schwarzen kamen im Auto angefahren, versuchten etwas auszuhandeln. Sie wollte nicht mitmachen. Dann sind sie verschwunden, kamen später zurück, zerrten sie ins Auto, brachten sie in ein Abbruchhaus, und den Rest kennen Sie.«

»Der Weiße kriegt keinen hoch, nagelt sie auf den Boden …«

»Diesmal hat er sie gleich am Boden festgenagelt. Jetzt hat er offensichtlich diese Fantasie im Kopf, und die gefällt ihm so gut, dass er sie mit beiden Händen festnagelt, und anschließend dürfen die beiden anderen Sex mit ihr haben, während er es sich in einer Ecke selbst besorgt.«

Jocelyn schlug Honeys Akte auf.

»Der Dritte trug einen Nylonstrumpf über dem Kopf?«

»Ja. Ich vermute, er ist schlauer geworden – dass es besser ist, wenn er sich tarnt.«

Die Beschreibung des dritten unbekannten Verdächtigen entsprach der der beiden anderen Frauen. Der Kerl war jung, wahrscheinlich Ende zwanzig oder Anfang dreißig, gut gebaut und muskulös. Wie Anita beschrieb auch Honey ihn als sauber. Raeann hatte erklärt, dass er blaue Augen hatte und dunkle, kurz geschnittene Haare. Handschriftlich hatte Caleb vermerkt: »Adrett. Sah aus wie einer aus einer Studentenverbindung. (Militärischer Hintergrund?)«

Die Beschreibungen der beiden Schwarzen trafen genau auf Larry Warner und Angel Donovan zu. Das Auto, in dem Honey Mae entführt worden war, war ein anderes als das, in das man Raeann Church gezerrt hatte. Vielleicht hatten sie sich die Fahrzeuge für diese Gelegenheiten ausgeliehen oder angemietet.

»Wo ist Honey jetzt?«

»Tot«, antwortete Caleb. »Eine der anderen Frauen hat sie letztes Jahr erstochen. Irgendein Streit um Drogen. Sie ist auf der Straße verblutet.«

»Scheiße«, sagte Jocelyn. »Und was ist mit dem Eigentümer des Motels vom ersten Fall?«

Caleb schüttelte den Kopf.

»Er ist nutzloser als eine Leiche. Zwei Dinge habe ich aus ihm herausbekommen – er spricht nicht mit Bullen, und er spricht kein Englisch. Und jetzt, nach vier Jahren, kann er sich an diese Kerle bestimmt nicht mehr erinnern.«

»Wenigstens haben wir zwei von ihnen in Haft«, erklärte Jocelyn. »Sie haben meine Notizen über die Befragungen ja gelesen. Sie sind nicht bereit, den Dritten zu verraten. Ich verstehe das einfach nicht.«

Caleb zuckte mit den Schultern.

»Entweder hat der dritte Kerl sie irgendwie in der Hand, oder es bringt ihnen etwas, ihn zu schützen.«

»Genau das denke ich auch.«

»Wenn wir diesen dritten Mann wirklich finden wollen, müssen wir uns die beiden anderen Kerle näher ansehen. Anita Grant war eine Prostituierte?«

Als er nun ebenfalls von »wir« sprach, durchlief sie ein wohliger Schauer.

»Mehr ein Escort-Girl. Diese Mistkerle haben einen Gang zugelegt und sind von Straßennutten aufgestiegen zu Escorts.«

Calebs Brauen zogen sich zusammen. Das vertiefte die Fältchen in seinen Augenwinkeln.

»Anita wollte weder mit mir noch mit einem weiblichen Detective reden. Kein Wort! Sie wissen, dass Sie sich nur mit Ihnen unterhalten will.«

Jocelyn nickte und kratzte den letzten Rest des Kuchens vom Teller. »Ich weiß. Anita und ich kennen uns schon lange.«

»Mein Problem ist, dass dieser Fall nicht gerade Priorität hat. Sie wissen ja, wie das ist. Ich meine, wenn es Studentinnen wären oder Hausfrauen, könnte ich vielleicht ein paar mehr Leute dransetzen, um sich mit dem dritten Kerl zu beschäftigen – aber eine Prostituierte, und zwei der Typen wurden bereits festgenommen …«

Er brach ab. Sie starrte ihn an.

»Ich weiß schon, was Sie sagen wollen«, erklärte sie. »Aber ich glaube, es wäre ein Fehler, die Sache mit dem Dritten nicht zu verfolgen. Wir müssen ihn unbedingt fassen – bevor er sich am Ende tatsächlich an einer Studentin oder einer Hausfrau vergreift.«

Er lächelte. Für Jocelyn ein Megawattstrahlen, wie das von einem Filmstar. Plötzlich und ganz unerklärlich spürte sie den Wunsch, ihn zu küssen.

»Ich vermute, Sie wollen mir helfen?«

»Glauben Sie?«, grinste Jocelyn.

Er lachte.

»Aber mein Chef wird das niemals zulassen«, wandte Jocelyn ein. »Ich bin sicher, dass Sie bei der SVU viele kompetente Ermittler haben, die das übernehmen können.«

»Ja – aber das Opfer will nur mit Ihnen reden. Ich lasse mal meinen Einfluss spielen. Vielleicht kann ich sie als Sonderberaterin oder irgend so etwas mit reinbringen. Und dann versuche ich, Raeann zu finden. Sie ist die Einzige, die sein Gesicht gesehen hat.«

»Ahearn wird ausflippen … Ja, machen wir es so!«, stimmte Jocelyn lächelnd zu.

30. Oktober

Er bestand darauf, noch ein weiteres Stück Zitronenkuchen zu kaufen, um es ihr mitzugeben. Sie fuhr ihn zurück zu den Büros der SVU, parkte das Auto und stellte den Motor ab. Dann fiel ihr auf, was sie gerade getan hatte. Aber sie wollte den Motor nicht wieder anlassen, während er noch im Auto saß, und ihn so erst recht darauf aufmerksam machen. Einen langen, peinlichen Moment lang saßen sie schweigend nebeneinander. Jocelyn konnte sein Atmen hören. Oder war es ihres?

Später hätte sie nicht sagen können, wie es angefangen hatte. Hatten sie sich zuerst angesehen? Waren ihre Augen sich bedeutungsvoll begegnet, so wie im Film, oder hatten sie sich gleich aufeinandergestürzt, ihre Körper voneinander angezogen, instinktiv, ohne die Notwendigkeit von Blicken und Worten?

Woran sie sich jedoch ganz deutlich erinnerte, das war seine Hand auf ihrem Knie, sehr vertraut, als wenn sie sich schon viele Jahre kennen würden und nicht erst seit einer Stunde. Sie wandte sich ihm zu, und ihre Lippen fanden zusammen. Seine waren weich, aber sein Kuss war hart und gierig. Er schmeckte nach Zitronenkuchen. Dann griffen ihre Hände nach ihm und seine nach ihr. Sie fassten zu, glitten über die Kleidung, wie die Hände von zwei Blinden, die nach etwas suchten. Sie manövrierte sich über die Mittelkonsole, ohne dass ihr Mund seinen losließ, und schwang sich auf seinen Schoß. Er zog ihr die Jacke über die Schultern herunter. Kurz verfing sich der rechte Ärmel an ihrer Schiene, bevor die Jacke auf den Boden rutschte. Sie zerrte am Knoten seiner Krawatte, und er nahm sie ab, unterbrach dabei kurz die Verbindung ihrer Körper. Mit neuer Gier stürzte er sich anschließend auf ihren Mund. Sie drückte sich an ihn, zog ihn an seinen Schultern näher heran. Sie wollte ihn näher, noch näher. Zwischen ihren Schenkeln breitete sich eine prickelnde Hitze aus. Sie presste ihren Unterleib an seinen, spürte seine Härte durch seine und ihre Hose hindurch.

Caleb zog den Kragen ihrer Bluse auseinander und liebkoste ihr Schlüsselbein mit seiner Zunge. Seine Hand suchte sich ihren Weg unter die Bluse, unter die Bügel ihres BHs. Als sie ihre Brust umfasste, stöhnte Jocelyn leise. Noch nie in ihrem Leben hatte sie einen Mann so sehr gewollt wie Caleb in diesem Augenblick.

»Ich will dich in mir spüren!«

Ihre Augen öffneten sich erschrocken. Hatte sie das jetzt tatsächlich laut gesagt? In seiner Nähe schien sie weder ihre Gedanken noch ihre Worte unter Kontrolle zu haben. Falls sie es laut gesagt haben sollte, hatte er das nicht bemerkt. Sein Kopf beugte sich über ihre Brüste. Er schob die Bluse nach oben, den BH nach unten, befreite eine der weichen Rundungen.

Sie sah zu, wie er einen ihrer Nippel in den Mund nahm. Die prickelnde Hitze zwischen ihren Beinen verwandelte sich in ein flammendes Inferno. Warm glitten seine Hände an ihr hinab, umfassten ihre Pobacken.

»Himmel!«, sagte sie, und diesmal sagte sie es tatsächlich.

Er antwortete mit ein paar unterdrückten Lauten gegen ihre Brüste.

Sie schloss die Augen, strich ihm durch die dichten dunklen Locken. Sie versuchte, ihr Atmen zu verlangsamen, an etwas anderes zu denken als an seinen Mund, an seine Hände auf ihrem Körper und seine Härte, die sich gegen die Innenseite ihrer Schenkel presste. Sie wollte ihm seine Kleider vom Leib reißen und ihn gleich hier und gleich jetzt ficken, im Auto, während sie im Dienst war.

»Jesus«, wiederholte sie. »Wir müssen damit aufhören. Stopp!«

Sie sackte unter seinen Händen zusammen. Langsam, zögernd gab er ihre Brust frei, verlagerte seine Hände in neutrales Gebiet. Sie zog sich zurück und blickte in sein erhitztes Gesicht. Er grinste sie an. Seine Haare standen in alle Richtungen ab. Das sorgte dafür, dass sie ihn gleich wieder küssen wollte. Er zupfte ihr die Bluse zurecht und näherte sich ihrem Mund. Nur einen Zentimeter von ihren Lippen entfernt hielt er an, testete die Spannung zwischen ihnen, sein Kopf dicht vor ihrem. Sie versuchte, sich von ihm zu lösen, doch er ließ es nicht zu.

»Wir dürfen das nicht«, sagte sie, dicht an seinem Gesicht.

Er küsste ihr Kinn, nippte an ihrer Unterlippe. Sie lächelte, legte beide Hände gegen seine Schultern und drückte ihn in den Sitz zurück.

»Wirklich nicht«, sagte sie.

Er hob kapitulierend die Hände und schloss die Augen. Ein träges Lächeln spielte um seine Lippen.

Jocelyn rückte ihren BH zurecht, fischte ihre Jacke vom Boden und zog sie an. Caleb öffnete die Augen. Sein Gesicht wurde ernst.

»Es tut mir leid«, sagte er. »Normalerweise benehme ich mich nicht so.«

Und ich benehme mich *nie* so, dachte Jocelyn. Sie löste sich von ihm und kletterte zurück auf den Fahrersitz.

»Ich auch nicht«, sagte sie. »Das war …«

»Fantastisch?«

Sie lächelte wieder.

»Eigentlich wollte ich sagen: bizarr.«

»Ich akzeptiere bizarr als Kompliment – wenn ich dich wiedersehen darf.«

Sie zögerte – automatisch. Sie dachte nicht einmal darüber nach – ihr Zögern war tief in ihr verwurzelt. Angesichts des Gepäcks, das sie nach der Beziehung zu Phil mit sich schleppte, und der Tatsache, dass Olivia vor allen anderen kam, war es ihre instinktive Reaktion auf die Annäherungsversuche jeden Mannes, ihn zurückzuweisen.

»Sag nichts«, meinte Caleb. »Ich weiß, wo ich dich finde.«

Sofort hatte Jocelyn ein schlechtes Gewissen.

»Ich …«, hob sie an.

Er griff hinüber und drückte beruhigend ihr Knie.

»Ich werde Raeann Church finden. Sobald es so weit ist, rufe ich dich an. Dank deiner Verbindung zu Anita Grant kann ich dich in den Fall mit einbeziehen. Und wenn du willst, führe ich dich zum Abendessen aus. Du wählst Zeit und Ort.«

»Okay«, nickte sie. Sie war wie vor den Kopf geschlagen.

»Wenn du willst«, wiederholte er.

Sie kam sich vor wie ein verliebter Teenager.

»Ich will.«

Plötzlich tauchte eine Visitenkarte in seiner Hand auf. Er drückte sie in ihre.

»Da steht auch meine Handynummer drauf. Du hast sie bestimmt schon – aber nur, um sicherzugehen. Ich melde mich.«

Er stieg aus, und sie beobachtete ihn, wie er davonschlenderte, mit großen, entspannten Schritten. Sie ertappte sich bei einem Lächeln, als er neben einem Auto stehen blieb, um sich im Rückspiegel zu betrachten und seine Haare zu ordnen.

Völlig benommen fuhr sie zurück zu den Northwest Detectives. Stark fühlte sie die feuchte, heiße Sehnsucht, die tief in ihrem Inneren tobte. Dieses Gefühl war ihr völlig fremd. All ihre Reaktionen auf Caleb waren ihr fremd – vom ersten Moment an, in dem sie ihn gesehen hatte, bis hin zu ihrem teenagerhaften Gefummel im Auto. So muss sich wahre körperliche Anziehung anfühlen, dachte sie erstaunt.

Natürlich hatte sie auch vorher schon Männer anziehend gefunden. Phil war ihr immer attraktiv erschienen, und trotzdem war ihr Sexleben äußerst problematisch gewesen. Gelegentlich hatte ihr der Sex mit Phil Spaß gemacht, aber meistens hatte sie ihn eher erduldet. Phil hatte oft den Verdacht geäußert – und sie hatte sich das ebenfalls gefragt –, ob vielleicht ein hormonelles Ungleichgewicht Jocelyn davon abhielt, wirkliche Erregung zu spüren und Sex zu genießen.

»Frigidität ist ein realer medizinischer Zustand«, hatte Phil ihr in diesem gleichgültigen Ton erklärt, in dem er oft Dinge sagte, die dafür sorgten, dass sie sich total beschissen fühlte.

Sie hatte das Problem bei ihrem Frauenarzt nie angesprochen. Und dann war Olivia gekommen, sie und Phil hatten sich getrennt, und Jocelyns Lust am Sex – oder das Fehlen dieser Lust – war die geringste ihrer Sorgen.

Mit fünfzehn hatte sie etwa ein halbes Jahr lang einen Freund gehabt. Sie hatten es miteinander getrieben, als ob das Ende der Welt bevorstünde. Jocelyn erinnerte sich noch an diesen vagen Reiz, etwas zu tun, womit ihre Eltern ganz sicher nicht einverstanden wären, verbunden mit Neugier auf das, was die meisten anderen Mädchen an der Schule schon seit zwei oder drei Jahren kannten. Meistens hatte sie sich allerdings nur unbehaglich gefühlt.

Sie hatte immer darauf gewartet, dass der Sex besser wurde,

doch das geschah nie. Selbst das simple oder auch das heftigere Knutschen gab ihr nichts. Beim ersten Mal, als ein Junge seine Finger in sie hineinsteckte und in ihr herumsuchte wie ein Kind, das in einer Tüte Süßigkeiten wühlt, hatte sie sich bereits gefragt, was die anderen daran bloß finden.

Nachdem sie von der Uni ab- und zur Polizeiakademie gegangen war, hatte sie mit einer Reihe von Männern geschlafen. Es waren kurze Abenteuer gewesen, die ihr nie etwas bedeuteten und auf ihrer Seite mehr das Ergebnis von Alkohol als von wahrer Lust waren.

Aber Caleb – sie wollte ihn! Sie wollte ihn berühren, ihn küssen, ihn ficken. Seine Berührung sorgte dafür, dass ihr vor Begehren schwindelig wurde – und sein Mund ...

»O mein Gott!«, stöhnte sie laut. »Was zum Teufel ist bloß los mit mir?«

Nachdem sie ins Büro zurückgekehrt war, versuchte sie, so normal wie möglich zu sein. Auf dem Weg nach oben begegnete ihr Inez.

»Da bist du ja!«, begrüßte Inez sie. »Was ist denn mit dir passiert?«

Jocelyn blickte an ihrer Kleidung hinunter und glättete ihre Jacke.

»Was meinst du?«

Skeptisch betrachtete Inez sie, eine Hand an der vorgeschobenen Hüfte.

»Du bist total erhitzt. Das kenne ich bei dir gar nicht. Du stellst nie etwas an, das es wert wäre, darüber in Hitze zu geraten.«

Jocelyn hob eine Augenbraue.

»Was du sagst, ist weder fair – noch korrekt.«

Inez zuckte gleichgültig mit den Schultern, die Hand noch immer an der Hüfte.

»Ich sag ja nur ... Wo warst du?«

Jocelyn ging an Inez vorbei weiter nach oben.

»SVU«, gab sie über ihre Schulter zurück.

Inez folgte ihr zu ihrem Schreibtisch.

»Das wird dir ganz und gar nicht gefallen«, erklärte Inez.

Jocelyn ließ sich in ihren Stuhl fallen und ging ihre Nachrichten durch.

»Was denn?«

»Die beiden Kerle, die du vor ein paar Wochen festgenommen hast – hießen sie Warner und Donovan? Sie sind wieder draußen.«

Die Nachrichtenzettel glitten Jocelyn durch die Finger und flatterten zu Boden. Mit offenem Mund starrte sie Inez an und wartete darauf, dass die andere ihr sagte, das sei nur ein Scherz gewesen.

»Ich habe sie vor einer Stunde gesehen«, berichtete Inez weiter. »Ich hatte einen Anruf aus dieser Straße, gegenüber von Warners Haus. Ich fuhr hin, und da stand er auf der Veranda, mit seinem Freund, und sah zu wie die ganzen anderen Gaffer aus der Nachbarschaft.«

»Was zum Teufel!«, fluchte Jocelyn.

»Ich dachte nur, du solltest das wissen«, sagte Inez. »Ich muss los. Aber wir unterhalten uns später noch über die SVU.«

Mit einem zwinkernden und zugleich grimmigen Lächeln verabschiedete sie sich.

Die letzten Reste des warmen, prickelnden Gefühls, die das Treffen mit Caleb in Jocelyn hinterlassen hatten, lösten sich auf. Sie beugte sich über den Papierkram auf ihrem Schreibtisch und fuhr den Computer hoch.

Es dauerte nur einen Augenblick, bis sie den Terminkalender der Aktensache Warner und Donovan auf dem Bildschirm hatte. Vor zwei Tagen waren sie gegen Kaution freigekommen. Die Beschuldigung wegen Vergewaltigung war fallen gelassen worden, obwohl ein paar der geringeren Vorwürfe erhalten blieben. Die nächste Vorermittlung in der Sache war auf in einem Monat anberaumt worden.

Rasch überflog Jocelyn den Terminkalender nach dem Namen des Staatsanwalts, der die Fälle bearbeitete.

»Verdammter Mistkerl!«, schimpfte sie.

Ein Wolke von Kälte umhüllte sie, als sie den Namen las: Philip Delisi.

31. Oktober

Die Bushaltestelle an der Ecke der 9th Street und Market, nichts als ein rechteckiges Gebilde aus Stahl, an drei Seiten von Plexiglas umgeben, war um zwanzig vor vier am Nachmittag ziemlich überfüllt. Hier hielten drei verschiedene Buslinien im Abstand von zehn bis zwanzig Minuten. Die Leute standen unter dem Dach der Haltestelle und versuchten trotz des dichten Gedränges zu vermeiden, mit anderen in Berührung zu kommen. Sie waren mit ihren Smartphones oder Tablet-PCs beschäftigt oder lauschten den Klängen ihrer iPods, um jede Möglichkeit einer Unterhaltung mit den anderen Passagieren zu vermeiden. Es gab drei Sekretärinnen in Rock und Nylonstrümpfen, mit Laufschuhen an den Füßen und Handtaschen, die groß genug waren, das Urlaubsgepäck von drei Wochen darin unterzubringen.

Larry hatte den Blick nach unten gerichtet, als er mit Angel vorbeigegangen war, um zu sehen, ob eine von ihnen etwas Wertvolles in der Tasche bei sich trug, aber er hatte nichts von Interesse entdeckt.

Die Raucher standen außerhalb der Überdachung, einige von ihnen hinter der Haltestelle, dort, wo sich Larry und Angel gerade gegen das zerschrammte Plexiglas lehnten. Auf einer der Platten hatte sich jemand mit dem Graffiti RRAZR U REAL in schwarzer Sprühfarbe verewigt. Jemand anderes hatte pinkfarbenen Kaugummi über das doppelte RR von RRAZR geklebt.

Angel tippte sich auf sein Handgelenk und wies mit dem

Daumen über die Schulter, was hieß, dass sie verschwinden würden, wenn er nicht bald auftauchte.

Larry nickte. Eine junge blonde Frau im hautengsten Kostüm, das Larry jemals gesehen hatte, stellte sich unter. Sie stand direkt auf der anderen Seite der Plexiglaswand. Ihr weinrotes Kleid schmiegte sich an jede Rundung ihres Körpers. Ihre Brüste hüpften auf und ab, wenn sie sich bewegte. Es sah aus, als ob sich diese aus dem V-Ausschnitt freikämpfen wollten. Ihre Beine waren in hautfarbene Nylons gehüllt, und an den Füßen trug sie Schuhe mit Pelzbesatz. Sie lehnte sich zurück. Dabei presste sich ihr Arsch gegen das Plexiglas. Larry pfiff durch die Zähne.

»Verdammt!«, stieß er hervor.

Angel sah dorthin, wo unter dem knallengen Rock gerade die Einbuchtung der Poritze zu sehen war. Er grinste und fasste sich an den Schwanz.

Die Frau sprach laut in ihr Handy, nahm die Blicke der Männer nicht wahr.

»Ich habe ihm gesagt, du gehst da nicht mit ihr hin. Sie versucht doch bloß, ihn sich zu angeln – und ich will verflucht sein, wenn ich das zulasse!«

Ihre Beschwerden über die Frau, die ganz offensichtlich versuchte, ihr den Freund auszuspannen, hielten unvermindert an. Sie schwieg abrupt, als Face vor der Bushaltestelle auftauchte. Der ignorierte ihr Gaffen ebenso wie das der fünfzigjährigen Sekretärin neben ihr, die immerhin etwas dezenter vorging.

Larry sah Angel an, der die Augen verdrehte. Frauen! Sie konnten einfach nicht genug von dem Typen kriegen. Bis er ihre Hände auf den Boden nagelte. Larry kicherte bei dem Gedanken daran.

Face schlenderte heran, bis sie Rücken an Rücken standen. Er zog ein Handy heraus und presste es gegen das Ohr. Er sprach leise, und Larry antwortete so, als ob er mit Angel reden würde. Jeder, der sie beobachtete, musste denken, dass Face telefonierte und Larry und Angel sich miteinander unterhielten. Keiner der Vorbeigehenden würde sie miteinander in Verbindung bringen.

»Ich sehe, ihr dummen Scheißkerle seid auf Kaution frei«, sagte Face.

Angel zeigte Faces Rücken den Stinkefinger.

»Du musst dafür sorgen, dass die Sache vom Tisch kommt«, erklärte Larry. »Auf Kaution freikommen und eine Anklage wegen geringerer Straftaten ist einfach nicht genug.«

Face lachte. Larry konnte fühlen, wie seine Schultern bebten, als Face einen Schritt näher an ihn herantrat.

»Wenn dieser fette Arsch hier einfach bei der abgesprochenen Geschichte geblieben wäre, wäre alles in Butter. Es ist doch nicht mein Problem, dass er Scheiße im Hirn hat!«

Larry versuchte, ruhig zu bleiben. Die Muskeln in seinen Schulterblättern spannten sich an. Angel fuhr sich mit der Handkante über die Kehle. Larry schluckte.

»Wenn du willst, dass wir noch mal was für dich erledigen, musst du schon an den richtigen Strippen ziehen und dafür sorgen, dass alles im Sand verläuft.«

Schweigen. Face fehlten nur selten die Worte. Larry wusste, jetzt hatten sie ihn an den Eiern. Fast das Einzige, was diesem Kerl wirklich etwas bedeutete, war, Frauen festzunageln. Es war wie eine Sucht. Je öfter er es machte, desto mehr wollte er es. Aber er wollte es nicht ohne sie tun. Sie waren seine »Muckis«, wie er immer sagte. Das war natürlich Blödsinn. Face war kein Versager. Er sah gut aus und brauchte bestimmt keine Hilfe dabei, eine Frau zu nehmen.

Auch behauptete er, er bräuchte sie, um die Frauen zu besorgen. Was ebenfalls Blödsinn war. Die Frauen machten sich doch alle ins Höschen, wenn sie diesen Scheißkerl nur sahen. Nein, Face brauchte sie nur aus einem einzigen Grund – er liebte es, ihnen zuzusehen. Er war ein echt perverser Wichser, aber er versorgte sie gut – mit Geld, Drogen, was auch immer sie brauchten. Er hatte Verbindungen. Deshalb hatten sie sich ja überhaupt mit ihm eingelassen.

»Okay«, gab Face schließlich nach. »Ich sehe mal, was sich machen lässt.«

»Und dann ist da noch eine Sache«, fügte Larry hinzu.

»Du stellst ja ganz schöne Ansprüche!«, gab er leise lachend zurück.

»Nur wenn ein Arschloch wie du seine Versprechen nicht hält!«

Angel stieß Larry mit dem Ellbogen an. Ein junges Pärchen um die achtzehn kam gerade zur Haltestelle, um auf den Bus zu warten. Sie standen neben Face. Die beiden unterhielten sich nur leise, aber sie standen zu dicht, als dass die drei Männer ihr verschwörerisches Telefongespräch hätten fortsetzen können.

Ein angespannter Augenblick verging. Angel schlenderte davon. Larry drehte sich um und traf Face hart an der Schulter. Das Handy flog Face aus der Hand und polterte zu Boden, sodass der Akku herausfiel.

»Oh, Mann«, sagte Larry, und seine Stimme tropfte nur so vor Scheinheiligkeit. »Es tut mir leid. Ich habe Sie nicht gesehen. Entschuldigung!«

Er und Face knieten sich gleichzeitig auf den Boden, um die Einzelteile des Handys aufzuheben. Das junge Pärchen unterbrach seine Unterhaltung und beobachtete sie misstrauisch, als ob jeden Augenblick eine Schlägerei zwischen ihnen ausbrechen könnte. Face sah Larry böse an, als sie wieder aufgestanden waren. In seinem scharf gezeichneten Kiefer zuckte ein Muskel.

»Ist schon in Ordnung«, bemerkte er mit einem gezwungenen Lächeln.

Er streckte die Hand nach dem Akku aus. Larry ließ ihn in die Handfläche fallen und trat näher, mit dem Rücken zu dem jungen Paar. Er fing Faces Blick auf und flüsterte ein Wort, bevor er in die Richtung davonmarschierte, in der Angel verschwunden war.

»Fox.«

31. Oktober

Über Nacht hatte sich das ungewöhnlich warme Wetter in richtigen Herbst mit böigen Winden verwandelt. Ein kalter Windstoß fiel über Jocelyn her, als sie aus ihrem Auto stieg. Sie hielt das Handy zwischen Wange und Schulter und öffnete die Hintertür, um Olivia aus dem Kindersitz zu holen.

»*Phil* ist der Staatsanwalt im Fall Warner und Donovan?«

Inez' Stimme am Handy drang ungewöhnlich laut in Jocelyns Ohr.

»Ja. Kannst du so einen Scheiß glauben?«, war Jocelyns Antwort.

»Mami!«, keuchte Olivia erschrocken, als Jocelyn sie losschnallte.

Jocelyn verzog das Gesicht.

»Tut mir leid, Schatz«, sagte sie. »Das war ein böses Wort.«

»Ich kann das sehr wohl glauben«, erwiderte Inez durchs Handy. »Arschlöcher halten nun mal zusammen. Ich versichere dir, die haben eine Art geheimen Klub.«

»Ja, und die Voraussetzung für die Aufnahme ist, dass man irgendeine nichtsahnende Frau fi... vögelt. Oder übers Ohr haut«, schnaubte Jocelyn.

»Hast du ihn angerufen?«

Jocelyn hob Olivia aus ihrem Sitz und trug sie über den Parkplatz zum Wawa-Minimarket, das Handy ans Ohr gepresst.

»Nein. Ich kenne ihn. Er wird meinen Anruf nicht entgegennehmen und dann zwei Tage warten, bevor er zurückruft. Ich brauche nicht, dass er denkt, ich würde mich aus persönlichen Gründen bei ihm melden. Seine Rechtsassistentin hat mir erzählt, dass er morgen gegen eins bei Gericht ist. Ich werde ihn dort überraschen.«

»Da wäre ich gerne dabei«, lachte Inez durch den Hörer.

»Kommt ihr später zu uns, für unsere Halloweenrunde?«

»Ja. Raquel und ich, wir treffen euch in deinem Haus, in einer halben Stunde.«

»Mami, kann ich einen Milchshake haben?«, fragte Olivia, als Jocelyn sie auf den Boden stellte und das Telefonat mit Inez beendete.

Sie strich Olivia mit der Hand über die Haare und lenkte sie in Richtung der Türen zum Wawa.

»Klar!«

»Bei Wawa haben sie Erdbeermilchshake«, erklärte Olivia und zog an Lulus Ohren. »Ich will Erdbeere.«

»Okay. Aber wir dürfen das Brot nicht vergessen.«

Im Wawa war es voll wie immer. Es war der einzige Wawa in der Umgebung und der einzige kleine Supermarkt, der sein Geld wert war. Viele Jahre lang war er direkt gegenüber gewesen, mit einem Parkplatz so winzig, dass er jeder Beschreibung spottete. Ein intelligenter Mensch war auf die Idee gekommen, den Minimarkt auf ein Gelände mit mehr Raum zu verlagern, wo früher einmal ein Autohändler gewesen war. Das Ergebnis waren bessere Parkmöglichkeiten und ein größerer Wawa – und noch mehr Kunden.

Jocelyn führte Olivia zur Eismaschine und ließ sie selbst einen Erdbeerbecher aus dem Gefrierfach herausholen. Jocelyn zog den Deckel ab.

»Sieh mal, Mami – das hat dieselbe Farbe wie Lulu«, rief Olivia aus, wippte auf den Füßen hin und her und deutete auf das pinkfarbene Gebräu.

»Allerdings«, stimmte Jocelyn zu.

Sie stellte den Becher in die Mischmaschine und drückte den Knopf. Der Becher versank in der Maschine. Jocelyn wählte einen Deckel und einen Strohhalm. Die Maschine gab ein mahlendes, surrendes Geräusch von sich. Jocelyn lächelte Olivia an und zog eine Augenbraue hoch.

»Heißt das jetzt, dass Lulu ein Erdbeerbär ist?«

»Sie ist kein Erdbeerbär, Mami. Sie ist einfach nur ein Bär«, grinste sie.

»Ich weiß nicht – vielleicht solltest du Lulu einfach mal probieren.«

Jocelyn beugte sich hinab und tat so, als wolle sie in Lulus Bein beißen. Olivia kicherte. Das Kichern stieg zu einem Quietschen an. Jocelyn blickte sich um, ob andere auf sie aufmerksam geworden waren.

Und dann sah sie ihn.

Er stand am anderen Ende des Gangs, am Kaffeekiosk. Sein Gesicht war noch immer geschwollen und lädiert. Er lächelte sie an, und dabei sah sie das Metall, das seinen Kiefer zusammenhielt.

Henry Richards! Was zum Teufel machte er in ihrem Viertel? In ihrem Wawa?

Sie merkte gar nicht, wie heftig ihr Herz raste, bis Olivia an ihrer Hand zog.

»Mami, Mami, es ist fertig. Kann ich den Deckel draufmachen?«

Instinktiv nahm Jocelyn Olivia auf den Arm, ohne den Blick von Henry zu wenden. Er machte einen Schritt auf sie zu.

»Lass das lieber!«, sagte Jocelyn.

Die Härte in ihrer Stimme ließ ihn erstarren. Einen Augenblick wirkte er verwirrt.

Wieder einmal wünschte Jocelyn sich, sie hätte ihre Waffe dabei. Sie musste sich unbedingt eine Waffe anschaffen, die sie auch außer Dienst tragen konnte.

Zwischen ihnen gingen die Leute hin und her und registrierten nichts.

»Du verstößt gerade gegen ein Kontaktverbot«, erklärte Jocelyn.

Henry lachte. Ein schiefes Lächeln umrahmte das Metall in seinem Mund.

»Als ob mich das einen Scheißdreck kümmern würde!«

Jocelyn sah sich um. Er würde doch ganz gewiss in einem überfüllten Minimarkt nichts anstellen?

»Mami …«

»Einen Augenblick, Süße.«

Erneut ließ Jocelyn den Blick durch den Laden wandern. Sie hoffte, einen uniformierten Polizisten zu sehen. Dieser Wawa lag direkt gegenüber vom 5. Bezirk. Brauchte denn keiner von den Beamten dort einen Kaffee oder einen Snack?

Sie schluckte hart an dem Kloß in ihrer Kehle. Sie griff nach dem Milchshake und reichte ihn Olivia, dann holte sie den Deckel, den Olivia ihr aus der Hand nahm und auf den Becher setzte.

»Was willst du?«, fragte sie Richards.

Henry griff in seine Jacke. Jocelyns Stimme wurde scharf und laut, wie der Knall einer Pistole.

»Lass das besser«, warnte sie ihn noch einmal.

Diesmal weckte sie die Aufmerksamkeit einiger Leute um sie herum. Sie drehte sich so, dass Olivia weitgehend geschützt war. Erneut erstarrte Henry. Nervosität ließ sein Grinsen erschlaffen. Er sah sich um, sah die Gesichter all der Leute, die ihn anstarrten.

Jocelyn senkte die Stimme und verengte die Augen. Auch wenn sie alles andere als ihm näher kommen wollte, trat sie dennoch einen Schritt auf ihn zu.

»Wenn du nicht willst, dass ich dir noch einmal die Visage poliere, nimmst du jetzt sofort die Hand aus der Jacke und verschwindest von hier.«

Langsam zog er den Arm zurück, hob beide Hände, versuchte wieder zu lächeln. Dabei brach die Naht an seiner genähten aufgeplatzten Lippe wieder auf. Es formte sich ein Blutstropfen.

Olivia wurde immer schwerer auf Jocelyns Arm, weshalb sie den anderen Arm um Olivia zu legen versuchte. Dabei flog der Erdbeermilchshake zu Boden. Eine Wawa-Angestellte, die alles beobachtet hatte, eilte zu Hilfe. Olivia weinte große Krokodilstränen.

»Es tut mir leid, Mami!«

»Alles in Ordnung, Schatz«, beruhigte Jocelyn sie. »Wir wischen das auf, und dann bekommst du einen neuen.«

Die Angestellte lächelte Olivia an.

»Mach dir keine Sorgen, Süße. Dafür haben wir schließlich unsere Wischmops. Warum holst du dir nicht einen neuen? Der kostet nichts.«

Jocelyn bedankte sich bei der Frau, zwang sich zu einem Lächeln. Als sie wieder aufsah, war Henry verschwunden.

Die Angestellte hatte die Eismaschine bereits in Gang gesetzt. Eine andere kam und wischte die Überreste des verschütteten Milchshakes auf. Aufmerksam sah Jocelyn sich um, konnte Henry jedoch nirgendwo mehr entdecken. Die Angestellte gab ihr eine Serviette, und sie wischte die Tränen von Olivias Wangen.

»Es tut mir leid«, sagte Jocelyn zur Angestellten. »Ich zahle natürlich für beide.«

Die Frau lächelte wieder, warm und mitfühlend.

»Oh, machen Sie sich darüber mal keine Gedanken.«

Sie hob einen grob gefalteten Origami-Kranich auf.

»Ist das Ihrer?«

»Ja«, antwortete Jocelyn.

Natürlich war es nicht ihr Kranich. Aber er war für sie bestimmt. Ihre Hand zitterte, als sie ihn entgegennahm.

31. Oktober

Inez und Raquel kamen, wie angekündigt. Sie packte die Mädchen mit ein paar Lalaloopsy-Puppen ins Wohnzimmer und stellte den Disneykanal ein. Sie hatten ihre Halloweenkostüme auf den Tisch gelegt und halfen sich gegenseitig beim Anziehen.

Jocelyn lief in den Keller und knipste das Licht in der

Waschküche an. Dort lag der Kranich, den Kevin am Tag des Autodiebstahls auf ihrem Beifahrersitz gefunden hatte, er lag zwischen Kleingeld und Kaugummipapieren in einem kleinen Korb neben der Waschmaschine.

Wieder oben, legte sie die beiden Kraniche auf dem Küchentisch nebeneinander, und die beiden Frauen verglichen sie miteinander. Sie waren nahezu identisch. Inez entfaltete beide und glättete das Papier.

»Scheiße!«, sagte Inez.

»Was ist?«, erkundigte sich Jocelyn und sah ihr über die Schulter. »O mein Gott!«, sagte sie dann.

Als die beiden Papiere nebeneinander lagen, war die Botschaft offensichtlich. Sie war mit Kugelschreiber geschrieben. Auf dem einen Blatt stand: LASS MICH IN RUHE, und auf dem anderen: DU SCHLAMPE.

Inez drehte sich zu Jocelyn um.

»Wo hast du den ersten Kranich her?«

»Der lag im Auto, nachdem der Typ es geklaut hatte. Kevin hat es auf dem Sitz gefunden. Ich dachte, es sei von Simon, aber Simon war schon seit Monaten nicht mehr in meinem Auto.«

»Es stammt also definitiv beides von Richards. Was auch bedeutet, dass der Autodiebstahl kein Zufall war. Und nachdem er an den Orten auftaucht, wo du dich oft aufhältst, ist er noch dazu ein Stalker.«

»Aber ich kenne ihn doch gar nicht«, wandte Jocelyn ein. »Vor diesem Tag habe ich ihn noch nie gesehen. Und inwiefern soll ich ihn in Ruhe lassen? Was tue ich ihm denn seiner Meinung nach an? Außerdem, was war sein Plan? Er hat sich das Auto gegriffen. Wieso sollte er einen Kranich in einem Auto liegen lassen, das ich gar nicht mehr habe?«

Inez holte zwei Weingläser aus Jocelyns Schrank und füllte sie aus der Flasche Cabernet Merlot aus dem Kühlschrank.

»Verrückte wie Richards tun vieles, das keinen Sinn ergibt. Er ist ein Drogenabhängiger, Joc. Vielleicht hat er dich mit einer Polizistin aus einem anderen Bezirk verwechselt, die ihn hat hochgehen lassen. Vielleicht steht ihm auch eine Gerichtsverhandlung bevor, und er glaubt, dass du gegen ihn aussagen wirst. Vielleicht hat ihn auch jemand dazu überredet, den du tatsächlich verhaftet hast. Vielleicht hatte er vor, mit dem Auto einfach nur eine Weile spazieren zu fahren und es dann irgendwo stehen zu lassen. Oder vielleicht sollte er den Kranich einfach nur durchs Fenster werfen und hat dann die Gelegenheit genutzt, sich gleich das ganze Auto unter den Nagel zu reißen. Auf jeden Fall hättest du den Wagen bestimmt irgendwann zurückbekommen. Bist du dir ganz sicher, dass du den Jungen noch nie verhaftet hast?«

Jocelyn nahm einen Schluck Wein. Er war herb.

»Ich kann mich natürlich nicht an jede Verhaftung erinnern – aber ich bin mir ziemlich sicher, dass ich den Typen vorher noch nie festgenommen habe. Wie auch immer – was ist damit gemeint, ich soll ihn in Ruhe lassen? Ich soll vor Gericht nicht aussagen? Aber als wir ihn wegen des Autodiebstahls verhaftet haben, gab es keine anderen Verfahren gegen ihn, wo ich hätte aussagen können. Das ergibt alles keinen Sinn.«

»Junkies sehen die Dinge manchmal anders, weniger logisch«, erwiderte Inez. »Gegen wen musst du denn in der nächsten Zeit vor Gericht aussagen? Vielleicht macht der Junge ja nur die Drecksarbeit für andere.«

Jocelyn seufzte und versuchte, in Gedanken alle Fälle durchzugehen, die gerade anhängig waren. Da gab es nichts wirklich Großes. Ihr kam kein Verdächtiger in den Sinn, der so weit gehen würde, um ihr Auftauchen vor Gericht zu verhindern. Sie zuckte mit den Schultern.

»Mir fällt da wirklich niemand ein.«

»Wir werden auf jeden Fall mal Richards Partner überprüfen. Vielleicht fällt uns dabei etwas auf.«

Inez sah um die Ecke ins Wohnzimmer. Beide Frauen erschraken, als es an der Tür klopfte. Jocelyn verschüttete dabei etwas von ihrem Merlot auf ihr Handgelenk.

»Das muss Kev sein«, meinte Inez.

Jocelyn sah durch den Spion, bevor sie die Tür öffnete. Kevin lächelte grimmig und trat ein.

»Onkel Kevin!«, rief Olivia und lief in seine Arme.

Er nahm sie hoch und setzte sie auf seine Hüfte. In Kevins Augenwinkeln zeigten sich Lachfältchen, als er Olivia anlächelte. Jocelyn fragte sich, warum er wohl selbst keine Kinder hatte. Wahrscheinlich wäre er ein guter Vater. Auf jeden Fall gab er einen prima Onkel ab.

»Wie geht es euch, Mädels?«, fragte er und zwinkerte Raquel zu. »Schau sich einer nur diese wunderhübschen Prinzessinnen an! Wo sind denn bloß Olivia und Raquel hin?«

»Ich bin Rapunzel«, erklärte Raquel und drehte sich in ihrem violetten Kleid.

»Hast du mir was Süßes mitgebracht?«, fragte Olivia zielstrebig.

»Olivia!«, schimpfte Jocelyn.

Olivia warf Jocelyn einen Blick purer gekränkter Unschuld zu. Kevin griff in seine Jackentasche und zog eine Packung Skittles hervor. Olivia quietschte und schlang die Arme fest um seinen Hals. Sie hielt die Packung fest, als er sie wieder auf den Boden stellte, und richtete sich ihre Tiara, die beinahe heruntergefallen wäre.

»Du musst das aber mit Raquel teilen!«, rief er ihr nach, doch sie saß bereits neben Raquel bei den Puppen auf dem Boden und versuchte, die Packung zu öffnen. Jocelyn machte sich nicht die Mühe, Olivias Süßigkeitenkonsum zu rationieren. Schließlich war Halloween. Die drei Erwachsenen begaben sich in die Küche und unterhielten sich gedämpft.

»Wir haben uns die Videos der Überwachungskamera im Wawa geholt«, berichtete Kevin. »Damit haben wir es Schwarz auf Weiß, dass er gegen das Kontaktverbot verstoßen hat. Wir werden ihn festnehmen und hören, was er zu sagen hat. Aber jetzt erzähl mir noch einmal alles ganz genau.«

Jocelyn berichtete Kevin über das Zusammentreffen mit Richards und zeigte ihm die Nachricht, die in den Kranichen verborgen gewesen war. Er betrachtete die Worte so eingehend, als ob er etwas in einer fremden Sprache zu verstehen versuchte.

Endlich sagte er: »In der Nacht im Krankenhaus ist mir nie der Gedanke gekommen, das Ding aufzufalten.«

»Du hast ja auch gedacht, es käme von Simon«, beruhigte ihn Jocelyn. »Warum solltest du es dann auseinanderfalten?«

Er zuckte mit den Schultern und strich sich mit der Hand über den Kopf.

»Und du bist diesem Kerl noch nie zuvor begegnet?«

Jocelyn schüttelte den Kopf. Sie fühlte sich auf einmal unendlich müde und wünschte sich, sie hätte den Wein nicht getrunken. Inez setzte sich zu ihr, sodass Jocelyn sich an sie lehnen konnte. Am liebsten hätte Jocelyn den Kopf auf die Schulter der Freundin gelegt, doch sie widerstand der Versuchung.

»Ich werde dir eine Liste mit den bekannten Partnern von Richards bringen, und dann sehen wir, ob du einen der Namen erkennst. Wenn wir ihn befragen, erfahren wir ja, was es mit diesen Dingern auf sich hat und was damit gemeint ist, dass du ihn in Ruhe lassen sollst«, sagte Kevin, faltete die Kraniche sorgfältig zusammen und steckte sie in seine Jackentasche, dabei warf er Inez einen Blick zu und fragte: »Bleibst du über Nacht?«

Inez legte den Arm um Jocelyns Schulter.

»Ja. Wir machen die Runde im Viertel und kommen dann hierher zurück. Die Mädchen lieben Schlafanzugpartys.«

Kevin nickte. Jocelyn brachte ihn nach draußen zur Veranda, nachdem er sich von den Mädchen verabschiedet und noch einmal begeistert ihre Kostüme gelobt hatte.

»Danke, Kev«, sagte sie.

»Wir werden herausfinden, was dahintersteckt, Rush!«

Er ging die Stufen hinunter, blieb noch einmal stehen, drehte sich auf dem Absatz zu ihr um und blinzelte gegen das Licht der Verandalampe.

»Inez und du, ihr solltet auf der Halloweenrunde besser eure Waffen mitnehmen.«

1. November

Jocelyn ging unruhig im achten Stock des Gerichtsgebäudes auf und ab. Hin und wieder blieb sie stehen und blickte hinab auf die Leute in den Straßen. Aus dieser Perspektive wirkte die Stadt so friedlich! Von dort aus konnte man es fast nicht glauben, was für ein Sumpf aus Gewalt und Verdorbenheit das dort unten tatsächlich war. Fast. Sie lief hin und her, um wach zu bleiben. Nachdem sie und Inez die Botschaft in den Kranichen gefunden hatten, hatte sie nicht gut geschlafen. Die Halloweenrunde war ruhig verlaufen, aber sie hatte sich nicht daran freuen können, so sehr belastete sie der Gedanke an Henry Richards und die törichten Probleme, die er mit ihr hatte.

Phil tauchte aus einem Aufzug auf. Er zog einen Aktenwagen mit den Unterlagen für die Verhandlung hinter sich her. Er trug einen grauen Anzug, die Bügelfalten messerscharf, ein pinkfarbenes Hemd und eine passende Krawatte in Grau und Pink. Jocelyn hatte einmal gedacht, dass Phil der einzige Mann wäre, den die Farbe Pink sexy aussehen ließ.

Er war noch etwa drei Meter von ihr entfernt, als er sie bemerkte und lächelte.

»Jocelyn!«

Dann blieb er etwa einen Meter von ihr entfernt stehen und blieb auf Distanz.

»Wie geht es dir?«, erkundigte sich Jocelyn nach einem peinlichen Augenblick.

»Bestens.«

Nun denn. Es ging ihm also nicht »gut« – das war das, was die meisten Leute geantwortet hätten –, sondern bestens.

»Prima«, sagte sie und stopfte die Hände in die Taschen. »Hast du einen Moment Zeit?«

Phil rollte den Aktenwagen hin und her und deutete den Gang hinab.

»Ich habe einen Termin vor Gericht.«

Jocelyn zog ihr Handy aus der Tasche, um nachzusehen, wie spät es ist. »Erst in einer halben Stunde«, bemerkte sie. »Das hier wird nicht lange dauern.«

Phil seufzte mit einem gequälten Lächeln. Er blickte an ihr hinab, bevor er ihr wieder in die Augen sah. »Okay, Detective«, sagte er dann. »Was kann ich für dich tun?«

»Es geht um Anita Grant. Sie wurde vor ein paar Wochen vergewaltigt und verstümmelt. Wir haben Larry Warner und Angel Donovan verhaftet. Und jetzt sind sie nicht nur auf Kaution draußen, sondern es wurde auch ein Teil der Beschuldigungen fallen gelassen.«

Phil verdrehte die Augen. Jocelyn musste gegen die Versuchung ankämpfen, ihm ins Gesicht zu schlagen. Sie verschränkte die Arme und betrachtete ihn stirnrunzelnd.

»Du wirst deine Anklage wegen Vergewaltigung nicht kriegen«, sagte er unumwunden.

Jocelyn spürte, wie sie errötete, und hoffte nur, dass man es nicht sah.

»Sie haben sie auf den Fußboden genagelt und hatten gegen ihren Willen Sex mit ihr.«

Phil schüttelte den Kopf und blickte auf sie herunter, als ob er sie über eine Brille ansähe.

»Dein unbekannter Verdächtiger hat sie auf den Boden genagelt. Donovan und Warner haben sie für Sex bezahlt.«

Aus Jocelyns Kehle kam ein tiefer Laut. Sie konnte ihre Stimme nicht entschärfen.

»Du glaubst also, sie fand das in Ordnung, gekreuzigt zu werden?«

»Joc, ich sage ja gar nicht, dass irgendetwas davon okay ist. Ich sage dir nur, wir haben hier eine bekannte Prostituierte vor uns, die zugibt, dass sie eine Annonce im Internet aufgegeben und sich dann mit Warner und Donovan getroffen hat, in der Absicht, gegen Geld Sex mit ihnen zu haben.«

Jocelyns Augenbraue hob sich.

»Das ist doch Quatsch! Sie haben sie vergewaltigt! Es gab keine Absprache. Sie hat das Dunkin' Donuts verlassen. Sie sind ihr gefolgt und haben sie ins Auto gezerrt. Dafür gibt es einen glaubhaften Zeugen.«

»Ich kann dir vielleicht die Entführung als Anklagepunkt geben – aber wegen der Vergewaltigung werde ich keine Anklage erheben. Die Sache ist erledigt.«

Jocelyn sah ihn böse an. Sie machte einen Schritt auf ihn zu und zeigte mit dem Finger auf ihn.

»Wenn das eine weiße Studentin gewesen wäre oder eine Hausfrau und Mutter, würdest du dich auf die Vergewaltigung stürzen und es nie auch nur in Betracht ziehen, darauf zu verzichten.«

Phils Ton klang unendlich geduldig.

»Es war aber keine Studentin und keine Hausfrau und Mutter. Es war Anita Grant. Ein Opfer mit hohem Risiko. Eine Studentin oder eine Hausfrau und Mutter hätte sich nie mit diesen Typen getroffen, um darüber zu verhandeln, was ein Fick kostet.«

»Phil …«

»Wenn ich wollte, könnte ich gegen Misses Grant sofort Anklage wegen Prostitution erheben.«

Jocelyn biss die Zähne zusammen, aber konnte trotzdem die Worte nicht zurückhalten: »Nun sei doch kein Arsch!«

Sie war wieder einmal streitlustig, wie er es ihr immer vorgeworfen hatte, streitlustig und vulgär.

Phil seufzte.

»Sieh mal – sie landen so oder so im Gefängnis. Warum kümmert dich das überhaupt?«

Ihr blieb der Mund offen stehen.

»Wie bitte?«

Sofort wurde Phils Gesicht weich. Er hob die Hand und schenkte ihr seinen versöhnlichsten Gesichtsausdruck – genau den, den er oft auch vor Gericht einsetzte, um den weiblichen Geschworenen den Kopf zu verdrehen.

»So habe ich das nicht gemeint. Ich meine nicht, dass der Fall unwichtig ist. Eine Frau wurde vergewaltigt, und das tut mir sehr leid. Aber Jocelyn, du und ich, wir wissen doch, wie alles läuft. Du weißt ebenso gut wie ich, dass wir jeden Monat Dutzende solcher Fälle auf den Tisch bekommen. Warum geht dir dieser eine so unter die Haut?«

Jocelyn schüttelte den Kopf und lief vor ihm auf und ab, den Blick auf den cremefarbenen Fliesenboden gerichtet. Phils Augen folgten ihr, als wäre sie ein Metronom.

»Ich weiß es nicht«, antwortete sie.

»Liegt es daran, dass du Anita gekannt hast?«

»Ich kenne viele der Frauen«, meinte Jocelyn achselzuckend.

»Hat es mit Camille zu tun?«, ergänzte er, während er näher kam und sie stoppte, sein Tonfall in dem falschen Mitleidston, den Jocelyn nur zu gut kannte.

Jocelyn erstarrte. Ihre Wangen brannten vor Hitze.

»Wag es ja nicht, mein persönliches Leben in die Sache hineinzuziehen! Das ist tabu – ganz besonders für dich!«

Phil trat zurück. Die Arme vor der Brust verschränkt, ging er die Treppe, an der sie standen, ein wenig nach oben, was ihn noch größer aussehen ließ. Die undurchdringliche Festung. Sein Mund verzog sich, als ob er etwas Saures gegessen hätte.

»Das ist also tabu – so wie alles andere auch, wie?«, bemerkte er mit einem spitzen Blick.

Jocelyn reckte ihr Kinn in die Höhe.

»Du kannst mich mal!«

Phil verdrehte die Augen, ließ es an sich abtropfen. Das war vertrautes Gebiet.

»Du nimmst die Sache zu persönlich«, sagte er beharrlich.

»Als ich auf Streife war, habe ich Tausende von Vergewaltigungen gesehen. Der Fall ist nicht persönlicher als jeder andere.«

Phil schüttelte den Kopf.

»Erzähl mir doch nichts! Die Frau hat sozusagen eine Gruppenvergewaltigung erlebt – genau wie deine Schwester.«

»Camille war fünfzehn – und sie war keine Prostituierte.«

»Aber sie war das Opfer einer Gruppenvergewaltigung – und deine Eltern haben nichts dagegen unternommen. Du glaubst doch wohl nicht etwa, dass deine ganze Karriere nur den Sinn hatte, auf *diesen* Fall zu stoßen?«

»Du hast nicht die geringste Ahnung, welchen Sinn mein Beruf hat. Und du hast eindeutig auch nicht die geringste Ahnung, worum es bei diesem Fall geht – sonst würdest du nicht versuchen, so zu tun, als sei es für mich eine persönliche Sache.«

Sie stellte ihr Auf-und-ab-Gehen ein und sah ihn an. Spannung verkrampfte ihre Schultermuskeln.

»Sie haben sie gekreuzigt, Phil! Sie haben sie festgehalten und ihr dann Nägel durch Hände und Füße gehämmert. Das ist purer Sadismus. Dieser unbekannte Verdächtige – ich habe da ein ganz ungutes Gefühl. Vielleicht hat er gerade erst angefangen. Was ist, wenn er sich steigert…«

»Glaubst du denn, das wird er?«

»Ja, das glaube ich. Er greift sich jetzt Prostituierte, weil sie leichte Opfer sind, um die sich niemand schert. Einige der Vorfälle sind nicht einmal angezeigt worden. Aber eines Tages könnte er sich eine Frau greifen, um die sich unsere Gesellschaft dann doch schert.«

»Du glaubst, dass er die Sache ohne seine beiden Gehilfen fortsetzt? Warner und Donovan sind bald hinter Schloss und Riegel.«

»Momentan sind sie noch frei, Phil. Und zwar dank dir. Und wenn du auch nur eine Sekunde glaubst, dass sie nichts anstellen werden, während sie auf Kaution draußen sind, dann bist du verdammt naiv.«

»Wirklich, Jocelyn!«, rief er, wieder in diesem herablassenden Tonfall. »Hältst du die beiden tatsächlich für so dumm?«

Sie wich seinem Blick nicht aus, bis er wegsah und die Hand wieder an den Griff seines Aktenwagens legte.

»Nicht dumm«, erwiderte sie. »Grausam.«

2. November

In der nächsten Abendschicht wurden Jocelyn und Kevin zu einer Messerstecherei und einem verdächtigen Todesfall gerufen, von dem sie vermuteten, dass er auf einer Alkoholvergiftung beruhte. Die toxikologische Untersuchung würde Wochen dauern. Um neun Uhr saßen sie an ihren Schreibtischen und wühlten sich durch den Papierkram. Was im Wesentlichen bedeutete, dass Kevin allen Papierkram von seinem auf ihren Schreibtisch verfrachtete.

»Hey, Chen«, rief Jocelyn, als Chen mit einer der Schubladen der Aktenschränke kämpfte.

»Hat schon irgendjemand meinen Freund Henry Richards abgeholt?«

»Du wirst die Erste sein, die es erfährt«, erwiderte er. »Und du hast keinen seiner kriminellen Kollegen erkannt?«

»Nein. Nicht einen«, antwortete sie und schüttelte den Kopf.

Chen kam an ihrem Schreibtisch vorbei und warf ihr einen großen braunen Briefumschlag in den Schoß.

»Jemand von der Staatsanwaltschaft hat das für dich abgegeben.«

Kevin rollte seinen Stuhl neben ihren. Er kaute wieder seinen Nikotinkaugummi und schmatzte.

»Was ist es?«, fragte er.

Jocelyn schob den Finger unter die Lasche und öffnete den Umschlag.

»Es ist das Polizeiprotokoll im Fall Warner wegen Körperverletzung. Die Rechtsassistentin von Phil hat wieder einmal ihr Wort gehalten.«

»Was du nicht sagst! Und was steht drin?«

Jocelyn überflog die Erklärung rasch, blätterte in den Seiten. Kevin lehnte sich in seinem Stuhl zurück, die Augen auf sie gerichtet. Der Stuhl quietschte laut. Sie stieß die Luft aus, als sie fertig gelesen hatte, und reichte ihm die Blätter, doch er wehrte ab.

»Ich habe meine Lesebrille vergessen, Rush. Du erinnerst dich, dass ich schon im Klub vierzig plus bin? Sag mir, was drin steht.«

»Officer Vincent Fox hat auf einen Notruf wegen häuslicher Gewalt reagiert, in Hawthorne, im Häuserblock 5200«, begann Jocelyn.

»Das liegt im Bezirk Northeast.«

»Ja. Fox trifft ein und findet einen Mann und eine Frau vor, die um eine Waffe kämpfen. Dwayne Knowle und Shasta Deeb…«

Kevin lachte.

»Warte, warte. Die Frau heißt Shasta? Wie die Limonade?«

Jocelyn verdrehte die Augen.

»Lass uns nicht schlecht über Tote sprechen, Kev.«

Kevin warf die Arme in die Luft.

»Sie stirbt? So weit waren wir doch noch gar nicht! Du machst die ganze Spannung kaputt, Rush!«

Sie nahm ein leeres Gefäß für Büroklammern und warf es nach Kevin. Er wich aus. Sein Körper bebte vor Lachen. Das Gefäß knallte hinter ihm auf den Boden, was Chen zu einem uninteressierten Blick veranlasste.

»Okay, okay – erzähl weiter. Dwayne und Shasta streiten sich handgreiflich um eine Waffe.«

»Fox ruft Verstärkung. Er versucht, die beiden zu trennen. Dabei kriegt Dwayne die Waffe in die Finger und erschießt Shasta. Woraufhin Fox auf Dwayne schießt. Dwayne ist später seinen Verletzungen erlegen.«

»Und was hat das mit Larry Warner zu tun?«, erkundigte sich Kevin.

Jocelyn hob einen Finger.

»Warte einfach ab. Im Nebenzimmer finden sie einen Mann, dem in die Kehle geschossen wurde, offensichtlich von Dwayne oder Shasta, bevor Fox eingetroffen ist. Und rate, wer das war?«

Kevin pfiff durch die Zähne. »Angel Donovan.«

»Genau. Die Verstärkung kommt. Dann taucht Larry Warner am Tatort auf. Er reagiert unkontrolliert, brüllt und flucht und macht einen echten Affenaufstand, um ins Haus zu kommen. Fox hält ihn zurück, und Larry greift ihn an.«

»Hat Larry in dem Haus gewohnt?«

Jocelyn schüttelte den Kopf.

»Das Haus gehört einem bekannten Drogenhändler. Dwayne und Shasta waren da nur vorübergehend. Warum Angel da war oder in welcher Beziehung er zu ihnen stand, das steht hier nicht.«

»Waren Drogen im Haus?«

»Ja.«

»Okay – dann war das der Grund, warum er da war. Dann taucht also Larry auf, um Angel abzuholen, und als er die Bullen umherschwärmen sieht, dreht er durch.«

Jocelyn seufzte und warf das Protokoll auf einen der riesigen Aktenstapel, die bereits ihren Schreibtisch belagerten.

»Das hilft uns nicht wirklich.«

»Jemand sollte sich mal mit diesem – wie heißt er doch gleich?« Kevin lehnte sich vor und schielte auf das Protokoll. »Mit diesem Officer Fox unterhalten. Vielleicht weiß er mehr, als im Protokoll steht. Womöglich hat er sogar eine Ahnung, mit wem Larry Warner und Angel Donovan damals zusammengesteckt haben.«

Jocelyn warf einen Blick auf die Uhr, die über Chen hing.

»Warum sehen wir uns nicht lieber an, mit wem sie heute zusammenstecken?«

Kevins Gesicht verzog sich verwirrt, dann fielen seine Gesichtszüge vor Unglauben herunter.

»Nein«, sagte er. »Auf keinen Fall, Rush!«

Jocelyn stand auf und streckte die Arme über den Kopf. »Ich fahre.«

Kevin wischte sich mit der Hand über die Augen und stöhnte laut. »Rush – lass das!«

Jocelyn legte eine Hand auf seine Schulter und beugte sich zu ihm herab, bis ihr Mund nur noch wenige Zentimeter von seinem Ohr entfernt war.

»Ihr eigener Stock«, flüsterte sie. »Ihr eigener Stock!«

Kevin schauderte kaum wahrnehmbar. Jocelyn hätte es gar nicht bemerkt, wenn ihre Hand nicht auf seiner Schulter gelegen hätte. Ohne sie anzusehen, stand er auf. Seine Knie knackten. Er fischte die Schlüssel aus seiner Tasche und warf sie ihr zu.

»Du kämpfst mit schmutzigen Tricks, Rush. Richtig schmutzigen Tricks!«

Seit einer Stunde saßen sie vor Larry Warners Haus im Auto, bis er und Angel Donovan auftauchten. Die zwei Männer stiegen in Larrys Wagen und fuhren davon. Gemächlich suchten sie sich ihren Weg durch die Straßen von North Philadelphia, als ob sie kein richtiges Ziel hätten. An einem kleinen Eckimbiss hielten sie an, um sich etwas zu essen zu besorgen.

Der Geruch nach Gebratenem wehte über die Straße zu Jocelyn und Kevin, die gegenüber parkten. Sie beobachteten die zwei Männer, die schweigend aßen. Anschließend folgten sie ihnen ein paar Querstraßen weiter, wo die Grenze zwischen North und Northeast Philadelphia unscharf verlief. Die beiden parkten vor einer Reihe heruntergekommener Häuser, von denen mindestens zwei ausgebrannt waren. Sie gingen in eines der Häuser. Larry stolperte auf einer mit Abfall übersäten Veranda. Ein Schwarzer in Jeans und einem schwarzen Hemd ließ sie ein.

»Wer ist das?«, fragte Jocelyn. »Prüf mal die Adresse.«

Kevin rief bei den Northwest Detectives an und bat Chen, eine Adresse zu überprüfen. Als er das Telefonat beendet hatte, leierte er einen Namen herunter, den sie nicht kannte.

»Ein Drogenhändler hier in der Gegend«, erklärte Kevin. »Aber ein ganz kleines Licht.«

Jocelyn seufzte.

»Das ist jedenfalls definitiv nicht der, den wir suchen.«

Sie warteten eine weitere Stunde in der Dunkelheit. Jocelyn musste Kevin mehrfach anstoßen, um ihn wach zu halten.

»Irgendwo dahinten war ein Laden. Sieh doch mal, ob es da Kaffee gibt«, sagte sie schließlich.

Brummend und sich die Augen reibend stieg Kevin aus. Jocelyn beobachtete ihn im Rückspiegel, bis er nur noch eine winzige Gestalt in der zunehmenden Dunkelheit war.

Ein paar Minuten später kamen Larry und Angel aus dem Haus. Doch statt zu Larrys Wagen zu gehen, näherten sie sich ihrem Auto. Langsam, die Köpfe gesenkt. Larry stellte sich vor ihr Fenster, und sie kurbelte es ein Stück herunter. Dabei behielt sie Angel im Auge, der vorne am Auto stand, eine massige Hand auf der Motorhaube. Seine Blicke irrten die Straße entlang, während Larry mit Jocelyn sprach.

»Mister Warner«, sagte sie.

Larry legte einen Unterarm auf das Wagendach und beugte sich zum Fenster hinab.

»Was machen Sie denn hier, Detective?«

Sein Atem roch nach Whiskey und billigem Bier. Sie musterte ihn.

»Was glauben Sie denn, was ich hier mache?«

Larry drehte den Kopf und spuckte auf den Boden. Jocelyn behielt die Hände am Steuerrad, obwohl der Motor nicht lief. Sie registrierte, dass der massige Leib von Angel sich um das Auto herumbewegte, in Richtung Beifahrertür.

Die Straßenlaternen hinter Larry warfen einen fahlen Schein auf den Asphalt. Von einem Haus weiter unten kam das Dröhnen eines Basses, das in der Luft zu pulsieren schien. Es übertönte die Leute, die vorbeiliefen oder auf ihren Veranden saßen und sich unterhielten. Autos schossen weit schneller vorbei, als es die Geschwindigkeitsbeschränkung erlaubte. In einem Viertel wie diesem mochte niemand langsam fahren. Die Leute waren nicht hier, um die schöne Aussicht zu genießen.

Eine kühle, leichte Brise wehte an Larry vorbei in den Wagen und strich über ihren Nacken.

»Sie haben nichts gegen mich in der Hand«, sagte Larry.

»Ich sagte Ihnen doch schon, Mister Warner – an Ihnen bin ich nicht interessiert.«

Als Angel die Beifahrertür zu öffnen versuchte, musste sie sich beherrschen, nicht zusammenzuzucken. Kevin hatte die Tür nach dem Aussteigen abgeschlossen. Das machte er immer. Ihr Herz hämmerte, aber sie schaute Larry weiter an, ruhig, regungslos.

Larry deutete auf die Umgebung.

»Das ist nicht gerade ein sicherer Ort für ein kleines Mädchen wie Sie.«

Sie musste sich kein Lächeln abringen – es kam von selbst und ließ Larry zurückweichen, wenigstens ein kleines Stück. Wieder hörte sie Angels Rütteln am Griff der Beifahrertür. Wo zum Teufel blieb Kevin? Nicht dass sie mit diesen Mistkerlen nicht auch allein fertig werden könnte, beruhigte sie sich selbst – und glaubte es nur halb.

»Ich bin kein kleines Mädchen, Mister Warner.«

Er schnaubte.

»Ach nein? Und was haben Sie jetzt vor? Wollen Sie etwa die Waffe ziehen?«

Jocelyn glitt mit den Fingern über die Oberkante des Lenkrads, dann griff sie fest danach. Auf einmal stand ihr Anita Grant auf ihrem Sofabett vor Augen, wie sie weinte, weil ihre Mutter sie nicht ansehen wollte. Dann sah sie in Gedanken Alicia Hardigans verunstaltete Hände. Diesmal spürte sie keine Übelkeit aufsteigen. Sie war maßlos wütend auf Männer wie Larry und Angel, die sich nahmen, was sie wollten, und nichts als ruinierte Leben zurückließen.

Sie hatte die Schnauze voll von ihnen. Sie taten Frauen weh, einfach nur, um ihnen wehzutun, absolut grundlos. Ihr Dasein auf Erden brachte nichts zustande – außer anderen Schmerz und Leid zuzufügen. Es war eine Schande und Abscheulichkeit, dass es Männern wie ihnen überhaupt erlaubt war, in einer Welt zu existieren, in der es auch Güte und Unschuld gab. Anita hatte recht – Jocelyn konnte zwar Larry und Angel hinter Gitter bringen, und vielleicht gelang es ihr sogar, ihren sadistischen Partner, den dritten Mann, einzusperren. Aber es gab immer wieder solche Männer.

Und sie hätte am liebsten jeden einzelnen von ihnen umgebracht.

Die Welt um sie begann zu schwinden – die Geräusche und ihr Blickfeld verschwammen. Adrenalin strömte wie ein gedämpftes Donnern, das lauter wurde, durch sie hindurch. Wut beschleunigte ihren Herzschlag – eine Wut, wie sie sie auch an dem Tag gefühlt hatte, als sie Henry Richards aus dem Auto gezogen und ihm die Faust ins Gesicht geschlagen hatte. Dennoch gelang es ihr, ruhig und konzentriert zu bleiben.

Sie hob die rechte Hand und betrachtete ihre Schiene. Langsam öffnete sie den Klettverschluss und legte die Schiene auf den Beifahrersitz. Sie streckte das Handgelenk, bis ihre Finger wie Spieße zum Autodach ragten. Mit der linken Hand streichelte sie die rechte, als ob sie eine geschmeidige, tödliche Waffe wäre. Ein Messer zum Beispiel, das sie in Larrys Herz rammen könnte, oder eine Pistole, eine schimmernde Glock 19 zum Beispiel, mit einem vollen Magazin.

Während sie ihre Hand studierte, gingen ihr alle möglichen Arten von Folter durch den Kopf, der sie die beiden Männer gerne aussetzen würde. Aus den Augenwinkeln nahm sie wahr, wie Larry das Gewicht verlagerte. Sie wandte sich ihm zu und lächelte ein böses, gemeines Lächeln. Hart fixierte sie seine Knopfaugen und stellte sich vor, wie das wäre, ihn genauso zu foltern, wie er Anita und Alicia gefoltert hatte. Sie starrte ihn an, bis er wegsah. Als er sie wieder ansah, sprach sie gleichförmig und so leise, dass er sich vorbeugen musste, um sie verstehen zu können.

»Wer sagt dir denn, dass ich eine Waffe brauche?«

Jocelyn spürte ein befriedigtes Kribbeln, als sie Zweifel in Larrys Augen aufflackern sah. Er trat vom Auto zurück und nickte Angel zu. Sie nahm wahr, wie dieser sich von der Beifahrertür entfernte. Erleichterung strömte in ihren Brustkorb und verlangsamte ihren Herzschlag.

Nun hörte sie auch wieder die Geräusche der Umgebung und vernahm hastige Fußschritte, dann Kevins Stimme.

»Was zum Teufel soll das werden?«

Angel machte sich bereits davon. Larry stand mitten auf der Straße und blickte Kevin über das Autodach an. Als Jocelyn Kevins Krawatte vor dem Fenster auf der Beifahrerseite baumeln sah, entsperrte sie die Tür.

»Was machen Sie hier, Warner?«, fragte Kevin. »Haben Sie einen Auftrag für uns, oder was?«

Larry sagte nichts. Jocelyn schaute ihm hinterher, als er über die Straße ging. Kevin fluchte halblaut, stieg ein und reichte ihr einen Styroporbecher. Das Aroma von Kaffee füllte ihre Nase.

»Ich warne dich – es schmeckt wie Scheiße«, mahnte er und stellte seinen eigenen Becher in den Getränkehalter.

Er hob seinen Hintern noch einmal hoch und fischte ihre Schiene unter sich hervor. Mit gerunzelter Stirn betrachtete er sie, bis sie ihm die Schiene entriss und sie wieder um ihr Handgelenk legte.

»Chen hat angerufen«, berichtete Kevin. »Wir müssen zurück.«

Jocelyn ließ den Motor an und fädelte sich in den Verkehr ein. Sie fuhr zurück zu den Northwest Detectives, ließ Larry und Angel zurück. Der Kaffee war stark, bitter und kochend heiß.

»Kannst du mir mal erklären, was da gerade los war?«, wollte Kevin wissen.

Jocelyn richtete die Augen stur auf die Straße.

»Nichts.«

3. November

Inez fuhr mit dem Streifenwagen auf den Sunoco-Parkplatz in der Germantown Avenue und Washington Lane und parkte ihn direkt neben einem anderen Polizeifahrzeug. Fenster zu Fenster, konnte sie den blonden Pferdeschwanz von Officer Melody Brock sehen. Die andere Polizistin beugte sich über irgendwelche Papiere. Sie sah zu Inez auf und lächelte.

»Hey, Graham – was gibt es?«

»Nichts«, antwortete Inez und deutete über die Schulter zurück zur Germantown Avenue. »Hast du irgendjemanden gesehen, der wie ein Grabscher aussieht?«

Brock lachte.

»Nur ein paar Kerle, die wie echte Perverse ausgesehen haben, aber keinen Grabscher. Es sei denn, du zählst den Obdachlosen dazu, der irgendwo auf der Straße mit seinem Schrott spielt.«

Nun war es an Inez zu lachen.

»Das ist Skinny Joe. Der tut niemandem weh – außer seinen eigenen Eiern.«

Beide grinsten amüsiert.

»In der letzten Woche hat der Grabscher hier zweimal zuge-schlagen«, bemerkte Brock.

Inez kratzte sich an der Stirn.

»Vielleicht sind ja aller guten Dinge drei.«

Eine Weile saßen die beiden Frauen in vertrautem Schweigen in ihren Wagen. Geistesabwesend horchte Inez auf das Kräch-zen des Funkgeräts. Sie hörte die Worte, doch sie registrierte nur die atmosphärischen Störungen.

»Wann kommt Mark nach Hause?«, erkundigte sich Brock.

Inez zuckte mit den Schultern. Sie griff sich unter das Ober-teil und befingerte den goldenen Ehering, den sie während des Dienstes an einer Kette um den Hals trug.

»Ich weiß es nicht. Sie verlängern seinen Einsatz immer wieder. Wir hoffen allerdings noch auf ein Weihnachtswunder. Vielleicht bekommt er Urlaub.«

»Das ist seine zweite Tour?«

»Allerdings«, antwortete Inez.

Sie sah zur Seite und versuchte, den Kloß in ihrer Kehle herunterzuschlucken. Sie dachte nicht gerne darüber nach und hielt sich nicht lange damit auf, wo ihr Mann irgendwo auf der Welt in einem feindlichen Land war und nur mühsam per Telefon oder E-Mail zu erreichen war. Die physische und emotionale Entfernung zwischen ihnen wurde mit jedem Tag größer. Gar nicht mochte sie daran denken, dass jederzeit irgendwelche Männer in stattlichen blauen Uniformen auftauchen könnten, um ihre Welt zum Einsturz zu bringen. Ganz unerträglich, daran zu denken, wie sie Raquel, ihrer vierjährigen Tochter, womöglich eines Tages sagen musste, dass ihr Vater nie mehr nach Hause kommen würde.

Brock streckte die Hand aus dem Fenster und stieß Inez an.

»Tut mir leid, Graham. Das Thema hätte ich nicht ansprechen sollen.«

Inez räusperte sich und brachte ein schwaches Lächeln zustande.

»Ist schon in Ordnung. Darüber reden ändert nichts.«

»Hey, sieh dir mal das an!«

Brock wies auf eine Ecke des Platzes hinter sich. Inez drehte sich im Sitz um und reckte den Hals.

»Was denn?«

Brock tippte gegen ihren Rückspiegel. Inez warf einen Blick in den ihren. Hinter ihnen kam Kyle Finch gerade aus einer Pfandleihe.

»Meinst du, er hat seinen Streifenwagen verpfändet?«, kicherte Brock.

»Mich würde das nicht überraschen.«

Brock seufzte.

»Es ist eine verdammte Schande!«

»Was denn?«

»Dass ein solcher Arsch so gut aussieht.«

»Ich weiß. Es ist die totale Verschwendung.«

»Alle Mädels sind hinter ihm her«, ergänzte Brock. »Wenigstens die, die es nicht besser wissen.«

Sie beobachteten ihn noch eine Weile. Er schaute sich um, schob die Hand in die Manteltasche, zog ein Handy hervor und tippte, sein Blick auf den Bildschirm fixiert.

»Ich vermute, er ist gerade noch verkraftbar, solange er nicht den Mund aufmacht.«

Inez prustete.

»Janelle glaubt anscheinend, er mag keine Frauen«, fuhr Brock fort.

»Was du nicht sagst! Meinst du, er ist schwul?«

Brock zuckte mit den Schultern. »Das würde zumindest sein übertriebenes Machogehabe erklären. Aber schwul oder nicht – er ist ein verdammter Schwanz. Wusstest du eigentlich, dass er Geld hat? Er müsste eigentlich gar nicht arbeiten.«

Inez verzog angewidert ihren Mund.

»Willst du mich verarschen?«

Brock schüttelte den Kopf. Ihr Pferdeschwanz wirbelte umher.

»Nein. Janelle hat mir das erzählt. Sie waren ein paar Male zusammen aus, bis sie gemerkt hat, dass sein Ding nicht funktioniert. Anscheinend ist sein Vater reich, und seine Mutter ist gestorben, als er ein Teenager war, und hat ihm eine verdammte Menge Geld hinterlassen.«

»Lass mich raten – er ist zur Polizei gegangen, um Menschen zu helfen.«

Beide Frauen lachten. Inez überprüfte ihr Handy. Ihre Schicht hatte gerade erst begonnen – sie hatte noch sieben weitere Stunden vor sich. Sie seufzte.

Auf dem Bürgersteig ging ein Mann mit schnellen Schritten an Finch vorbei. Obwohl er ihnen den Rücken zuwandte und sich die Kapuze seiner braunen Jacke über den Kopf gezogen hatte, wirkte der Mann eindeutig wie ein schlaksiger Teenager mit eingefallenen Schultern. Er ging so zusammengesunken, als ob er sich unter etwas ducken müsste.

Als Finch ihn anrief, blieb er abrupt stehen. Vom Auto aus konnte Inez nicht hören, was Finch sagte, aber der Junge hielt an. Eine Hand von Finch ruhte auf dem Griff seiner Waffe. Er packte den Jungen bei der Schulter und schob ihn gegen die Wand der Pfandleihe. Der Junge nahm die Arme hoch. Finch spreizte seine Füße und tastete ihn ab.

»Was hat er denn?«, fragte Inez.

Dann drehte sich der Junge um, und sie konnten sein Gesicht sehen.

»Ist das nicht …«, stockte Brock.

»Henry Richards!«, führte Inez den Satz zu Ende.

Schon war sie ausgestiegen und rannte los, die Hand an der Waffe.

»Finch!«, brüllte sie. »Leg ihm Handschellen an!«

Sie lief über die Straße. Finch und Richards wandten sich gleichzeitig ihr zu. Finch schaute ausdruckslos, aber Richards wurde blass. In einer schnellen Bewegung drehte er sich auf dem Absatz und schlug Finch den Ellbogen ins Gesicht. Finch stolperte rückwärts, griff nach seinem Kinn und fluchte.

»Verdammte Scheiße, Graham – was glaubst du eigentlich, was ich gerade machen wollte?«

Er versuchte den Fuß auszustrecken, um Richards zum Stolpern zu bringen, aber der Junge war zu schnell. Er fing sich mit beiden Händen auf dem Asphalt und sprintete los wie ein Olympialäufer am Start.

Brock war währenddessen geistesgegenwärtig losgefahren und hatte versucht, Richards den Weg zu versperren. Sie bremste scharf auf dem Bürgersteig, doch Richards setzte seinen Sprint einfach über die Motorhaube fort.

»Verdammt noch mal, Finch!«, knurrte Inez.

An Finch vorbei glitt sie auf dem Hintern über Brocks Auto und lief los.

»Richards!«, schrie sie.

Er raste die Germantown Avenue entlang. Seine Kapuzenjacke flatterte zu den Seiten. Er stieß zwei ältere Fußgänger aus dem Weg. Schwankend hielten sie sich aneinander fest, bis sie das Gleichgewicht wiedergewonnen hatten und erstarrt dastanden. Inez sauste an ihnen vorbei. Eine Gruppe von Jungs im Teenageralter, die auf den Stufen zu einem Friedhof saßen und rauchten, johlten und lachten, als Richards vorbeiraste, Inez ihm dicht auf der Spur.

Richards sah über die Schulter zurück und lief noch schneller. Inez war ihm hart auf den Fersen. Aus den Augenwinkeln sah sie, dass Brock sich durch den Verkehr fädelte, um Richards den Weg abzuschneiden. Endlich hatte sie ihn überholt und bremste erneut hart vor ihm auf dem Bürgersteig. Sie war mit sechzig Stundenkilometern herangebraust, sprang aus dem Auto und sprintete los.

Für den Bruchteil einer Sekunde erstarrte Richards, der nun von vorne und von hinten gejagt wurde. Er sah nach links, auf der Straße Verkehr dicht an dicht. Rechts war ein leerer Platz, auf dem dicke Eichenbäume und kniehohes Unkraut wuchsen. Die schon entlaubten Bäume schienen ihre knorrigen Zweige nach innen auf den leeren Platz zu beugen, als ob sie versuchten, einander über einen schmalen Abgrund hinweg zu erreichen. An der Straße aber, wo das Unkraut an den Bürgersteig stieß, stand ein hoher Maschendrahtzaun über die gesamte Breite.

Bevor Inez auch nur den Mund aufmachen konnte, war der Junge wie Spiderman den Zaun hochgeklettert. Auf der anderen Seite ließ er sich zu Boden fallen wie ein Federgewicht und rannte in Richtung der Bäume.

»Scheiße!«, keuchte Inez.

Brock sprach in das Funkgerät an ihrer Schulter. Inez hätte jetzt gern Flügel gehabt, um Richards zu verfolgen. Das Metall gab leise klirrende Geräusche von sich, als sie den Schwung nutzte, um sich über die obere Kante zu heben. In einer schutzsicheren Weste einen Zaun zu erklimmen war, als müsste man, von gusseisernen Pfannen umgürtet, da hinauf. Entsprechend wenig anmutig und mit einem dumpfen Schlag landete sie, anders als Richards, auf ihrem Hintern im Gras. Sie stöhnte ärgerlich.

Nachdem Inez sich wieder aufgerappelt hatte, lief sie in die Richtung, in der Richards verschwunden war. Sie versuchte, über dem Geräusch ihres eigenen heftigen Atems das Rascheln und Knacken zu hören, mit dem Richards sich seinen Weg durch das Unterholz bahnte. Sie konnte seine Jacke mehrfach aufblitzen sehen. Aber als sie hinter den Bäumen auf einem Platz mit ausgebrannten Containerfahrzeugen ankam, hatte sie ihn verloren. Sie suchte in den ausgebrannten Lastern, doch er war nirgendwo zu sehen.

Dennoch schlich sie weiter und sprang über einen niedrigen Zaun in einen Hinterhof. Sie registrierte gerade noch einen knurrenden Laut, als sich auch schon jemand mit voller Wucht auf sie stürzte. Einen Augenblick lang war sie atemlos. Ihr Körper zappelte, kämpfte gegen den Mann, der auf ihr lag – bis sie merkte, dass es Finch war.

»Graham, steh auf – du musst rennen!«, zischte er ihr ins Ohr.

Benommen versuchte sie tief durchzuatmen und sich auf seinen Befehl zu konzentrieren. Aber sie hatte ihn kaum verstehen können, so laut war das wütende Knurren des Pitbullterriers, der sich in Finchs Bein verbissen hatte.

Der Hund schien überall gleichzeitig zu sein, bellte, knurrte, schnappte, kratzte mit den Pfoten und versprühte übel riechenden Speichel. War sie in einen Hinterhof voller Pitbulls geraten? Ein schneller Blick zeigte ihr, dass es nur ein Hund war. Inez hörte Stoff reißen, gefolgt von einem Ächzen von Finch. Sie bemühte sich, tief einzuatmen, doch ihre Lungen verkrampften sich. Angst und Adrenalin kämpften in ihr gegeneinander, machten ihre Gliedmaßen unbeweglich und vernebelten ihr Gehirn.

»Graham, steh auf!«

Finch rollte sich auf die Seite, hielt aber seine Beine zwischen sich und dem Hund und trat nach dessen Kopf. Seine Stiefel bewegten sich wie Kolben. Er zog seinen Schlagstock aus seinem Gürtel.

Inez kam auf die Füße. Der Hund setzte zum Sprung auf sie an, über Finch hinweg. Instinktiv hob sie die Arme. Finch schwang seinen Stock, der mit dem Kopf des Hundes kollidierte. Der Hund gab ein ersticktes Jaulen von sich.

Kurzzeitig betäubt, schnappte er nach links und biss in die Luft. Als er sich wieder auf Finch zubewegte, öffnete Inez ihre Pistolentasche. Dann sah sie aus den Augenwinkeln einen Schatten sich bewegen. Sie erstarrte.

Eine Stimme, die sie nicht kannte, rief: »Champ, aus!«

Der Mann war groß und schlank, trug ein Shirt vom Baseballteam der Philadelphia Phillies und eine graue Jogginghose. Sie bemerkte, dass er barfuß war. Er rannte auf sie zu und packte den Hund beim Halsband.

»Scheiße, Mensch! Es tut mir leid. Champ, aus!«

Der Mann zog den Hund von ihnen fort zur Hintertür des Hauses. Champ war nicht geneigt, auf seinen Besitzer zu hören. Weißer Schaum tropfte von seinen entblößten Zähnen. Er zerrte am Halsband, war noch immer in Angriffslaune. Finch stand auf und wich vor Mann und Hund zurück. Noch lange konnte Inez ihn bellen hören, nachdem es dem Mann endlich gelungen war, den Hund ins Haus einzusperren.

Der Besitzer kehrte zu ihnen zurück, mit entschuldigend erhobenen Händen.

»Es tut mir sehr leid. Normalerweise benimmt er sich nicht so, aber Sie beide sind in unserem Hof. Er weiß das Haus zu schützen, wissen Sie!«

Inez versuchte noch immer, wieder zu Atem zu kommen.

»Wir sollten hier auch nicht sein«, räumte sie ein.

»Wir haben jemanden verfolgt«, warf Finch ein.

»Hat er Sie gebissen?«, fragte der Mann.

Finch griff nach unten und zog sein Hosenbein hoch. Neben

mehreren Kratzern einige tiefe Bisswunden, aus denen Blut und Hundespeichel liefen. Seine Hose war in Fetzen.

Der Hundebesitzer machte ein weinerliches Gesicht.

»Oh, Mann – das ist wirklich schlimm. Es tut mir leid. Ich ...«

Finch brachte ein Lächeln zustande.

»Ist schon in Ordnung. Ein paar Stiche, und ich bin wieder so gut wie neu. Jetzt müssen wir erst einmal diesen Typen finden.«

Er sah Inez an, die nickte. Ihr Herz hämmerte noch immer in ihrer Brust. Sie sah still zu, während Finch den Mann befragte, der Richards jedoch nicht gesehen hatte. Sie gingen seitlich am Haus vorbei und kamen auf der Baynton Street heraus.

Inez hielt an, um sich die Uniform zu richten und die Haare zurückzustreichen. Sie hatte den Geruch von Hundespeichel in der Nase. Finch warf ihr einen Blick zu.

»Bist du in Ordnung?«

Sie deutete auf sich.

»Ich? Ja, ich bin in Ordnung. Du bist derjenige, der gebissen worden ist. Du musst ins Krankenhaus, Finch!«

»Alles halb so wild«, winkte er ab und sah sich mit glühenden Ohren auf der Straße um. »Wohin zum Teufel ist Richards bloß verschwunden?«

»Keine Ahnung«, erwiderte Inez. »Er ist uns entwischt.«

Er griff sich mit beiden Händen in die Haare und raufte sie. »Verdammt!«

»Hey!«, sagte Inez.

»Ich habe ihn verdammt noch mal entwischen lassen!«

Finch ließ die Hände fallen. In seinem Kiefer zuckte ein Muskel, als er ihren Augen begegnete.

»Finch«, mahnte sie, »mach dir darüber jetzt mal keine Gedanken. Ich meine es ernst. Du musst ins Krankenhaus, damit man sich diese Bisse ansieht. Die müssen zumindest gesäubert werden.«

Er nickte und marschierte trotzdem los, schaute in jede

Gasse, an der er vorbeikam. Inez lief ihm nach und legte ihm eine Hand auf die Schulter.

»Hey«, sagte sie.

Er hielt an. Sie sah ihm in die Augen und schluckte.

»Danke für die Sache im Hof. Und das meine ich ernst.«

Ein Hupen ließ sie beide zusammenfahren. Sie drehten sich um. Brock fuhr die Straße herunter. Sie liefen zum Auto.

»Habt ihr ihn?«, fragte Inez.

Brock schüttelte den Kopf und verzog das Gesicht.

»Nein!«

Inez presste ihre Handballen an die Augen. Finch entfernte sich vom Wagen und raufte sich wieder die Haare.

»So ein Scheißkerl!«, sagten sie beide, nahezu unisono.

4. November

Finch hat sich also von einer zwanzigjährigen männlichen Nutte unterkriegen lassen?«, fragte Jocelyn Inez.

Sie hielt Olivias Hand. Olivia lief in Schuhen mit hohen Absätzen wackelnd im Spielschuhgeschäft des Please-Touch-Museums umher.

»Mami, Mami, sieh dir die mal an!«, rief Raquel und zog aus einem der vielen Regalfächer ein Paar Stiefel hervor.

Es waren Gummistiefel in einem fluoreszierenden Grün. Jocelyns Augen schmerzten beim Hinsehen. Inez blinzelte, als sie dabei half, sie über die winzigen Füße ihrer Tochter zu ziehen. Raquel stapfte hinter Olivia her, die ihre hochhackigen Schuhe zugunsten von riesigen roten Clownschuhen stehen gelassen hatte. Die beiden Mädchen liefen sich im Scheinschuhgeschäft gegenseitig nach, kicherten und kreischten schrill.

Inez seufzte. Ihre glatte Stirn zog sich in Falten.

»Ja, er bekam einen Schlag mit dem Ellbogen, und der Junge

war entkommen. Aber Finch hat mich vor dem Pitbull gerettet. Wahrscheinlich ist er doch kein totaler A…«

Sie sah sich um. Zwei andere Kinder waren hereingekommen, ihre Mütter im Schlepptau. Auch sie probierten Schuhe an. Die Mütter waren begeistert über jedes neue Paar und sprachen mit ihren Kindern in diesen überlauten, künstlichen Stimmen, die, wie Jocelyn oft auffiel, die meisten Mütter bei ihren kleinen Kindern einsetzten. Als ob diese taub oder leicht zurückgeblieben wären.

Inez senkte die Stimme, damit die Mütter mit ihren künstlichen Mamistimmen sie nicht hören konnten.

»Er ist vielleicht doch kein solcher Mistkerl, wie ich immer gedacht habe. Ich meine, wenn er nicht gewesen wäre, hätte mich der Hund übel zugerichtet. Der war bösartig und völlig durchgedreht.«

Jocelyn kreuzte die Arme über der Brust und stieß die Luft aus. Sie beugte sich zu Inez.

»Ich weiß es ja zu schätzen, dass er für dich einen Hundebiss auf sich genommen hat, aber er ist und bleibt ein Schlappschwanz. Weißt du, wie oft ich einen Ellbogen abbekommen habe beim Versuch, jemanden zu verhaften? Oder getreten oder gewürgt oder angespuckt worden bin? Einmal, als ich Streife gefahren bin, musste ich einen Kerl festnehmen, der sich total vollgeschissen hatte und es für eine gute Idee hielt, mit dem Zeug eine Bushaltestelle anzumalen.«

Inez musste lachen. Eine der künstlichen Mamis warf Jocelyn einen Blick zu, der eine Mischung aus Besorgnis und Entsetzen widerspiegelte.

»Wahrscheinlich habe ich den Jungen erschreckt, als ich zu den beiden gelaufen bin. Ich hätte nie vermutet, dass er Finch entwischen könnte, aber es ist alles so schnell gegangen. Ich glaube nicht, dass Finch von Richard Widerstand erwartet hatte.«

»Aber wir müssen doch immer auf der Hut sein, falls ein Verdächtiger sich der Verhaftung widersetzt«, argumentierte

Jocelyn. »Ich meine, was du mir gerade sagst, ist doch, dass er sich zwar einem Pitbull mutig in den Weg stellt, aber mit einem Zwanzigjährigen nicht fertig wird?«

Inez ging zu Raquel und deutete auf die giftgrünen Gummistiefel.

»Leg sie bitte zurück, wenn du damit fertig bist.«

Raquel hastete zur Wand und stopfte die Stiefel in ein Regal. Eine der Sohlen hing heraus. Sie suchte in ein paar anderen Regalfächern, bis sie ein paar blaue Schuhe mit Plateausohlen und Pailletten fand. Sie rannte zu Olivia, die gerade in schwarzen Männerschuhen herumstapfte. Als sie die blauen Schuhe sah, ließ sie die klobigen Dinger sofort stehen, doch Raquel schwankte bereits auf den Plateausohlen.

»Kann ich die auch mal probieren?«, fragte Olivia quengelnd.

Raquel ignorierte Olivia, sodass Inez sie anwies: »Lass Olivia die Schuhe auch mal anziehen.«

Dann wandte Inez sich wieder an Jocelyn.

»In Ordnung – das mit der Verhaftung hätte besser laufen können, aber Finch ist ihm immerhin nachgelaufen. Der verdammte Typ hat sich einfach in Luft aufgelöst.«

Jocelyn schüttelte den Kopf.

»Selbstschussanlage ist einfach unfähig.«

Sie fragte sich, ob Finch wirklich nach besten Kräften versucht hatte, Richards zu fassen und in Gewahrsam zu nehmen. Ob vielleicht seine Unfähigkeit nicht ein klein wenig zu gezielt war? So, wie die Dinge zwischen ihnen standen, vor allem in den letzten Wochen, musste er eigentlich jede Gelegenheit nutzen, um ihr eins auszuwischen – zum Beispiel, indem er die Festnahme versaute und Richards nach einem simplen Ellbogenstoß davonkommen ließ. Jeder andere Officer wäre mit Richards fertiggeworden. Musste sie jetzt damit leben, dass der Kerl noch immer frei herumlief und hinter ihr her war, warum auch immer? Er war ihrer Tochter bereits zweimal sehr nahe gekommen, er war eindeutig eine Bedrohung.

»Dein Gesicht wird ganz rot, Rush«, bemerkte Inez. »Du musst dich entspannen.«

Da war wieder diese Wut, wie ein wildes Tier, das man in einem Sack eingefangen hat, das sich wütend wehrt und droht, sich zu befreien. Jocelyn schloss die Augen und holte tief Luft. Einatmen durch die Nase und ausatmen durch den Mund. Vielleicht hatte der Kurs in Aggressionsbewältigung doch seinen Sinn.

Sie öffnete die Augen wieder und sah ihre Freundin an.

»Ich bin froh, dass er dich vor dem Pitbull gerettet hat – aber dank ihm ist Richards noch immer frei. Dass er es mit einem Pitbull aufgenommen hat, ist kein Ausgleich für seine grundsätzliche Faulheit. Scheiße! Ich wusste, ich hätte diesen Mistkerl an dem Abend im Einstein erschießen sollen, als ich die Gelegenheit dazu hatte!«

Eine plötzlich unheimliche Stille zog ihre Aufmerksamkeit nach links, wo zwei Mütter sie anstarrten. Eine war halb herabgebeugt erstarrt. Ein Schuh baumelte von ihrer Hand, und ihr Sohn streckte ihr den Fuß entgegen.

Die Stille dehnte sich aus. Eine der Frauen schluckte und leckte sich die trockenen Lippen. Sie öffnete den Mund, um etwas zu sagen, aber Inez hob die Hand.

»Wenn Sie diesen Typen kennen würden, hätten sie genau denselben Wunsch«, sagte sie ruhig.

Die halb vornübergebeugte Mutter errötete, die andere wurde bleich. Hastig führten sie ihre Kinder aus dem Raum, als ob er in Flammen stünde, und stießen in der Tür zusammen, weil sie beide gleichzeitig hinaus wollten. Jocelyn lachte so hemmungslos, dass ihr die Seiten wehtaten.

»Mami, was ist so lustig?«, fragte Olivia.

Jocelyn blickte zu ihr hinunter. Ihre Tochter stand in den blauen Schuhen mit Plateausohlen und Pailletten vor ihr und hatte die Hände in ihre schmalen Hüften gestemmt.

Jocelyn streckte die Hand aus und strich ihr übers Haar.

»Nichts, mein Schatz. Nichts.«

»Also«, setzte Inez an, als Olivia davonflitzte, um in einer Ecke des Raums ein Paar Arbeitsschuhe zum Schnüren anzuprobieren. »Reden wir jetzt über die SVU, oder was?«

Jocelyn spürte, wie die Hitze in ihr Gesicht zurückkehrte. Nur war diesmal nicht Wut die Ursache. Nicht einmal ansatzweise. Noch immer konnte sie Calebs Mund auf ihrem spüren, als sie im Auto übereinander hergefallen waren.

»Lassen wir es einfach dabei – es gab dort einen gewissen Lieutenant, der bei mir einen sehr, sehr guten Eindruck hinterlassen hat.«

Inez ließ ihre Augenbrauen spielen und grinste, ihren Mund frech verzogen.

»Einen skandalös guten Eindruck? Oder einen für eine Verabredung zum Mittagessen? Nein, sag nichts. Ich kann es deinem Gesicht ansehen – es war skandalös gut.«

»Ein bisschen«, gab Jocelyn zu.

Inez versetzte ihr einen Schubs und stieß einen spitzen Schrei aus. Sie nahm Raquel beim Arm und wirbelte sie herum. Olivia stapfte in Schuhen für einen Feuerwehrmann heran.

»Mami«, fragte sie, »was ist sandlös?«

Himmel! Diese Kinder besaßen wirklich ein unglaublich gutes Gehör! Inez versteckte ein Kichern hinter der Hand und wirbelte Raquel in ihren Paillettenschuhen weiter herum. Jocelyn kniete sich vor Olivia.

»Es bedeutet etwas sehr Schlimmes.«

Olivia zog die Augenbrauen hoch.

»Und wie kann dann etwas sandlös und trotzdem gut sein?«

Jocelyn seufzte.

»Das erkläre ich dir, wenn du älter bist. Jetzt muss Mami gehen. Ich habe noch ein paar Besorgungen zu erledigen, und dann muss ich zur Arbeit.«

Olivias Gesicht schien in sich zusammenzufallen. Ihre Mundwinkel senkten sich zu einem halbmondförmigen Schmollen.

»Ooooh! Ich will aber, dass du bleibst!«

Jocelyn fühlte einen Stich ins Herz.

»Ich weiß. Ich würde auch lieber bleiben, aber wir haben keine Suppe mehr, und ich muss nun mal arbeiten. Du kannst dir aber den Rest des Museums mit Inez und Raquel ansehen, und dann nimmt dich Inez mit zu sich nach Hause. Dann wird Martina auf euch beide Mädchen aufpassen, während Mami und Inez arbeiten. Ich hole dich später ab. Deine Decke und Lulu sind schon in deiner Tasche in Inez' Auto.«

Olivias Augenbrauen zogen sich zusammen. Sie sah Inez an. »Können wir ein Eis essen?«

»Natürlich«, sagte Inez.

»Nein«, sagte gleichzeitig Jocelyn.

Jocelyn sah ihre Freundin böse an. Inez verschränkte die Arme vor der Brust. Sie zwinkerte Olivia zu und tat dann so, als wolle sie Jocelyn mit ihrem Blick zum Schweigen bringen.

»In meinem Haus wird Eis gegessen«, verkündete sie. »Es ist eine der Hausregeln.«

In gespielter Skepsis hob Jocelyn eine Augenbraue. Inzwischen beobachteten beide Mädchen die Frauen und kicherten leise.

»So, so – Hausregeln, wie?«

Inez machte einen herausfordernden Schritt auf sie zu.

»Genau!«

Jocelyn bemühte sich, nicht zu lachen. Sie warf Inez ihren strengsten Polizistinnenblick zu. Ein paar Sekunden lang sahen sie sich gegenseitig an, während die Mädchen gespannt zusahen und versuchten, keinen Laut von sich zu geben. Dann sagte Jocelyn in einem ganz ernsthaften Ton: »Und was ist mit dem Eismonster?«

»Das habe ich letzte Woche verhaftet«, erwiderte Inez ruhig, als ob sie über einen echten Verdächtigen sprechen würden.

»Mami, du hast das Eismonster verhaftet?«, fragte Raquel aufgeregt.

Jocelyn schüttelte den Kopf und riss die Augen weit auf. Sie warf den Kindern einen Blick zu.

»Das Monster ist heute Morgen auf Kaution freigekommen.«

Sie sah, wie Inez' Mundwinkel in dem Bemühen zuckten, nicht zu lachen. Olivia zog an Jocelyns Hand.

»Was hat es denn angestellt, Mami? Was hat das Eismonster angestellt?«

Abrupt drehte sich Jocelyn um und ging vor Olivia und Raquel in die Knie.

»Es kitzelt kleine Mädchen durch, die Eis essen!«, rief sie.

Beide Kinder quietschten, als sie nach ihnen griff und sie am Bauch und unter den Armen kitzelte. Raquel entkam ihr schnell. Jocelyn nahm Olivia hoch und küsste sie über ihr ganzes Gesicht. Als Olivias Lachen nachließ, stellte Jocelyn sie wieder auf den Boden.

»Okay, Süße – du darfst bei Inez Eis essen.«

Olivias Augen weiteten sich.

»Und was ist mit dem Eismonster?«

Inez legte Olivia die Hand auf den Kopf.

»Ich denke, das muss ich einfach wieder festnehmen.«

Jocelyn lachte und machte sich auf den Weg.

Hinter sich hörte sie Raquel und Olivia aufgeregt fragen: »Können wir zusehen? Können wir zusehen, wenn du das Monster verhaftest?«

4. November

Im Haus war es viel zu leise. Jocelyn stellte die Tüten mit den Lebensmitteln auf den Wohnzimmertisch. Ein halbes Dutzend Dosen mit Hühnernudelsuppe fiel heraus. Dann schloss sie die Haustür ab – beide Schlösser. Sie drehte sich um und betrachtete den Raum.

Ein Blatt mit einem Bild von Olivia war vom Tisch gefallen – Regenbogen, Schmetterlinge, Herzen und Sterne. Helle, fröhliche Dinge. Olivias Bilder waren ausgezeichnet und in ihrer entzückenden Unschuld herzzerreißend, wenn man das über die Welt wusste, was Jocelyn wusste. Ein Durcheinander aus Lalaloopsy-Puppen und Kleidung türmte sich auf dem kleinen Sofa. Unter einem Kissen lugte eine pinkfarbene Tiara hervor. Nur die große Couch zeigte keine Spuren einer Dreijährigen.

Jocelyn streckte sich darauf aus. Sie stöhnte vor Behagen, als sie merkte, dass sie sich für die nächste Stunde einfach hinlegen konnte, ohne irgendetwas tun zu müssen, völlig ungestört. Ihr Einkauf hatte kürzer gedauert als geplant. So hatte sie ein wenig Zeit für sich selbst – etwas, das zu einer Seltenheit geworden war, seit Olivia bei ihr war.

Jedoch nach etwa einer Viertelstunde vermisste sie Olivia bereits. So war das immer. Als sie vor etwa einem Jahr eine schlimme Grippe hatte, alles wehtat und sie kaum aus dem Bett kam, hatte sie Inez gebeten, Olivia für eine Nacht zu nehmen. Nach nur einer halben Stunde hatte sie sich Olivia schon wieder zurückgewünscht.

Natürlich fehlte ihr vor allem Schlaf. Wie wenig sie davon bekam! Sie überprüfte ihr Handy. Sie hatte noch eine halbe Stunde, bevor sie zur Arbeit musste. Sie schloss die Augen, konzentrierte sich auf ihr Atmen, auf das Heben und Senken ihres Brustkorbs. Sie dämmerte ein, schwebte in dem Niemandsland zwischen Wachen und Schlafen. Dann ließ ein Geräusch sie jäh hochschrecken. Rasch setzte sie sich auf und horchte. Jemand rüttelte an der Haustür – jemand wollte hinein. Ihr Herz hämmerte. Sie nahm ihre Waffe und ging zur Tür. Sie sah durch den Spion, aber alles, was sie sehen konnte, war der Rücken eines Mannes, der ein braunes Jackett trug. Irgendetwas an ihm kam ihr sehr vertraut vor, doch sie konnte es nicht einordnen.

Leise drehte sie die Schlüssel in den Schlössern und riss die Tür auf, die Waffe gegen die Fliegengittertür gepresst. Der Mann fuhr herum. Das Lächeln erstarb auf seinem Gesicht, als er in den Lauf der Waffe blickte. In diesem Augenblick wurde ihr klar, dass sie Henry Richards erwartet hatte. Stattdessen stand Caleb Vaughn vor ihrer Tür.

4. November

Mit flammendem Gesicht schob Jocelyn die Waffe in die Pistolentasche und drückte gegen die Tür. Sie bewegte sich nicht.

»Sie ist verschlossen«, erklärte Caleb und deutete auf den Türgriff. »Und deine Klingel funktioniert nicht. Ich wollte an die Tür klopfen.«

Sie drehte auch diesen Schlüssel und öffnete die Tür mit einem entschuldigenden Lächeln.

»Es tut mir leid«, sagte sie. »Ich dachte, du wärst... jemand anderes.«

Er grinste und ging an ihr vorbei ins Haus.

»Der Kerl möchte ich lieber nicht sein.«

Jocelyn schloss und versperrte die Tür hinter ihm.

»Was ist das?«, fragte sie und deutete auf eine Kunststoffbox, die er in der Hand hielt.

Das, was sich darin befand, sah verdammt nach Zitronenkuchen aus. Calebs Grinsen wurde breiter. Anzüglich hob er eine Augenbraue.

»Ich glaube, du weißt genau, was das ist.«

Sie kam auf ihn zu und versuchte, eine Antwort zu finden, aber ihr Gehirn war völlig leer. Sie konnte nur an seinen Kuss denken. Jocelyn stellte sich auf die Zehenspitzen, um ihm näher zu kommen. Er hielt den Kuchen noch immer in der Hand, als ihre Lippen sich trafen. Mit einem Arm presste er sie dicht an sich. Er roch nach Kaffee und Aftershave. Und er schmeckte nach Pfefferminzbonbons.

Die Kunststoffbox drückte sich in ihren Rücken. Sie nahm sie ihm aus der Hand und legte sie auf den Tisch. Sie fielen auf die Couch, stolperten dabei über Olivias Schuhe. Caleb war selbst für die große Couch zu massiv, als dass sie nebeneinander hätten liegen können. Sie drehten und wendeten sich, bis Jocelyn schließlich auf ihm lag. Seine Hände glitten über ihren Körper. Er zupfte an ihrer Taille und nahm seinen Mund von ihrem.

»Die Waffen«, sagte er. »Wir sollten beide unsere Waffen abnehmen.«

Noch ganz außer Atem hob sie den Kopf und sah ihn an. Er hatte recht.

Sie lösten sich voneinander und standen auf. Er zog sein Jackett aus und nahm sich den Schultergürtel mit der Pistole ab. Sie nahm auch ihren ab und legte ihn auf den Tisch, neben seine Pistolentasche. Sie wandten sich wieder einander zu, sahen sich an und brachen in Gelächter aus.

Caleb strich ihr die Haare aus dem Gesicht.

»Was ist denn mit dir los?«

Grinsend zuckte Jocelyn mit den Schultern. Sie fing seine Hand ein und hielt sie fest.

»Ich weiß es nicht«, antwortete sie. »Ich bin nie so. Ich meine mit Männern. Ich meine, dass ich normalerweise …«

Caleb brachte sie mit einem schnellen Kuss zum Schweigen.

»Schon in Ordnung! Ich weiß, was du meinst. So habe ich schon seit mehr als zwanzig Jahren nicht mehr auf eine Frau reagiert.«

»Ich verstehe das als Kompliment«, antwortete Jocelyn lächelnd.

Er drückte ihre Hand. Sie setzten sich nebeneinander auf die Couch.

»So ist es auch gemeint«, versicherte er ihr. »Aber ich finde, wir sollten uns Zeit lassen.«

»Das sollten wir, ja«, gab sie zu, auch wenn jeder Zentimeter ihres Körpers durch seine Nähe brannte und prickelte.

»Wie wäre es denn, wenn ich dich einfach zu einem Date ausführe?«, schlug er vor.

»Ich habe nächsten Donnerstag frei«, erklärte Jocelyn.

Schon spürte sie Schuldgefühle. Der freie Tag war ihr so wichtig für Olivia. Aber nur ein einziger Donnerstag war sicher nicht so schlimm. Inez drängte sie ohnehin oft, mehr Zeit mit Erwachsenen zu verbringen. Und zwar privat, hatte Inez immer gesagt, nicht bei der Arbeit.

Caleb grinste bis über beide Ohren.

»Dann also Donnerstag. Ich hole dich um acht Uhr ab.«

Jocelyn warf einen Blick auf die Uhr. Auch wenn sie wusste, dass sie heute wahrscheinlich zu spät zur Arbeit kommen würde, zögerte sie. Sie wollte nur eines, sich wieder auf Caleb stürzen und den Dingen ihren natürlichen Lauf lassen.

Sie hielt ihr Gesicht von ihm abgewandt, damit er die heiße Röte nicht bemerkte, die ihr in die Wangen stieg. Energisch verdrängte sie die Sehnsucht in ihrem Kopf – sie beide, nackt, zusammen – und räusperte sich.

»Prima«, erwiderte sie, »und – ich muss bald aufbrechen, zur Arbeit.«

»Genau das ist der Grund, aus dem ich eigentlich hier bin«, bemerkte Caleb.

Er rückte von ihr ab, brachte ein wenig Distanz zwischen sie. Sosehr sie sich auch danach sehnte, ihn zu berühren, war sie dafür doch dankbar. Das machte es ihr leichter, die Gedanken auf die Arbeit zu richten.

»Ich habe mit Captain Ahearn darüber gesprochen«, fuhr er fort, »dich wegen deiner Verbindung zu Anita in den Warner/Donovan-Fall mit hineinzunehmen.«

Jocelyn hob eine Augenbraue.

»Der Vorschlag ist doch bestimmt hochgegangen wie ein Ballon aus Blei.«

Caleb lachte.

»Ja, so in etwa. Aber ich könnte deine Hilfe wirklich brauchen, wenn du dazu bereit bist. Ich habe Raeann Church gefunden. Sie lebt in Philly, in einem Resozialisierungszentrum.«

Jocelyn richtete sich auf. Ein kleiner kühler Schauer der Aufregung lief ihr den Rücken hinunter und löschte ein wenig die Hitze im Raum.

»Wirklich? Ich wäre gerne dabei, wenn du sie befragst.«

Caleb nickte. Er überprüfte sein Handy.

»Ich treffe dich in zwei Stunden in der Northwest Division.«

»Großartig«, sagte Jocelyn. »Ich muss nur noch die Lebensmittel wegräumen, dann bin ich unterwegs.«

Caleb lachte und deutete auf den Tisch.

»Magst du so gerne Suppe?«

»Ich nicht – meine Tochter«, sagte Jocelyn lächelnd. »Momentan kriege ich sie einfach nicht dazu, etwas anderes zu essen. So langsam mache ich mir schon Sorgen um ihre Gesundheit.«

Sie schob die Dosen zurück in die Tüte und brachte sie in die Küche. Caleb folgte ihr und sah sich um. Außer Inez, Kevin und Simon hatte Jocelyn hier noch nie Besuch gehabt. Erst als sie Calebs Blick folgte, fiel ihr auf, wie unordentlich alles war.

»Tut mir leid, dass es hier so chaotisch aussieht«, stammelte sie. »Ich …«

Er grinste und winkte ab.

»Du solltest meine Wohnung sehen! Hast du Papier und einen Stift?«

Sie sah ihn verwirrt an, ging aber doch zu Olivias Korb mit den Mal- und Bastelsachen und zog einen Bastelbogen und einen Filzstift heraus.

»Tut es auch ein roter Stift?«

»Natürlich«, antwortete er und nahm ihn ihr aus der Hand.

Er setzte sich an den Esstisch und begann, ein Diagramm zu zeichnen – drei Säulen, die aus jeweils fünf Feldern bestanden.

Jocelyn sah ihm über die Schulter.

»Was wird das?«

»Was mag deine Tochter?«, fragte er, ohne aufzusehen.

»Was meinst du?«

»Olivia heißt sie, richtig? Welche Spielsachen mag sie?«

»Lalaloopsys – das sind Puppen. Aber was zeichnest du da?«

Sie brach ab, als er unterhalb des Diagramms eine stilisierte Strichfigur zeichnete, der er lockige Haare und ein Kleid verpasste. Jocelyn lachte.

Caleb sah sie an und grinste ein wenig verlegen.

»Okay – ich gebe zu, es hat seine Gründe, warum ich nicht Malerei und Kunst studiert habe, aber hör mir zu. Tun wir einfach so, als ob das eine Lalaloopsy-Puppe wäre. Später kannst du immer noch ein Bild ausdrucken und es auf das Diagramm kleben.«

Jocelyn verschränkte die Arme vor der Brust.

»Was bedeutet das Diagramm?«

»Ja, es ist wie ein Anreizsystem. Du siehst all diese Felder? Jedes Mal, wenn sie etwas anderes isst als Suppe, bekommt sie einen Sticker. Und sobald sie alle Felder mit Stickern gefüllt hat, kriegt sie einen Preis dafür. Etwas, das sie wirklich liebt – wie eine Lalaloopsy-Puppe.«

Jocelyn betrachtete sich das Diagramm.

»Das ist wirklich eine gute Idee!«

»Sie ist drei, oder?«

Jocelyn nickte.

»Wir dürfen also nicht zu viele Felder einfügen. Wenn sie zu lange auf den Preis warten muss, wird es ihr langweilig. Dann hat sie keine Lust mehr, sich Sticker zu verdienen.«

Jocelyn zeigte auf die Strichfigur.

»Das könnte teuer werden.«

Caleb lachte.

»Als mein Sohn siebzehn wurde, hatte er alle LEGO-Kästen und PlayStation-Spiele, die es überhaupt gibt. Aber er hat die Highschool als Klassenbester abgeschlossen, und er hat sich nie wirklich danebenbenommen. Ach ja – und er hat sich gesund ernährt.«

Caleb zwinkerte ihr zu. Jocelyn hoffte, er bemerkte es nicht, wie sie auf ihren weich gewordenen Knien schwankte. Das Zwinkern warf sie beinahe um. Er stand auf, reichte ihr das Blatt, und dann ging er ins Wohnzimmer, um die Pistolentasche wieder anzulegen.

»Versuch es einfach mal!«, rief er über die Schulter zurück.

Sie betrachtete sich noch einmal das Diagramm und legte es auf den Tisch.

»Das werde ich«, versprach sie und legte sich ihre Waffe an.

Sie begleitete ihn nach draußen auf die Veranda und verschloss die Haustür. Ihre Unterhaltung kehrte zur Befragung von Raeann Church zurück.

Der Geruch von Kaffee und Schokolade erreichte sie, bevor sie Phils Stimme hörte.

»Oh, ich wollte nicht …«

Sie sah auf und entdeckte Phil, der gerade die Stufen heraufkam. Er hielt ein Papptablett mit zwei Kaffeebechern von Starbucks und eine kleine braune Tüte in der Hand – wahrscheinlich mit einem Brownie darin. Wie immer war er tadellos gekleidet, dunkler Anzug und die Haare ordentlich zurückgekämmt.

»Was machst du denn hier, Phil?«, fragte Jocelyn.

Er wandte den Blick nicht von Caleb, der ihn mit einem gleichgültigen Lächeln ansah. Phil lief rot an. Mit peinlichen Situationen wurde er nicht gut fertig.

»Ich bin gekommen, um …« Dann räusperte er sich. »Ich wusste nicht, dass du Besuch hast.«

Jocelyn betrachtete ihn schweigend, nicht bereit, auf ihn zuzugehen. Phil räusperte sich erneut. Er deutete mit dem Papptablett auf sie. Seiner Stimme war eine gewisse Gereiztheit anzuhören.

»Ich dachte, ich sollte die Dinge von neulich wieder in Ordnung bringen. Ich hatte ein schlechtes Gewissen, so wie alles gelaufen ist.«

Jocelyn hob eine Augenbraue und stemmte die Hände in die Hüften.

»Du meinst, du hast ein schlechtes Gewissen, weil du zwei Vergewaltiger wieder auf die Öffentlichkeit losgelassen hast, nachdem ich sie verhaftet und einen von ihnen sogar zu einem Geständnis gebracht hatte?«

»Nein, ich meinte…«, entgegnete er verblüfft.

»Mach nicht mehr aus der Sache, als wirklich da ist, Phil. Ich bin ein Detective – du bist ein Staatsanwalt. Wir sind in einem Fall unterschiedlicher Meinung, und das war's. Du kannst wieder gehen.«

Sie hätte wissen müssen, dass er darauf unangenehm reagieren würde. Niemand schickt Phil Delisi fort! Mit rotem Gesicht wandte er sich Caleb zu. Das Tablett zitterte in seiner Hand.

»Sie wissen ja nicht, worauf Sie sich da einlassen«, zischte er. »Wenn Sie klug wären, würden Sie einfach abhauen.«

Calebs Lächeln verhärtete sich zu einer zornigen Linie.

»Und wenn Sie klug wären, würden Sie genau das Gleiche tun.«

Phil blickte von Caleb zu Jocelyn und wieder zurück.

»Sie ist frigide«, platzte er dann heraus.

»Phil!«, rief Jocelyn, trat auf ihn zu und stieß ihn die Stufen hinunter. »Das reicht jetzt. Verschwinde! Sofort!«

Er wehrte sich zwar nicht, als sie ihn zu seinem Auto drängte, aber über die Schulter rief er Caleb zu: »Sie ist eiskalt. Das werden Sie schon noch merken. Was ist das für eine Frau, die nicht einmal zur Beerdigung ihrer eigenen Eltern geht?«

Sie gab ihm einen letzten Stoß. Er taumelte, und die Kaffeebecher fielen auf die Straße. Die Deckel flogen davon, und Kaffee spritzte auf Phils Hosenbein. Er sah Jocelyn nicht an. Stattdessen trat er nach den leeren Bechern, als er sich zur Fahrerseite begab.

Jocelyn wartete, bis er davongefahren war, bevor sie Becher und Tablett aufhob und in die Mülltonne warf.

Caleb wartete auf der Veranda. Sie versuchte, den Kloß in ihrer Kehle herunterzuschlucken, und wünschte sich, ihr Gesicht würde nicht so heiß brennen.

»Es tut mir leid«, sagte sie. »Er ist …«

»Ein Arschloch?«, fiel ihr Caleb ins Wort. »Ja, das habe ich schon kapiert.«

Jocelyn lächelte, schüttelte aber den Kopf.

»Was er gesagt hat, ich …«

Caleb streckte die Hand aus und hob ihr Kinn an, um ihr in die Augen sehen zu können.

»Mach dir keine Gedanken«, tröstete er sie. »Meine Ex lässt auch kein gutes Haar an mir. Das liegt einfach in der Natur der Sache.«

Sie seufzte und machte den Mund auf, um noch einmal zu versuchen, es zu erklären, aber sie wusste nicht, was sie sagen sollte. Caleb wartete nicht auf eine Erklärung. Er legte die Hände an ihre Wangen, die Hände trocken und beruhigend an ihrem Gesicht. Sie schwankte fast, als sie ihm in die Augen blickte. Sie konnte sich nicht daran erinnern, wann sie das letzte Mal einen Mann so sehr küssen wollte wie jetzt Caleb. Nicht einmal bei Phil hatte sie so etwas gespürt. Sie wollte Caleb am liebsten ganz verschlingen. Er beugte sich zu ihr und küsste sie – langsam und tief. Anschließend hielt er noch eine Weile ihr Gesicht zwischen den Händen und sah ihr in die Augen.

»Ernsthaft«, sagte er. »Vergiss den Kerl. Mir wäre es lieber, du würdest stattdessen an mich denken.«

4. November

Eine Stunde später stand Jocelyn zwischen Inez und Kevin in Basil Ahearns Büro. Selbstschussanlage war ebenfalls anwesend. Er stand auf der anderen Seite von Kevin, mit gut einem halben Meter Abstand zu ihnen. Sein Gesicht zeigte nur starres Desinteresse, aber Jocelyn bemerkte, dass sich die Spitzen seiner Ohren rot gefärbt hatten. Ahearn saß an seinem

Schreibtisch, sein Handy in der Hand, und betrachtete abwechselnd seine Leute und sein Handy. Er zeigte mit dem Handy auf Finch.

»Sie«, knurrte er, »betrachten sich hiermit als öffentlich ermahnt. Ich schicke Sie zu einer Schulung, wie man Verdächtige abtastet – und verhaftet.«

Jocelyn und Kevin warfen Finch einen Blick zu, doch er blieb unbeweglich. Jocelyn glaubte, die Einzige zu sein, die Kevins unterdrücktes Kichern hörte – aber Ahearn entging nie viel. Er warf Kevin einen eisigen Blick zu, der ihn zum Schweigen brachte, und sah wieder zu Finch. Mit einer Handbewegung holte er ihn an den Schreibtisch und überreichte ihm ein Blatt Papier.

»Das ist Ihre offizielle Ermahnung. Wenn Sie Henry Richards das nächste Mal sehen, sorgen Sie dafür, dass er den Asphalt küsst. Sie wissen, dass er wegen der Verletzung des Kontaktverbots gesucht wird, das Detective Rush für ihre Tochter gegen ihn erwirkt hat – und dafür, dass er einen meiner Leute belästigt. Lassen Sie ihn nicht noch mal davonkommen. Und nachdem Sie ihn festgenommen haben, Finch, durchsuchen Sie ihn. Und zwar richtig!«

Jocelyn schielte erneut zu Finch. Er starrte nur geradeaus, mit ausdruckslosem Gesicht, aber sie konnte sehen, wie in seinem Kiefer ein Muskel zuckte.

»Und jetzt gehen Sie mir aus den Augen!«, fügte Ahearn hinzu.

Wortlos verließ Finch den Raum. Sie lauschte seinen Schritten in den Gemeinschaftsraum und die Treppe hinunter. Dann kam ein lautes Scheppern, als ob etwas aus Metall geworfen oder weggekickt worden wäre, und schließlich eine Stimme, die sie nicht erkannte.

»Himmel, Selbstschussanlage – pass doch auf!«

Ahearn seufzte. Jetzt zeigte er mit seinem Handy auf Inez, die sich laut geräuspert hatte.

»Was?«, brummte er.

»Sir, Selbst… – Finch hat mich vor einem Pitbull gerettet«, erklärte Inez.

Ahearn zog die Augenbrauen zusammen und verdrehte die Augen.

»Das ist bewundernswert, Graham, aber es ist mir scheißegal. Wenn ich mir euch alle so ansehe – wir sind doch hier kein gottverdammter Kindergarten! Reißt euch gefälligst am Riemen, und bringt alles wieder in Ordnung! Ich will keinen von euch Vieren noch einmal hier in meinem Büro sehen – nicht für den kleinsten Mist!«

Nach einem Blick zu Jocelyn ergänzte er: »Und behalten Sie Ihre Pfoten bei sich. Haben Sie mich verstanden?«

»Ja, Sir«, sagten alle drei im Chor.

Jocelyn wollte darauf hinweisen, dass die versäumte Durchsuchung von Todd Martin durch Finch sie das Leben hätte kosten können. Von »kleinem Mist« konnte also gar nicht die Rede sein. Kevin musste geahnt haben, dass sie dabei war, etwas zu sagen, denn er versetzte ihr einen Stoß mit dem Ellbogen.

»Lass es!«, zischte er zwischen zusammengebissenen Zähnen hervor.

»Und Rush«, meldete Ahearn sich wieder zu Wort, »gefällt es Ihnen hier in Northwest nicht, oder was?«

Jocelyn begegnete seinem Blick.

»Sir?«

»Vorhin war Lieutenant Vaughn hier und hat mich gebeten, Sie ihm für einen SVU-Fall *auszuleihen*.« Er betonte das Wort »ausleihen« so, als ob es etwas extrem Widerwärtiges wäre. So, als ob Vaughn ihn gebeten hätte, einen Monat lang die Toiletten der SVU zu putzen – mit seiner eigenen Zahnbürste.

»Anita Grant will nur mit *mir* sprechen«, erklärte Jocelyn.

Ahearn wedelte mit seinem Handy in der Luft.

»Das habe ich alles schon von Vaughn gehört. Ich scheiß drauf, wer mit wem redet. Ich brauche Leute hier, und wenn Sie nicht bereit sind, dabei mitzuspielen, beantragen Sie gefälligst eine Versetzung.«

»Das ist nicht nötig, Sir«, widersprach Jocelyn.

Ahearn betrachtete sie, eine buschige Augenbraue über dem rechten Auge in die Höhe gezogen. Skepsis zeigte sich in seinem Gesicht.

»Sorgen Sie einfach dafür, dass die Sache schnell abgewickelt ist, Rush. Und Sie«, er deutete auf Kevin, »Sie bleiben hier. Ich brauche Sie bei unseren eigenen Fällen und nicht im Schlepptau von Rush bei diesem gottverdammten SVU-Fall.«

»Ja, Sir«, nickte Kevin.

Ahearn schwenkte die Hand, scheuchte sie in Richtung Tür.

»Raus mit euch. Macht eure Arbeit!«

Hintereinander gingen sie hinaus.

»Hast du es also geschafft, dich diesem SVU-Fall zuweisen zu lassen«, grummelte Kevin.

»Das ist nur vorübergehend«, entgegnete Jocelyn. »Ich helfe denen aus.«

»Jedenfalls«, unterbrach sie Inez, »wenn ich Richards heute Abend zu Gesicht bekomme, kann er sich auf was … Wow!«

Sie blieb stehen und griff nach Jocelyns Arm. Gegen Jocelyns Schreibtisch lehnte lässig Caleb, den Kopf über ein Handy gebeugt.

»Wer zum Teufel ist das?«, fragte Kevin.

Jocelyn schluckte. Caleb hatte sie noch nicht entdeckt. Sie hielt einen Moment inne, nahm sein zerwühltes dichtes Haar in sich auf, die Linie seines Kinns. Natürlich hatte sie ihn gerade erst gesehen. Sie hatte ihn gerade erst auf ihrer Veranda geküsst. Trotzdem sorgte sein Anblick dafür, dass sie sich ganz schwach fühlte, als ob ihr Körper keine Knochen besäße.

»Das ist Mister Skandalös«, flüsterte Inez.

Kevin drehte sich zu ihr um, seine Augenbrauen verwirrt zusammengezogen. Jocelyn versetzte Inez einen Stoß und sah zu Kevin.

»Das ist Vaughn«, erklärte Jocelyn.

»*Das* ist Vaughn? Der sieht eher aus, als ob er an der Highschool Englisch unterrichten würde, oder so was.«

»Genau das habe ich auch gedacht, als ich ihn das erste Mal getroffen habe«, sagte Jocelyn lachend.

»Ja, natürlich – das war das Einzige, woran du gedacht hast, als du …«, schnaubte Inez.

Ein scharfer Ellbogenhieb hielt Inez davon ab, den Satz zu Ende zu führen. In diesem Augenblick sah Caleb auf und lächelte. Und Jocelyns gesamter Körper verwandelte sich in einen einzigen Seufzer.

»Gütiger Himmel!«, murmelte Kevin und stapfte davon, um Vaughn zu begrüßen.

Jocelyn und Inez folgten ihm. Nach einer gegenseitigen Vorstellung folgte ein etwas verlegenes Geplauder. Inez grinste die ganze Zeit wie ein Honigkuchenpferd. Dann fragte Kevin Vaughn über alles aus – von seinem Lebenslauf bis zu seinen Liebesgeschichten. Schließlich griff Jocelyn Calebs Handgelenk und zog ihn mit sich.

»Wir müssen eine Zeugin befragen«, erklärte sie.

Caleb sah sie mit einem amüsierten Grinsen an.

»Aber ich unterhalte mich doch gerade mit deinen Freunden.«

»Das ist mir nicht entgangen«, erwiderte Jocelyn. »Und es reicht jetzt!«

Caleb lachte den ganzen Weg die Stufen hinunter.

4. November

Raeann Church lebte in einem Resozialisierungszentrum im Bezirk Northeast Philadelphia. Sie hatte eine Haftstrafe wegen Drogenbesitzes abgebüßt und war vom Gefängnis aus direkt in das Haus in der Orthodox Street geschickt worden.

Als Caleb der Managerin hatte klarmachen können, dass Raeann nicht in Schwierigkeiten war, gab die Frau nach. Sie stellte ihnen sogar ihr schäbiges Büro für die Befragung zur Verfügung. Der Schreibtisch war aus Metall. Der Raum roch nach Moder und Zigaretten. Die ehemals beigen Wände waren inzwischen gelb und durchsetzt mit braunen Wasserflecken.

Raeann sah ganz normal aus. Ihr dunkles Haar, das ihr bis auf die Taille herabfiel, war sauber und ordentlich gekämmt. Sie besaß kurvige Hüften mit dicken Oberschenkeln und wirkte ganz anders als die meisten anderen – ausgemergelten – Drogenabhängigen, denen Jocelyn bisher begegnet war. Nur ihr umherirrender Blick und ihre unruhigen Hände verrieten sie. Sie war eine fülligere, weniger attraktive Version von Camille.

Sie erkannte Caleb sofort.

»Ah, Sie sind es«, bemerkte sie.

Caleb setzte sich auf den Stuhl neben ihr. Jocelyn zog den Stuhl hinter dem Schreibtisch hervor und stellte ihn Raeann gegenüber. Zu dritt bildeten sie eine Art Halbkreis. Caleb lächelte die Frau an.

»Wie geht es Ihnen, Raeann?«, erkundigte er sich.

Sie rieb die Handflächen gegeneinander und presste die zusammengefalteten Hände zwischen ihre Beine.

»Mir geht es ganz gut. Ich bin hier drin, wie Sie wissen!«

Caleb nickte. »Ja, ich weiß. Rauchen Sie noch immer die Roten?« Er zog eine ungeöffnete Packung Marlboros aus der Tasche seines Jacketts.

Raeanns Gesicht erhellte sich. »Danke, Mann!«

»Also, Raeann – ich bin hier mit meiner Kollegin Detective Rush, weil wir glauben, dass die Kerle, die Sie vor vier Jahren angegriffen haben, noch immer unterwegs sind. Sie sind die Einzige, die die Gesichter von allen Dreien gesehen hat, und wir möchten Ihnen ein paar Fragen stellen.«

Sie drehte die Zigarettenschachtel zwischen den Händen.

»Ich habe Ihnen doch schon alles gesagt, was ich weiß.«

Caleb lächelte, und Jocelyn konnte sehen, dass sein Lächeln auf Raeann dieselbe Wirkung ausübte wie auf sie – Raeann errötete sofort.

»Es dauert nur eine Minute, Raeann.«

Sie sah auf den Fußboden, wiegte sich im Stuhl vor und zurück.

»Okay.«

»Ich weiß, dass alles schon lange her ist«, mischte sich Jocelyn ein.

Sie nahm einen Stapel Fotos und breitete sie auf dem Schreibtisch aus.

»Können Sie mir trotzdem sagen, ob einer von diesen Männern bei dem Angriff auf Sie vor vier Jahren dabei war?«

Raeann stand auf und beugte sich über die Fotos. Sie kaute an der Nagelhaut ihres linken Zeigefingers und studierte die Bilder.

»Der da«, sagte sie und deutete auf das Foto von Larry Warner. »Er war der Nette«, ergänzte sie nervös lachend. »Nun ja, also nett war er eigentlich nicht. Aber er war nicht gemein. Nicht so grob wie der andere Kerl. Er hat den Nagel wieder rausgenommen.«

Sie drehte Jocelyn ihre rechte Handfläche zu. In der Mitte befand sich ein silbrig schimmernder kleiner Knoten. Anitas und Alicias Narben waren weit schlimmer.

»Und der da«, sagte Raeann und befingerte das Foto von Angel Donovan. »Er hat kein Wort gesagt.«

»Was war mit dem dritten Mann? Können Sie mir etwas über ihn sagen?«

»Nun, es war ein Weißer. Er schien ziemlich jung zu sein. Vielleicht Ende zwanzig? Er könnte aber auch schon dreißig gewesen sein, vermute ich. Er war richtig sauber, so, als ob er sehr auf sich achtet. Er hatte dunkle Haare, und die waren ziemlich kurz geschnitten. Er war gebräunt und sehr muskulös. Er hatte blaue Augen. Zuerst habe ich gar nicht verstanden, warum er eine Prostituierte wollte. Er hätte jede Frau haben können.«

»Die meisten Frauen machen aber bei einer Kreuzigung nicht mit – auch wenn der Typ noch so gut aussieht«, bemerkte Jocelyn.

Raeann lachte nervös.

»Er sah aus wie …, wie einer von den Studentenverbindungen. Ein Yuppie oder so etwas. Sie wissen schon – diese reichen Leute, die mit ihrem Mercedes in die Gettos fahren, um sich Drogen zu besorgen. Er roch gut. Und er war ziemlich anmaßend.«

Raeann runzelte die Stirn und dachte nach. Jocelyn beugte sich vor, die Ellbogen auf die Knie gestützt.

»So wie ein Bulle?«

Jocelyn fing den Blick auf, den Caleb ihr zuwarf. Sie hatte diesen Verdacht bisher noch niemandem gegenüber geäußert – nicht bei Caleb und noch nicht einmal bei Kevin. Aber er war ihr seit Tagen im Kopf herumgegangen, seit sie Calebs Notizen gesehen hatte. Er hatte zwar »militärisch« aufgeschrieben, aber irgendwie passte das nicht. Vor allem schienen weder Larry noch Angel irgendwelche Leute mit Verbindungen zum Militär zu kennen. Aber sie waren beide jeder Menge Bullen begegnet. Und es gab in dieser Stadt genügend korrupte Polizisten.

»Ja«, nickte Raeann eifrig, »das könnte gut sein. Irgendetwas in dieser Richtung. Ein Bulle oder ein Anwalt oder so was. Er hatte das Kommando. Und er wirkte auch so, als ob er, wissen Sie, eine gute Ausbildung gehabt hätte. Er hat Worte verwendet, die ich nicht verstanden habe.«

»Raeann, wären Sie bereit, sich mit einem Phantomzeichner zusammenzusetzen, der eine Zeichnung von dem Kerl anfertigt?«

»Klar – warum nicht?«, antwortete sie.

Jocelyn und Caleb verabschiedeten sich und gingen hinaus.

»Einen Phantomzeichner kriegen wir nie genehmigt«, gab er vor der Tür zu bedenken.

»Warte einfach ab«, erwiderte sie und verzog ihr Gesicht. »Früher oder später macht er wieder das Gleiche, dann aber an jemandem, den die oben nicht einfach ignorieren können. Sollten die jetzt nicht mitspielen – spätestens dann kriegen wir den Phantomzeichner. Wir werden ihn einfach anfordern. Sollen sie es jetzt ruhig ablehnen. Später können wir immer noch darauf zurückkommen.«

Zurück an ihrem Auto, lehnte sie sich mit dem Rücken gegen die Fahrerseite. Caleb stand vor ihr. Er legte seine Hände rechts und links von ihr aufs Dach und beugte sich vor. Sie konnte sein Aftershave riechen. Gott, wie sehr sie jetzt etwas ganz anderes mit ihm anstellen wollte! Schmutzige, versaute Dinge …

Sein Handy meldete sich, und er griff in die Tasche, um es abzustellen.

»Wir sind im Dienst«, erinnerte sie ihn.

»Ich weiß. Deshalb stehen wir ja auch hier draußen, statt im Auto zu sitzen«, sagte er lächelnd.

Ihr wurde schwindelig, als sie an das letzte Mal dachte, an dem sie zusammen in ihrem Auto gesessen hatten. Sein Handy summte erneut. Noch einmal brachte er es zum Schweigen und sah sie an. Jetzt war sein Gesichtsausdruck weniger verspielt.

»Aha«, bemerkte er. »Du glaubst also, dass unser unbekannter Verdächtiger ein Bulle ist.«

Jocelyn zuckte mit den Schultern und zwang sich, sich auf den Fall statt auf Caleb zu konzentrieren.

»Das ergibt jedenfalls Sinn. Nach der Art, wie die Opfer ihn beschrieben haben – wie er ausgesehen, wie er agiert hat. Das würde auch erklären, warum er sich so viel Mühe damit gibt, seine Identität zu verschleiern.«

»Raeann hat vermutet, er könnte auch ein Anwalt sein.«

»Das ist sicher möglich – aber ich halte es für wahrscheinlicher, dass er ein Polizist ist. Larry und Angel sind oft genug mit dem Gesetz in Konflikt gekommen, um dabei auch einmal einem korrupten Bullen über den Weg gelaufen zu sein.«

»Und dieser Kerl muss irgendetwas gegen sie in der Hand haben«, überlegte Caleb.

»Wahrscheinlich. Vielleicht hat er sie bei irgendwas erwischt, und statt sie zu verhaften, nutzt er die Straftat, um sie zu erpressen.«

»Mit was?«

»Um sie dazu zu bringen, dass sie machen, was er will. Wer weiß, was die drei sonst noch so alles anstellen – Drogen, Glücksspiel. Es gibt schließlich genug Gesetze, die man brechen kann.«

Calebs Handy meldete sich ein drittes Mal. Endlich schaute er auf das Display. Seine Augenbrauen zogen sich nach unten, und er nagte an seiner Unterlippe.

»Mist«, sagte er. »Wir haben einen Durchbruch in dieser Sache wegen Kinderpornografie erzielt, an der wir arbeiten. Die Einwanderungs- und Zollbehörde hat uns in ihre Sondereinheit mit aufgenommen. Ich muss los. Aber zuerst einmal – wie machen wir da jetzt weiter? In der Stadt gibt es eine Menge Polizisten. Es dauert viel zu lange, jeden einzelnen zu untersuchen.«

»Nun, wir beide sind es schon einmal nicht. Das sind also zwei weniger«, sagte Jocelyn lachend.

»Sehr witzig!«, erwiderte Caleb und grinste.

»Ich weiß, wo wir anfangen können«, sagte sie. »Bei dem Polizisten, der damals am Tatort war, als man Angel in die Kehle geschossen hat und Larry das erste Mal wegen einer Gewalttat verhaftet wurde.«

Und sie ergänzte, was sie aus der Akte wusste, die Phils Rechtsassistentin für sie aufgetrieben hatte.

»Ich werde ihn heute Abend mal aufsuchen.«

»Prima«, kommentierte Caleb. »Halt mich auf dem Laufenden. Und«, er kam ihr noch näher, sein Mund nur wenige Zentimeter von ihrem entfernt, »sehen wir uns trotzdem am Donnerstag?«

»Ja«, antwortete sie.

Ihre Stimme klang atemloser, als ihr das lieb war. Als sich sein Mund über ihrem schloss, versuchte sie, ihn nicht so zu küssen, als ob sie versuchen würde, alle Luft aus seinem Körper zu saugen. Seine Hände, jetzt an ihren Hüften, setzten ihren gesamten Körper in Flammen. Endlich verstand sie den alten Spruch mit der Sehnsucht nach einer kalten Dusche…

Sie war froh, dass sie an ihrem Auto lehnte, als er sie wieder freigab, denn ihre Beine fühlten sich an wie Gummi.

»Wir reden später«, erklärte er. Dann marschierte er zu seinem eigenen Wagen, das Handy ans Ohr gepresst. Jocelyn seufzte. Sie musste zurück zur Arbeit!

4. November

Vince Fox war in Rente und besaß im Bezirk Northeast eine Bar mit Sportübertragungen. Kurz vor fünf fuhr Jocelyn auf den großen Parkplatz der Bar. Sie parkte neben einem glänzenden neuen Geländewagen, einem Hummer. Dem Wunschkennzeichen »SexyFoxy« nach war es seiner. Das Auto sah aus, als hätte es mehr gekostet als das ganze Haus. Nicht schlecht für einen pensionierten Polizisten!

Sie trat durch zwei Paar Doppeltüren ein. Innen war es kühl und dunkel. Die Bar erstreckte sich über die gesamte Länge des Gebäudes und schimmerte in zwielichtigem Tageslicht, das durch die getönten Fensterscheiben drang. Die Tische und Stühle waren aus Chrom. Der Raum war makellos, und alles wirkte brandneu. Die Wände waren mit Erinnerungsstücken von professionellen Sportteams der Stadt gesäumt. Jede Wand befasste sich mit einer anderen Sportart.

Die größte Wand war dem Footballteam der Stadt vorbehalten, den Eagles. Das kam nicht überraschend. Die Eagles-Fans betrieben einen regelrechten Kult. An jeder Wand hingen mindestens vier Flachbildfernseher in verschiedenen Größen. Auch die Fernseher und die Erinnerungsstücke waren mehr wert als Jocelyns ganzes Haus.

Vince Fox ließ es sich ziemlich gut gehen. Jocelyn kannte nicht viele Polizisten in Rente, die es sich leisten konnten, ein solches Lokal zu führen.

»Kann ich Ihnen helfen?«, fragte der Mann, der hinter der Bar stand.

In einer Hand hielt er eine Fernbedienung, in der anderen eine offene Flasche Bier. Er war in den Fünfzigern, und seine Haare waren mit Pomade zurückgekämmt. An den Schläfen waren sie grau. Sein Gesicht war aufgedunsen und gerötet. Er trug ein kurzärmeliges Hemd, das muskulöse Arme enthüllte. In der Mitte seines offenen Kragens waren zwei breite Goldketten und eine buschige Ansammlung von Brusthaaren zu sehen. Seine Augen besaßen das Grau von Spülwasser und traten hervor. Er sah sie finster an, ohne auch nur einen Gesichtsmuskel zu verziehen.

Jocelyn zog ihren Dienstausweis hervor und reichte ihn ihm.

»Vince Fox?«

Er nickte und betrachtete ihren Ausweis.

»Ich wusste gar nicht, dass sie jetzt auch Mädchen zu Detectives machen«, sagte er und schaute betont an ihr hinunter. »Braucht man dafür noch immer eine mündliche Prüfung?«

»Ich bin schon seit fünfzehn Jahren dabei«, seufzte sie. »Wenn Sie mich also mit irgendwelchen schlüpfrigen Bemerkungen beeindrucken wollen, müssen Sie sich schon mehr anstrengen. Wollen Sie es noch einmal versuchen, oder sollen wir gleich zum Grund kommen, warum ich hier bin?«

»Sind Sie etwa eine Lesbe?«, höhnte er.

»Warum?«, entgegnete Jocelyn in ihrem ausdruckslosesten Tonfall. »Haben Sie in Ihrem Hirnkasten noch ein paar Lesbensprüche für mich auf Lager?« Sie klimperte mit den Wimpern und entriss ihm dann ihren Dienstausweis. »Lassen Sie uns einfach festhalten, dass Sie ein dummes Schwein sind, das Frauen hasst. Und dass ich Sie nicht mag. Ich habe ein paar Fragen und nicht den ganzen Tag Zeit. Also – sind Sie jetzt bereit?«

Sein Mund stand offen, und die Fernbedienung lag noch immer in seiner Hand. Doch er erholte sich schnell und nahm noch einen tiefen Schluck aus der Bierflasche.

»Was haben Sie denn für ein Problem?«

»Und was ist *Ihr* Problem?«, gab sie zurück. »Lassen Sie uns einfach das launige Geplänkel überspringen und zur Sache kommen«, merkte sie, erneut seufzend, an.

Sie schob Larry Warners Fahndungsfoto über die Theke.

»Erinnern Sie sich an diesen Kerl?«

Fox nahm das Foto auf. Jocelyn merkte ihm an, dass er Larry Warner sofort erkannte. Trotzdem schwieg er lange und starrte das Bild an.

Endlich blickte er auf. Das Fahndungsfoto schien ihn mehr ernüchtert zu haben als ihre Reaktion auf seine Kommentare. Er legte es beiseite und schaute auf den Flachbildschirm, der hinter der Bar hing. Er zappte ein wenig, bis er bei den Nachrichten auf Channel Ten angelangt war.

»Wollen Sie was trinken?«

Jocelyn schüttelte den Kopf und stemmte die Hände in die Hüften.

»Ich bin im Dienst.«

Er sah sie nicht an, hob nur die Augenbrauen.

»Wollen Sie was trinken?«, fragte er erneut und feixend.

»Nein.«

»Mit euch Lesben hat man wirklich keinen Spaß«, bemerkte er, lachte laut und goss trotzdem einen Whiskey ein.

Jocelyn setzte sich auf einen der Barhocker.

»Komisch – das Gleiche behaupte ich auch immer über weiberhassende Schweine.«

Fox' Lachen verebbte, aber ein leichtes Grinsen verblieb, das breiter wurde, als Jocelyn das Glas nahm und den Whiskey probierte.

»Larry Warner«, sagte er dann. »Was hat er diesmal angestellt?«

Jocelyn berichtete es ihm. Fox pfiff durch die Zähne.

»Himmel – sieht ganz so aus, als ob Larry tüchtig in der Scheiße sitzt.«

»Sie haben ihn vor fünf Jahren wegen seiner ersten Gewalttat verhaftet. Was ist damals passiert?«

Fox blinzelte und kratzte sich am Kinn.

»Ich, hm, ich wurde zu einer Störung gerufen, in Somerset, in der Nähe der Front Street. Ich war schon mehrere Male dort gewesen. In dem Haus lebte Dwayne mit seiner Freundin, Shasta. Er schickte von dort seine Nutten los – einschließlich seiner Freundin. Ich vermute, es hat ihr nicht gefallen, dass er sich an seinen Produkten so oft selbst vergriffen hat. Sie ging auf Dwayne los, er hat ihr eine verpasst, und sie hat seine Waffe genommen. Wenigstens hat Dwayne mir das so berichtet, als ich ankam. Es fielen Schüsse, die Nachbarn riefen die Polizei. Als ich kam, hatte Dwayne die Waffe, und Shasta und Dwaynes Freund waren beide angeschossen. Ich befahl ihm, die Waffe wegzulegen. Das tat er nicht, also habe ich auf ihn geschossen.«

»Sie haben ihn umgebracht.«

Fox nickte.

»Anschließend ist Larry Warner aufgetaucht. Er hat sich wie ein Verrückter benommen, ist auf die erstbeste Person losgegangen, die er gesehen hat, und das war ich.«

Jocelyn hob eine Augenbraue.

»Er hat Sie einfach so angegriffen?«

Fox wandte sich von ihr ab, sprach über seine Schulter.

»Dwayne war Warners Sohn.«

Es traf sie wie ein kalter Schock.

»Und Sie haben ihn umgebracht?«

Fox schaute zu ihr zurück und grinste.

»Ja.«

»Warner hat nie erwähnt, dass er einen Sohn hat.«

»Warner hat ihn auch nicht großgezogen. Er hat nie Verantwortung übernommen und sich für Dwayne auch nie interessiert. Bis der erwachsen war und mit Nutten und Drogen sein Geld gemacht hat. Ganz sicher hat Warner jedenfalls keinen Unterhalt bezahlt.«

Jocelyn fuhr mit der Spitze ihres Zeigefingers über den Rand des Glases.

»Und woher wissen Sie das?«

Fox starrte sie einen Augenblick lang an, und sie wusste, dass er ihr etwas verschwieg. Er nahm einen großen Schluck von seinem Bier, behielt den Blick dabei auf ihr.

»Nun«, erwiderte er, »wenn man viele Jahre lang in derselben Gegend arbeitet, bekommt man Einiges mit.«

»Und was war mit Donovan? Haben er und Warner zusammen krumme Dinger gedreht?«

Fox schüttelte den Kopf. »Nein. Donovan gehörte zu Dwaynes Freunden. Er und Dwayne haben zusammengepasst.«

Larry Warner war also nicht wegen Angel Donovan ausgeflippt. Es war der Tod seines Sohnes, der wahrscheinlich den Ausschlag gegeben hatte. Seine Freundschaft mit Angel musste begonnen haben, nachdem er die Haftstrafe wegen des tätlichen Angriffs auf Fox abgebüßt hatte.

»Haben sich Dwayne und Donovan jemals mit irgendwelchen Weißen zusammengetan?«

Fox räusperte sich.

»Sie haben eine Menge Drogen an weiße Junkies verkauft – aber befreundet waren sie nie mit Weißen.«

»Und Larry?«

Fox dachte kurz nach, starrte dabei auf den Fernseher. Endlich drehte er sich wieder zu ihr um.

»Nein – nicht dass ich wüsste.«

»Und was war mit Ihnen? Sie sind in Frührente gegangen?«

»Ich bin angeschossen worden«, sagte Fox lächelnd.

»Während des Dienstes?«, fragte Jocelyn und wunderte sich, warum sie davon nichts gehört hatte. Wenn in Philadelphia ein Polizist angeschossen wurde, machten die Zeitungen – und die anderen Polizisten – immer eine große Sache daraus.

Fox' Augenbrauen hoben sich. Er leckte sich anzüglich die Lippen.

»Versehentliche Entladung.«

Er war nicht der erste Bulle, der sich während des Dienstes in den Fuß geschossen hatte. Sie überprüfte betont auffällig ihr Handy.

»Oh, ich muss zurück zur Arbeit, aber danke für den Whiskey.«

Fox nickte ihr zu, bevor er sich wieder den Fernsehern zuwandte.

»Kommen Sie einfach mal vorbei, wenn Sie außer Dienst sind. Dann mixe ich Ihnen einen schönen Drink.«

Sie antwortete nicht, sondern begab sich auf kürzestem Weg zur Tür.

Sie schauderte, als sie wieder sicher im Auto saß. Sie hasste Männer wie Fox. Glaubte er wirklich, dass sie an einem »schönen Drink« mit ihm interessiert wäre, nach seinen grässlichen Bemerkungen? Natürlich dachte er das. Seine Mutter hatte ihn wahrscheinlich für schmeichlerisch gehalten, während Jocelyn ein paar ganz andere Wörter für ihn einfielen. Schmierig. Widerwärtig. Unheimlich. Arschloch.

Sie zog ihr Handy aus der Tasche und holte die SMS her, die eingegangen war, während sie in der Bar war. Sie war von Caleb.

»Ich wäre jetzt lieber bei dir. In deinem Auto.«

Sie musste lachen.

»Dito«, antwortete sie.

»Hast du mit Fox gesprochen?«

Ihre Finger flogen über die Tastatur.

»Ja. Ist es nicht. Hatte keine neuen Infos. Nur dass er vor fünf Jahren Warners Sohn erschossen hat. Er verschweigt etwas. Bin nicht sicher, dass es mit dem Fall zu tun hat.«

»Folgen wir den Hinweisen«, schrieb er zurück. »Sehen uns Donnerstag. Kann's kaum erwarten!«

7. November

Ihr Blackberry surrte kurz vor Ende der fünften Unterrichtsstunde auf ihrem Schreibtisch. Die Schüler im Kunstunterricht von Jennifer Maisry waren in ihre Arbeiten vertieft. Außer dem Rascheln von Blättern und dem Ratschen von Scheren herrschte im Raum totale Stille. Sie wünschte sich, alle ihre Klassen wären so pflegeleicht.

Ihr Blackberry meldete eine neue E-Mail. Als sie erkannte, dass es eine Antwort auf ihre Annonce im Internet war, zog eine Welle von Aufregung durch ihren Körper.

Sie hatte die Anzeige einen Monat lang ausgesetzt, aber kürzlich beschlossen, sie neu aufzugeben. Sie las die E-Mail. Der Name des Mannes war Larry, aber er gab sich große Mühe damit, nichts zu schreiben, was ein schlechtes Licht auf ihn werfen könnte. Das war immer der erste Test – Diskretion. Diejenigen, die schon einmal online den Kontakt zu einem Escort-Girl gesucht hatten, achteten immer sorgfältig darauf, was sie sagten, um sich nicht bloßzustellen. Von Neulingen hielt sie sich fern.

Larry war ein Schwarzer in den Vierzigern, der, zusammen mit seinem Freund, ebenfalls schwarz, auf der Suche nach einem Dreier war.

»Misses Maisry?«

Die Stimme der Schülerin ließ sie zusammenschrecken. Es war eines dieser blonden Mädchen. Für Jennifer sahen sie alle gleich aus. Die Schülerin stand vor dem Lehrerpult und sah Jennifer erwartungsvoll an. Sie konnte sich an den Namen des Mädchens nicht erinnern. Audra? Audrey?

»Ja?«

»Darf ich zur Toilette?«

»Selbstverständlich. Aber vergiss nicht, den Ausweis mitzunehmen«, sagte Jennifer freundlich lächelnd und gab ihr den

Ausweis, mit dem das Mädchen unbehelligt über die Gänge gehen durfte.

Sie schaute dem Mädchen hinterher, das den Raum verließ. Ihr Blackberry vibrierte in ihrer Hand. Es war ein Anruf von ihrem Mann.

»Hey, Schatz«, begrüßte er sie, »was machst du gerade?«

»Was glaubst du wohl, was ich mache? Ich bin in der Schule«, seufzte sie.

»Immer noch?«, fragte er entnervt.

»Immer noch? Michael, ich arbeite hier jede Woche immer zu denselben Zeiten.«

»Mir kommt es vor, als ob du dauernd in der Schule wärst.«

Es lag ihr auf der Zunge zu erwidern: Woher zum Teufel willst du denn das wissen? Du bist doch nie zu Hause! Aber sie unterdrückte die Antwort und blieb ruhig.

»Ich bin hier jede Woche zu denselben Zeiten.«

»Wie auch immer. Ich läute mit Sal den Abend ein. Ich komme also später, okay?«

Auch wenn er sie gar nicht sehen konnte, zog sie eine Augenbraue in die Höhe.

»Sal heißt sie also?«

»Hm – ja. Du musst also nicht für mich kochen, in Ordnung?«, reagierte er hüstelnd.

»Prima«, sagte sie und beendete das Telefonat.

Auch wenn Sal eine reale Person war – sie war Michaels Verkaufsmanagerin im Autohaus Conshohocken –, nahm Jennifer den Namen Sal immer als Code dafür, dass er jetzt die achtzehnjährige Blondine vom Empfang ficken würde, sie nicht auf ihn warten solle und Jennifer allein zu Hause sein würde.

Einmal hatte Jennifer ihn erwischt, vor einem Jahr. Das Mädchen war noch nicht einmal volljährig gewesen. Jennifer war im Autohaus aufgetaucht, mit chinesischem Essen zum Mitnehmen – er liebte Tso-Hühnchen –, um ihn zu überraschen. Durch den Spalt der Bürotür hatte sie die beiden gesehen.

Michael saß auf einem Stuhl, die Hose hing ihm um die

Fußgelenke, und er hatte die Beine weit geöffnet. Wie wild hüpfte der Kopf des Mädchens in seinem Schoß auf und ab. Er hatte seine Hand in ihren Pferdeschwanz gekrallt und kontrollierte ihre Bewegungen. Er hatte den Kopf zurückgelehnt und die Augen geschlossen, stöhnte.

Jennifer blieb an der Tür erstarrt stehen, am ganzen Körper zitternd, bis das Mädchen die Sache zu Ende gebracht hatte. Jennifer hörte sein befriedigtes Grunzen, als sie durch den leeren Vorführraum zurücklief.

In ihrem Auto umklammerte sie das Lenkrad, bis ihr die Hände wehtaten. Ein paar Minuten später kam eine blonde junge Frau heraus. Sie sah unaussprechbar jung und keck aus – und glücklich. Jennifer widerstand der Versuchung, sie mit dem Auto zu überfahren.

Dennoch hatte sie ihren Mann nicht verlassen. Ihre Ehe war auch schon lange vorher nichts als ein schöner Schein gewesen. Jennifer hatte bereits vermutet, dass Michael eine Affäre hatte. Der Beweis nun, dass es tatsächlich so war, hatte sie tief getroffen, und sie weinte einen ganzen Monat lang jeden Abend, wenn er abends spät kam. Doch sie hatte ihn weder zur Rede gestellt noch verlassen.

Sie hatten eine spezielle Vereinbarung. Es wurden keine Fragen gestellt und keine Antworten gegeben. Erfolgreicher Autohändler und umwerfend hübsche Lehrerin, das waren sie beide. Mit einem schönen, teuren Heim. Für die Außenwelt gaben sie das perfekte Paar ab, eine echte Erfolgsgeschichte. Aber das war alles nur Fassade.

Nach zehn Jahren hatte Jennifer nichts dagegen, sie aufrechtzuerhalten, solange sie dafür in dem fantastischen Haus wohnen, ein Auto im Wert von einhunderttausend Dollar fahren und alles kaufen konnte, was sie wollte. Sie liebte schöne Dinge und wollte sie nicht wegen einer jungen Schlampe aufgeben.

Eigentlich brauchte sie den Job an der Schule nicht einmal. Michael wäre es nur recht gewesen, wenn sie zu Hause blieb, das Haus neu dekorierte und sich jeden Tag im Wellnesscenter verwöhnen ließ. Solange sie ihm nur jeden Abend das Essen kochte. Aber genau das hatte sie lange genug gemacht.

Wenn sie unterrichtete, gab ihr das wenigstens etwas zu tun, auch wenn ihr die Kinder gelegentlich auf die Nerven gingen, doch immerhin sahen sie zu ihr auf. Die meisten der Jungs waren in sie verknallt. Es gefiel ihr, wie es sich anfühlte, durchs Klassenzimmer zu gehen und dabei all diese Augen auf sich zu spüren. Manchmal trug sie tief ausgeschnittene Oberteile, nur um mit offenem Mund angestarrt zu werden.

Der Schulleiter hätte sie dafür bestimmt getadelt – wenn er nicht so sehr damit beschäftigt gewesen wäre, ihre Titten anzuglotzen. Ihre Schwester behauptete, sie sei eine Narzisstin, aber Jennifer schob alles darauf, dass sie sich innerlich einsam fühlte. Michael war zwar ein sehr eifersüchtiger Mensch, der gerne alles kontrollierte. Aber wirklich angesehen hatte er sie schon viele Jahre nicht mehr.

»Misses Maisry?«

Jennifer sah von ihrem Blackberry hoch. Es war wieder dieses Mädchen.

»Ja?«

»Hier ist der Ausweis zurück.«

Wollte sie dafür jetzt etwa eine Medaille?

»Danke«, sagte Jennifer und nahm ihn lächelnd an sich.

Sie wandte die Aufmerksamkeit wieder ihrem Blackberry zu, las erneut die E-Mail von Larry. Bei einem flotten Dreier hatte sie bisher erst einmal mitgemacht, das allerdings unglaublich erotisch gefunden. Zwei Männer berührten, küssten, fickten sie gleichzeitig. Zwei Männer wollten sie. Heiß umhüllte sie die Vorfreude. Sie tippte ihre Antwort.

»Kannst du mich heute um drei im Starbucks Germantown und Evergreen treffen?«

Die Antwort erreichte sie, als sie die Schule gerade verlassen wollte.

»Wir sehen uns dort«, las sie.

»Frag mich, ob ich jemals einen Kürbismilchkaffee probiert habe«, erwiderte sie.

Sie fuhr zurück zum Chestnut-Hill-Bereich von Philadelphia und parkte auf dem Parkplatz an der East Highland in der Nähe der Germantown Avenue, die sie anschließend entlangschlenderte. In einem Schaufenster überprüfte sie ihr Aussehen. Mit zweiunddreißig war ihr Körper noch immer fest und straff. Dreimal in der Woche ging sie ins Fitnesscenter. Ihre Haut war glatt und gebräunt. Die Sonne brachte die blonden Strähnchen zum Glitzern, die sie sich in ihre langen dunklen Haare hatte machen lassen. Sie sah gut aus.

Sie marschierte in Richtung Starbucks und fragte sich, ob Larry wohl einen Ort hatte, wo sie hingehen konnten. Sie wollte die Männer nicht mit zu sich nach Hause nehmen, auch wenn Michael nie etwas gemerkt hätte. Ganz am Anfang hatte sie einen der Kerle ins Haus mitgenommen. Er war anschließend dreimal unangekündigt dort aufgetaucht.

»Du hast einfach den süßesten Arsch«, hatte er als Begründung vorgebracht, als ob er sich einfach nicht von ihr fernhalten könnte.

Zum Glück war Michael da nie zu Hause gewesen. Sie hatte ihm nachgegeben und sich dafür den doppelten Satz bezahlen lassen. Nach dem dritten Mal sah sie ihn nie wieder. Trotzdem hatten seine unangekündigten Besuche sie in Angst versetzt. Danach nahm sie keine Kerle mehr mit nach Hause.

Kerle. So dachte sie an die Männer, die sie für Sex bezahlten. Es waren keine Freier, keine Verabredungen. Einfach nur Kerle. Sie betrachtete sich keineswegs als Nutte. Sie traf einfach gerne Männer, die sie ficken wollten. Und warum sollte sie ihnen dafür kein Geld abknöpfen? Sie wollte keine Affäre. Sie wollte keine Komplikationen. Sie wollte nicht die Starre oder die Langeweile von etwas Langfristigem. Was sie wirklich wollte, das waren einfach nur ein paar Stunden hin und wieder, um ihr Bedürfnis danach zu befriedigen, begehrt und berührt zu werden.

Das war alles, worum es ihr bei den Eskapaden mit den »Kerlen« wirklich ging. Es war keine echte Bedrohung ihrer Ehe – wenigstens nicht so sehr, wie die jungen Blondinen es waren. Außerdem war da auch noch der Reiz, etwas zu tun, was tabu war, weitab ihres normalen Lebens. Das Adrenalinhoch, das ihr dieser Gedanke verschaffte, war unvergleichlich.

Sie wartete im Starbucks und trank ihren Eistee, bis einem schlanken Schwarzen Mitte vierzig neben ihrem Tisch ein paar Münzen zu Boden fielen. Sie kniete sich auf den Boden, um ihm dabei zu helfen, sie aufzuheben. Er lächelte sie an.

»Hast du jemals den Kürbis-Milchkaffee probiert?«, fragte er.

»Ja«, lächelte sie zurück. »Und er ist sehr gut.«

7. November

Calebs Finger glitten über Jocelyns Schenkel und unter den Saum des schwarzen Kleids, das Inez ihr für das Date ausgeliehen hatte. Er hatte sich ihren Mund erobert, noch bevor sie zur Haustür hereingekommen waren. Kaum hatte sie die Tür hinter sich geschlossen, drückte er sie dagegen, und sie schlang die Arme um seinen Hals, konzentrierte sich ausschließlich auf den Kuss.

Er hatte sie zum Essen ins Valley Green ausgeführt, ein recht schickes, teures Restaurant entlang der Strecke, die dem Wissahickon Creek folgte – den die Leute dort den »Crick« nannten. Er war etwa fünfunddreißig Kilometer lang und schlängelte sich durch Philadelphia. Jocelyn war zwar schon oft mit Olivia am Wissahickon Creek gewesen, um die Enten zu füttern. Sie war auch einige Male zu Frauen gerufen worden, die in der Nähe des Crick ins Gebüsch gezerrt und vergewaltigt worden waren. Das Restaurant an seinem Ufer hatte sie allerdings vorher noch nie besucht.

Sie hatte das Lamm bestellt, Caleb die Ente. Das Essen war fantastisch. Nach zwei Gläsern Wein und zwei Stunden wunderbarer Unterhaltung fühlte sie sich beschwipst. Sie wusste eigentlich nicht so recht, wie eine Verabredung unter Erwachsenen abläuft. Aber als Caleb und sie Hand in Hand zum Auto zurückgingen, wusste sie genau, dass sie ihn berühren wollte. Also hatte sie ihn anschließend in ihr Haus eingeladen.

Sie standen noch eine Weile an der Tür und fielen dann als ein verschlungenes Knäuel von Gliedmaßen auf die Couch. Caleb zog eine Lalaloopsy-Puppe unter Jocelyns Rücken hervor, und beide lachten.

Er legte die Puppe beiseite, beugte sich über sie und legte den Mund an ihren Hals. Jocelyns Haut fühlte sich heiß an. Calebs Finger berührten sie leicht am Becken, und sie erschauerte. Sie spürte das gleiche Begehren, das sie auch an dem Abend in ihrem Auto gespürt hatte. Dennoch verkrampfte sie sich, als seine Hand in ihrem Höschen verschwand.

Er war nahezu unmerklich, dieser innere Rückzug. Phil hatte ihn nie bemerkt – aber Caleb registrierte ihn. Ihr Körper machte die Schotten dicht. In diesem Augenblick wusste sie, sosehr sie Caleb auch wollte und so geschickt er auch sein mochte – sie würde den Sex nicht genießen können.

Calebs Kopf fuhr nach oben. »Was ist los?«, fragte er.

Jocelyn erstarrte. »Was? Nein, nichts. Nichts.«

Sie zwang sich zu einem Lächeln. Caleb verlagerte das Gewicht und wich ein wenig zurück. Er hatte die Augenbrauen zusammengezogen, und die Fältchen neben seinen Augen vertieften sich.

»Ich bin zu hastig«, stellte er fest. »Es tut mir leid.«

Jocelyn schüttelte den Kopf, berührte seinen Nacken und versuchte, ihn wieder näher zu ziehen.

»Nein, das ist es nicht. Es liegt nicht an dir. Es ist nur …«

Sie brach ab und musste daran denken, was Phil über ihre Frigidität gesagt hatte.

»Ist schon in Ordnung«, besänftigte Caleb sie.

Er näherte sich ihrem Gesicht, fing ihren Mund in einem zärtlichen, langsamen Kuss ein. Seine Hände ruhten auf ihren Hüften. Sie konnte seine Härte gegen ihren Schenkel spüren. Wieder hob er den Kopf und lächelte sie an.

»Ich sag dir was«, meinte er. »Wir werden heute Abend keinen Sex miteinander haben.«

Nervös schüttelte Jocelyn den Kopf.

»Doch, das ist okay«, widersprach sie. »Ich will mit dir zusammen sein.«

»Es freut mich, das zu hören – aber ich denke, wir sollten alles ganz langsam angehen lassen und es genießen. Und das sind die Regeln …«

»Regeln?«, unterbrach ihn Jocelyn mit skeptisch hochgezogener Augenbraue.

»Regeln, ja. Kein Sex – und es wird keine Kleidung ausgezogen.«

»Wir sollen nichts ausziehen? Und wie soll das dann funktionieren?«, sagte sie lachend.

Er grinste sie verschmitzt an.

»Du wirst schon sehen.«

Sein Mund wanderte von ihrer Kehle über ihre Kleidung nach unten. Er streichelte ihre nackten Arme und zeichnete mit den Händen die Konturen ihres Körpers nach. Sie schloss die Augen, konzentrierte sich ganz auf seine Berührungen. Sie atmete flach, bis die Lust erneut in ihrem Inneren erwachte. Sie gedachte gerade, beide Regeln von Caleb zu brechen, als ihre Handys gleichzeitig klingelten.

Sie hatten sie auf den Tisch gelegt. Ihres klingelte und vibrierte, tanzte dabei über den Tisch, da sie nicht sofort dranging. Sie wollte nicht nachsehen – aber sie musste. Vielleicht war es Martina, wegen Olivia. Sie und Caleb lösten sich voneinander und nahmen ihre Handys auf.

»Arbeit«, bemerkten sie unisono.

Caleb stand auf, als Jocelyn dranging, und entfernte sich ein paar Schritte, um ebenfalls den Anruf entgegenzunehmen.

»Rush«, sagte Kevin ohne jede Begrüßung, »kannst du dir einen Babysitter besorgen? Du musst ins Büro kommen.«

Jocelyn sah zu, wie Caleb ruhig in sein Handy sprach. Seine Erektion war durch die Hose hindurch sichtbar.

»Das ist hoffentlich wirklich dringend«, erwiderte sie lächelnd.

Kevin gab einen dumpfen, kehligen Laut von sich.

»Ich garantiere dir, dass du dabei sein willst. Wie schnell kannst du im Einstein sein?«

Sie spürte ein Prickeln im Nacken. Ihre Haut wurde kalt.

»Geht es um Larry und Angel?«

»Ja, und unseren unbekannten Verdächtigen. Diesmal ist es eine Lehrerin von Chestnut Hill. Es kommt schon in den Nachrichten. Ahearn ist im Krankenhaus, und anscheinend wird die Special Victims Unit hinzugezogen. Wie schnell kannst du hier sein?«

»Ich bin in dreißig Minuten da.«

7. November

Jocelyn zog sich um, und in getrennten Fahrzeugen fuhren sie zum Krankenhaus. Auf der Fahrt stellte sie den lokalen Radiosender ein. Die blecherne Stimme füllte den Wagen. Es klang, als ob sie durch eine Art Filter käme.

»Eine Lehrerin aus Philadelphia wurde heute Nachmittag in Chestnut Hill brutal überfallen. Sie wurde von zwei Männern aus der Germantown Avenue entführt, die sie angegriffen und gekreuzigt haben. Die Polizei ermittelt.«

Die Lehrerin stellte sich als Jennifer Maisry heraus, eine schlanke Frau mit fein gezeichneten Gesichtszügen und der Art von Bräune, die man nur durch eine Kombination aus Sommer am Strand und Winter im Sonnenstudio erreicht. Ihre langen dunklen Haare waren wirr, aber perfekt geschnitten, und glänzten, als ob sie Werbung für ein paar hochwertige Haarpflegeprodukte machen wollte.

Sie saß auf der Kante ihres Krankenhausbetts, ihre gut geformten Beine hingen herunter. Ihre Füße waren dick verbunden. Direkt über dem Krankenhausnachthemd sah Jocelyn eine Goldkette, die am Schweiß ihrer Haut klebte. Sie sah trotz der Entfernung, dass die Kette mehr gekostet hatte, als sie in einem Monat verdient. Die Zehennägel, die aus den Verbänden hervorlugten, waren perfekt gepflegt und lackiert. Nicht anders ihre Fingernägel.

Die Schwester, die ihre Infusion überprüfte, mahnte sie.

»Süße, Sie dürfen nicht aufstehen. Sie müssen die Füße hochlegen.«

Jennifer kotzte über den Fußboden.

»Du lieber Himmel!«, rief die Schwester aus.

Sie drückte den Klingelknopf. Innerhalb weniger Augenblicke schob eine andere Schwester Jocelyn, Kevin und Caleb aus dem Weg und machte sich daran, Jennifers Nachthemd zu wechseln. Sie warf dem Trio der Detectives einen galligen Blick zu.

»Kommen Sie in ein paar Minuten wieder«, ordnete sie an.

Jocelyn zog die Tür des Zimmers zu. Ihr fiel auf, dass die weiße Lehrerin, Jennifer Maisry, in einem Privatzimmer untergebracht war, mit soliden Wänden und Türen. Anita hingegen war der Demütigung eines bloßen Vorhangs ausgesetzt gewesen, hinter dem jeder alles mithören konnte.

»Sie ist reich«, stellte Jocelyn fest. »Warum arbeitet sie dann als Lehrerin?«

Kevin kratzte sich am Kopf und blätterte in seinen Notizen.

»Sie unterrichtet an einer großkotzigen Privatschule in Plymouth Meeting. Ihr Mann besitzt ein paar Autohäuser. Sie haben eine Villa in Chestnut Hill. Sie hat sich einfach gelangweilt, immer nur Yoga zu machen und das Haus neu einzurichten, also hat sie ihr Diplom als Lehrerin hervorgeholt und entstaubt. Sie hat Kunstgeschichte im Nebenfach studiert.«

»Ja – aber was ist passiert?«, entgegnete Jocelyn und verdrehte die Augen.

Kevin blätterte weiter in seinem Notizblock.

»Sie war shoppen in der Germantown Avenue und hat sich im Starbucks einen Milchkaffee gegönnt. Sie ging gerade zu ihrem Auto, das sie ihren Angaben zufolge auf der West Highland Avenue neben der Green Valley Bank geparkt hatte, als sie ergriffen und in einen grauen Bonneville gezwungen wurde. Zwei Schwarze haben sie in ein verlassenes Gebäude verschleppt. Wo das war, kann sie nicht sagen. Die beiden haben sie festgehalten, während ein Weißer in einer Skimaske ihre Hände und Füße auf den Fußboden genagelt hat.«

Kevin runzelte die Stirn und machte eine Pause.

»Ich denke, den Rest kennst du«, ergänzte er.

»Hat sie Warner und Donovan identifiziert?«, fragte Caleb.

»Ja. Wir haben ihr ein paar Fahndungsfotos vorgelegt, und sie hat die beiden sofort herausgepickt.«

Jocelyns Augenbrauen hoben sich. Sie verschränkte die Arme.

»Diese Kerle sind also auf Kaution draußen, und jetzt entführen sie eine reiche Lady in einer der wohlhabenden Gegenden von Philadelphia? Am helllichten Tag?«

»Du warst doch diejenige, die vorhergesagt hat, dass sie sich steigern werden«, entgegnete Kevin und hob die Schultern.

»Ja – aber so schnell? Ich hätte eigentlich erwartet, dass sie sich eine Weile bedeckt halten. Statt gleich wieder loszuziehen und sich das Opfer mit prominentem Profil zu suchen. Das passt alles nicht zusammen.

Caleb deutete mit dem Kinn auf Kevin.

»Und Jennifer Maisry ist garantiert kein Escort-Girl?«

Kevin schüttelte den Kopf.

»Das habe ich sie sofort gefragt. Sie war ziemlich beleidigt und hat das kategorisch bestritten. Ich kann mir das auch nicht vorstellen. Schließlich ist sie mit einem reichen Kerl glücklich verheiratet und unterrichtet kleine Kinder.«

Jocelyn öffnete die Tür zu Jennifers Krankenzimmer einen Spalt und sah hinein. Sie saß seitlich auf dem Bett. Ihr Verband am linken Fuß hatte durchgeblutet, das Blut tropfte von ihrem großen Zeh herab. Sie kotzte wieder, diesmal allerdings in eine Schüssel, die eine Schwester ihr hinhielt.

»Man weiß es nie«, sagte Jocelyn und dachte an Camille. »Die Leute machen die merkwürdigsten Dinge.«

Bevor Kevin oder Caleb reagierten, wurde ihre Aufmerksamkeit auf den Behandlungsbereich gelenkt. Ein Mann brüllte dort herum. Die Türen schwangen auf. Ganz klar hörte Jocelyn sein Geschrei.

»… meine Frau, verdammt noch mal!«

»Dreimal dürft ihr raten, wer das ist«, sagte Caleb und verzog das Gesicht.

Ein großer, dicker Mann mit dichten, fettigen schwarzen Haaren und einem ordentlich gepflegten Bart kam auf sie zu. Er trug einen langen braunen Mantel und darunter ein blaues Poloshirt mit dem Aufdruck »Maisry Lexus«. Der oberste Knopf stand offen und zeigte Speckrollen, wo eigentlich sein Hals hätte sein müssen, sowie ein wirres Durcheinander an Brusthaaren, über denen eine klobige Goldkette lag. Er trug graue Hosen und elegante schwarze Schuhe. An seinem rechten Ohr war ein Bluetoothgerät befestigt.

»Sind Sie die Polizei?«, fragte er und sah dabei nur Caleb an.

Caleb richtete sich zu seiner vollen Größe auf.

»Ich bin Lieutenant Vaughn«, antwortete er. »Das sind die Detectives Sullivan und Rush.«

Maisry warf Jocelyn einen Seitenblick zu und sah dann wieder zu Caleb. Er wies mit dem Daumen hinter sich.

»Sie müssen mit ihren Jungs da draußen mal reden. Die wollten mich nicht durchlassen.«

Jocelyn unterdrückte ein Stöhnen.

Maisry war reich, gut gekleidet und gut gepflegt, aber wenn

er den Mund aufmachte, zeigte er der Welt nur zu deutlich, dass die Eleganz nur Fassade war. Minimale Ausbildung, maximale Frechheit. Eine Menge Gepolter und nur winzige Spuren von Manieren.

»Wo ist meine Frau? Man hat mir gesagt, sie hätte einen Unfall gehabt. Geht es ihr gut?«

Caleb und Jocelyn tauschten einen Blick. Er hatte offensichtlich noch keine Nachrichten gehört oder gesehen. Oder wenn doch, hatte er sie nicht mit seiner Frau in Verbindung gebracht.

»Es war kein Unfall, Mister Maisry«, erklärte Jocelyn.

»Wo ist sie? Haben Sie ihren Wagen abgeschleppt? Ich muss Fotos machen – für die Versicherung.«

»Mister Maisry«, setzte Caleb an, »Ihre Frau ...«

Doch Maisry schob Caleb beiseite und ging auf die Tür zu Jennifers Zimmer zu. Jocelyn stellte sich zwischen ihn und die Tür. Jetzt sah er sie das erste Mal wirklich an, und sein Gesicht zeigte Verärgerung.

»Mister Maisry, es tut mir sehr leid, Ihnen das sagen zu müssen – aber Ihre Frau war heute nicht in einen Unfall verwickelt. Sie ist überfallen worden. Zwei Männer haben sie entführt und an einen unbekannten Ort gebracht, wo ein dritter Mann sie kreuzigte, bevor die beiden anderen Männer sie sexuell genötigt haben.«

Er erstarrte und trat einen Schritt zurück. Sein Gesicht war aschfahl geworden.

»Was?«

Jocelyn wiederholte nicht, was sie gesagt hatte. Sie wusste, dass er sie verstanden hatte – er sah aus, als würde er ihr gleich auf die Schuhe kotzen. Sie ließ ihm ein paar Augenblicke Zeit, sich zu sammeln.

»Sie ... sie haben sie gekreuzigt?«, fragte er.

Jocelyn sah ihm unverwandt in die Augen.

»Ja. Sie haben ihre Hände und Füße auf den Fußboden genagelt. Es tut mir leid, Mister Maisry.«

Ein Schauder arbeitete sich von Maisrys Schultern bis zu

seinen Füßen. Kurz sah er so aus, als ob er ohnmächtig werden würde. Seine fette Kehle arbeitete, doch es kam kein Wort heraus. Kevin nahm ihn beim Ellbogen und führte ihn zu einem Stuhl. Maisry starrte sie an.

»Wie – wie kann so etwas passieren?«

Jocelyn legte ihm die Hand auf die Schulter.

»Ihre Frau hat bereits zwei der Verdächtigen wiedererkannt. Die ganze Stadt sucht nach ihnen. Wir arbeiten daran, den dritten Verdächtigen zu identifizieren, aber das wird extrem schwierig werden – er trug eine Skimaske.«

Jocelyn war sich nicht sicher, ob Maisry ihr zuhörte oder etwas von dem verstand, was sie gesagt hatte. Sein Blick war leer und flehend. Er schaute sie der Reihe nach an, als ob er sie bitten würde, ihm zu sagen, das sei alles nicht wahr. Endlich öffnete er den Mund, um zu sprechen. In diesem Augenblick war hinter Jennifers Tür ein Heulen zu hören. Jocelyn fühlte es wie einen Speer durch ihren Bauch. Sie bemühte sich, nicht zusammenzuzucken.

Maisry sprang auf und drängte sich an ihnen vorbei.

»Meine Frau!«

Er stürmte durch die Tür. Jennifer lag im Bett. Tränen strömten ihre blassen Wangen hinab. Eine der Schwestern wechselte den Verband an ihrem linken Fuß.

Als Jennifer ihren Mann sah, wandte sie sich ab. Er ging dennoch zu ihr, nahm sie unbeholfen in die Arme und sagte ihr leise etwas ins Ohr. Jocelyn konnte die Worte nicht verstehen, aber nach einer Weile nickte Jennifer, den Kopf an seine Brust gelehnt. Ihre Schultern bebten. Er streichelte sie zwischen den Schulterblättern.

Jocelyn kam sich wie ein Spanner vor. Sie schloss die Tür. Alle drei mussten eine halbe Stunde warten, bis Maisry wieder auftauchte. Er stand in der Tür, und ein wenig Farbe war in sein Gesicht zurückgekehrt.

»Ich werde ihr ein paar ihrer eigenen Sachen holen«, erklärte er. »Sie sagt, sie fühlt sich dann besser.«

Jocelyn nickte.

»Oh, warte – das Auto.« Er drehte sich zu Jennifer um. »Schatz, wo ist das Auto? Ich schicke jemanden, der es abholt.«

»Es ist auf dem Parkplatz hinter dem Starbucks in der East Highland«, antwortete sie.

Jocelyn sah Kevin an. Sein Gesicht verriet nicht, ob er den Widerspruch registriert hatte.

Nachdem der Ehemann gegangen war, huschte Jocelyn in Jennifers Zimmer und stellte sich vor.

»Misses Maisry, ich weiß, dass Sie völlig erschöpft sind, aber ich habe noch ein paar Fragen an Sie.«

Jennifer nickte schwach, ohne Jocelyn anzusehen.

»Was haben Sie heute gekauft?«, erkundigte sich Jocelyn.

Jennifers Augen wanderten zu ihr.

»Wie bitte?«

»Sie haben Detective Sullivan erzählt, dass Sie shoppen waren. Was haben Sie gekauft?«

Jennifer schluckte. Ihre schmale Kehle zitterte.

»Ich … ich bin nicht weit gekommen. Ich habe im Starbucks einen Kaffee getrunken, und dann bin ich entführt worden.«

Jocelyn nickte.

»Sie wurden ins Auto gezwungen, während Sie die West Highland Avenue entlanggegangen sind?«

Jennifer zögerte kurz.

»Ja. Ich war auf dem Weg zurück zu meinem Auto.«

»Ihrem Auto?«

»Ja.«

»Das Auto, das Ihr Mann jetzt von jemandem vom Parkplatz hinter dem Starbucks auf der East Highland abholen lässt, der in der entgegengesetzten Richtung liegt?«

Als sie sich bei einer Lüge ertappt sah, wurde Jennifers ohnehin bleiches Gesicht ganz grau. Ihre Augen weiteten sich. Sie machte den Mund auf, um etwas zu sagen, doch Jocelyn sprach einfach weiter.

»Sie haben einen Kaffee getrunken, und dann sind Sie direkt zurück zum Auto gegangen? Ohne etwas einzukaufen, so wie Sie es eigentlich geplant hatten?«

»Ich ... ich ...«, stammelte Jennifer.

»Wie lange sind Sie schon ein Escort-Girl, Misses Maisry?«

Jennifers Mund klappte zu. Neue Tränen füllten ihre Augen. Ihre Unterlippe zitterte, aber sie sagte nichts. Jocelyn näherte sich dem Bett und versuchte, so wenig bedrohlich zu wirken wie nur irgend möglich.

»Die letzten vier Frauen, mit denen die Kerle genau das Gleiche gemacht haben, waren alles Prostituierte. Misses Maisry, Sie haben der Polizei gegenüber gelogen. Was Sie heute gemacht haben und wo Sie Ihr Auto abgestellt hatten. Der einzige Grund, warum Sie uns bei solchen Kleinigkeiten belügen, ist, dass es etwas gibt, wovon Sie nicht wollen, dass Ihr Mann oder jemand anderes davon erfährt. Das heißt, Sie haben entweder eine Affäre, oder Sie waren als Escort unterwegs.«

Entsetzt starrte Jennifer Jocelyn an. Ihr gesamter Körper bebte.

»Ich sage Ihnen jetzt, was ich glaube, dass passiert ist«, fuhr Jocelyn fort. »Sie haben eine Annonce im Internet aufgegeben. Larry Warner hat darauf geantwortet. Sie haben sich mit den beiden im Starbucks getroffen und sind sich einig geworden. Deren Wagen war auf der West Highland Avenue geparkt, und Sie haben Ihr Auto auf dem Parkplatz hinter dem Starbucks stehen gelassen und sind den Männern zu Fuß in ihr Auto gefolgt. Alles andere war tatsächlich genauso, wie Sie es geschildert haben.«

Jennifer schloss die Augen. Ein paar Augenblicke vergingen. Die Geräusche der geschäftigen Notaufnahme vor der Tür wirkten enorm laut.

»Bitte, sagen Sie meinem Mann nichts davon«, flüsterte Jennifer.

»Ich werde es ihm nicht sagen – aber es kommt wahrscheinlich irgendwann ohnehin heraus. Vor allem, wenn wir diese

Kerle fassen können. Genau darauf werden sie sich nämlich zu ihrer Verteidigung berufen – dass sie Sie dafür bezahlt haben.«

Jennifer riss die Augen auf. Ihre Tränen flossen reichlich.

»Sie haben mich gekreuzigt!«

Jocelyn nickte grimmig.

»Ich weiß. Aber sie haben Sie für Sex bezahlt, und genau das werden sie zu ihrem Vorteil nutzen. Ich sage damit nicht, dass es richtig ist. Es ist eine schreckliche, entsetzliche Sache – vor allem nach dem, was sie Ihnen angetan haben. Ich sage nur, dass es vielleicht besser ist, wenn Sie Ihrem Mann alles beichten, damit er vorbereitet ist.«

Jennifer schüttelte den Kopf. Sie hob die verbundenen Hände an ihr Gesicht, Blut drang durch den Verband.

»O mein Gott, es ist ein solcher Albtraum!«

Einen Moment lang schwiegen beide. Jennifer nahm die Hände wieder herunter und berührte die Goldkette um ihren Hals mit den Fingerspitzen. Das Blut, das durch den Verband drang, floss jetzt über ihre Hand.

Mit bittenden Augen voller Tränen sah Jennifer zu Jocelyn auf.

»Sie wollen sicher wissen, warum ich das gemacht habe. Ich bin reich. Ich habe ein schönes Haus. Ich muss nicht arbeiten. Und ganz sicher muss ich nicht …«

Jocelyn hob die Hand.

»Misses Maisry, das ist mir alles nicht wichtig. Ich muss nicht wissen, warum Sie zur Prostituierten geworden sind.«

Jennifer sträubte sich sichtlich gegen diese Bezeichnung. Jocelyn sprach ungerührt weiter.

»Mein Job ist es, den Mann zu finden, der die Nägel in Ihre Hände und Füße geschlagen hat, und ihn zu verhaften, damit er das niemandem mehr antun kann. Das ist alles, was mir wichtig ist. Und genau das werde ich auch tun.«

7. November

Zurück bei den Northwest Detectives, versammelten sich Jocelyn, Kevin, Caleb und Phil in einem Halbkreis um Jocelyns Schreibtisch. Streifenpolizisten kamen herein, um etwas abzugeben oder Fälle mit den Detectives zu diskutieren, die Dienst hatten. Manche gingen gleich wieder, andere hielten sich länger auf, um der informellen Besprechung zuzuhören. Jocelyn versteckte ihr Grinsen in einer Kaffeetasse, als Inez sich hinter Finch stellte und eine obszöne Geste machte.

»Also – was haben wir alles?«, fragte Kevin.

»Wir haben die Fahndungsfotos von Larry Warner und Angel Donovan verteilt«, antwortete Jocelyn. »Wir müssen unbedingt den dritten Verdächtigen finden, aber da wissen wir nicht viel. Wir haben nur eine Zeugin, die vor vier Jahren sein Gesicht gesehen hat.«

Caleb nickte und ergänzte Jocelyns Bericht.

»Sie ist in einem Resozialisierungsheim an der Orthodox. Ich habe ein paar Einheiten hingeschickt, um sie abzuholen, aber sie war nicht da. Sobald sie zurückkommt, wird sie hierhergebracht. Wir haben für alle Fälle eine Fahndung herausgegeben, falls sie nicht zurückkommt. Außerdem haben wir die Genehmigung für einen Phantomzeichner.«

»Sobald wir sie haben, haben wir bald auch eine Zeichnung«, erklärte Kevin.

Inez schaltete sich ein. »Okay – aber was ist, wenn wir diese Tussi nicht finden? Können wir Donovan und Warner dazu bringen, den Namen dieses anderen Kerls preiszugeben?«

Jocelyn schüttelte den Kopf.

»Das machen sie nicht. Ich habe das schon probiert, als ich sie wegen Anita Grant verhaftet hatte. Was auch immer dieser Typ gegen sie in der Hand hat – es muss etwas extrem Wichtiges sein.«

Kevin blickte zu Phil. »Können wir sie nicht mit ein paar gravierenden Anklagepunkten einschüchtern?«

Phil zeigte eine Armesündermiene. Dunkle Schatten lagen unter seinen Augen. Er hatte sich geweigert, sein Jackett auszuziehen, und vermied es sorgfältig, Caleb anzusehen.

»Sie haben Jennifer Maisry für Sex bezahlt. Sie hatte Sex mit ihnen. Das Einzige, was wir ihnen vorwerfen können, ist das Ansprechen einer Prostituierten. Sie ist freiwillig mit ihnen mitgegangen. Die Grant haben sie ja wenigstens noch ins Auto gezerrt, da hatten wir es mit einer Entführung zu tun. Aber hier gibt es außer Prostitution nicht viel, das ich ihnen vorwerfen kann.«

»Sie haben sie festgehalten«, wandte Kevin ein.

Phil zuckte mit den Schultern.

»Aber sie haben die Nägel nicht eingeschlagen.«

Kevins Gesicht verzog sich angewidert. Jocelyn legte ihm eine Hand auf den Arm, um den Ausbruch zu verhindern, von dem sie wusste, dass er kommen würde.

Phil hob die Hand.

»Ich kann alles an Anklagepunkten aufnehmen, was in den Protokollen steht. Ich will nur vorwarnen, dass vieles davon sich nicht aufrechterhalten lässt. Die meisten Punkte werden es nicht einmal bis zu einer Verhandlung schaffen.«

»Weil du einen Deal mit ihnen abgeschlossen hast?«, fragte Jocelyn in bitterem Ton.

Phils Augenbrauen legten sich dicht über seine Augen. Er sah sie böse an und wollte gerade antworten, als Caleb sich einmischte.

»Wir müssen eine Pressekonferenz abhalten«, erklärte er.

Sein Handy klingelte. Er blickte auf das Display und runzelte die Stirn.

»Die Journalisten sind ohnehin schon total rasend.«

Er tippte etwas in sein Handy.

»Woher weiß die Presse eigentlich jetzt schon so viele Details?«, wollte Kevin wissen.

»Die Schwestern im Krankenhaus«, meldete sich Inez zu Wort.

»Wir müssen entscheiden, was wir ihnen sagen«, gab Phil zu bedenken.

»Womit du meinst, sie sollen nicht erfahren, dass Jennifer Maisry eine Prostituierte war«, bemerkte Jocelyn kühl.

Phil seufzte laut.

»Hat es schon jemand dem Ehemann erzählt?«, fragte Kevin, noch bevor Phil etwas erwidern konnte.

Alle schüttelten den Kopf.

»Das ist nicht unser Problem«, erklärte Caleb.

Er wollte sein Handy gerade wieder in die Tasche stecken, als es sich erneut meldete. Er behielt es in der Hand und sah sie alle der Reihe nach an.

»In unserem eigenen Interesse ist es allerdings sinnvoller, diese Tatsache zunächst einmal unter den Tisch fallen zu lassen. Die Journalisten drehen ja jetzt schon durch. Wenn wir noch den Aspekt mit der Prostitution hinzufügen, wird die Sache noch interessanter für sie, und sie konzentrieren sich vorwiegend darauf. Im Moment brauchen wir die Presse, um Warner und Donovan und diesen unbekannten Dritten zu finden. Die Journalisten müssen für uns arbeiten und sich auf das Verbrechen konzentrieren, nicht auf den Skandal.«

Caleb schaute wieder auf sein Handy und schickte eine weitere SMS ab.

»Und keine Namen«, mahnte Phil. »Wenigstens für den Augenblick. Die Maisrys haben darum gebeten, Jennifers Namen noch nicht bekannt zu geben.«

»Und was ist mit Anita Grant?«, erkundigte sich Kevin. »Sollen wir sie erwähnen?«

»Nicht mit Namen«, sagte Jocelyn rasch. »Ich will, dass auch ihre Privatsphäre geschützt wird.«

»Ich denke, wir sollten sie überhaupt nicht erwähnen«, widersprach Phil.

Jocelyn starrte ihn entsetzt an.

»Warum? Um zu verbergen, dass dein Büro Mist gebaut hat?«

»Nein«, entgegnete Phil. »Weil es keinen Sinn hat, die Stadt in Panik zu versetzen, wenn wir bekannt geben, dass diese Männer eine ganz bestimmte Zielgruppe im Auge haben. Wenn sie denken, dass es nur ein Opfer gibt, könnten wir genau eine solche Panik verhindern.«

»Sie werden es so oder so herausfinden«, sagte Jocelyn betont. »Es sind Journalisten. Es ist ihre Aufgabe, Dinge herauszufinden.«

»Eine kleine Panik wäre nicht das Schlechteste, was passieren kann«, erklärte Caleb. »Wir sollten die Leute warnen, dass die Kerle gefährlich sind. Vielleicht kriegen wir sie dann schneller zu fassen. Trotzdem würde ich Anita zu diesem Zeitpunkt noch nicht mit hineinbringen. Wenn man es herausbekommt, werden wir darauf reagieren, aber wir werden das nicht selbst zur Sprache bringen. Ich will, dass so wenige Informationen wie möglich an die Öffentlichkeit dringen, damit wir nicht dauernd in allem hinterfragt werden, was wir tun.«

Alle nickten. Als niemand sonst sprach, räusperte sich Phil und sah Caleb an, der bereits an seiner nächsten SMS schrieb.

»Sie übernehmen die Leitung?«

Mit ausdruckslosem Gesicht erwiderte Caleb Phils Blick. Er hielt das Handy in die Höhe, allerdings zu weit weg für Jocelyn, als dass sie irgendetwas hätte erkennen können.

»Das kann ich nicht. Wir stehen kurz davor, diesen Kinderpornografiering zu knacken. Ich muss wieder zur Sondereinheit«, erwiderte er und deutete auf Jocelyn. »Das kann Rush übernehmen. Sie kennt den Fall in- und auswendig. Außerdem möchte ich der Öffentlichkeit in dieser Sache gerne ein weibliches Gesicht präsentieren.«

»Sie wollen, dass Rush die Sache leitet?« fragte Phil und hob eine Augenbraue.

Er sagte ihren Namen, als ob Caleb vorgeschlagen hätte, dass Big Bird von den Muppets die Pressekonferenz abhalten sollte. Caleb und Jocelyn öffneten gleichzeitig den Mund, um etwas zu sagen, doch Kevin war schneller. Er stellte sich vor Phil, den Rücken gestrafft und den Zeigefinger vorgestreckt, als ob er Phil vor die Brust stoßen wollte.

»Was ist Ihr Problem, Delisi?«

»Hey, hey«, meinte er und hob beide Hände. »Beruhigen Sie sich, Sullivan. Es gibt kein Problem. Himmel!«

Er sah sich im Halbkreis um, bevor er die Stimme senkte.

»Ficken Sie sie etwa auch?«

Für den Bruchteil einer Sekunde schien jedes bisschen Sauerstoff aus dem Raum verschwunden zu sein. Niemand wagte es zu atmen, geschweige denn sich zu bewegen. Brennende Hitze füllte Jocelyns Gesicht. Sie sah Caleb an. Er blickte auf Phil, mit ungezügelter Wut. Bisher hatte sie ihn nie anders als freundlich erlebt. Dieser Ausdruck jetzt, der war neu und wirkte erstaunlich einschüchternd.

Etwas berührte Jocelyn an der Seite. Sie blickte neben sich und sah, wie Inez die Hand immer wieder zur Faust ballte. Sie war wie ein Sprinter, der bereit ist loszurennen und nur auf den Startschuss wartet.

Kevin, der einen flüchtigen Moment lang ziemlich angeschlagen ausgesehen hatte, entschloss sich, vernünftig zu bleiben und die Situation zu entschärfen. Er drehte sich zu Jocelyn um und deutete mit dem Daumen zurück auf Phil.

»Ist der Typ wirklich echt?«, fragte er ungläubig.

Jocelyn nahm sein Spiel auf und führte es fort. Sie seufzte ungeduldig, trat an Kevin vorbei und sah Phil direkt in die Augen.

»Niemand fickt hier irgendjemanden. Wir sind alle nur aus einem einzigen Grund hier – diese Mistkerle zu kriegen. Also lass uns genau das tun. Und ja – ich werde auf der Pressekonferenz die Leitung übernehmen, ob dir das nun passt oder nicht.«

Sie sah sich unter den restlichen Kollegen um.

»Lass uns die Sache unten vorbereiten«, ergänzte sie.

Sie machte sich auf den Weg zur Treppe. Inez und Kevin kamen dicht hinter ihr her.

»Und so, meine Damen und Herren, macht man das!«, sagte Kevin.

Inez' leises Lachen folgte ihnen die Stufen hinab.

7. November

Jocelyn stand vor der Reihe aus Kameras und sie blendenden Lichtern. Eine ganze Traube von Mikrofonen stand auf einem der Tische aus der Eingangshalle. Hinter einem davon stand sie, mit trockenem Mund. Sie leckte sich die Lippen, doch das half nichts. Trotz der kalten Novemberluft, die durch ein offenes Fenster hinter ihr kam, liefen ihr die Schweißtropfen die Schläfen herunter. Das Gedränge an Körpern und Lichtern hatte die Temperatur im Raum ansteigen lassen. Sie hatten so viele Fenster geöffnet, wie sie nur konnten, was aber nicht half. Das Einzige, was zu hören war, war das Geraschel der Körper – und der Laut ihres Schluckens. Sie wünschte sich, Caleb hätte bleiben können. Trotz des Mutes, den sie bei Phil gezeigt hatte, war eine Pressekonferenz so ziemlich das Letzte, wozu sie sich in der Lage fühlte.

»Bist du bereit zu beginnen?«, fragte Kevin, als er sich an ihre Seite stellte.

»Ja«, sagte sie, und das Wort kratzte in ihrer rauen Kehle. »Lass uns anfangen.«

Im Raum wurde es noch ruhiger. Nur die Kameras waren zu hören, sie surrten wie ein aufgestörtes Nest von wütenden Hornissen.

»Jocelyn Rush, von den Northwest Detectives«, stellte sie sich vor.

Sie räusperte sich und sah sich im Raum um.

»Ich weiß, warum Sie alle hier sind. Dies ist eine laufende Ermittlung. Deshalb steht es uns nicht frei, allzu viele Details preiszugeben. Das Opfer hat uns darum gebeten, ihren Namen nicht zu nennen. Was ich Ihnen sagen kann, ist, dass eine zweiunddreißig Jahre alte Bewohnerin von Chestnut Hill heute am späten Nachmittag von drei Männern angegriffen worden ist. Wir glauben, dass zwei dieser Verdächtigen Larry Warner und Angel Donovan sind, deren Fahndungsfotos Sie von Detective Sullivan erhalten haben. Der dritte Verdächtige ist ein Weißer, männlich, etwa ein Meter achtzig groß, neunzig Kilo schwer, mit dunklen Haaren und blauen Augen. Wir arbeiten an einem Phantombild. Wir glauben, dass diese drei Männer extrem gefährlich sind. Versuchen Sie nicht, sie selbst festzuhalten, wenn Sie auf sie treffen, sondern rufen Sie sofort 911 an.«

Phil, der rechts hinter ihr gestanden hatte, trat vor und beugte sich über die Mikrofone.

»Das ist alles, was wir haben. Wir werden ein paar Fragen beantworten, aber danach müssen wir wieder an die Arbeit.«

»Stimmt es, dass das Opfer eine Lehrerin ist?«, fragte jemand aus den hinteren Reihen.

Die anderen Journalisten schwiegen. Diese Frage interessierte sie ebenfalls. Alle schauten Jocelyn erwartungsvoll an.

»Ja, das Opfer ist eine Lehrerin«, bestätigte sie.

»Von welcher Schule?«, fragte ein anderer.

»Das kann ich Ihnen nicht sagen«, erwiderte Jocelyn.

In dem Versuch, die Situation unter Kontrolle zu behalten, deutete sie rasch auf einen Reporter von Channel Ten, der die Hand erhoben hatte und seine Frage stellte.

»Stimmt es, dass sie gekreuzigt wurde?«

Jocelyn warf Kevin und Phil einen kurzen Blick zu.

»Die Verdächtigen haben sie an einen uns noch unbekannten Ort gebracht – wir vermuten, es war ein verlassenes Haus im Bezirk Northeast –, wo sie ihre Hände und Füße auf den Boden genagelt und sie sexuell genötigt haben.«

Einige der Journalisten tippten auf ihren iPads. Einige wirkten ernüchtert, aber das überraschte Jocelyn nicht. Sie waren schließlich nur allzu vertraut mit der Unzahl an Gewaltverbrechen, die Philadelphia zu bieten hatte.

»Welche Informationen haben Sie über den dritten Verdächtigen?«, rief jemand von hinten.

»Nur das, was ich Ihnen bereits gesagt habe«, antwortete Jocelyn. »Wie ich schon erwähnte – wir bemühen uns um ein Phantombild. Zum jetzigen Zeitpunkt haben wir nur sehr wenige Informationen. Sobald wir mehr wissen, werden wir Sie darüber in Kenntnis setzen.«

Ein Reporter von Channel Six, der ganz offensichtlich seine Hausaufgaben gemacht hatte, hob die Hand, wartete aber gar nicht erst ab, bis sie ihm zunickte.

»Stimmt es, dass Warner und Donovan gerade für ein ähnliches Verbrechen auf Kaution frei sind?«, wollte er wissen.

Jocelyn räusperte sich. Weitere Schweißperlen rollten ihr über die Wangen. Sie wischte sie fort und stellte sich den neugierigen Blicken der Journalisten, die den Raum füllten.

»Ja«, erwiderte sie. »Vor einem Monat haben sie das gleiche Verbrechen bei einer anderen Frau begangen, die als Empfangsmitarbeiterin arbeitet.«

»Und warum erfahren wir davon erst jetzt?«

Eine Frau von Fox News hatte das gefragt, und jedes Wort troff nur so von Verachtung.

Weil diese Frau nicht reich und eine Schwarze war, hätte Jocelyn beinahe geantwortet. Sie fing sich jedoch und sah die Frau durchdringend an. Kurz vermutete sie, die Frau sei wütend, weil sie Warner und Donovan wieder auf die nichts ahnenden Frauen von Philadelphia losgelassen hatten. Bis ihr klar wurde, dass sie wahrscheinlich eher beleidigt war, keine Chance bekommen zu haben, daraus eine Story zu machen.

Die Medien nährten sich von Skandalen, genau wie Caleb das gesagt hatte. Und die Tatsache, dass die Strafverfolgungsbehörden von Philadelphia zwei Straftäter in Gewahrsam gehabt hatten, nur um sie wieder freizulassen, damit sie auf eine reiche Weiße aus einer wohlhabenden Gegend losgehen konnten, war genau die Art von Skandal, von der Journalisten träumten, wenn die Zahl der Leser zurückging.

»Die Verhaftung steht in den öffentlich zugänglichen Akten«, erwiderte sie ausdruckslos. »Warner und Donovan waren in Gewahrsam, und wir waren dabei, den dritten Verdächtigen zu verfolgen, als man sie auf Kaution freigelassen hat.«

Gern hätte sie gesagt: Richte deine Wut auf den Staatsanwalt und den Richter, die das zugelassen haben.

Ein leises Murmeln ging durch den Raum. Sie hätte schwören können, dass Phils böser Blick ihr beinahe ein Loch ins Gesicht brannte. Bevor die Reporter noch mehr Fragen vorbringen konnten, hob Jocelyn die Hand.

»Das ist alles für den Moment«, erklärte sie. »Sie haben die Fahndungsfotos und die Nummer der Polizei für Hinweise aus der Öffentlichkeit.«

Es brach ein Getöse von Fragen aus, aber Jocelyn trat vom Podium zurück und verließ den Raum.

8. November

Diesmal traf er ihn auf The Stroll, auch wenn Larry dagegen protestiert hatte. Denn dort war es extrem öffentlich und weit abseits ihres vertrauten Gebiets. Beinahe wäre Larry gar nicht gekommen, da jetzt seine und Angels Fahndungsfotos überall in den Zeitungen und im Fernsehen waren. Doch er musste unbedingt mit Face sprechen, um herauszufinden, was sie jetzt machen sollten. Er hätte den Kerl nur zu gerne verprügelt und ihm das hübsche Gesicht poliert, das ihm seinen Spitznamen eingetragen hatte. Er hatte es Face gleich gesagt, dass die Sache mit der Frau von Chestnut Hill eine dumme Idee war, aber Face hatte darauf bestanden. Er hatte sich genau diese Anzeige ausgesucht. Larry hatte erfolglos dagegengehalten, sich nach Anita Grant erst einmal eine Weile zurückzuhalten.

Er wartete auf den Treppen eines Eingangs zur El und war schon fast dran, wieder zu gehen, als Face angeschlendert kam.

»Komm mit«, sagte er. »Wir gehen spazieren.«

»Du kannst mich mal! Was, wenn mich die Polizei entdeckt?«

Face seufzte ungeduldig. Er wirkte viel zu sauber für diese Umgebung. Er trug ein schwarzes Hemd und eine schwarze Jacke, Jeans und schwarze Stiefel – er versuchte, sich anzupassen, aber seine Erscheinung war viel zu frisch gewaschen und zu ordentlich.

»Zwei Querstraßen weiter ist eine Spelunke, wo sich niemand darum kümmert, wer du bist. Lass uns gehen.«

Widerstrebend folgte Larry. Wie versprochen, war die Bar tatsächlich eine Spelunke. Fünf alte Männer saßen da – Senioren mit grauen oder gar keinen Haaren. Über ihr Bier gebeugt, mit glasigen Augen und von Alkohol aufgedunsenen Gesichtern. Sie unterhielten sich mit rauen Stimmen und beklagten die neueste Niederlage der Philadelphia Eagles. Drei der Männer waren Schwarze, die anderen zwei waren Weiße. Sie warfen Larry und Face nur einen flüchtigen Blick zu und kehrten wieder zum Spiel des Basketballteams der Sechsundsiebziger zurück, das auf dem einzigen Fernseher in dem kleinen Raum lief. Larrys Wohnzimmer war größer als diese Bar.

Face bestellte zwei Bier, die der Barkeeper ihnen wortlos hinstellte. Face wartete, bis er wieder verschwunden war, bevor er etwas sagte.

»Wo ist Angel?«

»Was glaubst du wohl? Er versteckt sich!«

»Wo haltet ihr Jungs euch auf?«

»Ich will verdammt sein, wenn ich dir das sage«, erwiderte Larry kopfschüttelnd. »Diesmal stecken wir wirklich in der Scheiße. Und diese Bullenlady – die hat es voll auf dich abgesehen.«

Faces Augen fixierten Larry.

»Welche Bullenlady?«

Larry verdrehte die Augen.

»Die von Northwest. Du kennst sie doch. Sie war gestern Abend im Fernsehen. Sie ist wirklich hübsch. Dunkle Haare. Ich glaube, Rush heißt sie. Sie hat dich auf dem Kieker, und wenn du nicht genau das tust, was du versprochen hast, werde ich der Lady zuflüstern, was sie haben will.«

Face seufzte erneut, tat gleichgültig und starrte in den Raum.

»Sie wird auch dich fertigmachen, da kannst du sicher sein, mein Freund.«

»Ich bin nicht dein Freund«, widersprach Larry. »Du hast mir etwas versprochen – und ich erwarte, dass du es einhältst.«

Face wandte sich ihm wieder zu.

»Weißt du, was ich nie verstanden habe, Larry? Das, was ich versprochen habe, für dich zu erledigen – warum machst du es nicht einfach selbst?«

Larry senkte die Stimme und zischelte: »Weil ich keine Lust habe, dass sie mich dafür am Arsch kriegen, einen Bullen umgebracht zu haben. Nicht einmal dann, wenn der Typ korrupt ist. Du hast gesagt, du könntest dafür sorgen, dass es wie ein Unfall aussieht…«

»Er ist ein pensionierter Bulle«, korrigierte ihn Face. »Wegen dem Mord an einem pensionierten Polizisten kriegen sie dich nicht dran – aber dafür wegen Vergewaltigung, schwerer Körperverletzung, Verschwörung…«

Larry fiel ihm ins Wort.

»Du weißt doch, dass ich einen Deal mit der Staatsanwaltschaft mache, und dann bin ich in ein paar Jahren wieder draußen. Aber der Mord an einem Bullen – jedem Bullen – macht lebenslänglich. Oder den Tod, wenn die anderen Bullen mich vorher in die Finger kriegen. Aber zurück zu etwas anderem – ich habe dir gesagt, wir haben Feuer unter dem Arsch! Was willst du unternehmen?«

Face zuckte mit den Schultern.

»Da kann ich nichts tun, Larry. Du hast recht. Wir stecken voll in der Scheiße.«

Larrys Stimme war nur noch ein Knurren.

»Nein, du Mistkerl – ich und Angel, wir stecken voll in der Scheiße. Es sei denn, wir sind bereit, dich zu verraten. Diese Schlampe jetzt – ich habe dir doch gleich gesagt, das war ein Fehler.«

»Sie war eine Nutte, genau wie all die anderen. Klar, sie roch besser, sie war besser angezogen. Sie war nicht drogenabhängig – eine Nutte war sie trotzdem«, schnaubte Face.

»Aber sie ist reich«, wandte Larry ein. »Weshalb sonst würden sie in den Medien einen solchen Aufstand machen? Sie war eine reiche weiße Schlampe. Und ich habe dich gewarnt – das war ein Fehler.«

Face grinste Larry so selbstgefällig an, dass dieser sich noch unbehaglicher fühlte.

»Und warum hast du dann mitgemacht, Larry? Warum hast du sie aufgerissen und zu mir gebracht? Warum hast du sie gefickt, Larry?«

Er wartete einen bedeutungsvollen Augenblick, aber Larry fiel nichts dazu ein. Face senkte die Stimme.

»Diese reiche weiße Nutte hat dir gefallen, genauso wie dir diese schwarze Schlampe gefallen hat und diese durchgeknallte Dürre mit den Tätowierungen, die wir uns vor ihr gegriffen haben. Es gefällt dir, Larry. Ich habe dich nicht gezwungen mitzumachen. Das war für dich ein prima Handel. Du kriegst Sex, für den ich bezahle – und du kriegst genau das, was du willst.«

»Aber du hast sie nicht gefickt«, bemerkte Larry.

Faces Gesicht verhärtete sich.

»Ich habe es versucht.«

»Der Bulle ist immer noch am Leben, und mein Geld habe ich auch noch nicht wieder zurück. Du bringst ihn um, beschaffst mir das Geld, und dann nehme ich das mit dieser weißen Tussi auf mich. Ich verrate dich nicht – aber du musst das erledigen.«

Face sah zur Seite. Der Augenblick zog sich in die Länge. Endlich reagierte er.

»Da ist noch ein Job für euch!«

Verärgert stand Larry auf.

»Leck mich!«, rief er.

Sein Barhocker kippte um, als er zur Tür hastete. Sechs Augenpaare folgten ihm. Die Stille in der Bar war fast greifbar.

»Setz dich wieder hin!«, knurrte Face.

Larry stand eine Weile an der Tür, seine Möglichkeiten abwägend. Schließlich kehrte er zur Bar zurück. Mit einer gemurmelten Entschuldigung stellte er den Hocker wieder auf.

Face bestellte ihnen zwei neue Bier, auch wenn Larrys erstes noch unberührt dastand. Er wartete volle fünf Minuten, bevor er wieder etwas sagte.

»Ein Job noch«, sagte er. »Und dann bringe ich das Schwein um. Wie versprochen.«

Larry sackte in sich zusammen und nahm endlich einen Schluck Bier. Es schmeckte bitter.

Face zog ein Handy hervor – sein privates Handy, nicht eines von den Wegwerfhandys, die er normalerweise benutzte, um Larry zu kontaktieren. Er glitt mit den Fingern über den Bildschirm, bis ein Foto zu sehen war. Dann reichte er Larry das Handy.

Es war ein Dreiviertelprofil im nachlassenden Tageslicht, aus einigen Metern Entfernung, die Frau hatte offensichtlich nicht bemerkt, dass Face eine Aufnahme machte. Sie wirkte sehr vertraut.

»Sie ist auf The Stroll unterwegs«, erklärte Face.

Larry schüttelte den Kopf und gab das Handy zurück.

»Sie ist ein Junkie. Was willst du denn mit ihr? Sie hat wahrscheinlich mehr Krankheiten, als ich Haare an den Eiern habe. Ich dachte, wir geben uns nicht mehr mit Straßennutten ab.«

Face legte einen Zeigefinger über das Gesicht der Frau auf dem Handy.

»Sie ist mehr als das. Ich will sie haben.«

»Wann?«, fragte er und verdrehte die Augen.

»In ein paar Tagen. Ich muss mich zuerst noch um etwas kümmern. Besorg dir ein Prepaidhandy, und schick mir die Nummer per SMS. Ich habe nur noch ein paar Minuten auf dem letzten Handy. Ich werde einen Ort aussuchen und dich anrufen, wenn alles bereit ist.«

»Das ist der letzte Job«, knurrte Larry. »Und dann machst du, was ich verlangt habe, oder ich serviere denen deinen fetten Arsch auf dem Silbertablett.«

9. November

Die Pressekonferenz war jetzt zwei Tage her. Die Täter, die die Presse als die »Lehrerinnen-Angreifer« bezeichnete, waren noch immer auf freiem Fuß. Jocelyn saß an ihrem Schreibtisch im Büro, das Handy zwischen Ohr und Schulter geklemmt, und blätterte durch ihre Nachrichten, während sie aus dem Handy Olivias Bericht über all das, was sie an diesem Abend bei Martina gegessen hatte, zuhörte.

»Und Trauben und ein Glas Wasser und Fischstäbchen, Mami«, erzählte sie stolz.

»Keine Suppe?«

»Keine Suppe«, bestätigte Olivia. »Kann ich jetzt Sticker haben?«

»Ja, für die Trauben und die Fischstäbchen bekommst du auf jeden Fall Sticker. Ich gebe sie dir morgen früh, okay?«, antwortete sie lächelnd.

»Und dann kriege ich meine Puppe?«

»Das werden wir sehen. Denk dran – du musst es zuerst

auf dem Bild bis ganz nach oben schaffen. Du erinnerst dich daran, wie wir darüber gesprochen haben, dass du die Puppe bekommst, sobald alle Felder voll mit Stickern sind?«

Eine Pause trat ein. Im Hintergrund konnte Jocelyn die Anfangsmelodie der Serie *MickeyMouseClubhouse* hören. Raquel sang dazu.

»Habe ich die Felder schon voll?«, fragte Olivia.

Jocelyn lachte. Das Diagramm war eine hervorragende Idee gewesen, und sie wollte Caleb dafür küssen, dass er das vorgeschlagen hatte. Um genau zu sein, wollte sie noch eine Menge mehr als ihn küssen …

Das Konzept hinter dem Diagramm war für Olivia allerdings noch immer ein wenig schwer zu begreifen. Caleb hatte ihr versichert, dass sie einfach nur das erste Diagramm füllen mussten. Sobald Olivia ihre Belohnung erhalten hatte, würde sie die Sache sofort verstehen. Bis dahin musste Jocelyn die Regeln einfach nur immer wieder mit ihr durchgehen.

»Ich glaube, noch nicht, Schatz«, antwortete sie. »Wir sehen uns das morgen an, okay?«

Jocelyn hörte Raquel im Hintergrund.

»Olivia, Olivia, lass uns Mami und Baby spielen!«

Dann sprach wieder Olivia ins Handy.

»Bye, Mami – hab dich lieb!«

Das Diagramm war offensichtlich bereits wieder vergessen.

»Ich hab dich auch lieb, Süße«, erwiderte Jocelyn, aber Olivia hatte bereits aufgelegt.

Kaum hatte Jocelyn das Handy auf den Tisch geworfen, klingelte es. Sofort erkannte sie Calebs Nummer, die sie sich rasch hatte merken können. Als Kontakt hatte sie diese Nummer noch nicht gespeichert, sie wollte das Schicksal nicht herausfordern.

»Hey«, sagte sie und versuchte, professionell und ganz unaufgeregt zu klingen. Schließlich war sie im Dienst. »Gibt es etwas Neues von Larry und Angel?«

Er zögerte. Sie hörte im Hintergrund Leute sprechen, und

dann antwortete er, in einer Stimme, die sehr angespannt klang.

»Nein, darum geht es nicht.«

»Hast du etwas von Raeann gehört?«, fragte sie mit gerunzelter Stirn.

»Nein. Ich … Es geht nicht um diesen Fall«, erklärte er.

Jocelyn beugte sich über den Schreibtisch. Sie sah sich um, aber es waren nur Chen und zwei andere Detectives da, und alle drei waren in ihre eigenen Telefonate vertieft.

»Was ist los?«, fragte sie, die Stimme gesenkt.

Caleb räusperte sich.

»Du erinnerst dich an die Sache mit der Kinderpornografie, die ich gerade bearbeite?«

Sie unterdrückte ein Aufstöhnen. Sie hatte keine Ahnung, worauf er hinaus wollte, aber was mit diesen Worten begann, konnte nichts Gutes sein. Ihre Hände wurden plötzlich klamm.

»Ja. Was ist damit?«, fragte sie.

»Ich habe hier einen Verdächtigen. Er … er will mit dir reden. Um ehrlich zu sein – er will nur mit dir reden.«

»Er hat meinen Namen gesagt?«, fragte sie verblüfft.

»Ja. Kannst du hierherkommen?«

»Hm – ja, klar«, erwiderte sie. »Caleb, wie heißt der Kerl?«

»Whitman«, sagte er. »Zachary Whitman.«

Sie kannte den Namen. Natürlich. Nachdem sie auf James Evans getroffen war, hatte sie recherchiert, was aus den Vergewaltigern ihrer Schwester geworden war.

Als sie bei Caleb im Büro ankam und durch das kleine Glasfenster in den Befragungsraum schaute, erkannte sie Whitmans Gesicht nicht. Er hatte kaum mehr eine Ähnlichkeit mit dem spindeldürren, langhaarigen Jungen im Jahrbuch der Schule. Er war erheblich dicker, und seine dunklen Haare waren kurz geschnitten, in der Mitte gescheitelt und zurückgekämmt zu etwas, das an Federn erinnerte. Er trug eine Brille mit Drahtgestell und einen gut gepflegten Spitzbart. Er wirkte sehr seriös, dachte Jocelyn, und das passte auch. Schließlich war er jetzt

Professor für Kriminologie an der Universität von Pennsylvania. Er hatte sein Leben dem Studium des Verbrechens und dessen Verhaltensmustern gewidmet. Die Ironie entging ihr nicht.

Whitman saß allein im Befragungsraum. Er trug ein sportliches Jackett über einem Hemd mit einem pinkfarbenen Kragen und hatte die Ellbogen auf den Tisch gelegt, die Hände vor sich gefaltet. Für jemanden, dem eine Anklage wegen Kinderpornografie droht, wirkte er recht ruhig.

Jocelyn sah lange durch das kleine Glasfenster in der Tür. Caleb stand neben ihr.

»Was habt ihr herausgefunden?«, erkundigte sie sich.

»Er hatte eine ganze Latte an kinderpornografischen Fotos auf seinem Rechner. Es war alles altes Zeug. Die Bilder sind schon seit Jahren auf dem Markt. Wir können diese Mistkerle zwar ins Gefängnis stecken, aber die Fotos zirkulieren trotzdem. Das digitale Zeitalter, weißt du. Wie auch immer – es waren alles Mädchen. Vielleicht zehn oder zwölf. Einige nackt und einige sogar bei verschiedenen sexuellen Handlungen. Im letzten Monat haben wir ein paar andere Typen geschnappt, mit denselben Fotos. Sie scheinen aus derselben Quelle zu stammen. Wir versuchen, die Quelle herauszufinden, aber die scheint im Ausland zu sein. Die Einwanderungs- und Zollbehörde arbeitet daran. Wir bereiten für diese Perversen erst einmal die Anklage vor und beschlagnahmen ihre Computer.«

Jocelyn warf Whitman einen bösen Blick durchs Fenster zu. Ihr Magen fühlte sich hohl und leer an. Ihre Kiefer arbeiteten, und sie knirschte mit den Zähnen.

Caleb hatte sie beobachtet.

»Du kennst ihn also?«

»Ja! Als wir Teenager waren, hat er bei einer Gruppenvergewaltigung meiner Schwester mitgemacht.«

Ohne Calebs Reaktion abzuwarten, stieß sie die Tür auf. Whitman lächelte sie an, als ob sie eine alte Freundin wäre.

»Jocelyn Rush!«

»Detective Rush«, korrigierte sie ihn mit ausdrucksloser Miene.

Seine Augenbrauen stiegen in die Höhe.

»Ah, ja. Detective. Ich bitte um Entschuldigung.«

Wieder lächelte er freundlich.

Jocelyn blieb stehen und verschränkte die Arme.

»Warum willst du mich sprechen, Whitman?«

»Dr. Whitman!«

»Man hat dich wegen des Besitzes von Kinderpornografie festgenommen. Ich nenne dich, wie immer ich will. Und jetzt, du Scheißkerl – was willst du?«

Whitman seufzte und blickte auf den Tisch vor sich. Jocelyn bemerkte die dunklen Ringe unter seinen Augen und die teigige Haut unter Brille und Bart.

»Ich bin schwul, Detective.«

»Dann wichst du also lieber bei Bildern kleiner Jungs und nicht bei denen von kleinen Mädchen. Deshalb bleibst du noch immer ein Mistkerl. Das kümmert mich einen Dreck!«

Ein leises, grimmiges Lächeln blieb auf seinem Gesicht hängen. Er ließ einen Augenblick vorbeigehen.

»Auf der Highschool hat man mich ziemlich gehänselt. Die anderen Jungs… Nun, sie haben sich immer neue Möglichkeiten ausgedacht, um mich zu foltern und zu demütigen. Sie haben mich Schwuchtel genannt. Vor dieser Nacht…«

Jocelyn trat einen Schritt vor und legte eine Hand auf den Tisch.

»Vor der Vergewaltigung!«

Whitman senkte den Kopf und wich ihrem Blick aus.

»Vor der Vergewaltigung haben sich immer alle über mich lustig gemacht. Ich war ständig das Opfer für all ihren Hass und ihre Angst.«

Jocelyn atmete laut aus.

»Wenn du glaubst, dass ich dich deswegen bedaure, hast du dir die falsche Person ausgesucht.«

Endlich sah er ihr in die Augen.

»Ich habe nur Schmiere gestanden«, stieß er hervor. »Ich habe nicht einmal mitgemacht, aber ich war dabei. Ich habe gesehen...«

Blitzartig tauchte ein Bild vor ihr auf: Whitman, der sie durch den Spalt in der Tür zum Zimmer ihrer Schwester ansah. Die Tür öffnete sich, und eine Hand streckte sich nach ihr aus. Das Bild traf sie wie ein Fausthieb in den Magen. Sie drehte sich auf dem Absatz und wandte sich ab von dem Tisch, an dem Whitman saß. Nur mühsam konnte sie ein Keuchen unterdrücken. Das war jetzt anders als ihre Albträume. Das fühlte sich wie eine reale Erinnerung an. Sie lief vor ihm auf und ab. Sie wollte nicht stehen bleiben und ihm Zeit geben, sie genau betrachten zu können. Ihr Herz hämmerte in der Brust. Sie schluckte.

»Du hast zugesehen!«

»Ja, ich habe zugesehen«, sagte er aus schmalem und traurigem Mund. »Danach haben sie mich endlich respektvoll behandelt. Wie einen von ihnen. Als dein Vater dann auftauchte und Fragen stellte, habe ich sie alle ohne Zögern verraten. Sie dachten, Camille hätte geplaudert, und haben nie auch nur vermutet...«

»Worauf willst du hinaus?«, unterbrach ihn Jocelyn ungeduldig.

Dann blieb sie vor ihm stehen, mit wiedergewonnener Fassung. Er wich ihrem Blick nicht aus.

»Es tut mir leid«, sagte er und zog jedes Wort in die Länge.

Jocelyn lachte bitter.

»Es tut dir leid? Dafür ist es verdammt zu spät, Whitman! Wenn es dir wirklich so leidgetan hätte, hättest du ein Geständnis ablegen können, bevor die Sache verjährt ist, du Arschloch! Wir sind hier fertig!«

Sie wandte sich zum Gehen.

»Ich habe in der Nacht zugesehen«, sagte er hastig. »Und ich habe nichts dagegen gemacht. Aber ich hatte noch nie etwas mit Kinderpornografie zu tun. Überleg doch einfach mal,

Detective Rush, was man gegen mich in der Hand hat – kleine Mädchen, alles kleine Mädchen. Ich bin schwul, und außerdem mag ich Männer, nicht Jungs. Ich glaube, du weißt ganz genau, wer mir das antut – und ich möchte, dass du ihnen sagst, sie sollen mich in Ruhe lassen.«

Langsam drehte sie sich um, bemühte sich um ein ausdrucksloses Gesicht.

»Was hast du gesagt?«

Das freundliche Lächeln änderte sich nicht.

»Ich bitte dich darum, dass sie mich in Ruhe lassen.«

Sie näherte sich wieder dem Tisch und stieß sich mit dem Zeigefinger gegen ihre Brust.

»Ich?«

Er sagte nichts, sah sie nur weiter unverrückt an.

»Die Sexualität eines Menschen lässt sich nicht ändern«, sagte er ruhig. »Denk mal darüber nach. Bist du homosexuell oder heterosexuell, Detective?«

Jocelyn schüttelte den Kopf.

»Willst du mich verarschen? Das geht dich einen Scheißdreck an.«

»Du bist also heterosexuell.«

Jocelyn blieb stumm, sah ihn nur verärgert an.

»Wenn du wüsstest, dass es illegal – und sogar gefährlich – wäre, Sex mit Männern zu haben, könntest du dich dann dazu zwingen, Frauen anziehend zu finden? Vielleicht könntest du das vorspielen und auch ein paar oberflächliche Beziehungen haben. Aber dass Männer dich erregen, das verschwindet davon doch nicht. Du kannst deine Sexualität nicht ändern.«

»Ich frage noch einmal«, wiederholte Jocelyn, »worauf willst du hinaus?«

»Ich mag Männer, nicht Kinder. Männer haben mich schon immer angezogen. Ich bin nicht pädophil.«

»Die Beweise sagen etwas anderes«, entgegnete Jocelyn und verdrehte die Augen.

Skeptisch hob er eine Augenbraue.

»Wir wissen doch beide, dass diese sogenannten Beweise mir untergeschoben worden sind.«

Sie stemmte die Hände in die Hüften.

»Du glaubst, irgendjemand hätte dir in deinem eigenen Haus Kinderpornografie *untergeschoben*? Du bist wirklich pervers!«

»Und wie erklärst du dir das sonst?«

»Was soll ich erklären?«

»Wir waren zu fünft. Einer ist tot. Einer sitzt im Gefängnis. Und von uns drei übrigen wurden alle in diesem Jahr wegen Kinderpornografie verhaftet. Das ist ein schlimmer Vorwurf. Selbst wenn wir freigesprochen werden, tragen wir dieses Stigma unser restliches Leben lang mit uns. Es hat angefangen, als dein Vater tot war. Mit ihm hatten wir eine Vereinbarung geschlossen – wir haben bezahlt, und dafür hat er die Sache nicht strafrechtlich verfolgt. Nun ist er tot, die Sache ist verjährt – und jetzt werden wir drei dieser schrecklichen Dinge beschuldigt. Hältst du das wirklich für einen Zufall?«

Jocelyn zuckte einigermaßen verwirrt mit den Schultern.

»Ihr seid alle Vergewaltiger. Das ist jedenfalls kein Zufall. Ich glaube, so fern liegt der Gedanke gar nicht, dass ihr alle auch Perverse seid.«

»Und was ist mit dem Kranich? Ich habe mit Michael gesprochen. Ein paar Monate, bevor er verhaftet wurde – bevor er sich umgebracht hat –, hat er einen solchen Kranich bei sich zu Hause gefunden. Er lag auf dem Bildschirm. Es gab kein Zeichen eines Einbruchs. Es war nichts durcheinander – aber da war dieser Kranich. Genauso, wie es bei mir war. Und James – er ist letzte Woche verhaftet worden. Er hat den Kranich gerade vor ein paar Wochen auf seinem Computer gefunden.«

»Hast du mir den Kranich im Auto hinterlassen?«, fragte Jocelyn, und es stieg ihr kalt in den Gliedern hoch.

Whitman lächelte.

»Das war Henry. Ich habe es einfach nicht hingekriegt, diese Dinger zu falten, aber er hat es sofort kapiert. Sein Kranich war lange nicht so gut wie der, den ich bekommen habe, aber ich glaube, er hat deutlich gemacht, was wir wollten.«

»Henry Richards? Du hast ihn geschickt?«

»Ich habe ihm gesagt, er soll dir die Kraniche geben. Er ist dir ein paar Tage lang gefolgt und hat herausgefunden, wo du dich rumtreibst, damit er auf dich warten konnte. Er sollte dir den Kranich einfach geben. Dein Auto sollte er nicht stehlen. Aber darum hast du dich ja anscheinend gekümmert.«

»Meine Tochter war auf dem Rücksitz!«

»Das tut mir leid. Er hätte ihr bestimmt nichts getan. Henry ist impulsiv, aber nicht gewalttätig.«

Sie wollte ihn anschreien. Sie wollte über den Tisch springen und ihm die Kehle herausreißen. Aber in ihr hatte die Polizistin das Kommando übernommen, ruhig und kalt. Sie versuchte, die Wahrheit herauszufinden.

»Seid ihr beide ein Paar?«

Whitman sah nach unten.

»Henry ist ein Stricher. Ja, wir sind ein Paar – aber nur, weil ich ihn bezahle. Ich hatte gehofft, es würde sich zu mehr entwickeln. Ich habe angeboten, für seinen Entzug zu bezahlen, sogar für eine Ausbildung, aber er lehnt immer ab. Ich versuche einfach, ihm zu helfen, wo ich kann.«

»Du liebst ihn?«

Whitman nickte. Sein Gesicht verzog sich zu einer Grimasse, als ob es ihm körperlich wehtäte, das zuzugeben.

»Ich wollte dir nur eine Botschaft senden. Dich bitten, mich in Ruhe zu lassen.«

»Und du konntest mich nicht einfach anrufen?«

Mit erhobenen Augenbrauen sah Whitman sie an.

»Und du konntest mich nicht einfach anrufen, bevor du beschlossen hast, mein Leben zu ruinieren? Auch wenn sich herausstellt, dass ich unschuldig bin – diese Beschuldigungen machen meine Reputation kaputt. Professor bin ich die längste Zeit gewesen, Festanstellung hin oder her.«

»Und du glaubst wirklich, dass ich dir das angetan habe?«

»Wer denn sonst? Als ich mich mit James unterhalten habe, hat er mir von eurem … Zusammentreffen berichtet.«

Jocelyn zuckte zusammen.

»Wer sonst sollte uns das antun?«, fuhr Whitman fort.

Sie kannte die Antwort auf diese Frage, aber Whitman gegenüber würde sie das niemals zugeben.

»Und was willst du jetzt von mir?«, fragte sie.

»Deine Hilfe.«

»Du nimmst mich auf den Arm!«

Er starrte sie an.

»Ich bin alles Mögliche, aber ich bin kein Kinderschänder. Ich glaube, all das passiert deinetwegen – und du bist die Einzige, die das stoppen kann.«

Jocelyn starrte zurück. Ihr Sinn für Gerechtigkeit kämpfte mit ihrem Rachedurst. Sie schluckte.

»Alles rächt sich irgendwann, Arschloch«, sagte sie dann und ging zur Tür.

»Ich kann dir helfen.«

Sie drehte sich um, die Hand bereits am Türgriff. Sie konnte ein ungläubiges Lachen nicht unterdrücken.

»Das wird ja immer besser!«, murmelte sie, bevor sie sich ihm zuwandte. »Mir helfen? Wirklich? Mit was denn, bitte schön?«

Whitman faltete auf dem Tisch die Hände.

»Mit dem Fall, an dem du gerade arbeitest. Die Vergewaltigungen. Ich habe dich in den Nachrichten gesehen.«

»Gehören ihre Vergewaltiger etwa zu einer Selbsthilfegruppe, oder was? Was willst du mir damit sagen? Dass du die Kerle kennst, nach denen ich suche?«

Whitman schüttelte den Kopf.

»Nein, die kenne ich nicht. Du hast gesagt, du hättest nur sehr wenige Informationen über den unbekannten Verdächtigen?«

»Und?«

»Du hattest die beiden anderen Kerle doch schon verhaftet. Haben sie dir überhaupt nichts verraten?«

Jocelyn verdrehte wieder die Augen.

»Wenn du glaubst, dass ich mit dir die Details einer laufenden Untersuchung bespreche, dann bist du völlig bescheuert.«

Whitman räumte das mit einem Nicken ein.

»Okay«, sagte er dann. »Aber es war eine Kreuzigung, richtig?«

Sie sah ihn an, als ob er völlig den Verstand verloren hätte. Er sprach weiter.

»Ein paar Jahre nach der Vergewaltigung hat dein Vater einen Jungen vom Society-Hill-Stadtviertel verteidigt. Ich glaube, er war siebzehn – alt genug, um als Erwachsener behandelt zu werden. Er war angeklagt, seine Mutter umgebracht und sie gekreuzigt zu haben. Dann stellte sich heraus, es waren zwei andere Männer. Ihr Mann hatte sie wegen einer jüngeren Frau verlassen, und der Sohn blieb bei ihr. Sie bekam großzügigen Unterhalt für ihren Sohn, aber das war nicht genug, um ihre Bedürfnisse zu finanzieren. Sie war drogenabhängig. Also hat sie als Prostituierte angefangen, um an Drogen zu kommen. Der Sohn hat viel davon miterlebt. Er hatte sogar manchmal selbst mit den Drogenhändlern zu tun. Und dann ging eines Tages eine ihrer Eskapaden zu weit.«

»Und was soll das mit dem Fall zu tun haben?«

»Die Männer – sie haben sie gekreuzigt, und der Sohn musste zusehen. Natürlich hat ihm erst einmal keiner geglaubt, als er behauptet hat, es seien zwei Schwarze gewesen. Sie dachten, er erfindet das nur – ein typischer reicher weißer Rassist. Die Privatdetektive deines Vaters haben die beiden Männer gefunden und es geschafft, dass einer der beiden ausgepackt und den anderen belastet hat. Er sagte, dass der Sohn zugesehen und nicht versucht hat, sie aufzuhalten. Angeblich war der Junge sogar erregt.«

Whitman hielt inne, sah sie an und wartete auf eine Reaktion, die sie ihm vorenthielt.

»Es geht um eine Fantasie«, setzte er ihr geduldig auseinander.

Jocelyn vermutete, es war derselbe Tonfall, in dem er auch seine Vorlesungen hielt.

»Der Sohn hat eine Art Fetisch entwickelt. Seine sexuelle Erregung wird durch etwas ausgelöst, das untypisch ist und das andere als extrem betrachten. In diesem Fall ist es, glaube ich, die Verstümmelung und die Demütigung, die ihn sexuell befriedigen. Er versucht, diese Fantasie erneut zu erleben. Sag mir eins – dieser dritte Mann, macht er bei dem Verbrechen mit? Sexuell? Oder ist er nur bei der Kreuzigung aktiv?«

Jocelyn versuchte, nicht zu zeigen, dass sie davon schockiert war, wie nahe Whitman der Wahrheit gekommen war. Sie beantwortete seine Frage nicht. Stattdessen setzte sie die Taktik ein, die sie von so ziemlich jedem Verdächtigen im Lauf ihrer vielen Befragungen gelernt hatte, und stellte eine Gegenfrage.

»Glaubst du, das ist der einzige Fall, in dem es um eine Kreuzigung geht? So etwas geschieht häufiger, als du denkst.«

»Aber der Fall ist so unglaublich ähnlich – eine reiche Frau, zwei Schwarze. Und der dritte Mann, der Weiße, er macht nicht mit, habe ich recht?«

Jocelyn starrte ihn an und hoffte, dass ihr Gesicht sie nicht verriet.

»Wie ich schon sagte«, fuhr er fort, als ihm klar wurde, dass sie ihm nicht antworten würde, »es geht hier um eine Fantasie. Diese Frauen stehen stellvertretend für seine Mutter. Er spielt das Szenario wieder und wieder durch, für seine sexuelle Befriedigung. Waren eigentlich irgendwelche seiner Opfer Prostituierte?«

Jocelyn seufzte. »Ich spiele mit dir nicht Hannibal Lecter. Entweder sagst du mir jetzt einen Namen, oder ich verschwinde.«

»Ich kenne seinen Namen nicht. Er wurde nie bekannt. Darum hat dein Vater sehr gekämpft.«

Wieder griff Jocelyn nach dem Türgriff.

»Dann gibt es nichts, worüber wir uns unterhalten müssten. Ich hätte nicht so viel Zeit mit dir verschwenden sollen, wie ich es getan habe.«

Sie öffnete die Tür des Befragungsraums. Das erste Mal weiteten sich jetzt Whitmans Augen vor Verzweiflung und wurden feucht. Er streckte den Oberkörper, beugte sich vor.

»Detective, bitte!«, rief er. »Bitte!«

Sie wandte ihm den Rücken zu und ging aus dem Raum.

9. November

Raeann wanderte die Orthodox Street auf und ab, zog die Kapuze ihrer Jacke über den Kopf und schob sie wieder zurück. Es war dunkel um sie, obwohl die Straße gut beleuchtet war. Ein paar andere Menschen gingen an ihr vorbei. Ihre Füße waren eiskalt. Die Sneaker, die sie von der Kleiderspende im Resozialisierungsheim bekommen hatte, waren ihr zu eng, und Socken besaß sie keine. Außerdem hatte sie Hunger.

Sie wollte eigentlich nicht zurückgehen. Sie hatte ein paar Tage auf der Straße verbracht, weil sie geglaubt hatte, alles sei besser als dieses Haus auf der Orthodox. Sie war in Stundenhotels gewesen, die sauberer waren als dieses Haus. Und besser gerochen hatten. Natürlich stand ihr ziemlicher Ärger bevor, nachdem sie drei Tage lang verschwunden war. Aber es war keine schlechte Aussicht, ihre Strafe im Warmen und mit einem vollen Bauch entgegennehmen zu können.

Als sie sich der Ecke Orthodox und Tacony näherte, wehte ihr aus der Pizzeria Angelina's der Geruch von heißem Essen entgegen. Pizza. Mit Käse überbackene Steaks. Pommes, vielleicht. Was sie nicht alles täte für ein großes Stück Pizza mit extra viel Käse! Ihr lief das Wasser im Mund zusammen. Sie hielt noch vor der Tür an. Das konnte sie nicht ertragen, da hineinzusehen und all das zu sehen, was sie nicht kaufen konnte.

Sie griff in die Taschen ihrer Kapuzenjacke und holte ihre letzten achtundsiebzig Cent und drei Busfahrscheine heraus. Das reichte nicht für eine Pizza. Noch nicht einmal für eine Limonade. Wenigstens hatte sie noch ein paar der Zigaretten von den Bullen übrig, die sie letzte Woche aufgesucht hatten. Sie zog die zerknüllte Packung Marlboro hervor. Zwei waren noch drin. Nur hatte sie kein Feuerzeug.

Sie drehte sich um und ging zurück zum Melrose Pub. Ein paar Kerle standen draußen und rauchten. Zwei von ihnen sahen so aus, als ob sie gerade erst zwanzig wären. Ihre Gesichter waren tief gebräunt, die Arme mit Tätowierungen in verblassten Farben geschmückt. Dachdecker, vermutete sie. Oder Gärtner. Der dritte Typ war älter. Er hatte einen Schmerbauch und eine Baseballkappe tief in die Stirn gezogen.

Er betrachtete sie, als sie näher kam. Er gefiel ihr gar nicht. Deshalb ignorierte sie ihn und wandte sich an die beiden jüngeren Männer.

»Kann ich mal Feuer haben?«, fragte sie.

Wortlos boten beide ihr ein Feuerzeug.

Sie nahm das von dem, der ihr am nächsten stand, und zündete sich eine Zigarette an. »Danke!«

»Kein Problem«, erwiderte der Kerl.

Er schenkte ihr ein kleines Lächeln und wandte sich wieder seinem Freund zu. Sie diskutierten sehr intensiv über die Philadelphia Eagles. Raeann machte ein paar Schritte und lehnte sich gegen die Hauswand. Sie fragte sich, ob sie wohl einen der beiden dazu bewegen konnte, ihr eine Pizza zu kaufen, als der Schatten des dritten, älteren Mannes über sie fiel.

»Hey, Mädchen!«, sagte er.

Mädchen. Natürlich. Er machte sie klein und unbedeutend und ließ sie wissen, dass er zwar bereit war, mit ihr zu reden – sie wohl auch zu ficken –, sie aber behandeln würde wie jemanden, der weit unter ihm stand.

Raeann ignorierte ihn, drehte den Kopf und sah die Straße entlang, als ob sie auf jemanden warten würde. Er kam noch näher. Sein Körper verdunkelte das Licht der Straßenlaterne. Er stank nach Bier. Zu viel Bier.

»Ich habe dich hier noch nie gesehen«, bemerkte er.

Sie sah ihm in die Augen, schob trotzig das Kinn vor.

»Das liegt daran, dass ich hier nicht oft bin. Und ich bleibe auch nicht.«

Er lachte leise und trat ganz nah an sie heran.

»Entspann dich, Mädchen«, sagte er, seine Stimme glatt und leise.

Die Dachdecker waren zu sehr vertieft in ihre Unterhaltung, um auf ihn zu achten. Raeann warf ihnen trotzdem einen Blick zu. Sie hatten ihre Zigaretten fast aufgeraucht und würden gleich wieder ins Lokal zurückgehen. Sie musste hier verschwinden, weg von diesem Ekeltypen, bevor die beiden sie mit ihm allein ließen.

»Arbeitest du?«, fragte der Mann, sein Bieratem heiß auf ihren Wangen.

Sie blies ihm Zigarettenrauch ins Gesicht.

»Im Augenblick nicht«, sagte sie betont und versuchte, sich von ihm zu entfernen, die Betonwand entlang. Ihre Jacke verfing sich an der Mauer.

Er griff nach ihrem Arm und legte seine Finger um ihren Oberarm. Sie entzog sich ihm.

»Was zum Teufel soll das!«, schimpfte sie laut.

Die beiden Dachdecker, die schon halb wieder in der Bar waren, blieben stehen und sahen zu ihnen hin.

»Ist alles in Ordnung?«, rief einer von ihnen.

Der Mistkerl trat zurück und hob die Hände, wie um zu kapitulieren. Ein leichtes Lächeln spielte um seine Lippen, was Raeann kalt den Rücken hinunterlief.

»Es ist alles in Ordnung«, antwortete der Typ. »Alles in Ordnung.«

Während er sich auf die Dachdecker konzentrierte, drehte

sie sich um und ging davon, mit schnellen Schritten, ohne zu laufen. Als sie die Straßenecke erreicht hatte, drehte sie sich noch einmal um zum Melrose. Alle drei Männer waren verschwunden.

Sie seufzte. Ihr Magen knurrte laut. Also keine Pizza.

»Hey«, hörte sie plötzlich die Stimme eines Mannes.

Ein schwarzer Lexus war an den Straßenrand gefahren, und das Fenster auf der Beifahrerseite surrte herunter. Vorsichtig näherte sie sich.

»Alles okay?«, fragte der Mann.

Raeann beugte sich hinab und schaute ins Auto. Es war zu dunkel, um sein Gesicht richtig zu erkennen, aber sie sah ein Lächeln und das Funkeln seiner Augen. Sie schaute über ihre Schulter. Der Gehweg war noch immer leer.

»Ja«, antwortete sie. »Ich … ich habe nur eine geraucht, das ist alles.«

Der Mann deutete zurück zum Melrose.

»Haben diese Männer Sie belästigt?«

Raeann schluckte. Was sollte sie jetzt sagen? Dass der ältere Kerl ihr widerwärtig war und sie am Oberarm angefasst hatte? Das war üblicherweise keine Belästigung. Sie schüttelte den Kopf.

»Nein. Ich habe nur Feuer gebraucht.«

Wieder knurrte ihr Magen. Sie war froh, dass es ziemlich dunkel war. So konnte er nicht sehen, wie sie errötete.

»Haben Sie Hunger?«, fragte der Mann.

»Nein, nein, ich bin nur …«

»Es ist in Ordnung«, beruhigte er sie. »Hören Sie, ich habe nur gehalten, weil ich gesehen habe, wie sie von dieser Bar weggerannt sind. Sie sahen erschrocken aus. Wenn Sie Hunger haben, kann ich Sie bei der Pizzeria weiter vorne abliefern.«

Unbehaglich wechselte sie das Standbein.

»Danke – aber ich habe kein Geld.«

Aus der Dunkelheit tauchte plötzlich ein Zehndollarschein auf. Er streckte ihn ihr hin, über den Beifahrersitz hinweg. Im

Licht der Straßenlampen glänzte die klobige silberne Uhr an seinem Handgelenk. Sie konnte die Initialen MK darauf erkennen. Die Uhr war teuer. Wie sein Auto.

Etwas in ihr krampfte sich. Es kam auf sie zu: In ihrer Welt gab es nichts umsonst. Alles hatte seinen Preis. Es gab keine Güte. Ein reicher Kerl in einem tollen Schlitten hielt nicht einfach für eine Frau wie sie auf der Straße an, um ihr zu Hilfe zu kommen. Eigentlich gab es nur einen Grund, aus dem ein Mann wie er für eine Frau wie sie anhielt. Sie fragte sich, was er wohl von ihr verlangen würde. Und ob sie für zehn Dollar bereit war, es zu tun. Es wäre nicht das erste Mal gewesen – aber sie versuchte doch gerade, ihr Leben wieder in Ordnung zu bringen.

Er spürte ihr Zögern und legte den Geldschein auf den Sitz neben sich.

»Ist schon in Ordnung«, bemerkte er. »Ich will dafür nichts. Ich versuche einfach nur, nett zu sein.«

Sie lächelte schwach und schob die Hände in die Taschen ihrer Jacke.

»Niemand ist einfach nur nett.«

»Es tut mir leid, dass Sie das so sehen.«

Einen Moment lang herrschte Schweigen. Raeann lauschte auf die Geräusche der Autos, die auf der Orthodox fuhren.

»Okay«, sagte er. »Ich muss los. Passen Sie auf sich auf!«

Er legte den Gang ein. Raeanns Herz klopfte ihr bis zum Hals. Sie war so verdammt hungrig! Und was, wenn er für das Geld wirklich etwas von ihr wollte? Es konnte auch nicht schlimmer sein als das, was sie in der Vergangenheit alles für zehn Dollar bereit gewesen war zu tun. Sie legte die Hände in die Fensteröffnung.

»Warten Sie«, krächzte sie. »Sie haben recht. Ich habe wirklich Hunger, und das Angelina ist gleich da unten.«

Er ließ die Türverriegelung klacken.

»Steigen Sie ein.«

Sie rutschte in den Sitz und schloss die Tür.

»Ich danke Ihnen«, sagte sie.

Er fuhr los. Sofort spürte sie die Wärme unter sich. Beheizte Sitze! Vielleicht musste sie an diesem Abend doch nicht zurück ins Resozialisierungsheim.

»Ich weiß das wirklich zu schätzen«, fügte sie hinzu.

»Kein Problem«, erwiderte er.

Er schaute zu ihr und lächelte. Als sie an einer Straßenlaterne vorbeifuhren, konnte sie sein Gesicht ganz deutlich sehen. Ihr Atem stockte. Sie bemühte sich verzweifelt, Luft in ihre Lungen hinein- und wieder herauszupumpen, doch ihre Kehle versagte den Dienst. Ihr Mund war trocken, er fühlte sich an wie voller Watte. Die Hände in ihrem Schoß zitterten heftig.

Drei Worte konnte sie noch hervorbringen, bevor seine Faust ihr Gesicht traf.

»Sie sind es!«

9. November

Simon reagierte beim dritten Klingeln seines Handys.

»Ich habe gerade mit Zachary Whitman gesprochen«, sagte sie ohne jede Einleitung.

Sie nahm ein Zögern wahr. Also erkannte er den Namen. Sie trat mit dem Fuß leicht gegen die Wand der Gruppe von Befragungsräumen der SVU und sah sich um. Niemand war zu sehen. Mit Ausnahme von Caleb, der ein paar Meter entfernt stand und irgendwelche Berichte abzeichnete. Sie hatte sich bei ihm vergewissert, dass James Evans tatsächlich verhaftet worden war, sobald sie aus der Befragung von Whitman gekommen war. Glücklicherweise hatte er sie nicht nach Einzelheiten des »Zusammentreffens« befragt, das Whitman erwähnt hatte.

»Seit wann weißt du von der Vergewaltigung?«, fragte Jocelyn.

Simon seufzte. Sie stellte sich vor, wie sich seine Augenbrauen zusammenzogen und eine vertikale Linie über seiner Nasenwurzel bildeten.

»Deine Mutter ist ein paar Jahre, nachdem es passiert ist, zu mir gekommen. Du hattest Princeton schon verlassen und warst auf der Polizeiakademie. Jocelyn, bitte komm in mein Büro. Wir müssen darüber reden.«

»Man wirft Zachary Whitman vor, sich Kinderpornografie besorgt zu haben, in mehreren Fällen. Gegen James Evans erhebt man dieselben Vorwürfe, und Michael Pearce wurde ebenfalls wegen Kinderpornografie verhaftet, bevor er sich umgebracht hat. Weißt du etwas darüber?«

Nach langem Schweigen sprach er weiter.

»Fragst du mich das als meine Nichte oder als Polizistin?«

Jocelyns Herz raste, und ihr Magen schien nach unten zu sacken. Einen Moment lang schloss sie die Augen, versuchte, konzentriert zu bleiben.

»Ich denke, das beantwortet meine Frage«, murmelte sie.

»Jocelyn, du musst einfach zu mir kommen. Wir müssen über verschiedene …«, er zögerte, »Dinge reden.«

Er war möglicherweise der beste Strafverteidiger der Stadt. Auf jeden Fall würde er nichts sagen, um sich selbst zu belasten – nicht einmal ihr gegenüber.

»Wir sprechen später darüber. Jetzt brauche ich erst einmal etwas von dir. Mein Vater hat vor etwa siebzehn Jahren einen Jugendlichen verteidigt, dem man vorgeworfen hat, seine Mutter gekreuzigt und erwürgt zu haben. Sie haben im Stadtviertel Society Hill gewohnt. Er wurde freigesprochen, nachdem sich herausgestellt hatte, dass zwei Drogenhändler das Verbrechen begangen haben. Sagt dir das etwas?«

»Nein, aber es ist auch schon lange her, und es war ein Fall deines Vaters. Wir hatten sehr viele Fälle im Lauf der Jahre. Ich muss in unseren Akten nachsehen. Falls die überhaupt so weit zurückreichen.«

»Ich brauche den Namen des Jungen.«

»Jocelyn, wenn du dafür keine richterliche Anordnung hast...«

»Wirklich?«, schnaubte sie. »Ausgerechnet du willst mir etwas über das Gesetz erzählen? Du? Nachdem ich gerade mit Zachary Whitman gesprochen habe? Sein Stricher von einem Freund hat mein Auto geklaut und mich im Wawa belästigt. Olivia war schon zweimal in Gefahr, weil vor ein paar Monaten in seinem Haus ein Origami-Kranich aufgetaucht ist.«

Schweigen.

»Du besorgst mir den Namen. Und dann können wir uns auch über die anderen ›Dinge‹ unterhalten.«

Sie beendete das Telefonat.

Caleb beobachtete sie. Langsam kam er heran und befürchtete, sie würde um sich schlagen. Er irrte nicht. Am liebsten hätte sie mit der Faust gegen die Wand geschlagen. Sie konzentrierte sich darauf, ihre Hände still zu halten und ruhig zu atmen, so wie sie es im Aggressionsbewältigungskurs gelernt hatte.

»Jocelyn, dieser Typ behauptet also, du hättest ihm Beweise für Kinderpornografie untergeschoben, um dich für die Vergewaltigung deiner Schwester zu rächen?«

In dem vergeblichen Versuch, gegen die Kopfschmerzen anzukämpfen, die sich ankündigten, rieb sich Jocelyn die Schläfen mit den Fingern.

»Er behauptet, jemand hätte ihm die Beweise untergejubelt, und ja, er denkt, es sei wegen der Vergewaltigung, weil man dem anderen noch lebenden und nicht verhafteten Vergewaltiger genau das Gleiche vorgeworfen hat.«

Ruhig sah Caleb sie an.

»Und du glaubst, es war dein Onkel?«

Jocelyn ließ die Arme sinken und zuckte mit den Schultern.

»Wenn Whitman die Wahrheit sagt... wenn er unschuldig ist und jemand ihm die Beweise untergeschoben hat, dann muss es Simon gewesen sein. Meine Schwester ist drogenabhängig. Sie kann über den nächsten Schuss nicht hinausdenken und schon gar nicht einen so komplizierten Plan entwerfen, wie man diese Kerle für Kinderpornografie drankriegt. Also bleibt nur Simon. Er hat auf jeden Fall die Mittel, so etwas zu tun. Natürlich würde er das nicht selbst machen. Er würde jemanden damit beauftragen – wahrscheinlich jemanden, den er einmal verteidigt hat. Ich bin sicher, er hatte schon etliche Einbrecher als Mandanten.«

Caleb verzog das Gesicht.

»Wenn Whitman unschuldig ist …«

Jocelyn hob die Hand, um ihn zu unterbrechen. In ihrem Kopf hämmerte es.

»Ich weiß, ich weiß. Ich werde Simon nicht schützen, wenn es das ist, worüber du dir Sorgen machst. Wenn er diesen Männern das in die Schuhe geschoben hat, muss er dafür zur Verantwortung gezogen werden – selbst wenn diese es eigentlich verdient hätten, im Gefängnis zu landen. Meine Eltern haben sie vor neunzehn Jahren davonkommen lassen. Das kann nichts mehr ändern.«

Caleb berührte leicht ihre Wange – es war eine verstohlene Berührung. Er ließ die Hand wieder sinken, noch bevor jemand es sehen konnte, der vorbeikam. Sie sah ihm in die Augen.

»Ich verstehe, warum du nicht zu ihrer Beerdigung gegangen bist«, sagte er leise.

Ihre Kehle fühlte sich heiß und schwer an. Sie sagte nichts. Endlich sprach Caleb weiter.

»Und du glaubst wirklich, dass dieser alte Fall etwas mit den Fällen Maisry und Grant zu tun hat?«

»Ich habe keine Ahnung. Aber im Moment sind das die einzigen Anhaltspunkte.«

»Nun, selbst wenn du den Namen erfährst – wir haben noch keine Verbindung zu den aktuellen Fällen.«

Wieder zuckte sie mit den Schultern.

»Dann werden wir genau die suchen. Sieh mal – wir haben weniger als nichts über diesen Kerl in der Hand. Raeann, die einzige Person, neben Larry und Angel, die jemals sein Gesicht gesehen hat, wird vermisst. Wir haben Larry und Angel noch nicht wieder festgenommen. Und selbst wenn wir das schaffen, werden sie uns nicht verraten, wer dieser Kerl ist. Ich werde mal sehen, was ich ausgraben kann. Ich leite alles an dich weiter, was ich finde.«

Caleb versuchte zu lächeln, doch es wurde nur eine Grimasse. Er deutete auf den Befragungsraum, in dem Whitman noch immer saß.

»Es tut mir leid«, sagte er. »Ich hatte ja keine Ahnung. Ich wollte nicht…«

Sie schüttelte den Kopf und lächelte traurig.

»Ist schon in Ordnung. Woher hättest du das auch wissen sollen? Es ist schließlich nicht etwas, was ich jedem auf die Nase binde. Normalerweise spreche ich nicht darüber.«

»Das kann ich mir denken«, nickte er zustimmend und lachte nervös.

Er sah sich im Gang um, bevor er sich zu ihr beugte, eine Hand an der Wand über ihrem Kopf abgestützt. Sie hob ihm ihr Gesicht entgegen, konzentrierte sich auf seine Lachfältchen und seinen vollen Mund. Seine Lippen näherten sich ihren.

»Ich will dich wiedersehen«, sagte er. »Und zwar auf eine Art und Weise, die mit all diesen Fällen nichts zu tun hat.«

»Ich will dich auch wiedersehen«, erwiderte sie. »Definitiv!«

12. November

Camille schob sich das Geld des Mannes in ihren BH und starrte auf den Fußboden. Sie zuckte zusammen, als in ihrem Unterleib ein Krampf zu wühlen begann. Ihre Füße hingen über die Bettkante. Sie schwang sie über dem Teppich, der aus zweihundert verschiedenen Brauntönen bestand, vor und zurück und atmete durch den Mund, bis der Krampf nachließ.

Der Teppich wirkte so, als hätte er irgendwann einmal eine ganz andere Farbe gehabt. Vielleicht als das Hotel eröffnet hatte. Orange möglicherweise. Sie versuchte, nicht darüber nachzudenken, was das für ein feuchter Fleck neben der Tür war.

Sie zündete sich eine Zigarette an und lauschte den Geräuschen des Mannes, der dabei war aufzubrechen. Das Rascheln seines Hemds, der reibende Laut, als er sich die Hose hochzog. Gürtel. Reißverschluss. Füße, die in Schuhe glitten. Eine schwere Jacke, die über Schultern gezogen wurde. Und dann der herrliche Ton der Tür, die sich schloss.

»Ahhh!«, seufzte sie. Endlich allein!

Camille holte ihre Handtasche unter dem Bett hervor und zog ihre Pfeife heraus, die sie in ein altes Oberteil gewickelt hatte. Das Methamphetamin war unten in der Tasche. Ihr Feuerzeug war gerade lebendig geworden, und eine kleine Flamme leckte am Bauch der Pfeife, als die Tür aufschwang. Sie sprang auf. Im Türrahmen stand ein kleiner Asiate. Er trug schwarze Hosen und ein weißes Hemd. Eine breite Strähne seines schwarzen Haars fiel ihm in die Stirn.

»Du«, sagte er und wedelte mit der Hand. »Du gehen. Zeit um. Du gehen.«

Camille stöhnte und sah auf die Uhr, die auf dem Nachttisch stand. Sie hatte noch mindestens eine Viertelstunde.

»Komm schon, Mensch!«, beschwerte sie sich. »Wir haben für eine ganze Stunde bezahlt. Ich fühle mich nicht so gut. Lass mir einfach noch einen Moment.«

»Stunde vorbei«, beharrte er kopfschüttelnd.

Er wartete in der Tür und starrte sie erwartungsvoll an. Sie seufzte, wickelte ihre Pfeife wieder ein und legte sie in die Tasche.

»In Ordnung«, schimpfte sie und ging an ihm vorbei hinaus. »Aber du schuldest mir eine Viertelstunde!«

Die Novemberluft stach ihr ins Gesicht. Sie zog den Mantel fester um sich und fummelte am Reißverschluss. Als sie die Kensington Avenue erreicht hatte, stand ihr der Schweiß auf der Stirn. Ihr ganzer Körper fühlte sich heiß und schwach an, als ob sie seit Tagen nichts gegessen hätte. Dabei hatte sie gerade erst vor ein paar Stunden etwas gehabt. Und das drohte gerade wieder hochzukommen. Sie hockte sich vor eine Pfandleihe, legte das Gesicht in die Hände und wartete darauf, dass der Anfall vorüberging. Sie zog den Mantel aus und genoss die kühle Luft, bis ihr kalt wurde und sie ihn wieder anzog.

Als sie sich besser fühlte, stand sie auf und zündete sich eine Zigarette an. Sie lehnte den Kopf gegen das Fenster der Pfandleihe. Ein weiterer Krampf erfasste ihren Bauch. Sie legte den freien Arm um sich und wartete darauf, dass er vorbeiging.

Schon seit ein paar Tagen hatte sie jetzt diese Krämpfe. Es war nicht ihre Periode – das war normalerweise nicht so schlimm und auch nicht von solchen Hitzewallungen begleitet, die sich mit Frösteln abwechselten. Irgendetwas anderes war mit ihr los. Sie hoffte einfach, dass es nur ein Virus war und sie sich in ein paar Tagen besser fühlen würde. Camille hatte keine Lust, einen Arzt aufzusuchen. Die rümpften immer die Nase, worauf sie verzichten konnte. Sie nahm sich vor, Onkel Simon anzurufen, wenn es noch schlimmer wurde.

Camille sah nach, wie viel Geld sie hatte. Es war genug für die Nacht. Wahrscheinlich hatte sie auch noch genügend Meth, dass es ihr bis zum Morgen reichte, aber ihr war schrecklich kalt, und sie fühlte sich total beschissen. Sie wollte einen warmen Platz, wo sie sich eine Weile hinlegen konnte.

Heute konnte sie keinesfalls in die Wohnung, in der sie sich normalerweise aufhielt. Während Camille im Gefängnis gewesen war, hatte sich ihr Zuhälter dort häuslich niedergelassen. Und das Letzte, was sie jetzt gebrauchen konnte, war, sich mit diesem Arschloch abgeben zu müssen. Sie arbeitete lieber allein. Und so, wie der von Narben übersät war, war er nicht der Typ, der ein »Nein« vertrug.

Wenn sie nur ein bisschen mehr verdiente, könnte sie sich ein Zimmer für sich allein mieten. Oder sie könnte versuchen, einen Freier aufzureißen, der mit ihr in ein Hotel ging. Wenn sie Glück hatte, dauerte das meistens ein oder zwei Stunden. Keinesfalls würde sie jemals wieder in dieses Drecksloch gehen, aus dem sie gerade hinausgeworfen worden war.

Sie rauchte zwei weitere Zigaretten und betete, dass die Krämpfe und Hitzewallungen endlich nachließen. Sie verdiente sich zehn schnelle Mäuse mit einem Teenager in einer nahen Gasse. Dann kam ein alter Kerl in einer Limousine. Er brauchte nicht lange, und schon stand sie wieder in der Kälte. Sie ließ einen weiteren Krampf vorübergehen und marschierte dann die Straße entlang, auf schmerzenden Füßen. Ein grauer Viertürer mit zwei Männern hielt neben ihr. Der Fahrer war ein älterer Typ. Neben ihm saß ein Speckberg.

»Arbeitest du gerade?«, fragte der Fahrer.

»Vielleicht. Warum? Hast du etwas, wo wir hingehen können?«, fragte sie lächelnd.

Er zuckte mit den Schultern. Sein Freund sah stur geradeaus, anscheinend ohne jedes Interesse.

»Klar«, antwortete der Mann.

Er sah an ihr vorbei, dann wieder in ihr Gesicht.

»Wir sind zu zweit.«

»Kein Problem«, erwiderte Camille.

»Wie viel?«

»Fünfzig.«

»Steig ein!«, nickte er auffordernd.

Sie setzte sich auf den Rücksitz, und sie fuhren los. Das Auto war alt und roch wie in einer Frittenbude. Eine Sprungfeder im Sitz unter ihr piekte sie in den Schenkel. Sie fuhren eine Weile weiter auf The Stroll und bogen schließlich in eine Querstraße ab.

»Habt ihr was dagegen, wenn ich rauche?«, fragte Camille.

»Nein«, antwortete der Fahrer. »Aber mach das Fenster auf.«

Sie drehte es ein paar Zentimeter herunter und zündete sich eine Zigarette an. Tief saugte sie den Rauch in ihre Lungen und blies ihn durch den Fensterspalt hinaus. Häuser flogen vorbei. Sie entfernten sich ziemlich weit von ihrer gewohnten Umgebung. Camille tippte gegen die Kopfstütze des Fahrersitzes.

»Hey«, sagte sie. »Wohin zum Teufel fahren wir?«

»Es ist nicht mehr weit«, beruhigte sie der Fahrer.

Nun säumten abbruchreife Häuser die Straße. Sie hielten vor einem großen dreistöckigen Gebäude, das sich nach links zu neigen schien. Es bestand aus rotem Backstein und war ziemlich verfallen. Die Fenster im ersten Obergeschoss hatten ihr Glas schon längst verloren. Sie ließen jedes Wetter herein. Aus einem von ihnen ragte ein Ast heraus. Die Fenster im Erdgeschoss waren zugenagelt, ebenso die Haustür. Die Veranda war v-förmig abgesackt.

»Ich dachte, du hättest irgendwo ein Zimmer oder so etwas«, bemerkte Camille.

Sie hatte es den Männern in Crackhäusern besorgt, die schlimmer ausgesehen hatten als dieses. Aber hier sah es einfach nur kalt aus – und genau das war doch ihr Problem. Sie wollte eine Stunde oder mehr Wärme und vielleicht sogar den Komfort eines Bettes. Sie schüttelte den Kopf und warf die Zigarette aus dem Fenster.

»Ich mache es nicht in der Kälte. Dann bleiben wir einfach im Auto.«

Sie zog sich ihre Jeans herunter.

»Wer kommt zuerst?«

Die beiden Männer sahen sich an. Dann stieg der Fette aus, ohne ein Wort zu sagen, und ihr wurde klar, dass etwas nicht stimmte. Auch wenn sie mehr als fünfzehn Jahre auf der Straße verbracht hatte, waren Camilles Instinkte nicht besonders toll. Die ganzen Jahre mit Drogenabhängigkeit, Obdachlosigkeit, Verhaftungen, von den Freiern betrogen und von anderen Nutten verraten zu werden, hatten ihr nicht beigebracht, gefährliche Situationen zu spüren. Andere besaßen einen natürlichen Sinn für das Leben auf der Straße, dem Camille ihr ganzes Leben lang nachgejagt war. Wie immer, kam auch jetzt ihre

Erkenntnis zu spät, um noch etwas gegen die drohende Gefahr unternehmen zu können.

Als der Dicke die hintere Wagentür öffnete und nach ihr griff, floh sie durch die andere Tür und zog sich ihre Jeans beim Laufen wieder hoch. Eine Autotür wurde zugeschlagen, und sie hörte hinter sich Schritte. Es musste der Ältere sein. Sie konnte sich nicht vorstellen, dass der Dicke so schnell laufen konnte. Sie sah sich nicht um. Noch bevor sie einen Vorsprung gewinnen konnte, erfasste sie ein Krampf, der sich wie ein eisernes Band um ihr Becken schloss und sich um ihren gesamten Bauch zog, bis unterhalb der Rippen. Sie fiel hart mit den Knien auf den Bürgersteig, ihr Atem ein Keuchen. Sie wiegte sich hin und her, kämpfte gegen den Schmerz. Fieber schüttelte ihren gesamten Körper. Schweiß brach ihr aus. Sie wusste, dass sie unbedingt aufstehen musste.

Da schlang sich ein Arm um ihre Taille und hob sie hoch. Unwillkürlich entrang sich ihr ein Schrei. Es fühlte sich an, als ob jemand sie durchschneiden würde und grob anpackte. Sie schlug und trat um sich, doch sie traf nur in die Luft. Sie schwang ihre Tasche nach hinten, um ihn zu erwischen. Er presste ihren Rücken gegen seine Brust und trug sie ins Haus. Auf halbem Weg kam ihnen der Dicke entgegen und hob sie aus den Armen des anderen, als ob sie nicht schwerer wäre als eine Tüte mit Lebensmitteln. Sie trat ihn mehrfach gegen den gewaltigen Bauch, doch er legte sie sich über die Schulter, als ob sie nichts wiegen würde.

Der Krampf ließ nach. Dicke Schweißtropfen tropften von ihrem Gesicht auf sein T-Shirt. Sie hämmerte mit den Fäusten gegen seinen Rücken.

»Ihr Mistkerle!«, kreischte sie.

Er trug sie zur Rückseite des Hauses. Als sie durch eine Tür gingen, krallte sie sich, so fest sie konnte, an den Türrahmen. Holzsplitter gruben sich in ihre Finger, aber diesen Schmerz spürte sie kaum.

Der Ältere kam heran und schälte ihre Finger einzeln ab.

»Du Scheißkerl!«, zischte sie.

Es gelang ihr, ihm einen Fausthieb zu verpassen, bevor der Dicke sie ins Haus brachte. Ihre Schreie echoten von den leeren, abbröckelnden Wänden. Das Haus roch nach Pisse.

»Die ist ziemlich wild«, bemerkte der Ältere.

Ein Lachen brachte sie vorübergehend zum Schweigen. Sie sah sich um, wo es hergekommen war. Links trat eine Figur aus dem Schatten, von Kopf bis Fuß in Schwarz gekleidet – bis hin zur Skimaske. Einen Moment lang sah es so aus, als schwebten dort ein Paar Augen und ein Mund. Er lächelte unter der Maske und zeigte dabei perfekt gerade, weiße Zähne.

»Wenn ich mit ihr fertig bin, ist sie nicht mehr wild«, sagte er.

Da sah sie einen Hammer in seiner rechten Hand.

12. November

Der Kelly Drive erstreckte sich über etwa sechs Kilometer entlang des Schuylkill River, zwischen Jocelyns Viertel und der Stadtmitte. Es war eine in beiden Richtungen zweispurige Straße, ohne Seitenstreifen, hier konnte man nicht zögernd fahren oder gar umkehren. Jedes Mal, wenn Jocelyn hier entlangfuhr, kam sie sich vor, als ob sie sich mit den entgegenkommenden Fahrzeugen auf eine Mutprobe einlassen müsste.

Eigentlich war die Strecke wunderschön. »The Drive« nannten die Anwohner die Straße, die zwischen dicht bewaldeten Hügeln und dem Flussufer verlief, das von gepflegtem Rasen gesäumt wurde und mit etlichen Statuen und Skulpturen geschmückt war. Die hügelige Seite des Drive schlängelte sich um einige der weniger angenehmen Viertel der Stadt.

Typisch für Philadelphia war, dass man zwar auf dem Weg neben dem Fluss relativ sicher war – wenigstens bei Tag –, sich aber kaum fünfhundert Meter von gefährlichen Gegenden entfernt befand. Der Drive endete auf der Rückseite des Philadelphia Art Museum, direkt neben der berühmten Boathouse Row von Philadelphia, einer Reihe von historischen Bootshäusern. Wenn der Drive mal nicht gerade wegen irgendeiner Regatta verstopft war, sah man das ganze Jahr über Jogger und Radfahrer auf dem Weg neben dem Fluss. Im Sommer gingen die Leute hier fischen oder veranstalteten ein Picknick.

Etwa sechs- oder siebenmal im Jahr fuhr jemand sein Auto dort ins Wasser. Etwas weniger häufig zog man Leichen aus dem Fluss. Leichen wie die, die die Marine Unit, die Marineeinheit der Polizei von Philadelphia, aus dem Schuylkill River gezogen hatte, bevor Jocelyn und Kevin eintrafen.

Jocelyn fand einen Parkplatz, den die Stadt neben dem Fluss eingerichtet hatte, und kam hinter vielen weiteren Polizeiwagen zu stehen, von denen die meisten einfach auf dem Gras am Flussufer parkten.

»Wie viele Polizeiwagen braucht man, um eine Leiche aus dem Fluss zu holen?«, sagte Kevin. »Himmel – ist überhaupt noch jemand übrig, um im Rest der Stadt Streife zu fahren?«

Jocelyn zählte die Fahrzeuge. Es waren zwölf, und die doppelte Menge von Officers war am Ufer versammelt.

»Das werden wir sicher gleich herausfinden«, erwiderte sie.

»Weißt du«, warf Kevin ein, »das letzte Mal waren wir nicht die Mordkommission.«

Jocelyn warf ihm einen säuerlichen Blick zu, die linke Augenbraue hochgezogen.

»Caleb hat gesagt, es sei wichtig.«

Kevin legte eine Hand gegen die Brust und klimperte affektiert mit den Wimpern.

»Oh, Caleb!«, sagte er mit künstlich atemloser Stimme.

Jocelyn versetzte ihm einen Stoß und stieg aus dem Wagen. Sie hoffte, dass er ihr Erröten nicht bemerkt hatte.

»Auch er ist nicht die Mordkommission!«, rief ihr Kevin über das Autodach hinweg zu.

Jocelyn hatte ein ganz schlechtes Gefühl. Sie und Kevin

hatten sich gerade nach einem Restaurant umgesehen, um nach einem bewaffneten Raubüberfall etwas essen zu gehen, als Caleb sie angerufen und ihr gesagt hatte, sie müsse sofort am Fluss auftauchen.

Sie wusste nicht, ob das mit dem Kinderpornografiefall zusammenhing, in den die Vergewaltiger ihrer Schwester verwickelt waren, oder mit den »Lehrerinnenangreifern«. Angenehm konnte es auf jeden Fall nicht sein.

Der Wind wehte ihnen heftig entgegen. Beinahe wäre sie gestolpert. Die eigentlich noch recht milden fast zehn Grad kamen ihr auf einmal wie Minusgrade vor. Die drei Helikopter von Nachrichtensendern, die über ihnen kreisten, machten es auch nicht besser. Schulter an Schulter begaben Kevin und sie sich an die Stelle, wo sich die Polizisten versammelt hatten, die Köpfe gesenkt.

Einige von der Marine Unit errichteten gerade ein Zelt an der Kante des Flussufers, damit die Journalisten keine Aufnahmen von der Leiche machen konnten, bevor die Polizei sie identifiziert hatte. Von der Mauer ging es etwas über einen Meter nach unten zum Wasser. Dort tanzte ein kleines Boot, daneben ein Taucher, der sich am Rand des Wasserfahrzeugs festhielt. Etwa zehn Meter vom Ufer stand ein größeres Polizeiboot im Fluss.

Jocelyn und Kevin bahnten sich ihren Weg zum Zelt, vor dem Caleb stand, eine gelbe Transportbahre zu seinen Füßen. Der Körper, der darauf lag, war schlaff und bewegungslos. Caleb wandte sich ihnen zu, als sie herankamen.

»Sullivan«, sagte er und nickte Kevin zu.

Dann sah er Jocelyn an und lächelte. Sie widerstand der Versuchung, ihn zur Begrüßung zu berühren, und spürte ein leises, ängstliches Kribbeln, als sie sah, dass das Lächeln nicht wirklich auch in seinen Augen war.

»Was ist los?«, fragte sie.

Er deutete auf die Leiche zu seinen Füßen. »Ich glaube, wir haben Raeann Church gefunden.«

Es war wie ein Faustthieb in Jocelyns Magen. Einen Augenblick lang bekam sie keine Luft. Dann kamen ihre Worte in einem schweren Ausatmen.

»Dieser Scheißkerl!«

»Wollt ihr mich verarschen!«, knurrte Kevin.

Jocelyn ging neben dem übel aussehenden Körper auf die Knie und schaute zu, wie einer der Männer von der Marine Unit das Tuch vom Gesicht wegzog. Das Gesicht der Frau war aufgedunsen und bleich wie der Bauch eines Fischs. Die Haut unter dem linken Auge war durch einen großen blauen Fleck verunziert. Ihre dunklen Haare waren wirr und noch strähniger als an dem Tag, an dem Jocelyn sie getroffen hatte.

»Nein!«, rief Jocelyn.

Der Gerichtsmediziner kniete mit behandschuhten Händen auf der anderen Seite. Er strich ihr das Haar aus dem Nacken und hob ihr Kinn an, damit Jocelyn die fingergroßen Flecken sehen konnte, die ihre Kehle bedeckten.

»Erwürgt«, stellte Kevin fest.

Jocelyn nickte und ließ sich von ihm beim Aufstehen helfen. Ihr Blick traf Caleb. Sein Gesicht wirkte schmerzhaft verzerrt.

»Das ist sie – definitiv.«

»Ja«, stimmte Jocelyn rau zu, ihre Kehle zugeschnürt.

Ein Handygebimmel ließ sie den Blick auf Kevin richten. Er zog sein Handy aus der Tasche und sah auf das Display.

»Das ist neu?«, fragte Jocelyn. »Ist das die Erkennungsmelodie vom A-Team?«

Er lächelte und tippte auf das Handy, um den Anruf anzunehmen. Er bewegte sich für das Telefonat ein paar Schritte weiter weg. Die Unterhaltung dauerte weniger als eine Minute. Als er zurückkam, war sein Gesicht aschfahl und die Stirn in Falten gelegt. Er starrte sie an.

»Was? Was ist los?«, fragte Jocelyn, und ein Schauer lief ihr über den Rücken.

Er versuchte zu sprechen, es fiel ihm schwer.

»Das war Kim – Schwester Bottinger. Es geht um Camille.«

Er schaute auf die Leiche. Als er Jocelyn wieder ansah, hätte sie schwören können, einen Tränenschleier in seinen Augen zu sehen.

Panik stieg in ihr auf, umklammerte ihre Brust. Sie hatte gefroren, seit sie aus dem Auto gestiegen war, doch jetzt fühlte sich ihr ganzer Körper glühend heiß an. Auf ihrer Stirn brach der Schweiß aus. Hatte ihre Schwester eine Überdosis genommen?

»Was ist mit Camille, Kevin?«, fragte sie.

Ihre Stimme klang weit ruhiger, als sie sich fühlte. Caleb trat auf sie zu. Er berührte sie nicht, stand ihr jedoch nahe genug, dass sie sich hätte anlehnen können. Sie wollte sich an ihn lehnen und die Augen schließen. In seiner Wärme verschwinden. Was auch immer es war – sie wollte es nicht hören. Sie wollte es nicht wissen. Sie wollte nicht, dass es passiert war.

»Sie ist im Einstein«, erklärte Kevin. »Sie haben sie erwischt – Larry, Angel – und der dritte Kerl. Sie haben sie erwischt!«

12. November

Caleb blieb vor Ort und versprach, sich persönlich um Camille zu kümmern, sobald das hier am Fluss erledigt war.

Kevin redete ununterbrochen, seit sie ins Auto gestiegen waren. Er sprach auch weiter, als Schwester Bottinger sie wieder einmal durch die Notaufnahme des Einstein-Krankenhauses führte. Allerdings durchdrang nur ein Teil von dem, was er sagte, den Nebel, der sich über Jocelyn gelegt hatte.

»Das ergibt doch keinen Sinn!«, sagte Kevin. »Sie bewegen sich zurück. Sie haben mit Straßennutten angefangen und haben sich dann zu den Online-Inseraten hochgearbeitet. Und jetzt ... Camille ist eine Straßennutte. Ich will dich nicht beleidigen, Rush, aber sie ist keine Jennifer Maisry. Warum haben sie sich jetzt wieder an einer Straßennutte vergriffen?«

Jocelyn achtete nicht auf ihn. Kim führte sie an einen Vorhang.

»Sie ist hier drin.«

Die Stille ließ Jocelyn erstarren. Ein Kälteschauer lief ihr von der Nasenspitze bis zu den Fingern. Grant und Maisry hatten geweint – geheult und gewimmert, wie verwundete Tiere. Von Camille war nichts zu hören. Kevin lief vor dem Vorhang auf und ab.

Jocelyn zog den Vorhang zurück und trat an ihr Bett. Ihr Herz hämmerte laut. Es war ihre Schwester, die auf dem Krankenhausbett lag. Ihre verbundenen Füße ruhten auf Kissen, neben ihr lagen die bandagierten Hände. Eine Infusion aus klarer Flüssigkeit tropfte in ihren rechten Arm. Sie trug ein Nachthemd vom Krankenhaus, voll Blutflecken. Ihre Augen waren geschlossen, und sie atmete gleichmäßig.

Einen winzigen Augenblick lang sah sie aus wie ihre Mutter. Doch als Jocelyn sich über sie beugte, war das abgemagerte, gelbliche Aussehen nicht zu übersehen. Und die Narben, die die Nadeln in ihrer Ellbogenbeuge hinterlassen hatten. Und die scharf hervortretenden Schlüsselbeinknochen.

Jocelyn legte Camille eine Hand auf den Unterarm. Er war total heiß.

Kim kam hinter Jocelyn herein, um die Infusion zu überprüfen.

»Es war nicht einfach, eine Vene zu finden«, erklärte sie. »Sie hat eine Nierenentzündung. Daher kommt das Fieber. Wahrscheinlich hat sie die schon eine ganze Weile – es war beinahe eine Vergiftung. Das hat mit dem Überfall ganz offensichtlich nichts zu tun. Wir geben ihr Antibiotika und Flüssigkeit. Sie ist sehr dehydriert. Gegen die Schmerzen haben wir ihr Morphium gegeben. Angesichts ihres Zustands weiß ich nicht, ob sie wirklich bei sich ist. Die Untersuchung wegen der Vergewaltigung haben wir bereits abgeschlossen.«

317

Kim zog sich wieder zurück. Jocelyn ließ ihre Hand auf Camilles Arm liegen und versuchte, die Tränen zurückzudrängen, die sie zu überwältigen drohten. Zwar wischte sie sich die Tränen ab, doch ein Schluchzen bahnte sich seinen Weg durch ihre Kehle.

»Oh, Camille!«, weinte sie leise.

Da erwachte Camille mit einem Stöhnen und drehte den Kopf zur Seite. Sie öffnete die Augen und entdeckte Jocelyn. Sie blinzelte mehrere Male und lächelte schwach.

»Camille!«, sagte Jocelyn mit brechender Stimme.

Camille bewegte sich und zuckte vor Schmerz zusammen.

»Weinst du etwa?«

Jocelyn nickte und wischte sich die Nase mit dem Handrücken. Sie zog einen Stuhl neben das Bett und setzte sich darauf.

»Du weinst nie!«, wunderte sich Camille. »Selbst als wir noch Kinder waren, hast du nur ganz selten geweint.«

Ihre Stimme war langsam und schwerfällig, als ob es sie große Anstrengung kostete zu sprechen. Dann zog sie abrupt scharf die Luft ein und schloss die Augen. Ihr Gesicht rötete sich merklich.

»Camille?«

»Es tut nur weh«, keuchte Camille. »Das geht vorüber.«

Ein paar Minuten später ließ der Schmerz tatsächlich nach. Camilles angespanntes Gesicht wurde weicher, und ihre Gesichtsfarbe normalisierte sich. Jocelyn vermutete, sie sei eingeschlafen, aber dann sprach sie wieder, schwach und bebend.

»Haben sie dir erzählt, was passiert ist? Was mir diese Männer angetan haben?«

Jocelyn schluckte, drängte die Tränen zurück.

»Ja«, antwortete sie. »Camille – es tut mir so leid!«

»Nein … das muss es nicht«, erwiderte Camille.

Sie schwieg eine Weile. Jocelyn fragte sich, ob sie wohl wieder einschlafen würde.

»Mir tut es auch leid«, sagte Camille leise.

Jocelyn biss sich auf die Lippen.

»Was tut dir leid?«

Ohne die Augen zu öffnen, hob Camille eine ihrer verbundenen Hände.

»Es tut mir leid, dass … dass das aus mir geworden ist.«

»Camille!«

Dann war es erneut still. Eine einzelne Träne lief ihr über die Wange. Sie hatte undeutlich gesprochen, und Jocelyn glaubte nicht, dass sie noch lange wach bleiben konnte. Sie musste sich vorbeugen, um Camille zu verstehen.

»Ich will das alles hinter mich bringen«, murmelte sie. »Dieses Leben … die Drogen … die Männer. Alles.«

Jocelyn strich ihr das Haar aus der Stirn.

»Das kannst du, Camille. Ich werde dir dabei helfen.«

Camille bewegte den Kopf langsam verneinend hin und her. Mittendrin hielt sie an, als ob sie eingeschlafen wäre. Doch dann sprach sie noch einmal.

»Nein … das wirst du nicht. Du bist immer so … so wütend … auf mich.«

Jocelyn lächelte durch ihre Tränen hindurch und erkannte, dass sie jetzt, das erste Mal seit neunzehn Jahren, nicht wütend auf Camille war. Sie hatte es satt, wütend zu sein. Wohin hatte sie das gebracht? Und wohin hatte ihre Wut Camille gebracht? Auf wen war sie denn wirklich wütend? Auf Camille, weil sie nachgegeben hatte, als ihr Vater die Vergewaltigung unter den Teppich kehren wollte? Weil sie zu einer Drogensüchtigen geworden war? Oder war sie wütend auf sich selbst, weil sie sich nicht daran erinnern konnte, was sie gesehen hatte, und deshalb Camille nicht hatte helfen können?

Sie waren beide Teenager gewesen – fast noch Kinder. Wie hatte man von ihnen erwarten können, dass sie sich mit der Welt der Erwachsenen auseinandersetzten, die alle so taten, als ob die furchtbare Tat nie passiert wäre? Es waren ihre Eltern, auf die sie eigentlich wütend war – und sie waren tot. Ihre Wut hatte überlebt, aber daraus war für sie beide nie etwas Gutes entstanden.

»Ich will die Wut hinter mich bringen!«, sagte Jocelyn.

Sie streichelte Camilles Haare, bis ihre Schwester leise zu schnarchen begann. Sie zog den Stuhl näher ans Bett und saß an Camilles Seite.

Nach einigen Minuten schreckte Camille wieder hoch, ihr Gesicht rot und schmerzverzogen, sie krümmte sich zusammen und atmete schwer. Jocelyn stand auf und umfasste ihren Oberarm.

»Bist du in Ordnung?«

»Das sind nur Krämpfe«, murmelte sie.

Der Schmerz ließ nach und mit ihm die Spannung in ihrem Körper. Sie wurde ruhiger und ihr Gesicht wieder blass.

»Scheiße«, fluchte sie. »Setz dich – und erzähl mir was Nettes.«

»Okay«, nickte Jocelyn und ließ sich wieder auf den Stuhl fallen. Sie dachte einen Moment lang nach.

»Deine Hälfte der Erbschaft beträgt acht Millionen Dollar.«

Camilles Augen weiteten sich. Kurz wirkte sie vollständig wach und aufmerksam.

»Was?«, krächzte sie.

»Ja!«, erwiderte Jocelyn lächelnd. »Und wenn du das alles für Drogen ausgibst, bringe ich dich um!«

Camille sah sie an. Ihre Schultern bebten. Zuerst dachte Jocelyn, sie würde weinen. Sie streckte die Hand nach ihr aus.

»Es tut mir leid«, sagte sie. »Das war ein Scherz. Ich meine, natürlich will ich nicht, dass du das Geld für Drogen ausgibst, aber ich habe nur versucht …«

Camille brach in Lachen aus. Es war durchmischt mit Schmerz, aber es war da.

»Ich weiß«, sprudelte sie heraus. »Ich weiß, dass du es nicht ernst gemeint hast. Es ist okay.«

Als das Lachen verebbt war, schaute sie wieder Jocelyn an und kämpfte erneut damit, die Augen offen zu halten.

»Du musst nicht wach bleiben«, erklärte Jocelyn. »Ich bleibe hier. Ich werde neben dir sitzen, solange ich kann.«

Camille nickte, überließ sich wieder ihrem aus Morphium geborenen Schlaf. Doch vorher murmelte sie noch vor sich hin.

»Jetzt kommt alles wieder in Ordnung. Es … es ist … vorbei. Alles wird … gut.«

Eine Stunde später ging Jocelyn hinaus und fand Kevin in der Nähe der Schwesternstation herumlungern. Er sah sie an wie ein ertapptes Kind. Sie hob die Hand in seine Richtung.

»Versuch bloß nicht deine Mitleidstour!«

Langsam näherte er sich ihr, das Handy in der Hand.

»Ich habe Inez angerufen. Sie hat gerade Dienst, aber sie will sich bei dir melden, wenn ihre Schicht zu Ende ist.«

Jocelyn zog ihr eigenes Handy aus der Tasche. Sie hatte drei Anrufe von Caleb, einen von Inez und zwei verpasste SMS von Inez. Sie holte sich zuerst die letzten SMS auf das Display.

»Kevin hat erzählt, was passiert ist. Ruf mich an.«

»Ich muss für eine Stunde nach Hause. Komm dorthin.«

Jocelyn steckte das Handy wieder zurück und sah Kevin an.

»Caleb wird sie befragen. Bleibst du bei ihr, bis er eintrifft?«

»Natürlich«, nickte er.

»Ich treffe dich dann in der Abteilung, in ein oder zwei Stunden.«

»Klar«, erwiderte Kevin und rief ihr hinterher: »Rush!« Sie drehte sich zu ihm um. »Es tut mir leid«, sagte er.

12. November

Die Mädchen schlafen in Raquels Zimmer«, erklärte Martina, als Jocelyn ins Haus kam.

Sie deutete auf den kleinen Videomonitor, der auf dem Fernseher stand. Der quadratische, etwa fünf Zentimeter große Bildschirm zeigte die beiden Mädchen, die dicht nebeneinander lagen. Olivia röchelte mit offenem Mund. Sie hielt Lulu an sich gepresst, und ihre Kinderdecke bedeckte ihre Beine.

»Ich dachte, du hast Dienst bis Mitternacht?«, bemerkte Martina.

Sie stand auf und zog sich eine grün-weiße Decke über die Schultern. Sie war einige Zentimeter kleiner als Jocelyn und schaute zu ihr hoch. Die Sorgenfalten in ihrem karamellfarbenen Gesicht vertieften sich.

»Was ist los?«

Jocelyn brachte ein schwaches Lächeln zustande.

»Nichts. Nur allerlei Arbeit. Ich muss mit Inez sprechen. Ist sie da?«

Martina deutete mit ihrer Schulter hinaus. »Sie ist draußen hinter dem Haus.«

Jocelyn hob eine Augenbraue. »Draußen?«

Martina nickte ernst. Jocelyn suchte sich ihren Weg durch das abgedunkelte Esszimmer, das Martina schon lange in ein Spielzimmer für die Mädchen verwandelt hatte. Jocelyn wich auf dem Weg zur Küche einem Ball und einem Puppenwagen aus. Die Hintertür war geschlossen, aber Jocelyn konnte durch die Gardine am Fenster Licht im Hinterhof sehen.

Die Tür quietschte beim Öffnen leise. Auf der anderen Seite der Fliegengittertür stand Inez im Lichtkreis der Lampe, mit nichts bekleidet als Büstenhalter und Höschen ganz aus weißer Baumwolle. Ihre »Arbeitskleidung«, wie sie ihre Unterwäsche nannte, die sie nur zur Arbeit trug. Die verführerischen Stücke hob sie für ihren Mann auf. Trotz allem, was sie bedrückte, musste Jocelyn lachen und trat auf den Hof hinaus.

»Was machst du denn da?«

»Pass auf, wo du hintrittst«, mahnte Inez.

Ihre Uniform lag hinter ihr auf einem Haufen, links von ihr Stiefel und Weste und vor ihren Füßen die Waffe. Sie nahm eine Sprühflasche mit Reiniger vom Terrassentisch und begann damit, ihre Schuhe einzusprühen. Es musste irgendein Bleichmittel sein, dessen Geruch in Jocelyns Augen brannte.

»Ich hatte einen Fall von häuslicher Gewalt«, erklärte Inez, »drüben an der North Third. Du hättest die Wohnung sehen sollen! Es gab da so viele Flöhe, ich wette mit dir, ein Teil von ihnen hat einen Antrag auf Übersiedlung wegen Überbelegung gestellt. Sie waren überall! Ich konnte fühlen, wie sie in meine Hose gesprungen sind. Ich habe den Ort in einer Wolke von Flöhen verlassen.«

Jocelyn lächelte grimmig.

»Lass mich raten – die Frau, die dich angerufen hat, wollte keinen Strafantrag stellen.«

»Natürlich nicht!«, kicherte Inez.

Nachdem sie ihre Stiefel großzügig eingesprüht hatte, machte sie mit der Weste weiter. Sie deutete auf die Uniform.

»Das ist schon meine dritte in diesem Jahr. Ich kann es nicht fassen, in welchem Dreck diese Leute leben.«

Sie hüpfte von einem Fuß auf den anderen, um sich warm zu halten. Jeder Zentimeter ihres Körpers war mit Gänsehaut bedeckt. Sie warf Jocelyn einen Blick zu.

»Reden wir jetzt über die Sache oder nicht?«

Jocelyn verschränkte die Arme und sah zu Boden.

»Raeann Church ist tot. Sie ist die Einzige, die das Gesicht dieses Kerls gesehen hat.«

Inez erstarrte. Ihre Hand lag noch immer um die Sprüh-flasche.

»Das habe ich nicht gemeint«, widersprach sie. »Reden wir über Camille?«

Jocelyns Unterlippe zitterte.

»Die Kerle haben sie erwischt, Inez. Sie haben sie gekreuzigt! Sie haben ihr wehgetan!«

Tränen flossen aus ihren müden Augen. Sie ließ sich auf die Stufen der Hintertreppe sinken und wischte sich die Wangen mit dem Ärmel ihrer Jacke. Sie dachte daran, wie Camille im Krankenhausbett lag, vergewaltigt, verstümmelt und gebrochen – schon das zweite Mal in ihrem kurzen Leben. Und beide Male war Jocelyn machtlos gewesen, hatte es nicht verhindern können. Vielleicht würde Camille jetzt nicht in diesem Bett liegen, wenn sie beim ersten Mal stark genug gewesen wäre, ihrer Schwester Gerechtigkeit zu verschaffen. Vielleicht wäre Camille nie auf der Straße gelandet, wenn die Dinge anders gelaufen wären.

Sie öffnete den Mund, um darüber mit Inez zu reden, aber sie brachte es nicht fertig. Sie wollte nicht darüber sprechen. Noch nicht. Was sie wirklich wollte, das waren ein paar Augenblicke der Ruhe – ein paar Augenblicke, ohne dass jemand Forderungen an sie stellte. Ein paar Augenblicke versteckt vor der Welt, damit sie in Ruhe trauern konnte.

Inez schenkte ihr genau das, ließ sie einfach leise auf den Stufen weinen, stopfte währenddessen ihre Uniform in eine Tüte und beendete das Einsprühen von Stiefeln und Weste.

Inez zog den Gartenschlauch heran und drückte ihn Jocelyn in die Hand.

»Du musst mich abspritzen. Besonders meine Füße.«

Jocelyn sah ihre Freundin an.

»Bist du verrückt? Es ist eiskalt hier draußen!«

Inez stemmte eine Hand in die Hüfte und zeigte auf die Hintertür.

»Fünf Minuten mir den Arsch abfrieren kann ich überstehen. Aber ich kann es nicht überstehen, wenn ich Flöhe in ein Haus bringe, in dem meine Tochter schläft. Also – spritz mich ab!«

Inez schlang die Arme um sich, als Jocelyn die Düse des Gartenschlauchs auf sie richtete.

»Hör mal«, sagte sie, bevor das Wasser kam. Jocelyn hielt inne und sah Inez in die Augen.

»Ja?«

»Camille hat eine Menge Probleme und eine Menge Schwächen. Sie hat eine Menge Fehler gemacht. Aber weißt du, was sie ist? Eine Kämpfernatur.«

Sie pausierte einen Moment lang, damit Jocelyn es in sich aufnehmen konnte.

»Sie ist eine Kämpfernatur«, wiederholte Inez. »Sie wird das überleben.«

Jocelyn schluckte. Es stimmte. So hatte sie das noch niemals betrachtet, aber Camille überlebte alles – und machte einfach weiter. Sie schickte ein kleines Stoßgebet zum Himmel, dass Inez recht haben möge – dass Camille das überlebt und vielleicht, nur vielleicht, sogar die Kurve kriegt und ihrem traurigen, gefolterten alten Leben den Rücken kehrt.

»Aber die nächste Frau, die diese Ungeheuer sich greifen, überlebt es vielleicht nicht«, sagte Jocelyn. »Unsere einzige Zeugin ist tot. Selbst wenn wir Larry Warner und Angel Donovan wieder zu fassen kriegen – sie werden den dritten Kerl niemals verraten. Es ist doch zu auffällig, dass Raeann tot auftaucht, gerade als wir die Erlaubnis für eine Phantomzeichnung bekommen haben. Inez, ich glaube, dieser dritte Kerl ist einer von uns. Und wer auch immer er ist – er ist ganz in unserer Nähe. Woher hätte er sonst wissen sollen, dass wir auf der Suche nach Raeann waren?«

Inez seufzte. Sie kreuzte die Arme und rieb sich heftig, um warm zu bleiben, während sie auf der Stelle trat.

»Joc, sie haben eine Fahndung rausgegeben. Die gesamte Polizei von Philadelphia wusste, dass wir sie suchen. Falls der Dritte wirklich ein Bulle ist, kann er so gut wie jeder sein. Wenn du wirklich glaubst, dass es jemand in unserer Nähe ist, dann sollten wir, glaube ich, nicht nach einem Polizisten suchen.«

Jocelyn zog die Stirn in Falten.

»Was meinst du damit?«

Inez deutete auf den Schlauch.

»Kannst du jetzt endlich mal anfangen? Ich will hier nicht die ganze Nacht stehen!«

Jocelyn drehte am Schlauch, und kaltes Wasser schoss auf die Füße ihrer Freundin.

»Waaah!«, kreischte Inez und hüpfte auf und ab. »Was ich meine, ist«, sprach sie weiter mit inzwischen klappernden Zähnen, »dass da in der Nacht der Pressekonferenz noch jemand anderes da war, der schon die ganze Zeit mit dem Fall zu tun hatte.«

Jocelyn lenkte den Strahl immer höher, über Inez' Taille und Oberkörper. Fragend sah sie ihre Freundin an, die sich vorbeugte und ihr die Haare zum Abspritzen hinhielt. Inez warf die Haare zurück und verdrehte die Augen.

»Himmel!«, fluchte sie genervt. »Manchmal bist du wirklich schwer von Begriff. Ich meine Phil!«

Jocelyn drehte am Schlauch, und der Wasserstrom verebbte. Ihr Mund stand offen. Inez kam heran und hämmerte gegen die Hintertür. Kurz darauf zeigte sich Martinas Hand in einem schmalen Türspalt und reichte ihr einen dicken blauen Bademantel aus Frottee. Inez nahm ihn und wickelte ihn fest um ihren von Wassertropfen glitzernden Körper.

»Phil?«, wiederholte Jocelyn, wie vor den Kopf geschlagen.

Inez nahm ihr den Schlauch aus der Hand und hängte ihn zurück an seinen Haken. Ihre Hände zitterten vor Kälte.

»Du bist auf der Suche nach einem gut aussehenden Mann mit blauen Augen und dunklen Haaren. Jemand, der sehr auf sich achtet. Hast du mir nicht erzählt, dass Raeann meinte, es könnte auch ein Anwalt sein?«

Jocelyn nickte. Der Kloß in ihrer Kehle wurde immer größer.

»Er hat die Beschuldigungen gegen Larry und Angel zusammengestrichen. Dadurch konnten sie auf Kaution freikommen.«

In einer künstlichen Imitation einer Männerstimme, die mit Phils Tonfall nicht das Geringste zu tun hatte, fuhr sie fort.

»Er ist doch derjenige, der ständig behauptet: ›Sie waren schließlich nicht diejenigen, die die Nägel eingeschlagen haben!‹ Er war dabei, als Caleb allen von Raeann und dem Phantomzeichner berichtet hat. Und Joc, ich sage dir das nicht gerne – aber das ist eine ganz persönliche Sache. Sie haben sich Camille gegriffen. Wie hoch ist wohl die Wahrscheinlichkeit, dass das ein Zufall war?«

Jocelyn fiel beinahe zurück auf die Stufen und starrte auf die Pfütze, die sich um Inez' Füße bildete. Sie versuchte, sich Phil vorzustellen – den Mann, mit dem sie viele Jahre zusammen gewesen war, der sie so oft und so intim berührt hatte –, wie er Nägel durch die Hände und Füße einer Frau trieb.

»Nein«, sagte sie automatisch.

Eigentlich hatte sie es gar nicht laut sagen wollen, das Wort strömte einfach heraus.

Inez hockte sich vor sie und sah ihr ins Gesicht.

»Joc, denk einfach mal darüber nach. Ihr beide liegt euch in dieser Sache ständig in den Haaren. Wer könnte so etwas wohl persönlicher nehmen als Phil? Sie haben sich Camille geholt.«

Sie betonte Camilles Namen, als hätte Jocelyn nicht ohnehin schon begriffen, was ihrer Schwester passiert war.

»Wie viele Nutten gibt es in dieser Stadt? Vorher haben sich diese Kerle nicht einmal um die Straßennutten gekümmert. Anita Grant und Jennifer Maisry – das sind Edelnutten. Es sind Escort-Girls. Warum sollte man von solchen Frauen wieder zurückkehren zu jemandem wie Camille? Nicht dass ich dich beleidigen will. Das ist einfach zu viel des Zufalls.«

Inez sagte das Gleiche wie Kevin. Jocelyn kaute auf ihrer Unterlippe und versuchte, alles zu begreifen. Was hatte Anita gesagt? Sie erinnerte sich Wort für Wort.

»Das klingt jetzt sicher total pervers – aber er hat gut gerochen. Nach Seife oder Aftershave oder so etwas. Er roch sauber. – Er hatte eine große silberne Armbanduhr. Ich glaube, es war eine Michael Kors. Ziemlich teuer. – Er hätte jede Frau haben können. – Er hatte das Kommando. Und er wirkte auch so, als ob er, wissen Sie, eine gute Ausbildung gehabt hätte. Er hat Worte verwendet, die ich nicht verstanden habe.«

Jocelyn ließ den Kopf in die Hände sinken.

»O mein Gott!«, stöhnte sie.

Konnte das wirklich sein? Konnte Phil – der puritanische, äußerst ehrgeizige stellvertretende Bezirksstaatsanwalt Phil Delisi mit seinem teuren Lexus und seinen schicken Anzügen –, konnte er wirklich ein Serienvergewaltiger sein? Ein Mann, der darauf abfuhr, Frauen wehzutun? Er war ein Mistkerl, und er konnte einem gewaltig auf die Nerven gehen. Er war unsensibel, launisch und – das hatte ihr die Szene mit Caleb auf der Veranda gezeigt – gemein. Aber ein Sadist? Ein Krimineller? Der sich mit Leuten zusammentat, wie er sie jeden Tag ins Gefängnis brachte? Dann müsste er ein echtes Doppelleben führen.

»Jocelyn?«, sprach Inez sie an.

Sie sah Inez in die Augen.

»Phils Mutter lebt in Delaware«, erklärte sie.

Inez verzog den Mund.

»Was hat das damit zu tun?«

Jocelyn stand auf.

»Phils Mutter ist noch am Leben. Zachary Whitman ist fest davon überzeugt, dass der dritte Mann wieder und wieder eine Fantasie umsetzt, die er über seine Mutter hat. Deshalb glaubt er ja auch, dass es dieser Junge vom Society Hill war, der freigesprochen…«

»Stopp!«, sagte Inez, schloss die Hand um Jocelyns Oberarm und schüttelte sie leicht. »Hör dir doch einfach mal selbst zu! Du kümmerst dich nicht um die Beweise – du übersiehst, was direkt vor dir liegt. Hast du wirklich vor, bei deinen Ermittlungen auf etwas aufzubauen, das irgendein Typ von sich gegeben hat, dem man vorwirft, Kinderpornografie…«

»Ich glaube, Simon hat ihm das untergeschoben«, unterbrach Jocelyn sie. »Er ist ein Kriminologe.«

Inez schüttelte den Kopf, dass die Wassertropfen flogen. Im Halblicht des Hinterhofs wirkten ihre Lippen inzwischen blau.

»Er ist ein Stück Scheiße. Er war der Aufpasser, als die Jungs deine Schwester nacheinander vergewaltigt haben. Willst du wirklich irgendwas ernst nehmen, was er dir gesagt hat?«

Jocelyn zuckte zusammen. Als sie nichts sagte, schüttelte Inez sie erneut.

»Jocelyn!«

Sie zog ihren Arm zurück.

»Ich … ich kann nicht …«, stammelte sie.

»Sieh mal – ich weiß, das ist schwer zu verkraften«, erklärte Inez sanfter. »Ich sage ja nur, wirf mal einen schärferen Blick auf Phil. Vielleicht irre ich mich ja auch. Vielleicht bin ich verrückt …«

»Nein«, widersprach Jocelyn. »Du hast recht. Ich meine, was haben wir denn sonst für Anhaltspunkte, denen wir nachgehen können? Und ich sollte meine Ermittlungen nicht auf etwas aufbauen, was Whitman gesagt hat. Ich meine, ich sollte ihn nicht ernst nehmen.«

Sie brauchte Beweise!

Ihr Handy klingelte. Als sie es herauszog, öffnete Inez die Hintertür und drängte sie ins Haus. Die Wärme innen war überwältigend. Ein heißer Luftstrom trieb ihr sofort den Schweiß ins Gesicht. Sie hielt das Handy ans Ohr, und Inez setzte Kaffee auf.

»Rush«, meldete sie sich.

Zuerst herrschte Stille.

»Hallo?«

Sie nahm das Handy vom Ohr und warf einen raschen Blick auf das Display. Sie kannte die Nummer nicht.

»Hallo?«, wiederholte sie.

Dann hörte sie eine leise, vertraute Stimme.

»Rush?«

»Anita?«

»Ja. Ich … hm …«

»Sind Sie in Ordnung? Ist Ihnen noch etwas eingefallen?«

»Mir geht es gut. Nein, mir ist nichts Neues eingefallen. Ich brauche Ihre Hilfe. Es geht um Pia. Sie ist auf dem Polizeirevier Northwest. Anscheinend war sie mit ein paar Freundinnen in einem Geschäft an der Germantown Avenue, während dort ein Raubüberfall stattgefunden hat. Sie hat mit irgendjemandem auf dem Polizeirevier gesprochen. Ich kann sie nicht abholen, und ich habe überlegt, ob Sie sie vielleicht nach Hause bringen könnten? Ich weiß wirklich nicht, wen ich sonst anrufen könnte. Meine Mutter ist im Krankenhaus, und Terrence ist mit seinem Footballteam unterwegs.«

»Anita, ich bin kein Taxidienst«, erwiderte Jocelyn.

Sie hörte ein schweres Ausatmen am anderen Ende der Leitung und fühlte sich sofort schuldig. Sie rieb sich die Augen mit der freien Hand und seufzte.

»Es tut mir leid. Ich habe einen schlimmen Abend hinter mir. Es ist eine Menge los, und ...«

»Ich weiß«, sagte Anita rasch. »Ich weiß. Ich bitte nicht gerne um Hilfe, und ich würde es normalerweise auch nicht tun. Wenn es nur irgendwie ginge, würde ich selbst hinfahren und sie abholen. Aber Sie wissen doch – momentan bin ich sozusagen nicht gut zu Fuß. Bitte, Rush! Es ist schon spät. Ich brauche sie. Sie ist zehn Jahre alt. Mein kleines Mädchen!«

Ihr kleines Mädchen. Jocelyn fühlte ein Ziehen in sich wie von einem gezerrten Muskel. Vielleicht war es ein Herzmuskel. Was, wenn das Olivia wäre? Was, wenn sie selbst diejenige wäre, die verletzt und nicht in der Lage wäre, ihre Tochter sicher nach Hause zu bringen? Was, wenn sie dann ihren Stolz herunterschluckte und jemanden um Hilfe bat, um Olivias willen, und der ablehnte? Sie war, wie Anita, eine alleinerziehende Mutter. Aber sie hatte das Glück, sich auf Inez, Martina und Kevin verlassen zu können, ein kleines, aber gutes Unterstützungssystem. Anita hatte niemanden.

»Okay«, sagte Jocelyn. »Bleiben Sie am Telefon. Ich fahre zur Division und hole Pia.«

12. November

Glücklicherweise hatten sich Pia und ihre Freundinnen im hinteren Bereich des Minimarts auf der Germantown Avenue aufgehalten, um sich Limonade und Süßigkeiten zu holen, als es passiert war. Sie hatten gerade darüber diskutiert, ob sie lieber eine normale Cola oder eine Cola Light nehmen sollten – schon mit zehn Jahren figurbewusst –, da kamen zwei bewaffnete Männer in den Laden. Es war ein Blitzangriff. Pia war vernünftig genug gewesen, sich hinter einem Regal mit Chips zu verstecken, und war ungeschoren davongekommen. Ihre Freundinnen hatten nicht so viel Glück. Ihre Handys, iPods, iPads und das bisschen Bargeld, das sie bei sich gehabt hatten, war ihnen geraubt worden. Alle drei waren traumatisiert. Trotzdem, dachte Jocelyn, hatten sie eigentlich alle noch richtig Glück gehabt.

Die anderen Mädchen waren schon vor Stunden abgeholt worden. Pia saß auf einem Stuhl neben Chens Schreibtisch und spielte mit ihrem iPod, ein Ohrhörer im Ohr, der andere in ihrem Schoß.

Während der gesamten Fahrt nach Hause blieb sie stumm, sosehr Jocelyn auch versuchte, eine Unterhaltung mit ihr anzufangen. An der Wohnungstür zog Pia einen Schlüssel aus der Manteltasche, warf einen Blick zurück auf Jocelyn und eilte hinein. Die Tür ließ sie offen.

Jocelyn schloss sie hinter sich und folgte Pia ins Wohnzimmer, wo Anita auf einem Sessel saß. An ihren Füßen trug sie weite braune Hausschuhe, die wie Hunde geformt waren. An ihren Fußgelenken zeigten sich Verbände. Auch um ihre Hände wanden sich Mullbinden, die allerdings gerade mal eben die Löcher bedeckten, die die Nägel hinterlassen hatten.

Pia sprang auf ihren Schoß. Der Sessel wippte, und seine Sprungfedern gaben ein lautes Stöhnen von sich. Anita presste ihre Tochter fest an sich und strich ihr über den Kopf. Sie versuchte, sie noch enger an sich zu ziehen, doch das Mädchen war schon fast so groß wie Anita, und ihre langen, schlaksigen Beine hingen über die Armlehne. Jocelyn wehrte den Gedanken ab, dass auch Olivia eines Tages zu groß sein würde, um auf ihrem Schoß zu sitzen.

»Jetzt ist alles okay«, flüsterte Anita. »Du hast das prima gemacht. Und jetzt ist alles vorbei.«

Nach ein paar Minuten schickte Anita Pia auf ihr Zimmer, wo sie ihren Schlafanzug anziehen sollte, und sie versprach ihr, dass es Makkaroni mit Käse, und zwar richtigem Käse, geben würde. Nachdem Pia verschwunden war, streckte Anita die Hand nach Jocelyn aus.

»Danke«, sagte sie, als Jocelyn ihr geholfen hatte aufzustehen.

Sie humpelte in die Küche, gefolgt von Jocelyn. In einer mikrowellenfesten Schüssel bereitete Anita Makkaroni und Käse vor. Sie warf Jocelyn einen Blick zu.

»Sie sehen nicht so gut aus, Rush. Sind Sie krank?«

Jocelyn schüttelte den Kopf. Anita sah sie noch einen Augenblick länger an, als ob sie ihr nicht glauben würde, dann rieb sie weiter Cheddarkäse über die Makkaroni.

»Machen Sie Fortschritte mit den Kerlen? Ich habe die Nachrichten gesehen. Sie haben einer Lehrerin das Gleiche angetan?«, sagte Anita kopfschüttelnd.

Jocelyn sah über die Schulter, um sicher sein zu können, dass Pia nicht in Hörweite war. Sie leckte sich die trockenen Lippen.

»Sie haben außerdem meine Schwester erwischt, und die einzige Zeugin, die jemals das Gesicht des dritten Mannes gesehen hat, ist tot. Es sieht nicht sehr gut aus, Anita. Tut mir leid.«

Anita wirkte erschrocken und riss die Augen auf. Sie wollte etwas sagen, doch da kam Pia in die Küche, in einem pinkfarbenen Schlafanzug mit kleinen Kuchen darauf. Anita stellte die Schüssel in die Mikrowelle. Als die Nudeln heiß waren, schickte sie das Mädchen mit der Schüssel ins Wohnzimmer vor den Fernseher. Dann setzte sie sich an den Küchentisch und bedeutete Jocelyn, es ihr gleichzutun. Doch Jocelyn blieb im Türrahmen stehen.

»Ihre Schwester?«, fragte Anita. »Sie heißt Camille, nicht wahr?«

Jocelyn nickte.

»Haben sie …«

»Sie haben mit ihr genau das Gleiche gemacht wie mit Ihnen und der anderen Frau.«

Anita starrte den Tisch an und befingerte das Platzdeckchen aus Stoff vor ihr. Dann schüttelte sie rasch den Kopf, als ob sie sich aus einem Trancezustand herausholen müsste. Sie sah Jocelyn an. »Wie geht es ihr?«

Jocelyn zuckte mit den Schultern. »Ich weiß es nicht. Sie ist …«

… schon zweimal von mehreren vergewaltigt worden, setzte sie innerlich fort. Wie kann jemand das überleben? Camille wollte dieses Leben mit seinen Drogen und seiner Gewalt hinter sich lassen, und Jocelyn glaubte ihr das. In all den Jahren, in denen ihre Mutter versucht hatte, Camilles Leben wieder in Ordnung zu bringen, in all den Jahren, in denen Jocelyn die Beschuldigungen gegen sie wegen Drogenbesitzes und Prostitution zum Verschwinden gebracht hatte, war von Camille nicht einmal der Wunsch gekommen, sich aus all dem zu lösen. Heute Abend zum ersten Mal! Vielleicht hatte sie jetzt wirklich damit abgeschlossen.

Jocelyn dachte an Alicia Hardigan, die sich angesichts der Narben an den Händen und der schrecklichen Erinnerungen nur den nächsten Schuss verpassen wollte. Camille wollte ihrem alten Leben den Rücken kehren, aber würde ihr das jetzt nicht diesen Schritt noch schwerer machen? Oder setzte es diesen Teufelskreis wieder in Gang, der begonnen hatte, als sie Teenager waren und ihr Vater sie im Stich gelassen hatte?

»Wo sind Sie mit Ihren Gedanken, Rush?«, unterbrach

Anita. »Sie sehen so aus, als ob Sie gleich tot umfallen würden. Heben Sie Ihren Arsch auf einen Stuhl – ich koche Kaffee.«

Erneut schaute Jocelyn über die Schulter zurück. Pia lag auf dem Sofabett, die Schüssel mit den Makkaroni in der Hand. Ihre Augen klebten am Fernseher, der flackernde Lichter über ihr Gesicht warf.

»Ich bin im Dienst und muss weg«, wandte Jocelyn ein.

Anitas Kinn ging nach unten, und sie warf Jocelyn einen Blick zu, wie ihn Mütter für ihre Kinder übrig haben, wenn sie lügen.

»Und ich bin das Opfer eines Verbrechens, in dem Sie ermitteln. Also setzen Sie sich!«

Jocelyn gehorchte, schälte sich aus ihrer Jacke und setzte sich Anita gegenüber. Das erste Mal an diesem Abend verebbte das Adrenalin, das sie angetrieben hatte, von der Szene am Fluss zu Camilles Krankenzimmer und anschließend zu Inez. Sie fühlte sich erschöpft bis auf die Knochen, so wie sie sich oft gefühlt hatte, als Olivia noch klein war und sie manchmal nachts nur zwei Stunden schlafen konnte. Anita stand auf, stützte sich dabei auf dem Tisch ab und ging zur Kaffeemaschine.

»Soll ich das machen?«, fragte Jocelyn.

»Ich muss selbst in der Lage sein, solche Dinge zu erledigen«, winkte sie ab.

»Aber die Wunden sind noch nicht vollständig verheilt.«

Anita drehte sich um und sah Jocelyn an.

»Eine Kanne Kaffee machen bringe ich schon noch zustande, Rush«, sagte sie betont.

Ein paar Minuten später stand eine dampfende Tasse vor Jocelyn. Anita schob ihr Zucker, Milch und einen Löffel über den Tisch.

»Wie lange kennen wir uns jetzt, Rush?«

Jocelyn dachte nach, während sie Milch und Zucker in den Kaffee tat und umrührte.

»Ich weiß es nicht. Es müssen schon fast zehn Jahre sein. Ich glaube, Pia war zwei, als ich Sie das erste Mal ...«

Sie brach ab.

»Ist schon in Ordnung«, sagte Anita lächelnd. »Als Sie mich das erste Mal verhaftet haben, ja. Über etwas nicht reden heißt ja nicht, dass es nicht passiert ist.«

»Warum fragen Sie mich das?«

»Weil ich Sie schon in einer Menge unterschiedlicher Situationen erlebt habe, Rush. Und so schlimm haben Sie noch nie ausgesehen. Sie müssen darüber reden, Rush – also spucken Sie es aus.«

Jocelyn schloss die Augen. Sie konnte es nicht ertragen, noch einem weiteren Menschen von dem dunklen Familiengeheimnis zu berichten. Dennoch sprudelte sie die ganze schmutzige Geschichte hervor.

Wie sie im Alter von siebzehn nach einem Unfall mit einer schweren Kopfverletzung aufgewacht war; wie sie herausgefunden hatte, dass ihre Schwester von einer Gruppe Jugendlicher vergewaltigt worden war; wie ihr Vater alles vertuscht hatte; wie Camille langsam in den Drogensumpf abgetaucht war; wie Jocelyn Olivia adoptiert hatte; wie ihre Eltern gestorben waren – und wie Camille jetzt noch einmal zum Opfer geworden war.

Anita hörte aufmerksam zu. Ihr Blick ließ Jocelyn nicht los. Als Jocelyn fertig war, stellte Anita eine weitere Frage.

»Sie haben es gesehen? Und Sie können sich an überhaupt nichts erinnern?«

Jocelyn zog sich die halbe Tasse Kaffee rein.

»An gar nichts. Ich habe diese Albträume, aber ich weiß nicht, ob es Erinnerungen sind oder nur etwas, das sich mein Kopf ausgedacht hat.«

Anita griff über den Tisch, als ob sie Jocelyns Hand berühren wollte, doch ihr Arm war nicht lang genug. Jocelyn starrte auf die verbundene Hand. Ein dunkles Stück Schorf zeigte sich unter dem Verband.

»Rush«, sagte Anita leise, »Sie müssen die Sache loslassen.«

Jocelyn lächelte grimmig.

»Ich wünschte, das wäre so einfach! Aber wie? Wie lasse ich los? Jede Entscheidung, die ich seit dieser Zeit in meinem Leben getroffen habe, geht darauf zurück, was Camille passiert ist und was mein Vater getan hat. Oder vielmehr nicht getan hat.«

Anita zog ihre Hand zurück und sah Jocelyn unverwandt an.

»Zum Beispiel?«

»Ich habe Princeton verlassen und bin zur Polizeiakademie gegangen, um meinem Vater eins auszuwischen, weil er nichts gemacht und die ganze Sache vertuscht hat. Ich hatte keinen Kontakt mehr zu meinen Eltern. Meine Mutter... bei ihr habe ich mich ab und zu noch gemeldet, aber als dann Olivia kam... Es ist alles anders, wenn man Kinder hat, das wissen Sie ja.«

Sie sah Anita an, die nickte, und sprach weiter.

»Ich habe diesen winzigen, hilflosen Säugling ständig angesehen, und mir ging durch den Kopf, dass so das mit den Kindern anfängt. Du kriegst sie so, wie sie sind, damit du wirklich verstehst, welche wichtige und schwere Aufgabe Eltern haben: sie zu schützen. Jede Fiber deines Seins ist darauf ausgerichtet, dein Kind zu schützen. Wenn ich mir Olivia betrachtet habe, konnte ich es einfach nicht verstehen, wie meine Mutter es meinem Vater erlauben konnte, das alles unter den Teppich zu kehren. Sie hätte mehr tun können. Sie wusste es – und ich wusste es. Ich habe sie ihre Enkelin niemals sehen lassen, nur deswegen. Ich bin nicht auf der Beerdigung meiner Eltern gewesen.«

»Okay«, sagte Anita. »Wenn ich Sie wäre, hätte ich wahrscheinlich das Gleiche gemacht. Aber jetzt, Rush, müssen Sie anfangen zu leben. Ihr *eigenes* Leben. Sie können nicht alles daran ausrichten, was Ihr Vater falsch gemacht hat. Und Camille sollte das ebenfalls nicht. Ich weiß nicht, was es dazu braucht – Entzug, eine Therapie oder was auch immer. Jedenfalls sollten Sie beide nach vorne sehen, und zwar wirklich.«

Jocelyn blickte in ihre Kaffeetasse. Sie ließ die letzten Reste der Flüssigkeit in der Tasse kreisen.

»Ich weiß, dass Sie recht haben. Aber immer, wenn ich versuche, das hinter mir zu lassen, erinnert mich wieder irgendetwas daran.«

»Wie zum Beispiel?«

»Letzte Woche habe ich mit einem der Vergewaltiger gesprochen«, berichtete Jocelyn.

»Sie haben was?«, rief Anita aus. »Wieso das denn?«

Jocelyn erzählte von der Begegnung mit Zachary Whitman. Anita schüttelte mehrfach den Kopf.

»Sie haben auf jeden Fall eine ziemlich verkorkste Vergangenheit, Rush«, bemerkte sie abschließend.

»Ich weiß.«

»Das wäre genau das Richtige für die Boulevardpresse.«

Jocelyn lachte.

»Oder nein«, verbesserte sich Anita, »das ist selbst für die Boulevardpresse ein bisschen zu heftig. Rush, könnten Sie mir bitte den Laptop holen, der dort auf dem Tisch liegt?«

Jocelyn holte den Laptop, ohne eine Frage zu stellen. Anita klappte das Gerät auf und schaltete es ein. Sie hielt inne, als sie die Finger auf die Tastatur zu legen versuchte.

»Das wird eine Weile dauern, bis ich wieder richtig tippen kann«, murmelte sie.

»Was machen Sie?«

»Sie haben doch gesagt, dass dieser Junge vom Society Hill, von dem Whitman Ihnen berichtet hat, in den Nachrichten war, richtig?«

»Ja, aber sein Name wurde nie veröffentlicht.«

Anita zog eine Augenbraue hoch. Sie verschwand nun fast hinter dem Bildschirm. Dann schnalzte sie mit der Zunge.

»Manchmal seid ihr Polizisten so klug und dann wieder total beschränkt. Sein Name wurde nicht veröffentlicht, nein. Aber ich wette mit Ihnen um fünfzig Dollar, dass der Name seiner Mutter irgendwo auftaucht.«

Jocelyn wollte sich mit der flachen Hand gegen die Stirn schlagen. Natürlich! Warum hatte sie selbst daran noch nicht gedacht? Es war so offensichtlich!

»Versuchen Sie, den Namen zu googeln?«

»Etwas, das so lange zurückliegt? Nein, darüber finden Sie bei Google nichts. Ich gehe in die Archive vom *Philadelphia Inquirer*. Da finden sich die besten Sachen.«

Jocelyn seufzte, und Anita klickte vor sich hin, das Gesicht angestrengt verzogen. Manchmal musste sie ihre linke Hand ausruhen und die rechte einsetzen, einen Finger nach dem anderen.

»Sie können ja gerne mal recherchieren«, bemerkte Jocelyn. »Aber meine Freundin Inez glaubt, dass es …«

»Da ist es!«, rief Anita und sprang beinahe vom Stuhl. Sie winkte Jocelyn zu sich.

»Sehen Sie! Mutter vom Society Hill in ihrem Haus von zwei schwarzen Drogenhändlern gekreuzigt und ermordet. Die Polizei hielt den Sohn für den Täter. Er wurde angeklagt, aber freigesprochen mit der Hilfe seines Verteidigers. Der niemand anderes war als Bruce Rush.«

Jocelyn schaute Anita über die Schulter und blinzelte. Ihre Augen waren so müde, dass sie brannten. Sie überflog das Kleingedruckte.

»Wie hieß die Frau?«, fragte sie.

»Rosalind Finch.«

12. November

Der Kaffee, der in Anitas Küche so gut geschmeckt hatte, brannte in Jocelyns Magen, als sie sich ihren Weg durch das Gebäude des 35. Bezirks in ihre Abteilung bahnte. Immer wieder sah sie sich um und hielt nach Finch Ausschau. Sie konnte nur hoffen, dass er nicht oben war. Erleichtert atmete sie aus, als sie dort ankam und nur ein paar Detectives sah, darunter Kevin und Chen.

Kevin saß auf der Kante eines Schreibtischs, die Arme vor der Brust verschränkt und die Augen auf den kleinen Fernseher gerichtet, der das zweite Mal innerhalb von zwei Monaten lief. Diesmal zeigte der Bildschirm ein in Flammen stehendes Gebäude. Dichter schwarzer Rauch drang aus den zerstörten Fenstern und stieg in den Abendhimmel auf. Das Haus kam ihr bekannt vor. Sie deutete auf das Fernsehgerät.

»Hey, ist das nicht…«

Sie brach ab, als die Worte: »Inferno wütet in Fox' Sportbar« über den unteren Teil des Bildschirms liefen. Sie schluckte und versuchte, ihre Kehle wieder funktionsfähig zu machen.

»Das ist die Bar von Vince Fox«, bemerkte Chen von seinem Platz aus, zwei Schreibtische weiter, ohne sich die Mühe zu machen, von seinen Unterlagen aufzusehen.

Kevins und Jocelyns Augen trafen sich. Sein gesamtes Gesicht war ein einziges Stirnrunzeln, und seine Augen zeigten das Mitgefühl, das er sich normalerweise für Opfer aufsparte. Beinahe unmerklich schüttelte sie den Kopf, mit einem bittenden Blick. Sie hoffte, dass er verstand, nicht darüber zu sprechen. Sie wollte nicht, dass Camille das Gesprächsthema der Nacht wurde. Nicht in dieser Nacht.

Er schien das Signal zu verstehen, zwang sich zu einem Lächeln und deutete auf den Fernseher.

»Ist das nicht der Kerl, mit dem du vor ein paar Wochen gesprochen hast?«

»Vince Fox, ja«, nickte Jocelyn. »Er ist pensioniert. Das war ein netter Ort, die Bar.«

Ein lautes »Pah!« kam aus der Richtung von Chens Schreibtisch.

»Der Typ hat die Bar wahrscheinlich selbst in Brand gesteckt, um die Versicherung zu kassieren. Er ist schmutziger als die gebrauchten Spritzen im Nuttenviertel. Die Oberen konnten ihm natürlich nie etwas nachweisen. Zu schade, dass Selbstschussanlage ein so schlechter Schütze ist. Er hätte uns allen einen großen Gefallen getan.«

Jocelyn blieb der Mund offenstehen. Sie sah zu Kevin, der verwirrt die Stirn runzelte, dann zu Chen.

»Was hast du da gerade über Selbstschussanlage gesagt?«

Chen lehnte sich im Stuhl zurück und drehte den Stift zwischen den Fingern.

»Sie waren vor ein paar Jahren Partner, im Bezirk Northeast. Sie waren gerade unterwegs und verfolgten einen Verdächtigen. Selbstschussanlage hat Fox ins Bein geschossen. Beinahe hätte er seinen Schwanz erwischt. Was glaubt ihr denn, woher er seinen Spitznamen hat? Jedenfalls, die Nerven waren geschädigt, und Fox musste in Frührente gehen. Er hat sofort diese Bar eröffnet. Du warst doch da. Glaubst du etwa, er hätte sich das mit einem Polizistengehalt leisten können?«

Kevin und Jocelyn tauschten einen weiteren Blick miteinander. Chen kehrte zu seinem Papierkram zurück und erwartete offensichtlich keine Antwort auf seine Frage. Kevins Blick blieb auf Jocelyn haften.

»Er hat Finch nicht erwähnt, als du mit ihm geredet hast?«

»Nein. Ich habe ihn ja auch nur zu Larry und Angel interviewt. Als ich ihn gefragt habe, warum er sich vorzeitig hat pensionieren lassen, hat er mir etwas von einer ›versehentlichen Entladung‹ berichtet. Das klang so, als ob er sich selbst angeschossen hätte.«

»Das ist allerdings sehr interessant«, bemerkte Kevin.

Jocelyn stieß ihn an.

»Kann ich mit dir mal unter vier Augen reden?«, fragte sie leise – allerdings nicht leise genug für Chen, der alles mitbekam.

»Unter vier Augen, aha«, spottete er. »Ich ahne schon, was ihr vorhabt!«

Kevin verdrehte die Augen und führte Jocelyn in den kleinen Befragungsraum. Es war derselbe, in dem sie Finch vor ein paar Wochen beim Flirten mit einem Opfer erwischt hatte. Es war eng und heiß drin, und obwohl jemand sich erst kürzlich die Mühe gemacht hatte, alles mit einem Reiniger zu bearbeiten, der nach Zitrone roch, war der Gestank von Zigaretten noch immer da. Jocelyn bemerkte, dass jemand seine Initialen in die Rückenlehne der Bank geschnitzt hatte, seit sie das letzte Mal hier gewesen war.

Kevin zog die Tür hinter sich zu und stemmte die Hände in die Hüften.

»Hör mal«, begann er, »wegen Camille ...«

»Ich will über Camille nicht reden«, fiel sie ihm ins Wort und sah ihm direkt in die Augen. »Kevin, ich glaube, der dritte Mann, das ist Finch.«

Kevins Gesicht legte sich in Falten, dann glättete es sich wieder zu einem unsicheren Lächeln – als ob er auf den Witz bei der Sache warten würde und nicht genau wüsste, wie der aussehen könnte.

»Rush«, sagte er langsam und betont, »du hast einen schlimmen Abend hinter dir. Ich fürchte, du ...«

Sie griff nach seinem Handgelenk.

»Kevin, hör mir zu. Erinnerst du dich, was ich dir über mein Gespräch mit Zachary Whitman berichtet habe? Er ist fest davon überzeugt, dass der dritte Kerl dieser Junge vom Society Hill ist.«

Kevin blickte auf ihre Finger hinab, die sich um seinen Arm geschlossen hatten, und zurück zu ihrem Gesicht. Seine braunen Augen wirkten traurig.

»Jocelyn, hör dir doch einfach mal selbst zu! Whitman ist kein Teil dieser Ermittlungen. Er hat mit dem Fall Larry Warner und Angel Donovan nichts zu tun. Und er steht kurz davor, wegen Kinderpornografie angeklagt zu werden. Er würde alles sagen, um deine Unterstützung zu bekommen. Ihr kennt euch von früher, und das versucht er auszunutzen.«

»Aber Kevin«, warf Jocelyn ganz ernst ein. »Das Opfer in diesem Society-Hill-Fall hieß Rosalind Finch!«

Als Kevin nichts sagte, drang sie auf ihn ein.

»Hast du mich verstanden? Finch! Selbstschussanlage heißt auch Finch. Wir sind immer davon ausgegangen, dass dieser Kerl ein Polizist ist ...«

»*Du* hast immer gedacht, dass dieser Kerl ein Polizist ist«, unterbrach Kevin sie. »Jocelyn, das ist wirklich weit hergeholt. Es gibt jede Menge Leute in dieser Stadt, die Finch heißen.«

»Kevin, überleg doch mal!«, flehte sie. »Der Junge damals war sechzehn, als es passiert ist. Das war vor siebzehn Jahren. Selbstschussanlage ist genau im richtigen Alter. Denk nach – diese Kerle haben meine Schwester gekreuzigt. Du hast doch selbst gesagt, das ist eine persönliche Sache. Warum sollten sie sonst von den Frauen wie Anita und Maisry zu einer Straßennutte wie Camille zurückkehren? Und Finch hasst mich.«

Kevin fuhr sich mit der Hand über den Kopf und betrachtete sie, als ob sie unter einer furchtbaren unheilbaren Krankheit leiden würde. Als ob sie todkrank wäre.

»Ihr beide habt eure Probleme miteinander, ja. Das bedeutet aber noch lange nicht, dass Finch ein sadistischer Vergewaltiger ist. Du hast nichts, um eine Verbindung zwischen ihm und dem Fall herzustellen – außer einer gewissen Ähnlichkeit mit einer uralten Sache, in die eine Frau mit dem Namen Finch verwickelt war. Und von dem Fall weißt du nur, weil dir ein Sexualstraftäter davon berichtet hat.«

»Aber es ergibt doch Sinn!«, versuchte sie es erneut. »Hör mir einfach einmal zu Ende zu. Es hat alles damit angefangen, dass der Polizist Vince Fox Larrys Sohn erschossen hat. Larry Warner muss eine Haftstrafe abbüßen, weil er Fox angegriffen hat. Als er wieder freikommt, will er Rache. Irgendwie tut er sich mit Finch zusammen – Fox' neuem Partner. Selbstschussanlage benutzte Larry und Angel, um seine kranke Fantasie auszuleben, und im Gegenzug hilft er ihnen, sich an Fox zu rächen.«

Kevin massierte sich die Schläfen.

»Und wie rächt er sich? Indem er zusieht, wie Fox eine Sportbar aufmacht?«

Jocelyn öffnete die Tür einen Spalt und deutete auf den Fernsehbildschirm, auf dem noch immer Fox' Bar in Flammen stand.

»Indem er die Bar niederbrennt«, erwiderte sie. »Vielleicht

hat er versucht, ihn umzubringen. Vielleicht war die zufällige Entladung gar kein Zufall.«

»Rush, du weißt, dass ich immer für dich da bin, ja?«, seufzte Kevin.

Sie nickte.

»Du hast in sehr kurzer Zeit mit sehr viel fertigwerden müssen. Ich glaube, du bist erschöpft und durcheinander und siehst nicht klar. Du musst nach Hause und dich gründlich ausschlafen, und dann reden wir morgen über alles.«

Jocelyn stemmte die Hände in die Hüften.

»Behandle mich nicht wie ein kleines Kind, Kev!«

Er hob beide Hände.

»Ich behandle dich nicht wie ein kleines Kind. Und jetzt hörst du mir zu! Wenn die Hauptbelastungszeugin in einem meiner Fälle am selben Tag tot aufgefunden würde, an dem man meine Schwester vergewaltigt, was würdest du mir dann erzählen? Um Himmels willen, Rush – geh nach Hause und ruh dich aus. Hol tief Luft. Spiel mit deiner Tochter!«

Noch einmal umfasste sie sein Handgelenk.

»Kevin«, bat sie und hasste den klagenden Tonfall ihrer Stimme, »das liegt nicht an meiner Erschöpfung, dass ich so denke. Bitte! Ich brauche jemanden, der mir darin den Rücken stärkt – der mir sagt, dass ich nicht verrückt bin.«

»Rush!«

»Okay – ich gehe jetzt nach Hause. Ich nehme mir sogar einen Tag frei. Aber bitte, Kevin – denk einfach noch einmal darüber nach. Ich habe recht. Bitte!«

Kevin sah auf den Fußboden. Seine Finger kneteten wieder seine Schläfen.

»Bist du auf diese Idee gekommen, weil Inez glaubt, dass Phil der dritte Mann ist?«

Jocelyns Kopf ruckte nach oben. Damit hatte sie nicht gerechnet. Natürlich hatten er und Inez während der letzten Stunden miteinander gesprochen. Es waren ihre besten Freunde. Sie machten sich Sorgen um sie. Sie schluckte.

»Nein, damit hat das nichts zu tun. Ja, Whitman ist ein Feigling und ein Krimineller. Selbst wenn er sich keine Kinderpornografie besorgt hat. Aber er ist außerdem ein Kriminologe an einer der Eliteuniversitäten. Das verleiht dem durchaus Gewicht, was er sagt. Kann es wirklich ein Zufall sein, dass das Verbrechen damals diesen Straftaten jetzt so ähnlich ist und dass die Frau Finch hieß?«

Kevin sah sie an. Inzwischen wirkte er mehr erschöpft als mitfühlend.

»Hast du deinem Verehrer schon von dieser Theorie berichtet?«

»Wem? Vaughn?«

Kevin verdrehte die Augen.

»Nein, Finch ... Natürlich Vaughn!«

Sie schüttelte den Kopf.

»Wir haben uns nicht mehr unterhalten, seit wir vom Schuylkill weggefahren sind.« Sie nahm ihr Handy aus der Tasche und prüfte das Display. »Aber er hat mir drei SMS geschickt und mich einmal angerufen.«

»Das klingt nach etwas Ernstem.«

»Wechsle nicht das Thema!«

Kevin stieß die Tür vom Befragungsraum auf.

»Okay, okay, Rush. Wenn du mir versprichst, jetzt gleich nach Hause zu fahren, verspreche ich dir, ernsthaft über deine Theorie nachzudenken. Und jetzt verschwinde hier, verdammt noch mal!«

13. November

Kevin starrte den Beweismittelbeleg in seiner Hand an. Die Worte verschwammen vor seinen Augen. Er blinzelte, doch das half nichts. Seine Augen brannten vor Müdigkeit und wegen der heißen, trockenen Luft in der Abteilung. Er musste nur noch ein wenig Papierkram in Ordnung bringen, bevor er seine Schicht beenden konnte – die eigentlich schon seit einer Stunde vorbei war.

Er hielt sich den Beleg dichter vor die Augen, aber das machte alles nur noch schlimmer. Er sah sich um, dann holte er seine Lesebrille aus der unteren rechten Schublade seines Schreibtischs. Er weigerte sich meistens, sie zu tragen, doch er brauchte die Brille mehr und mehr. Seufzend warf er einen weiteren Blick auf den Beleg.

»Viel besser«, seufzte er.

Wie ein Stein lag ihm der Gedanke an die Unvermeidlichkeit des Alterns im Magen. Er nahm einen Schluck kalten Kaffee, fischte sich die entsprechende Akte aus dem Stapel auf seinem Schreibtisch und heftete den Beleg ab.

Rasch arbeitete er den Stapel durch, bis ihn ein lautes Räuspern hinter ihm unterbrach. Er drehte sich im Stuhl um und nahm das Kinn auf die Brust, damit er Phil Delisi über den Rand seiner Brille hinweg ansehen konnte. Selbst um ein Uhr nachts sah der Mann noch perfekt gebügelt aus. Kevin bemerkte die klobige Michael-Kors-Armbanduhr, von der ihm Jocelyn berichtet hatte. Phil trug einen Anzug und einen langen schwarzen Mantel aus Wolle. Seine Stirn war gerunzelt.

»Wo ist Jocelyn?«, fragte er.

Langsam drehte Kevin seinen Stuhl, blickte auf die Wanduhr und wieder zurück zu Phil.

»Worüber müssen Sie mit Rush denn so dringend um ein Uhr nachts reden?«

Phil war es nicht gewohnt, dass man seine Handlungen infrage stellte. Das merkte man an allem – der Art und Weise, wie er aussah, wie er sprach und wie er jetzt Kevin anstarrte, als ob der gerade von einem Laster mit Rüben heruntergefallen wäre.

»Das ist eine Sache zwischen mir und Rush.«

Kevin schwang den Stuhl zurück zum Schreibtisch und nahm eine weitere Akte vom Stapel. Er rückte sich die Brille zurecht und schlug die Akte auf.

Hinter seiner Schulter war ein verärgertes Seufzen zu hören. Kevin ignorierte Phil. Als er aufblickte, sah er Finch hereinkommen und einem anderen Detective ein paar Papiere auf den Schreibtisch legen. Die zwei unterhielten sich kurz, dann ging Finch zur Treppe zurück und studierte unterwegs neugierig alle Schreibtische, an denen er vorbeikam.

»Sullivan!«, drängte Phil ungeduldig.

»Hey, Phil«, sagte Kevin laut, ohne die Augen von Finch zu nehmen, »habe ich Ihnen eigentlich jemals die Geschichte erzählt, wie ich zu einem Fall von häuslicher Gewalt fahren musste und dabei geholfen habe, ein Kind auf die Welt zu bringen?«

Phil stellte sich neben Kevins Schreibtisch und versuchte, seinen Blick einzufangen.

»Was bitte?«, zischte er mit erhobener Stimme.

»Ja«, fuhr Kevin fort. »Ich wurde in dieses Haus gerufen, wo sich der betrunkene Vater in spe und die mächtig schwangere Lady gestritten haben. Als ich ankam, hatte er die Tür verbarrikadiert. Ich konnte sie drinnen schreien hören. Endlich konnte ich ihn dazu überreden, mich in die Wohnung zu lassen. Sie lag auf der Couch, blutend, und der Kopf des Babys war bereits zu sehen. Also habe ich dem Kerl schnell Handschellen verpasst und ihr gesagt, sie soll pressen. Und wusch, war das Baby da.«

Finch war in der Nähe von Kevins Schreibtisch am Trinkwasserspender stehen geblieben.

»Danach hat sie gesagt, ich darf dem Baby seinen Namen geben«, berichtete Kevin.

Phil stellte sich nun vor seinen Schreibtisch, sodass er fast seinen Blick auf Finch blockierte. Kevin sah ihn gerade lange genug an, um die pulsierende blaue Ader an seiner Schläfe zu registrieren, dann sprach er weiter.

»Und wissen Sie, welchen Namen ich gewählt habe?«

Phil schlug auf den Tisch. Finch schreckte zusammen, und ein paar andere Detectives sahen zu ihnen herüber. Kevin lächelte und fing Finchs Blick ein.

»Nein, das weiß ich nicht«, stieß Phil zwischen zusammengebissenen Zähnen hervor. »Und das ist mir auch scheiß…«

»Rosalind«, sagte Kevin und sah Phil an. »Wie bei Shakespeare, wissen Sie? Und es ist ein hübscher Name, finden Sie nicht auch?«

Phils Gesicht sah aus, als hätte er einen Sonnenbrand. Kevin richtete seine Aufmerksamkeit wieder auf Finch und sprach ihn direkt an.

»Hast du im realen Leben schon mal jemanden getroffen, der so hieß? Ist ja ein ziemlich ungewöhnlicher Name.«

Finch füllte sich einen kleinen Becher Wasser am Spender. Mit einem Lächeln auf den Lippen starrte er hinein, ließ die Flüssigkeit kreisen.

»Meine Mutter hieß so«, antwortete er.

Phil wandte sich mit einem weiteren verärgerten Seufzer Finch zu.

»Ich weiß ja nicht, was zum Teufel hier vor sich geht, aber…«

Bevor er aussprechen konnte, fiel ihm Kevin ins Wort.

»Was?«, fragte er Finch.

Der lächelte noch immer. Er trank den Becher in einem Zug aus, zerdrückte ihn und warf ihn in den Abfall.

»Ja, und sie ist tot«, sagte er.

»Was du nicht sagst!«, erwiderte Kevin.

»Geschieht ihr recht«, fügte Finch hinzu, mehr zu sich selbst.

»Interessant, so etwas über die eigene Mutter zu sagen«, bemerkte Kevin. »Ist sie womöglich mit der Rosalind Finch verwandt, die vor, hm, sechzehn oder siebzehn Jahren in ihrem Heim in Society Hill gekreuzigt wurde?«

Finchs Gesicht veränderte sich schlagartig. Jäh war sein selbstzufriedenes Grinsen verschwunden – seine Augen und Lippen sackten herab, die Haut seiner Wangen färbte sich grau.

Er zwinkerte mehrfach, und seine Nase zuckte unwillkürlich. Er brachte ein Lächeln zustande, bemühte sich, die Kontrolle über sein Gesicht wiederzugewinnen.

Phil lehnte sich über den Schreibtisch, bis sich sein Gesicht direkt vor dem Kevins befand.

»Sullivan«, rief er erneut, »wo ist Rush?«

Kevin rollte den Stuhl zur Seite, um in Richtung Treppe sehen zu können, doch Finch war bereits verschwunden. Er nahm seine Brille ab und erhob sich, stand nun von Mann zu Mann Phil gegenüber. Er stieß seinen Zeigefinger in Richtung von Phils Brust.

»Lassen Sie Rush gefälligst in Ruhe! Es gibt nichts, was sie von Ihnen hören müsste. Es sei denn, Sie wollen sich bei ihr dafür entschuldigen, dass Sie ein solcher Mistkerl sind.«

Phil kreuzte die Arme vor der Brust und sah Kevin an. Sein Gesicht verhärtete sich. Die blaue Vene stand vor und pulsierte heftig.

»Sie sollten sich daran erinnern, wo Ihr Platz ist, Sullivan!«

Kevin lachte und deutete mit der Hand um sich.

»Das ist mein Platz, Sie Idiot! Sie sind derjenige, der nicht hierhergehört. Also verschwinden Sie lieber, bevor ich Ihnen mit der Faust Ihre eingebildete Visage poliere!«

Phils Augen sprühten Feuer.

»Wollen Sie mir etwa drohen?«

»Was glauben Sie denn?«

Phil fuhr noch einmal auf ihn zu, bevor er sich zum Gehen wandte.

»Das wird Ihnen noch leidtun!«

»Reden Sie mit meinem Vorgesetzten!«, rief Kevin ihm hinterher.

Er schüttelte den Kopf und ließ sich wieder auf seinen Stuhl fallen. Zwei Berichte später meldete sich sein Handy. Lächelnd las er Kim Bottingers SMS. Ihre Schicht hatte sich ebenfalls verlängert. Ob er noch etwas essen gehen wolle, fragte sie ihn.

»Und ob ich das will«, bemerkte er und antwortete ihr.

Wieder brauchte er seine Lesebrille, um die winzigen Buchstaben auf dem Display sehen zu können.

»Wir treffen uns in 15 min.«, tippte er.

Auf dem Weg die Treppe hinunter pfiff er vor sich hin. Mit einem gewissen Schuldgefühl dachte er daran, wie abweisend er vorhin bei Rush gewesen war. Am Morgen würde er sich ausführlicher mit ihr unterhalten; vor allem über Finch.

Ein paar Meter von seinem Auto entfernt drückte er auf den Knopf am Schlüssel, der die Türen entriegelte. Plötzlich explodierte ein Schmerz in seinem Hinterkopf. Er fiel zu Boden, als ob jemand die Luft aus ihm herausgelassen hätte. Seine Glieder fühlten sich an wie aus Gummi. Nur undeutlich wurde er sich bewusst, wie seine Wange über den Asphalt schrammte, als ihn grobe Hände auf den Rücken drehten. Seine Augen waren offen. Wenigstens glaubte er es, dass seine Augen offen waren – aber er konnte nichts sehen. Er zwinkerte, doch nichts passierte.

Noch einmal blinzelte er, und dann tauchte die Welt wieder auf, in einem verschwommenen Schleier aus tiefschwarzen Schatten und dem sanften orangefarbenen Schimmer der Lichter auf dem Parkplatz. Sie standen hinter ihm und durchsuchten fieberhaft seine Taschen, stahlen ihm seine Brieftasche, die Waffe und seine Nikotinkaugummis. In Kevins verschleierter Sicht der Welt war das Gesicht des Mannes nur ein dunkler Fleck.

»Wa…«, versuchte Kevin zu sprechen, doch sein Mund wollte ihm nicht gehorchen.

»Halt die Klappe, Opa!«, zischte sein Angreifer. »Ich habe die Schnauze voll von dir. Von dir – und von deiner Fotze von einer Partnerin.«

»Nein … was wollt ihr von Rush …«, setzte Kevin an, aber dann versank die Welt wieder in Dunkelheit.

13. November

Als Jocelyn nach Hause kam, nachdem sie noch einmal bei Camille vorbeigesehen hatte, war es schon beinahe zwei Uhr. Sie steckte die schlafende Olivia ins Bett und schlüpfte in eine Jogginghose und ein T-Shirt. Sie entfernte die Schiene von ihrer rechten Hand und schlang für die Nacht eine flexiblere elastische Bandage darum. Nach dem Drama des Abends und dem vielen Kaffee war sie allerdings noch total aufgedreht. Sie konnte es kaum glauben, dass die Nacht noch immer nicht vorbei war. Es kam ihr wie die längste Nacht ihres Lebens vor. Mit Ausnahme der Nächte, die sie wegen einer quengeligen, zahnenden Olivia hatte aufbleiben müssen.

Sie öffnete den Kühlschrank und betrachtete sich den Inhalt, ohne ihn wirklich zu sehen, das Gleiche wiederholte sie bei den Küchenschränken, bevor sie zum Kühlschrank zurückkehrte. Diesmal nahm sie eine Flasche Wein heraus. Sie suchte gerade nach einem sauberen Weinglas, als sie ein leises Klopfen an der Haustür hörte.

»Scheiße!«, fluchte sie.

Sie hatte ihre Waffe oben gelassen. Sie griff nach ihrem Handy und überlegte, wie sie um Himmels willen mit einem Besucher umgehen sollte, der zu dieser nachtschlafenden Zeit hier auftauchte, als sie die fünf weiteren SMS-Nachrichten bemerkte, die Caleb ihr hinterlassen hatte. Die letzte lautete: »Ich stehe draußen.«

Sofort löste sich die Spannung in ihren Schultern. Lächelnd öffnete sie die Tür und ließ ihn herein. Er beugte sich zu ihr hinab und küsste sie, noch während sie die Tür hinter ihm wieder zuklappte und verschloss. Sie ließ ihre Lippen auf seinen verweilen. Dann entzog er sich und deutete auf die Treppe.

»Ich wecke Olivia nicht auf, oder?«

Jocelyn führte ihn ins Wohnzimmer. Sie nahm den Videomonitor vom Couchtisch und klopfte gegen den kleinen Schwarz-Weiß-Bildschirm.

»Das bezweifle ich. Aber falls doch, werden wir vorgewarnt.«

Er nahm das Gerät, studierte es aufmerksam und drehte es in der Hand.

»Mann«, sagte er, »ich wünschte, so etwas hätte es auch schon gegeben, als Brian klein war. Das hätte mir eine Menge Ärger erspart.«

»Diese Dinge werde ich benutzen, bis sie zwanzig Jahre alt ist«, sagte Jocelyn trocken und stellte den Monitor zurück auf den Tisch. Nebeneinander setzten sie sich auf die Couch.

»Gibt es etwas Neues?«, fragte sie.

Er verzog das Gesicht.

»Ich war gerade im Einstein und habe mit Camille gesprochen«, berichtete er. »Ich habe ihre Aussage aufgenommen, aber ich glaube nicht, dass sie uns etwas sagt, das wir nicht schon längst wissen.«

Jocelyn nickte. Der Gedanke an Camille im Krankenhaus mit verbundenen Händen und Füßen tat ihr in der Brust weh, also wechselte sie das Thema.

»Und was hat die Untersuchung von Raeann Church ergeben?«

Caleb räusperte sich.

»Der Gerichtsmediziner schätzt, dass sie bereits zwischen achtundvierzig und zweiundsiebzig Stunden tot war. Nachdem sie so lange im Wasser war, ist das schwer genauer zu bestimmen.«

»Also wurde sie möglicherweise am Tag nach der Pressekonferenz umgebracht. Ist sie tatsächlich erwürgt worden?«

»Ja. Und es sieht so aus, als ob derjenige, wer auch immer er war, sie vorher noch geschlagen hat. Es gab allerdings keine Anzeichen von sexueller Nötigung.«

Jocelyn presste die Fersen gegen die Kante des Tisches, gerade genug, um den Druck zu fühlen, ohne den Tisch zu verschieben.

»Das war es dann also mit der Phantomzeichnung. Wir müssen überlegen, wie wir das der Presse verkaufen. Haben die Journalisten schon etwas von dem Anschlag auf Camille mitbekommen?«

»Nicht, dass ich wüsste. Hör mal, Jocelyn, dass diese Kerle es auf deine Schwester abgesehen hatten – das sieht nach einer persönlichen Sache aus.«

»Das sieht so aus, weil es genau das auch ist«, erwiderte sie.

Sie seufzte und lehnte ihren Kopf zurück in die Sofakissen. Sie sah ihn nicht an, als sie ihm von dem Gespräch mit Inez berichtete, die Phil für den dritten Mann hielt, und dem Ergebnis von Anitas Recherche in den Zeitungsarchiven von Philadelphia. Dann wiederholte sie die Theorien über Kyle Finch, die sie gerade mit Kevin diskutiert hatte, und endete mit dem Satz: »Es ist nicht schlimm, wenn du mich jetzt für verrückt hältst – Kevin tut das auch, glaube ich.«

Er streckte die Hand aus und drehte sachte ihr Kinn in seine Richtung, strich ihr eine Strähne hinter das Ohr und lächelte.

»Ich glaube nicht, dass du verrückt bist. Unser nächster Schritt wäre ohnehin der gewesen, die Leute unter die Lupe zu nehmen, die du dir im Lauf der Zeit zu Feinden gemacht hast. Nach allen Anzeichen stehen sowohl Phil Delisi als auch Kyle Finch auf der Liste. Ich werde mal die Alibis überprüfen und das am Morgen der Abteilung für innere Angelegenheiten melden.«

Jocelyn löste seine Hand von ihrem Gesicht und hielt sie einfach fest. Einen Augenblick lang schloss sie die Augen und genoss die unendliche Erleichterung, die sie spürte. Nach diesem schrecklichen Abend – vor allem wegen Camille und des Mordes an Raeann Church! Noch immer widerstrebte ihr die Vorstellung, dass Phil der Täter sein konnte, aber es tat gut, ernst genommen zu werden.

»Du weißt, dass du nicht mehr an diesem Fall arbeiten kannst, oder?«, sagte Caleb.

Jocelyn lächelte matt.

»Ich will auch gar nicht mehr an dem Fall arbeiten. Ich möchte einfach zurückkehren zu Raubüberfällen, versuchten Morden und häuslicher Gewalt.«

Caleb lächelte zurück.

»In Ordnung. Sieh mal, ich würde ja wirklich gerne bleiben, aber ich muss wieder zur Arbeit. Ich habe Dienst bis acht Uhr morgens – und es gibt drei sehr gefährliche Verdächtige, die ich aufspüren muss.«

Sie begleitete ihn zur Tür. Er blieb stehen, mit einer Hand am Türgriff, und drehte sich zu ihr um.

»Wir suchen weiter nach Larry Warner und Angel Donovan«, erklärte er. »Wir werden diese Kerle finden.«

»Du musst das nicht tun«, sagte Jocelyn.

»Ich muss was nicht tun?«, fragte er und blickte auf sie hinab.

»Mich ganz polizistenmäßig beruhigen. Ich weiß, wie diese Dinge funktionieren.«

Er nickte, die Hand noch immer am Türgriff.

»Das mit Camille tut mir leid!«

Jocelyn brachte ein weiteres schwaches Lächeln zustande. Er zog die Augenbrauen zusammen, und seine Stirn legte sich in Falten.

»Bist du in Ordnung?«

Sie war überrascht, wie schnell sie zu heulen anfing. Von all den Menschen, mit denen sie heute gesprochen hatte, war Caleb der Einzige, der wissen wollte, wie es ihr ging.

»Nein«, antwortete sie mit zitternder Stimme. »Ich glaube nicht, dass ich in Ordnung bin.«

»Oh, Jocelyn!«, sagte er mit weicher Stimme.

Er ließ den Türknauf los und zog sie in seine Arme. Sie ließ es zu. Ihre Glieder entspannten sich, als er sie an sich presste. Sie vergrub das Gesicht in seinem Jackett, lehnte die Wange gegen sein Hemd. Sie konnte seinen Herzschlag hören. Er roch nach Aftershave und Kaffee, mit einem leisen Hauch von Zigarettenrauch.

Sie seufzte und schloss die Augen, schob alles aus ihrem Kopf – ließ nur seinen Geruch und seine Berührung zu. Er war warm und stabil, eine feste Mauer, die die äußere Welt aussperrte und die schrecklichen Gedanken davon abhielt, sich in ihr breit zu machen.

Sie schob die Hände unter sein Jackett um seine Taille und fuhr die harten Linien seiner Muskeln auf dem Rücken nach. Dabei fühlte sie, wie sein Herzschlag sich beschleunigte, was sie zum Lächeln brachte. Sie zog eine Hand unter seinem Jackett hervor und schlang sie um seinen Hals. Sie musste nur einmal ganz leicht drücken, und schon schlossen seine Lippen sich um ihre. Seine Zunge untersuchte ihren Mund, sanft und langsam. Er zog sie noch näher an sich heran. Dabei bewegten sich seine Hände über ihren Hintern. Er löste sich von ihrem Mund und sah ihr in die Augen.

Sie hielt seinem Blick stand.

»Hör nicht auf, bitte«, flüsterte sie.

Er lächelte mit funkelnden Augen und ließ seinen Mund hinter ihr Ohr wandern. Sachte küsste er sich seinen Weg über ihre Kehle hinweg zur anderen Seite, ließ dabei seine Zunge spielen. Sein Atem auf ihrer Haut sorgte dafür, dass in ihr eine heiße Röte aufstieg, die von den Haarwurzeln bis zu ihren Füßen reichte. Ihr Herz schlug so laut, dass es in ihren Ohren hämmerte. Sie fühlte wieder, was sie niemals vorher gefühlt hatte. Und wieder das neue Gefühl mit Caleb: Verlangen!

Sie grub beide Hände in seine dichten dunklen Haare, versuchte, ihn noch näher an sich heranzuziehen. Seine Hände erforschten ihren Körper, stahlen sich unter das T-Shirt und tanzten über ihr Rückgrat hinweg.

Wieder beugte er sich zurück, um ihr in die Augen zu sehen. Die Intensität, die in seinem Blick lag, ließ sie erschauern. Und dann stürzte sich sein Mund auf ihren, gierig, suchend, fordernd. Sie schälte ihm das Jackett von den Schultern. Es fiel zu Boden. Sofort kehrten ihre Hände zu seinem Körper zurück. Dann zerrte sie sich hastig die Jogginghose und ihren Slip über die Hüften. Nach ein paar Bewegungen ihrer Schenkel waren sie an ihren Fußgelenken gelandet. Mit einem Fuß hielt sie den Stoff fest und stieß alles beiseite.

Als sie begann, seinen Gürtel zu öffnen, löste Caleb sich von ihr.

»Ich bin im Dienst«, murmelte er, während seine Hände über ihren nackten Po glitten und mit ihrer Hitze ihre Haut verbrannten.

»Bitte, geh nicht!«, flehte sie ihn an, »noch nicht!«

Er keuchte, als sie die Hand in seine Hose schob und sie fest um seinen Schaft legte.

Kurz darauf hatte sie ihn befreit und glitt auf seiner Härte auf und ab. Sein Gesicht war erhitzt. Er legte den Kopf zurück. Sein Atmen war unregelmäßig und angestrengt.

»Jocelyn!«, sagte er heiser.

Ihre Wirkung auf ihn machte sie noch mehr an als seine Berührungen. Wie jedes Mal, wenn sie sich so nahe waren, hatte das nicht das Geringste mit dem zu tun, wie ihr Sex mit Phil gewesen war. Auf Phil hatte sie nie eine solche Wirkung gehabt – und ihr war nie vor Lust schwindelig geworden, noch bevor sie zur Sache kamen. Das war für sie alles völlig neu, und sie wollte nicht, dass es aufhört.

»Jocelyn«, sagte er wieder.

Sie hob das Gesicht.

»Küss mich!«, verlangte sie.

Erneut trafen sich ihre Lippen. Sie zog an seinen Schultern und legte ein Bein auf seine Hüfte. Er verstand sofort, was sie wollte, und hob sie mühelos mit seinen starken Händen hoch. Er zog sie auf sich, glitt dabei langsam in sie hinein. Sie schloss die Beine um ihn und verschränkte hinter seinem Rücken die Fußgelenke.

Jocelyn stöhnte, schloss die Augen und konzentrierte sich ganz darauf, ihn in sich zu spüren, und auf ihre Empfindungen. Es existierte nichts sonst – nur das. Ein paar wilde, herrliche Augenblicke lang gab es nichts Schlechtes auf der Welt.

Keine herzlosen Kriminellen, keine Vergewaltigungsopfer, keine peinigende Familiengeschichte, keine am Boden zerstörte Schwester, keine Schrecken.

Es gab nur diesen Mann, der dafür sorgte, dass sie sich grenzenlos gut fühlte, der sie allem entriss, was wehtat. Sie schlang die Arme um seinen Hals. Er atmete schwer gegen ihre Kehle. Sie spürte, wie sie sich gierig um ihn schloss, wie die Lust als sanftes Prickeln sich in Wellen ausbreitete, die ihr gesamtes Becken erfassten und ihre Beine zittern ließen. Er hielt sie fest und drehte sich mit ihr, bis sie mit dem Rücken gegen die Tür lehnte, und er stieß immer tiefer in sie hinein.

Jeder Stoß brachte sie ihrem Höhepunkt näher. Sie biss sich auf die Unterlippe und vergrub das Gesicht an seinem Hals, um nicht aufzuschreien. Jetzt war auch er so weit und brachte die Sache mit einer Reihe von bebenden Bewegungen zu Ende, stöhnte dabei leise in ihr Haar. Noch ein paar Augenblicke lang hielt er sie fest. Sein Herzschlag hämmerte direkt gegen ihren.

»Wow!«, sagte er, als sich ihr Atmen langsam wieder normalisierte.

»Ja«, stimmte sie zu.

Unbeholfen trug er sie zur Couch und legte sie dort ab. Er holte ihre Jogginghosen, die sie anzog, während er seine Hose schloss. Anschließend kniete er sich vor sie, seine Ellbogen umrahmten ihre Schenkel, und er legte seinen Kopf an ihre Brust. Sie strich ihm durch die Haare, fühlte sich wie betrunken von seiner Nähe.

»Ich … ich möchte sagen, dass es mir leidtut«, sagte er und lächelte schuldbewusst. »So hatte ich mir unser erstes Mal nicht vorgestellt. Aber eigentlich tut es mir nicht leid, weil es so wunderschön war.«

Sie lachte.

»Mir tut es auch nicht leid. Wenn du nicht arbeiten müsstest, würde ich dafür sorgen, dass wir es gleich noch einmal wiederholen.«

Er küsste ihre Kehle, ihr Kinn und ihren Mund.

»Oh, wir werden das auf jeden Fall wiederholen«, versicherte er ihr.

Als Olivia laut im Schlaf aufseufzte, fuhren beide erschrocken zusammen. Caleb deutete auf den Monitor.

»Ich sollte mich lieber auf die Socken machen, falls sie aufwacht.«

Jocelyn nickte. Wieder brachte sie ihn zur Tür. Als sie hinter ihm abschloss, überkam sie große Schläfrigkeit. Sie schleppte sich ins Badezimmer und dann ins Bett. Als ihr Kopf auf dem Kissen ruhte, zog sie das T-Shirt über ihren Mund, weil es so wunderbar nach ihm roch.

Jedes Mal, wenn sich ihr die Gedanken an Camille, Raeann Church, Warner, Donovan und den dritten Mann aufdrängen wollten, schob sie sie beiseite und dachte stattdessen an Caleb und an die Wellen von Lust, die noch immer ihren Unterleib füllten. Innerhalb von Minuten war sie eingeschlafen.

13. November

Sie erwachte, weil irgendwo Glas zerbrach. Sofort saß sie aufrecht im Bett. Schweiß lief ihr den Rücken hinab. Ihr Herz schlug so laut, dass es in ihren Ohren zu hämmern schien. Sie schob die Decke zurück und begegnete dabei einem von Olivias Beinen. Sanft schlummerte ihre Tochter neben ihr.

Jocelyn lauschte angestrengt und glaubte ein leises Knarren einer Treppenstufe zu vernehmen. Hatte sie es tatsächlich gehört, dass Glas zerbrach? Oder war das ein Traum gewesen?

Im Halblicht der Nachtbeleuchtung auf dem Flur wirkte Olivias rundes Gesicht friedlich. Die Uhr auf dem Nachttisch zeigte drei Uhr vierunddreißig.

Es knarrte wieder im Haus. Das konnte definitiv nicht Caleb sein.

In einer einzigen Bewegung nahm Jocelyn Olivia hoch, sprang aus dem Bett und lief über den Flur. So leise sie konnte, legte sie Olivia in ihr eigenes Bett. Wahrscheinlich würde sie aufwachen, aber das konnte Jocelyn nicht verhindern. Sie musste dafür sorgen, dass sie sicher und aus dem Weg war, bis sie die Gefahr neutralisiert hatte.

Jocelyn verriegelte Olivias Tür von innen und zog sie dann hinter sich zu. Bisher war Olivia noch nicht geschickt genug, diese Verriegelung von innen zu lösen. Natürlich brauchte es nur einen kräftigen Fußtritt, und die Tür konnte aufspringen. Aber wenigstens konnte sie Olivia so einstweilen davon abhalten, im Haus umherzuwandern, bis sie herausgefunden hatte, was hier los war.

Sie hastete zurück in ihr Schlafzimmer, wo sich ihre Waffe in einem verschlossenen Kasten auf ihrer Kommode befand.

Dort lief sie direkt in die Arme des Mannes hinein, der sie wie eine Fangleine ausgestreckt hatte. Sein Arm traf sie an der Brust, ließ sie zu Boden gehen und nahm ihr den Atem.

Ihr Mund arbeitete, schnappte nach Luft – vergebens. Die dunkle Figur fasste mit der Hand in ihre Haare und zog sie den Gang hinunter. Sie ruderte mit den Beinen, um mithalten zu können, damit er ihr nicht die Haare ausriss. Ihre Brust brannte. Panik lag wie eine Schlinge um ihre Kehle. Die Muskeln ihrer Blase gaben nach.

Unwillkürlich formte ihr Mund den Ruf »Olivia!«, doch es kam kein Laut heraus.

Der Kampf über die Treppe fand weitgehend lautlos statt. Luft kehrte in ihre Lungen zurück. Sie packte seine Hände an ihrem Kopf, um den Zug zu verringern, und trat vergeblich nach ihm. Auf halber Treppe warf er sie den Rest der Treppe hinunter. Sie landete in der Mitte des Wohnzimmers, wenige Zentimeter vom Couchtisch entfernt, rappelte sich hoch und stürzte sich auf ihn, der jetzt neben ihr stand.

Sie zielte dabei auf seine Hüften. Er krachte hart gegen die Wand und schrie auf. Doch er kam schnell wieder zur Besinnung und griff nach ihrem Gesicht. Riesige Pranken schlugen sich um ihre Ohren. Sie hebelte seine kleinen Finger aus und bog sie immer weiter zurück, bis er keuchte und losließ. Sie war ihm ganz nahe, konnte seinen Pfefferminzatem riechen – und wusste sofort: Es war Finch!

Sie zwang seine Hände nach unten und stieß ihm mit aller Wucht den Ellbogen ins Gesicht.

»Au! Du verdammte Schlampe!«

Noch einmal schlug sie mit dem Ellbogen zu, so fest sie konnte, mit dem letzten Rest an Kraft, der sich in ihrem zitternden, von Furcht geschüttelten Körper befand. Sie hörte ein Knacken und einen weiteren Schrei – und schwang das Knie nach oben.

Sie zielte auf seinen Schritt, erwischte jedoch seinen Bauch. Er ächzte. Noch einmal schwang sie die Ellbogen, als er die Hand auf ihre Brust legte und sie hart und schnell von sich stieß. Sie stolperte zurück und fiel. Noch bevor sie sich wieder erheben konnte, hatte er sich auf sie gestürzt.

Eine Hand vergrub er in ihren Haaren, mit der anderen versetzte er ihr einen Fausthieb, der sie direkt in die rechte Schläfe traf. Stecknadelkopfgroße Lichtpunkte tanzten über ihr Blickfeld. Einen Moment lang waren ihre Muskeln nutzlos. Der Hieb hatte sie betäubt. Er konnte sie nun leicht überwältigen und setzte sich auf ihren Brustkorb.

»Halt still, du blöde Schlampe!«

Das volle Gewicht seines Körpers zerquetschte ihr das Brustbein. Er lag links von ihr; seine Hände versuchten, ihre linke Hand auf den Boden zu pressen. Jocelyn schlug mit dem freien Arm um sich, traf ihn und versuchte, seinen Hals zu erreichen.

Sie trat nach seinen Beinen, hob die Hüften und versuchte, ihn abzuschütteln, aber sein zermalmendes Gewicht auf ihrem Brustkorb war einfach zu viel. Ihre Lungen brannten. Er wog fast fünfzig Kilo mehr als sie und nahm ihr den Atem. Wenn sie jetzt nicht stillhielt, würde sie bald ohnmächtig werden. Dann war sie ihm hilflos ausgeliefert.

Der Schmerz in ihrer Brust wurde unerträglich. Sie biss die Zähne zusammen und betete, dass er ihr mit seinem Gewicht nicht auch noch die Rippen gebrochen hat. Sie wusste, wie extrem schmerzhaft gebrochene Rippen sind.

Sie konnte sich nicht vorstellen, dass sie noch irgendeine Chance haben sollte, gegen ihn anzukämpfen, wenn ihre Rippen gebrochen waren. Sie spannte die Bauchmuskeln an, versuchte, das wenige an Luft zu bewahren, die noch in ihr war, und ihren Körper zu versteifen, um nicht ganz zerquetscht zu werden.

Mit einem einzigen ruckartigen Schlag glitt der Nagel durch ihre Hand. Sie hatte nicht einmal genügend Luft übrig, um zu schreien. Vor ihren Augen tanzten schwarze Flecken.

Halt durch!, schrie eine Stimme in ihrem Kopf.

Er würde sich bald bewegen, sich zur anderen Seite drehen. Dann hatte sie vielleicht eine kleine Chance. Jocelyn ließ ihren Körper schlaff werden und schloss die Augen. Sie versuchte, an etwas anderes zu denken als den Schmerz in ihrer Hand. Das war nicht einfach. Noch zweimal schlug er mit dem Hammer zu, trieb den Nagel tief in den Fußboden unter ihrer Hand.

Endlich stand er auf, lachte leise. Den Bruchteil einer Sekunde lang löschte die Erleichterung darüber, endlich sein Gewicht los zu sein, sogar den Schmerz in ihrer Hand aus. Geräuschvoll sog sie Luft ein. Er stand über ihr, den Hammer in der Hand. Seine Erektion bildete eine Beule in seiner Hose. Aus einem nahen Fenster fiel ein Lichtschein auf sein Gesicht und verlieh ihm einen nahezu unwirklichen Schimmer. Seine Lippen zuckten in einer Mischung aus einem spöttischen Grinsen und einem Lächeln. Lüstern betrachtete er sie, gierig wie ein wildes Tier. Ein Schaudern arbeitete sich durch ihren Körper, zerrte an ihrer festgenagelten Hand. Ein Strom von Schmerz schien ihr den Arm zu verbrennen. Er leckte sich die Lippen und kam näher. Es war äußerst anstrengend, ihren Körper ganz still zu halten, damit er sich nicht gleich wieder auf sie setzte – sie musste atmen können.

»Wenn der erste Nagel erst einmal drin ist, hören sie alle auf, sich zu wehren«, sagte er lachend und berührte ihre Rippen mit dem Fuß.

Bitte nicht treten, betete sie innerlich.

»Und du bist keinen Deut anders«, fuhr er fort. »Schau dich nur an. Wo ist jetzt deine große Klappe, du verdammte Fotze?«

Jocelyn drehte den Kopf und sah nach ihrer Hand. Der Kopf des Nagels war schmal. Er war nicht so schmal wie erhofft, aber schmal genug für das, was sie vorhatte. Eine Welle von Übelkeit überrollte sie. Schon ihn nur anzusehen, den silbernen Kopf, um den sich dunkelrotes Blut ausbreitete, schien die Übelkeit zu verstärken. Sie wandte sich ab, würgte an der Galle, die ihr die Kehle hochstieg.

Finch begab sich zur anderen Seite und kniete sich neben sie. Sein Knie drückte auf das weiche Fleisch über ihrem rechten Ellbogen, hielt ihren Arm fest und schnitt die Blutzirkulation ab. Sein erregtes Lächeln schwebte über ihr, füllte ihr ganzes Blickfeld.

»Na? Wie fühlt es sich an, Rush?«

Mit einem unwillkürlichen Stöhnen wandte sie sich ab. Tränen brannten in ihren Augen.

Reiß dich zusammen, Rush!, sagte die Stimme in ihrem Kopf.

Sie musste es schaffen. Es kümmerte sie nicht, was er ihr antat. Wenn er wollte, konnte er ihr die Hände abschneiden – solange er nur Olivia nichts tat. Sie schloss erneut die Augen und schickte ein stummes Stoßgebet los, dass Olivia nicht aufwachte.

»Weißt du – deine Schwester hat sich viel energischer zur Wehr gesetzt.«

Er sagte das, um sie zu verwirren. Doch ihr half es, dass sie sich besser fühlte. Sie öffnete die Augen wieder, rollte den Kopf in seine Richtung. Ihr rechter Arm fühlte sich taub an. Sie versuchte, die Finger zu bewegen, konnte sich jedoch nicht sicher sein, ob sie damit Erfolg hatte.

»Was willst du?«, fragte sie und kämpfte noch immer um ein gleichmäßiges Atmen.

Sie musste wenigstens den Anschein von Ruhe in ihrem mit Adrenalin überfluteten Körper bewahren. Sie hatte nur eine einzige Chance. Olivias Leben hing davon ab. Olivia!, schrie es in ihr. »Ich will, dass du darum bettelst, Rush«, lachte Finch hämisch.

Sie hustete und spuckte.

»Worum soll ich betteln?«, stieß sie heiser hervor.

Er veränderte seine Lage, ließ ihren Arm los, ließ eine Hand zwischen ihre Beine gleiten und fasste nach ihrem Schritt. Eis füllte ihre Adern. Eine neue Welle von Abscheu und Entsetzen drohte, sie zu überwältigen. Und von Wut. Sie wollte ihm jeden Finger einzeln brechen. Sie musste sich konzentrieren. Wieder bewegte sie die rechte Hand, spürte zu ihrer Erleichterung das Blut wieder fließen.

»Ich will, dass du darum bettelst, von mir gefickt zu werden«, sagte er. »Und dann will ich, dass du mich anflehst, dich zu töten. Denn wenn ich mit dir erst einmal fertig bin, Rush, wirst du dir wünschen, du wärst tot!«

Daran hatte sie keinen Zweifel. Sie sah sich um, versuchte festzustellen, ob er seine Waffe bei sich hatte. Es sah nicht so aus. Sie blieb stumm, sammelte ihre Kraft.

»Was? Du hast nichts zu sagen? Ausgerechnet du mit deiner großen Klappe?« Seine Hand schob sich unter den Bund ihrer Schlafanzugshose, grob suchte er sich seinen Weg in sie hinein.

Hat es sich so angefühlt?, fragte sie sich, dachte an Camille und Anita. Sie schlug die Beine übereinander, versuchte, seine Hand einzufangen und davon abzuhalten, sich weiter zu bewegen.

Er leckte sich ein weiteres Mal die Lippen, kam mit seinem Gesicht dem ihren noch näher. »Was ist los, Rush? Gefällt es dir etwa nicht?«

Ein Geräusch von oben ließ sie beide erstarren. Dann war Olivias Stimme zu hören, gedämpft, aber hell vor Aufregung.

»Mami?«

Finch schaute zu ihr hinunter. »Wer zum Teufel ist das?«

»Meine Tochter, du Arschloch! Und du lässt sie gefälligst in Ruhe!«

»Mami!«, kam der Schrei noch einmal.

Und ein Geräusch. Ein Knarren. Olivia versuchte, die Tür zu öffnen.

»Alles in Ordnung, Süße!«, rief Jocelyn, so laut sie konnte.

Das Knarren hörte auf.

Halt durch, sagte sich Jocelyn. Halt einfach nur durch!

Finchs Kiefernmuskeln verhärteten sich wütend. Diese Unterbrechung hatte er offensichtlich nicht eingeplant.

»Wie alt ist sie?«

»Drei. Sie ist in ihrem Zimmer eingeschlossen. Du brauchst sie nicht. Lass sie in Ruhe!«

Er stoppte seine groben Bewegungen und zog seine Hand heraus, wirkte unsicher. Ihr wurde klar, dass er nicht wusste, was er jetzt tun sollte. Der Hammer hing locker in seiner anderen Hand. Er blickte zur Treppe, wollte sich in diese Richtung bewegen.

»Finch!«

Er wandte sich ihr zu. Sie schluckte. Ein harter Kloß lag ihr in der Kehle.

»Gi-gib es mir! Ich will es! Gib es mir je-jetzt!«

Nun konzentrierte er sich wieder ganz auf sie, sein Gesicht halb lächelnd, halb verwirrt.

»Sag bitte«, versuchte er, das Spiel wieder aufzunehmen.

»B-b-bitte!«

Lächelnd kniete er sich neben sie.

»Bitte was?«

Die Worte fühlten sich an wie Rasierklingen in ihrem Mund.

»Bitte f-fick mich!«

Er schob eine Hand unter ihr Oberteil und presste eine ihrer Brüste zusammen. Das war der Moment.

»Mami!«, hörte sie von oben.

In einer schnellen Bewegung hob Jocelyn beide Beine, so hoch sie konnte, fing Finchs Kopf zwischen den Knien ein und stieß ihn nach hinten. Den Schwung seines Sturzes nutzte sie aus, um ihre linke Hand mit einem gewaltigen Schrei vom Boden loszureißen. Der Nagel blieb stecken. Gewebe und Haut klebten an ihm. Mit der anderen Hand griff sie nach dem Hammer, riss ihm den aus der Hand und presste die Knie immer fester zusammen.

»Mami! Mami! Ich hab solche Angst!«

Ich auch, mein Schatz, ich auch!, schrie es in ihr.

So fest sie konnte, schlug Jocelyn mit dem Hammer zu, direkt auf Finchs Kopf. Beim dritten Mal gab sein Schädel mit einem widerlichen dumpfen Knirschen nach. Sie hielt die Schenkel weiter verschränkt und beobachtete ihn scharf, während sie versuchte, sich nicht über sein Gesicht hinweg zu übergeben. Seine Bewegungen wurden mühseliger. Er hörte auf zu kämpfen. Sein Körper wurde schlaff, leblos. Sie nahm den Hammer und raste die Treppe hoch.

»Warte, Schatz – ich komme!«, rief sie.

Sie erreichte die Tür und legte den Mund an den Spalt.

»Du musst zurückgehen, Schatz. Ich muss die Tür eintreten. Geh zurück!«

»Mami!«, kam Olivias Stimme, leise und zitternd. »Ich hab Angst!«

Jocelyn versuchte, das Zittern ihrer eigenen Stimme zu unterdrücken.

»Es ist alles in Ordnung, Schatz – alles in Ordnung. Die Tür hat sich nur verklemmt. Ich werde sie eintreten. Bist du im Bett? Geh aufs Bett.«

Jocelyn lauschte auf leise Schritte, dann das Rascheln der Bettdecke. Sie trat einen Schritt zurück und stolperte, fiel gegen die Wand. Schwindel erfasste sie. Sie holte tief Luft, straffte sich und versetzte der Tür einen kräftigen Tritt, direkt neben dem Türgriff. Es brauchte zwei Versuche, doch dann splitterte die Tür. Jocelyn kämpfte sich hindurch. Olivia kauerte im Bett und hielt Lulu fest an die Brust gedrückt.

Tränen liefen Olivia über die Wangen. Jocelyn nahm sie in die Arme und hielt sie fest, vergrub das Gesicht im Haar des Mädchens.

»Es ist okay, Schatz. Alles okay!«

Der Geruch von Olivias Kindershampoo stieg Jocelyn in die Nase. Es erfasste sie eine so grenzenlose Erleichterung, dass aller Schmerz wie hinweggefegt war und nur leise Schauer zurückließ.

»Ich hab die Tür nicht aufgekriegt«, sagte Olivia.

»Ich weiß. Aber jetzt ist alles in Ordnung. Alles okay!«

Olivia beugte sich zurück und sah das Blut, das Flecken auf ihrem Schlafanzug hinterlassen hatte.

»Mami, du hast ein Aua, ein richtig schlimmes Aua.«

»Ich weiß, Süße. Es ist nicht so schlimm.«

Olivias Gesicht fiel in sich zusammen. Dicke Tränen rollten ihr über das Gesicht.

»Musst du jetzt sterben?«

Jocelyn lächelte und küsste Olivias Stirn, drückte sie fest an sich.

»Nein, Schatz. Ich werde nicht sterben. Wir werden jetzt die Polizei anrufen, und die bringen uns dann ins Krankenhaus.«

Olivia sagte nichts und ließ sich von Jocelyn über den Flur in ihr Schlafzimmer tragen. Jocelyn nahm ihr Handy, beschmierte es dabei mit Blut. Sie wählte 911, klemmte das Handy zwischen Ohr und Schulter und nahm Olivia auf die andere Hüfte.

»911. Wie kann ich Ihnen helfen?«

Ihre Stimme war fest.

»Philadelphia. Ich habe gerade in meinem Haus einen Einbrecher getötet.«

13. November

Jocelyn erwachte aus einem tiefen Schlaf, kam nur langsam zu sich, näherte sich dem Bewusstsein wie aus großer Entfernung. Der Schlaf war wie eine schwere, nasse Decke, die sie einfach nicht abstreifen konnte. Aber sie musste. Sie musste aufwachen. Es gab da etwas, was sie unbedingt machen musste. Etwas Wichtiges!

»Olivia!«, schrie sie auf.

Ihr eigener Schrei weckte sie, eine Mischung aus einem Kreischen und dem Todesschrei eines Tieres. Sie schlug um sich, noch bevor sie wusste, wo sie war. Ihre Glieder stießen gegen etwas Hartes aus Metall – ein Bettgitter.

Als sie die Augen öffnete, blendete sie das weiße Licht im Krankenhauszimmer. Sie blinzelte und kniff die Augen zusammen, versuchte zu erkennen, wer da um ihr Bett versammelt war. Sanft hielten Hände ihre Arme fest.

»Hey, Jocelyn«, sagte eine vertraute Stimme, »es ist alles gut!«

Es war Caleb, und sie wandte sich ihm zu, gewöhnte sich langsam an das helle Licht. Sie sah zu ihm auf. Erleichterung spülte das Entsetzen fort, das sie beim Aufwachen gespürt hatte. Sie griff nach seinen Armen und versuchte, ihn zu sich herabzuziehen, doch der schwere Verband an ihrer linken Hand machte das unmöglich. Unbeholfen lehnte er sich über die Seite ihres Bettes und legte ihr den Arm um den Rücken.

»Jetzt ist alles gut«, flüsterte er ihr ins Ohr. »Du bist in Ordnung. Du bist im Krankenhaus. Im Krankenwagen bist du ohnmächtig geworden. Sie haben dir Beruhigungsmittel gegeben, damit sie die Wunde reinigen können.«

»Olivia«, stieß sie hervor, und ihre Tränen begannen zu fließen. »Wo ist Olivia? O mein Gott, Olivia!«

Caleb trat zur Seite, damit sie Inez sehen konnte, die in einem bequemen Sessel saß, in Zivilkleidung, und Olivia auf dem Schoß hielt.

Olivia hatte den Kopf gegen ihre Schulter gelehnt, mit dem schlaffen Gesichtsausdruck, den sie immer bei völliger Erschöpfung hatte. Ihre Lippen wirkten geschwollen und standen in einer O-Form halb offen. Jocelyn kannte diesen Ausdruck. Wenn Olivia so aussah, konnte man ein Feuerwerk direkt neben ihr veranstalten, und sie wachte nicht auf. Ihre Decke war um sie herumgezogen, und Lulu hing von ihrer Hand herab, mit einem blutigen Fingerabdruck zwischen den Ohren.

»Es geht ihr gut«, erklärte Inez lächelnd.

»Gott sei Dank!«, seufzte Jocelyn und ließ sich in die Kissen zurückfallen. In diesem Augenblick bemerkte sie Phil und Captain Ahearn, die ebenfalls neben ihrem Bett standen. Phil winkte ihr linkisch zu. So ungepflegt hatte sie ihn noch nie zu Gesicht bekommen. Seine Augen waren glasig, und auf seinem Gesicht zeigte sich ein Bartschatten. Seine Krawatte hing offen herunter, offen auch die obersten zwei Knöpfe seines Hemds. Er lächelte sie an, sprach jedoch nicht.

»Rush«, sagte Ahearn als Begrüßung.

Sie nickte und schloss die Augen, konzentrierte sich auf ihren Atem. Der Schmerz in ihrer Hand durchbrach schließlich die Müdigkeit. Er war so intensiv, wie sie schon lange keinen Schmerz mehr gespürt hatte. Nicht seit sie mit siebzehn nach dem Autounfall aufgewacht war.

»Himmel!«, keuchte sie.

»In einer Stunde bekommst du wieder ein Schmerzmittel«, teilte ihr Inez mit.

Jocelyn öffnete wieder die Augen und blickte sich im Zimmer um. »Wo ist Kevin?«

Die Blicke, die sie tauschten, gefielen ihr gar nicht.

»Bitte!«, flehte sie. »Sagt es mir einfach!«

Phil trat an ihr Bett. »Er liegt mit einer Kopfverletzung auf der Intensivstation. Er ist heute Nacht überfallen worden, als er von der Arbeit kam. Jemand hat ihm eins übergezogen und ihn ausgeraubt.«

»O nein!«, rief sie und legte die verbundene Hand erschrocken an die Brust.

»Er hat Glück gehabt«, erklärte Caleb und tauschte einen Blick mit Phil. »Delisi kam auch gerade aus der Northwest Division. Er hat den Kerl auf frischer Tat erwischt und ihn verjagt. Sullivan wäre wahrscheinlich tot, wenn Phil ihn nicht gefunden und sofort Hilfe geholt hätte.«

Jocelyn schluckte und sah Phil an. »Danke«, sagte sie.

Er nickte.

»Wir glauben, dass es Finch war«, ergänzte Caleb. »Er hatte Kevins Brieftasche, Dienstmarke und Waffe bei sich, als wir ihn aus deinem Wohnzimmer abtransportiert haben.«

»Wird er … wird er es überstehen?«, fragte sie mit brechender Stimme.

Wieder sahen die anderen im Raum sich an, als ob Jocelyn ein Kind wäre und man entscheiden müsse, wie viel man ihr sagen dürfe.

»Sagt es mir einfach«, verlangte sie. »Bitte, verschweigt mir nichts!«

»Seine Kopfverletzung ist ziemlich schwer«, antwortete Ahearn aus einer Ecke des Zimmers, »aber die Ärzte sagen, die Chancen stehen gut. Natürlich besteht immer die Gefahr, dass er es nicht schafft.«

»Danke!«, nickte sie.

Caleb zog seinen Stuhl neben das Bett.

»Wir, hm, wir haben Larry Warner und Angel Donovan gefunden«, berichtete er. »Anscheinend gab es eine Schießerei in der Wohnung von Vince Fox, nachdem seine Bar abgebrannt war. Fox und Donovan sind tot. Warner hat einen Schuss in die Schulter abbekommen. Wir haben ihn festgenommen, als er mit einem Sack voll Geld vom Tatort fliehen wollte. In dem Waffensafe in Fox' Keller haben wir fast eine Million Dollar in bar und jede Menge Drogen gefunden.«

»Also war er tatsächlich so korrupt, wie Chen das vermutet hat«, überlegte Jocelyn laut.

»Das kann man wohl sagen!«, lachte er.

»Es wird eine gründliche Untersuchung geben«, fügte Ahearn hinzu.

»Und Camille scheint sich gut zu erholen«, sagte Caleb. »Sie wird in ein oder zwei Tagen entlassen – direkt in die Entziehungsklinik.«

»Das wollte sie selbst so haben«, warf Inez ein. »Oh, und dein Onkel Simon hat mehrfach angerufen, aber er war sich nicht sicher, ob du ihn sehen willst, deshalb ist er nicht gekommen. Er hat ohnehin die letzten Stunden an Camilles Bett verbracht.«

»Dem Himmel sei Dank für ein Happy End«, bemerkte Jocelyn sarkastisch.

»Es hätte alles sehr viel schlimmer kommen können«, betonte Caleb und sah sie eindringlich an.

Inez fing Jocelyns Blick auf und zwinkerte ihr zu. Sie schob sich mit Olivia auf dem Arm auf die Füße und bahnte sich ihren Weg zu Phil und Ahearn.

»Kann ich mit euch Jungs mal vor der Tür sprechen?«

Sobald die anderen draußen waren, nahm Caleb das Bettgitter herunter, damit er ihr näher sein konnte. Er saß auf dem Bett, das Gesicht ihr zugewandt. Ihre Hüften berührten sich. Er legte die Hand an ihre Wange, strich ihr die Haare aus dem Gesicht.

»Es tut mir so leid«, sagte er. »Ich hätte bei dir bleiben sollen.«

»Das ist nicht deine Schuld«, versicherte ihm Jocelyn. »Aber trotzdem danke!«

»Ich bin immer für dich da.«

Sie lächelte, fing seine Hand mit ihrer dick verbundenen Rechten ein und presste sie gegen ihr Herz.

»Das würde mir sehr, sehr gut gefallen.«

Er verließ sie nach einem zärtlichen langen Kuss und einer Ermahnung.

»Du musst dich jetzt ausruhen!«

Inez kam zurück ins Krankenzimmer und legte die schlafende Olivia auf das Bett von Jocelyn. Jocelyn drehte sich auf die Seite, um das Gesicht ihrer Tochter in sich aufnehmen zu können. Inez setzte sich.

»Du weißt ja sicher«, bemerkte sie nach einer Weile, »dass du jetzt nach dieser Sache eine Therapie machen musst.«

»Ja, ich weiß«, sagte Jocelyn lachend.

Sie schwiegen ein paar Minuten. Dann meldete sich Inez erneut zu Wort.

»Du weißt ja, was Sullivan sagen würde, oder?«

Jocelyn schaute über Olivia hinweg ihre beste Freundin an.

»Was denn?«

»In ein paar Wochen wirst du ständig von ihm hören: Hey, Rush – erinnerst du dich noch an die Nacht, in der du Finch mit dem Hammer erschlagen hast, als er in dein Haus eingebrochen ist und dich und deine Tochter bedroht hat?«

Jocelyn konnte den Schauer nicht unterdrücken, der durch ihren Körper lief. Trotzdem antwortete sie.

»Ja, und?«

»Und dann wird er sagen: Das war ziemlich krass!«

»Ja«, nickte Jocelyn. »Das war es allerdings.«

15. November

Während der nächsten zwei Tage driftete Jocelyn immer wieder in einen schweren, nebelhaften, von Schmerzmitteln verstärkten Schlaf. Regelmäßig kamen jede Menge Leute vorbei, und wenn sie aufwachte, saß immer jemand an ihrem Bett, wofür sie dankbar war. Selbst Phil übernahm eine Schicht und kümmerte sich, als sie aufwachte, mit einer Zärtlichkeit um sie, die ihr während ihrer gesamten Beziehung immer gefehlt hatte.

Als Caleb kam, um ihn abzulösen, gaben Caleb und Phil sich sogar die Hand.

Inez und Martina kümmerten sich um Olivia, und Inez brachte sie vorbei, so oft es nur ging. Sobald Jocelyn aus dem Krankenhaus kam, würden sie beide erst einmal bei Inez bleiben, bis Jocelyns Haus wieder bewohnbar war.

Kaum hatten die Kriminaltechniker ihre Arbeit am Tatort abgeschlossen, machten sich Inez und Caleb daran, die Blutflecken zu entfernen. Allerdings würde es eine ganze Weile dauern, bis sie mit Olivia wieder einziehen konnte.

Am dritten Tag ihres Aufenthalts im Krankenhaus wurde sie entlassen. Sie versuchte gerade erfolglos, mit zwei verletzten Händen ihre Jeans zu schließen, da brachte eine Krankenschwester Camille im Rollstuhl herein.

Ihre verbundenen Füße ruhten auf den Fußstützen und ihre Hände in ihrem Schoß. Sie trug einen pfirsichfarbenen Bademantel über Jogginghosen und einem Krankenhausnachthemd. Ihre Haare waren frisch gewaschen. Sie war noch immer bleich und dünn, wirkte krank, aber sie war sauberer und hübscher, als Jocelyn sie in den letzten Jahren gesehen hatte.

»Hübscher Bademantel«, bemerkte Jocelyn lächelnd.

Camille lächelte zurück. Die Krankenschwester rollte sie zu Jocelyn und ging hinaus.

»Simon kümmert sich gut um mich«, erklärte Camille. »Es ist irgendwie nett von ihm. Brauchst du vielleicht Hilfe?«

Jocelyn blickte auf ihre offenen Jeans und seufzte.

»Ich habe zwanzig Minuten gebraucht, bis ich diese verdammten Dinger überhaupt angezogen hatte!« Sie deutete auf Camilles Schoß. »Ich glaube aber nicht, dass du mehr Glück damit hast als ich.«

»Es tut scheußlich weh, nicht wahr?«

»Ja«, stimmte Jocelyn zu und ließ sich aufs Bett fallen.

Camille hielt ihre verbundenen Hände in die Höhe.

»Wir werden Narben davontragen.«

»Ich weiß. Ich bin so ...«

371

»Ich bin froh«, unterbrach Camille sie rasch.

Sie hob das Kinn, und scharfe Linien entschlossenen Trotzes verhärteten ihr Gesicht. Es war ein Anblick, den Jocelyn seit zwanzig Jahren nicht mehr zu Gesicht bekommen hatte. Wärme umhüllte sie, die weder mit den Medikamenten noch mit der Temperatur im Raum zu tun hatte.

»Das letzte Mal«, fuhr Camille fort, »gab es keine Narben. Da war nichts, was andere sehen konnten. Natürlich hatte ich ein paar Prellungen, aber die waren ein paar Wochen später verschwunden. Ich war zerstört, absolut und vollkommen zerstört, doch äußerlich schien alles in Ordnung zu sein. Es sah alles so aus, wie es immer ausgesehen hatte. Weißt du, wie das ist? Wenn man das Gefühl hat, die Seele sei einem aus dem Leib gerissen und mit Füßen getreten worden, und es gibt kein einziges sichtbares Anzeichen davon? Das ist die totale Scheiße. Das ist so, als ob man unsichtbar wäre. Als ob man wirklich gestorben wäre.«

»Camille, es tut mir so leid!«

Die Augen ihrer Schwester verengten sich, und ihre Stimme zitterte, aber nicht vor Trauer, sondern vor Wut. Jocelyn kannte dieses Gefühl gut. Es war seit zwei Jahrzehnten ihr ständiger Begleiter gewesen.

»Ich bin froh, dass diesmal Narben zurückbleiben werden. Jetzt kann niemand mehr behaupten, dass mein Schmerz nicht real wäre.«

»Und niemand kann ihn unter den Teppich kehren«, stimmte Jocelyn zu.

So hatte sie die Sache niemals betrachtet.

»Ich will darüber reden«, verkündete Camille.

Ihre Worte klangen nach vorgetäuschter Tapferkeit, und ihre Stimme war ein wenig zu hell, als fürchte sie, dass Jocelyn sich weigern würde, darüber zu sprechen. Tränen brannten in Jocelyns Augen.

»Ich warte seit zwanzig Jahren darauf, dass wir darüber reden, Camille. Ich habe ständig diese Träume, in denen ich

vor deiner Tür stehe und zusehen muss, wie sie dich vergewaltigen. Und ich weiß nicht, ob das Erinnerungen sind oder
nicht.«

Camille schüttelte den Kopf.

»Es war nicht in meinem Zimmer. Es war im Spielzimmer.
Auf dem Billardtisch.«

»Habe … habe ich es beobachtet?«

»Damals hast du erzählt, dass du zur Tür vom Spielzimmer
gekommen bist und sie alle gesehen hast, wie sie um den Tisch
herumstanden, mit heruntergelassenen Hosen. Dass du dann
meine Beine gesehen hast und weggelaufen bist, als einer von
ihnen nach dir greifen wollte.«

Whitman. Das war also eine echte Erinnerung gewesen,
sein Auge im Spalt der Tür und seine Hand, die nach ihr griff.
Jocelyn schauderte.

»Und dann?«

»Du hast Dad angerufen. Er und Mom waren auf einer
Hochzeit in Delaware. Sie wollten die Nacht über wegbleiben.
Deshalb hatten wir ja die große Party. Er kam zurück, allein.
Bis dahin waren diese Jungs alle schon verschwunden. Dad
hat alle anderen, die noch da waren, rausgeworfen. Als dir klar
geworden ist, dass er die Polizei nicht informieren würde, hast
du Mom angerufen. Sie hat ihn dazu gebracht, mich ins Krankenhaus zu bringen.«

»Ich habe Dad angerufen?«, fragte Jocelyn verwirrt und
wünschte, sie könnte sich daran erinnern. »Warum habe ich
denn Dad angerufen und nicht die Polizei?«

Camille verdrehte die Augen.

»Wir waren Teenager, Joc! Dad war unser Ein und Alles. Ich
hätte wahrscheinlich dasselbe getan.«

»Aber es war doch ein Verbrechen! Ich hätte die Polizei rufen
müssen. Das hätte ich tun sollen!«

Camille schüttelte wieder den Kopf.

»Das wäre das, was du heute tun würdest. Damals warst
du anders. Und der Unfall hat dich verändert. Du hattest eine

schwere Kopfverletzung. Die Ärzte hatten gesagt, dass das auch zu Persönlichkeitsänderungen führen könnte. Aber du hast versucht, mir zu helfen. Du hast einfach nicht nachgelassen.«

Eine Träne rollte über Jocelyns Wange, die sie mit dem Verband fortwischte.

»Und was ist anschließend passiert?«

Camille legte eine ihrer dick verbundenen Hände auf Jocelyns Knie.

»Nicht weinen«, sagte sie. »Ich hasse es, wenn du weinst. Es … es ist einfach nicht normal.«

Jocelyn lachte und wischte sich weitere Tränen ab. Mit der rechten Hand nahm sie sich ein Papiertaschentuch vom Nachttisch und putzte sich die Nase.

»Ich kann dir nichts versprechen. Erzähl mir einfach alles.«

»Dad hat mir erklärt, dass wir mit dem Fall nie durchkommen könnten. Wir hatten sie alle eingeladen. Ich hatte mit Daniel Blackburn Liebesbriefchen gewechselt. Bevor es passiert ist, waren wir nackt schwimmen. Und ich habe Daniel geküsst. Ein guter Strafverteidiger würde mich auseinandernehmen, hat er gesagt.«

»Aber ich habe es doch gesehen!«, widersprach Jocelyn und deutete mit der rechten Hand auf sich.

»Du hast nur die allerletzten Augenblicke mitbekommen. Du hast nicht gesehen, wie …« Camille zögerte und gab dann wieder, was Jocelyn für die Worte ihres Vaters hielt: »… wie sie mich penetriert haben. Außerdem hast du Dad angerufen und nicht die Polizei. Das machte dich unglaubwürdig.«

Jocelyn wurde übel. Sie wusste von Phil, dass Leute auf einer weit weniger überzeugenden Grundlage ins Gefängnis geschickt wurden. Ihr lag ein Kloß im Hals, sie schluckte mühsam.

»Haben sie einen Vergewaltigungstest mit dir gemacht?«

Camille nickte.

»Mom hat darauf bestanden. Dad hat das Krankenhauspersonal und die örtliche Polizei bestochen, damit nichts davon herauskam.«

»Was hat der Test ergeben?«

Camille biss sich auf die Lippe. Ihre Schultern zitterten.

»Vier verschiedene Arten von Sperma.«

Gallig stieg es in Jocelyns Kehle hoch. Sie schaffte es gerade noch zum Eimer neben dem Bett, bevor sie sich übergab. Sie wusste nicht, was schlimmer war – die Vergewaltigung selbst oder das, was ihr Vater anschließend alles unternommen hatte.

»Er hat gesagt, es sei einfach kein wasserdichter Fall«, fuhr Camille fort. »Und ich war fünfzehn. Du weißt ja, wie herrisch er war. Besser, man tat, was er wollte. Und ich habe mich so geschämt! Ich kam mir abstoßend und schmutzig vor. Dann hattest du deinen Unfall und konntest dich an nichts mehr erinnern.«

Jocelyn nahm einen Schluck Wasser aus dem Becher auf dem Nachttisch.

»Und nach dem Unfall, als ich dich und Dad zu diesem Treffen mit dem Sheriff und dem Staatsanwalt gezwungen habe und sie dich fragten, ob du vergewaltigt worden bist …«

Camille schloss die Augen.

»Da habe ich Nein gesagt.«

Jocelyn kam sich vor, als ob sie gerade eine außerkörperliche Erfahrung machen würde. Sie konnte sich an nichts davon erinnern – an nichts, das vor dem Unfall gewesen war. Nicht einmal an den Unfall selbst. Es war fast, als sei sie niemals diese Siebzehnjährige gewesen, die es vor all dieser Gewalt und den Lügen gegeben hatte.

»Der Unfall – was ist passiert?«, fragte Jocelyn.

»Du hast dein Auto gegen einen Baum gefahren.«

»Absichtlich?«

»Das kannst nur du selbst wissen. Aber ja, ich denke schon«, sagte sie achselzuckend.

Jocelyn spürte ein seltsames Gefühl in der Brust, als ob ihr Herz plötzlich mit Helium gefüllt wäre und davonfliegen wollte. War sie wirklich so verzweifelt gewesen? So mutlos? War sie wirklich die Art Teenager gewesen, der sich einen solchen

Ausweg sucht? Es schien überhaupt nicht zu ihr zu passen. Aber wie Camille ja schon gesagt hatte – vor dem Unfall war sie anders gewesen.

»O mein Gott!«, flüsterte sie.

»Jocelyn, es tut mir so leid!«, sagte Camille.

»O Gott, Camille – nichts davon ist deine Schuld. Es ist in Ordnung.«

Camille lächelte reumütig. Ihre Hände bewegten sich in ihrem Schoß und glätteten unsichtbare Kanten. Jocelyn wurde bewusst, dass sie in Gedanken gerade eine Origami-Figur faltete oder das wenigstens versuchte mit ihren verletzten Händen.

»Nein, es ist nicht in Ordnung«, widersprach Camille heiser.

Jocelyn lächelte grimmig zurück.

»Du hast recht.«

»Die Vergewaltigung hat unsere Familie und unsere Leben zerstört.«

»Dad hat unsere Familie zerstört, und Mom hat es zugelassen. Überall schaffen es Menschen, nach einer Gewalttat wieder auf die Füße zu kommen. Sie wachsen darüber hinaus. Diese Chance hat er uns nie gegeben. Er musste immer alles kontrollieren, und immer drehte sich alles um das äußere Erscheinungsbild, um sein Ansehen. Er konnte einfach nicht das Richtige tun.«

»Er hat Mist gebaut«, stimmte Camille zu.

»Ja. Aber er hat unser Leben nicht zerstört.«

Tränen füllten Camilles Augen. Sie blickte auf ihren misshandelten Körper und wieder zu Jocelyn.

»Hat er das nicht?«

»Camille«, beschwor Jocelyn ihre Schwester und sah sie an. »Wir sind noch da. Wir sind noch am Leben. Ich weiß nicht, was du vorhast – aber ich habe mit dem Leben noch lange nicht abgeschlossen.«

»Dein Optimismus verursacht mir Kopfschmerzen. Du hast einen Job, ein Haus, ein Kind – für dich ist es einfach. Du hast ein gutes Leben. Ich bin eine Drogensüchtige. Eine Versagerin.

Auch all das Geld, das unsere Eltern mir hinterlassen haben, kann daran nichts ändern.«

»Aber du hast mich. Nein, du kannst nicht bei mir leben – wenigstens noch nicht –, aber du hast mich.«

»Na gut«, entgegnete Camille matt.

»Ich meine das ernst.«

»Das weiß ich.«

Jocelyn streckte die Hand aus und berührte Camilles Schulter.

»Lass uns einander einfach vergeben, Camille. Für alles. Lass uns neu beginnen – hier und jetzt.«

Camille lächelte durch Tränen hindurch.

»Ja, das würde mir gefallen«, erwiderte sie. »Aber was ist mit Olivia?«

Jocelyn zog ihre Hand zurück.

»Olivia gehört mir. Das wird sich niemals ändern. Du kannst ein Teil ihres Lebens sein und eine Beziehung zu ihr haben – aber ich bin ihre Mutter.«

Camille schaute zur Seite und nickte.

»Okay«, murmelte sie. »Das ist fair.«

»Doch höre, Camille«, betonte Jocelyn, »wir wollen, dass du ein Teil unseres Lebens bist. Es sind nur noch so wenige von unserer Familie übrig. Lass es nicht zu, dass das, was Mom und Dad getan haben, unsere Chance zerstört, wieder eine Familie zu sein.«

Camille lächelte schwach. Noch immer liefen ihr die Tränen über die Wangen.

»Ich werde darüber nachdenken«, versprach sie.

Eine Woche später saß Jocelyn in einem kleinen Raum der SVU und folgte der Videoübertragung von Larry Warners Befragung durch Caleb. Es war fast alles genauso, wie sie es Kevin gegenüber als Theorie geäußert hatte. Warners Sohn war ein guter Freund von Angel gewesen. Dwayne, Angel und Larry hatten sich mit Glücksspiel und Prostitution befasst. Sie hatten sich auch im Drogenhandel versucht, aber das Glücksspiel war ihre Haupteinnahmequelle – eine sehr lukrative. Sie nahmen jede Woche Tausende von Dollar ein. Vince Fox war ihr Verbindungsmann bei der Polizei. Er sah weg, wenn er sie bei etwas Illegalem erwischte, und ließ die Beweise in den Fällen verschwinden, in denen andere Polizisten sie verhaftet hatten. Dafür wollte er nur seinen Anteil und manchmal ein paar der Frauen. Er hatte sogar Shasta mehr als einmal gehabt. Dwayne gefiel das zwar nicht, doch er hatte keine Wahl. Fox konnte sie ebenso leicht vernichten wie ihnen helfen.

Wie sich herausstellte, hatte Shasta gegen den Sex mit Fox gar nicht viel einzuwenden gehabt. Die beiden hatten geplant, Dwayne, Angel und Larry zu beseitigen und die gesamte Operation selbst zu übernehmen. Dwayne fand das heraus, und alles ging schief. Das war der Tag des Schusswechsels, der Shasta und Dwayne das Leben und Angel seine Stimme gekostet hatte – und Larry für seine erste Gewalttat ins Gefängnis brachte. Fox hingegen kam davon, und zwar mit einer Menge Geld und einer Menge Drogen.

Das gefiel Larry und Angel natürlich überhaupt nicht.

Sobald Larry aus dem Gefängnis gekommen war, hatten er und Angel Pläne geschmiedet, wie sie sich an Fox rächen konnten. Eines Tages erwischte er sie dabei, wie sie ihm folgten, schob ihnen Drogen unter und drohte sie zu verhaften, wenn sie nicht den Mund hielten.

Finch, der neue Partner von Fox, hatte das beobachtet. Ein paar Tage später kam Finch auf sie zu. Der Handel war simpel. Warner und Angel sollten ihm Frauen beschaffen, Frauen, mit denen er machen konnte, was er wollte. Im Gegenzug dafür wollte er sich für sie an Fox rächen. Außerdem versprach er, dafür zu sorgen, dass sie keinen Ärger mit der Polizei bekamen, und ihnen Drogen zu beschaffen, die er aus den beschlagnahmten Beständen klaute. Das Geld, das sie damit verdienten, mussten sie natürlich mit ihm teilen.

Der erste Versuch von Finch, Fox umzubringen, endete allerdings in dessen vorzeitiger Pensionierung, Finchs Versetzung – und einem neuen Spitznamen für ihn: Selbstschussanlage.

»Und wie sah anschließend der Plan aus, Larry?«, fragte Caleb auf dem Bildschirm.

Larry saß ebenso zusammengesunken da wie damals, als Jocelyn ihn befragt hatte. Er hob die Schultern und zuckte sofort zusammen, als sich der Schmerz in seiner Wunde meldete. Er zupfte an seiner Armschlinge.

»Es gab keinen Plan. Nicht wirklich. Es blieb bei der alten Vereinbarung. Wir haben ihm die Mädchen besorgt, und er wollte Fox umbringen und unser Geld zurückholen. Aber wir haben ihm die Mädchen herangeschafft, eine nach der anderen, und er tat nichts, um seinen Teil der Vereinbarung einzuhalten. Die letzte der Frauen jetzt – das sollte wirklich seine letzte sein.«

Caleb notierte etwas auf dem Block, der vor ihm lag.

»Aha«, meinte er. »Und wessen Idee war es, die Bar von Fox niederzubrennen?«

Larry rieb sich an der Nase.

»Das war Angels Idee. Er war sich sicher, dass Face – ich meine Finch – sein Versprechen nie wahrmachen würde, und meinte, wir sollten die Sache selbst in die Hand nehmen. Aber Fox war gar nicht in seiner Bar. Also sind wir zu seinem Haus gegangen. Er hat Angel erschossen, und daraufhin habe ich ihn in Notwehr getötet.«

Caleb nickte mit dem Kopf wie ein Metronom und schrieb mit. Scheinbar. Jocelyn hätte eine Menge Geld darauf verwettet, dass er einfach nur irgendetwas hinkritzelte, während Larry log, dass sich die Balken bogen, wenn es darum ging, wer am Ende wirklich die Idee gehabt hatte, sich Fox zu greifen. Mithilfe der Ballistik war das nicht nachzuweisen, aber Jocelyn war sich nicht einmal sicher, ob Larry nicht am Ende Angel selbst erschossen hatte, um die Beute mit niemandem teilen zu müssen.

Jocelyns Handy vibrierte in ihrer Jackentasche. Sie zog es mit der rechten Hand heraus und antwortete.

»Anita?«

»Ja. Ich habe Ihre Nachricht bekommen. Was gibt es, Rush?«

Jocelyn wandte sich vom Bildschirm ab und starrte auf die feuchte graue Wand hinter sich.

»Ich muss etwas mit Ihnen besprechen. Ich werde in den privaten Sektor überwechseln und meine eigene Privatdetektei eröffnen.«

Jocelyn hatte sich entschieden. Sie hatte genug von der täglichen Gewalt und all dem Schrecklichen. Mit ihrer Erbschaft konnte sie ihre eigene Firma gründen und sich nur mit Eheleuten befassen, die fremdgingen, und Hintergrundüberprüfungen vornehmen. Dann hatte sie mehr Zeit für Olivia – und mehr Zeit für Caleb. Außerdem konnte sie sich so mehr um Camille kümmern und sie während ihrer Rehabilitation unterstützen. Vielleicht verschwanden dadurch sogar ihre Albträume.

Außerdem musste sich schließlich auch jemand um Kevin kümmern, sobald er erst einmal entlassen wurde. Ihm stand eine lange Phase der Genesung bevor, und noch war sich Jocelyn nicht sicher, ob Schwester Bottinger auf Dauer an seiner Seite bleiben würde.

»Ich brauche jemanden, der mir hilft, die Sache auf die Beine zu stellen«, ergänzte sie.

Anita schnalzte mit der Zunge.

»Und deswegen rufen Sie mich an? Rush, ich bin kein Privatdetektiv. Muss man nicht erst Polizist gewesen sein, bevor man Privatdetektiv werden kann?«

Jocelyn lief in dem kleinen Raum auf und ab.

»Ja, das stimmt. Aber ich brauche keinen weiteren Ermittler. Ich brauche einen Partner, der sich um den ganzen Bürokram kümmern kann.«

Schweigen.

»Partner? Rush, haben Sie den Verstand verloren? Ich habe nicht das Geld, um eine Firma mitzugründen!«, kam es ärgerlich von Anita.

»Sie brauchen kein Geld«, beruhigte Jocelyn sie. »Ich brauche jemanden, dem ich trauen kann. Jemanden, der klug ist und sich auskennt und der mit Computern umgehen kann. Jemanden, wissen Sie, der zum Beispiel in der Lage ist, den Namen eines Opfers herauszufinden, das vor siebzehn Jahren ermordet wurde, wenn Polizei, Staatsanwaltschaft und Strafverteidiger das nicht zustandebringen. Was meinen Sie?«

Wieder herrschte Stille, während Anita überlegte. Jocelyn glaubte, Pia im Hintergrund singen zu hören.

»Die Bezahlung ist gut«, fügte Jocelyn hinzu. »Sie ist sogar sehr gut. Plus Krankenversicherung und so weiter, das volle Programm. Außerdem gibt es eine Vorauszahlung von einhunderttausend Dollar, wenn Sie sich verpflichten, mindestens ein Jahr lang für mich zu arbeiten.«

Ein Husten war zu hören und dann ein lauter Knall, als ob Anita das Telefon aus der Hand gefallen wäre. Endlich war sie wieder dran.

»Jetzt bin ich mir ganz sicher, dass Sie den Verstand verloren haben!«, keuchte sie.

»Also – sind Sie dabei?«, fragte Jocelyn lächelnd.

»O ja, ich bin dabei – aber ich will das schriftlich haben«, erwiderte sie.

Jocelyn hörte die Skepsis in ihrer Stimme.

»Abgemacht. Ich komme dann Ende der Woche mit dem Vertrag vorbei. Jetzt muss ich erst einmal mit meinem Anwalt sprechen, wegen der Mittel für die Firmengründung.«

22. November

Die Kanzlei von Rush and Wilde hatte sich nicht sehr verändert, seit Jocelyn ein Kind war. Sie war nicht mehr hier gewesen, seit sie dreizehn war. Die Kanzlei erstreckte sich über das gesamte Stockwerk eines protzigen Hochhauses in der Nähe der 20th und der Market Street. Der Aufzug schien endlos nach oben zu steigen. Jocelyn hasste Aufzüge – und Räume mit Fenstern, die sich nicht öffnen lassen.

Die Wände in der Empfangshalle waren mit dunklem Holz getäfelt. Das verlieh dem Ganzen mehr den Anschein eines altmodischen Gerichtssaals als einer modernen Kanzlei. Jocelyns Füße versanken in einem hochflorigen blauen Teppich, der an den häufig begangenen Stellen gewisse Abnutzungsspuren zeigte. Unterhalb der Kranzprofile hingen Gemälde der größten Sehenswürdigkeiten von Philadelphia – der Boathouse Row und des Art Museum. Wie Wächter standen große Topfpflanzen neben den Bürotüren.

An einem großen kreisförmigen Schreibtisch saß eine Empfangsdame, direkt gegenüber dem Wartebereich für die Mandanten. Das Ganze wirkte wie ein Wohnzimmer – nur weit eleganter und weit weniger benutzt.

Simons Sekretärin führte sie in ein Konferenzzimmer mit einem großen Glastisch und hochlehnigen Lederstühlen, die bequemer waren als ihre Couch. Sie musste nicht lange auf ihren Onkel warten. Er sah aus, als sei er seit ihrem letzten Treffen zehn Jahre gealtert. Sie hatte sich geweigert, ihn im Krankenhaus zu sehen. Als er hereinkam, stand sie auf, und sie umarmten sich unbeholfen, ohne dass ihre Körper sich dabei wirklich berührten, klopften sich gegenseitig auf den Rücken.

Simon hielt einen Aktenordner in der Hand, den er auf den Tisch legte.

»Setz dich bitte«, sagte er.

Sie setzte sich wieder, und er nahm neben ihr Platz, drehte sich dabei so, dass er sie ansehen konnte.

»Ich bin froh, dass du gekommen bist.«

»Ich möchte gerne den Nachlass meiner Eltern endgültig abwickeln«, erklärte Jocelyn. »Ich mache mich selbstständig, und Camille wird das Geld ebenfalls brauchen. Sie hat eine lange Zeit der Rehabilitation vor sich, und sie überlegt gerade, nach Kalifornien zu gehen, weg von hier.«

Simons Augen wurden feucht. Er lächelte.

»Ich finde, das ist eine hervorragende Idee. Wir können die Erbsache gleich nachher abschließen, wenn du willst. Aber es gibt da noch etwas. Es ist etwas, das deine Mutter erledigt haben wollte, bevor alles abgewickelt ist.«

Plötzlich wurde ihr Mund ganz trocken.

»Es geht um die Vergewaltigung, nicht wahr?«

Er zog sich die Akte heran.

»Deine Mutter ist zu mir gekommen, als Camille gerade das zweite Mal in einer Entziehungsklinik war. Ich wusste schon seit Jahren, dass sich irgendetwas in deiner Familie verändert hatte.«

Jocelyn nickte. »Mutter war nie wieder dieselbe. Sie war zornig und verbittert. Sie hatten dir vorher nichts von der Vergewaltigung erzählt?«

Simon schüttelte den Kopf.

»Ich hatte gerade eine Verhandlung, als es passiert ist. Eine richtig große Sache, mit jeder Menge öffentlicher Aufmerksamkeit. Es stand viel auf dem Spiel. Der Fall hat vier Monate gedauert. Dein Vater wollte nicht, dass ich abgelenkt werde. Deine Mutter hat mich einige Male angerufen, aber ich … Ich habe sie nie zurückgerufen.«

Schuldbewusst schaute er beiseite. Als er sie wieder ansah, stand Trauer in seinem Gesicht.

»Es tut mir leid, Jocelyn. Ich habe deinen Vater gefragt, was los ist. Er erzählte mir etwas von einem Autounfall und meinte, du seist in Ordnung. Camille hat er niemals auch nur erwähnt. Und ich habe nie weiter darüber nachgedacht.«

»Natürlich nicht«, seufzte Jocelyn.

Simon war immer mindestens so ehrgeizig gewesen wie ihr Vater, wenn nicht sogar noch ehrgeiziger. Es war diese Zielstrebigkeit, die ihre Kanzlei so erfolgreich gemacht hatte. Wenn die Fälle, die man vertrat, das Wichtigste überhaupt waren, musste man unweigerlich viele dieser Fälle gewinnen.

»Jocelyn!«, bat Simon.

Sie winkte ab. »Es spielt keine Rolle. Was passiert ist, ist passiert. Also – meine Mutter kam zu dir. Was wollte sie?«

»Sie wollte, dass wir uns gemeinsam darum bemühen, die Anklage gegen die Vergewaltiger auf die Beine zu stellen. Sie hatte gehofft, dass Camille stark genug wäre, die Wahrheit zu sagen, sobald sie aus der Klinik kam und clean war, und dann eine sehr glaubwürdige Zeugin abgeben könnte.«

»Aber Camille war nie wirklich clean.«

Simon ließ den Kopf hängen.

»Ja, ich weiß. Und es gab noch andere Probleme. Dein Vater hatte eine Straftat begangen.«

»Strafvereitelung ist keine so schwerwiegende Sache«, wandte Jocelyn ein.

»Strafvereitelung vielleicht nicht – aber Bestechung«, erwiderte Simon. »Er hat die Leute im Krankenhaus und im Büro des Sheriffs bestochen. Denk doch nur einmal an die Folgen, die das gehabt hätte! Das hätte die Kanzlei ruiniert. Jeder Fall, den wir jemals gewonnen hatten, wäre genauestens untersucht worden. Alle diese Leute, und einige von ihnen waren tatsächlich unschuldig! Und dann die Leute, die die Bestechungsgelder angenommen hatten. Die Familien der Jungs, die deinen Vater für sein Schweigen bezahlt haben ...«

»Sie haben für das Schweigen der ganzen Familie bezahlt«, korrigierte Jocelyn und zeigte mit dem Finger auf Simon. »Das hat meine Familie zerstört! Wir waren nicht perfekt, aber bevor mein Vater diese Sache unter den Teppich gekehrt hat, ging es uns ganz gut. Meine Mutter war glücklich. Camille war eine ganz normale Fünfzehnjährige. Wer weiß, was aus ihr geworden wäre!«

Die Augen auf die Glasplatte des Tisches gerichtet, runzelte Simon die Stirn. Er tippte mit dem Fingernagel gegen die Akte.

»Es war nicht meine Entscheidung, Jocelyn. Ich habe getan, worum deine Mutter mich gebeten hat. Nachdem sie einmal erkennen musste, was dein Vater alles bereit gewesen war zu unternehmen, um die Sache zu vertuschen, konnte sie es nicht durchziehen. Es wären so viele Leben und Karrieren zerstört worden. Und dann hatte Camille ja auch den Behörden gegenüber alles geleugnet. Du warst die einzige Zeugin, und du konntest dich an nichts erinnern. Wir hätten ein großes Problem mit der Glaubwürdigkeit gehabt.«

»All diese Leute haben ebenso falsch gehandelt wie mein Vater. Sie hätten die Konsequenzen verdient, die ihnen bevorgestanden hätten.«

Simons Lächeln war traurig. Mit zusammengekniffenen Augen sah er sie an, als ob sie ein störrisches Kind sei.

»Jocelyn, manche Dinge im Leben sind nicht so einfach.«

»Vielleicht nicht«, stimmte sie zu. »Aber es ist nicht an dir, darüber zu entscheiden, welche Konsequenzen das falsche Verhalten anderer hat.«

»Es war nicht meine Entscheidung«, wiederholte er.

»Doch, das war es! Du hast eine Wahl getroffen, ebenso wie meine Mutter und mein Vater. Und Camille. Und jeder, der mit der Sache zu tun hatte, hat einfach weggesehen. Keiner von euch ist Gott. Keiner von euch ist Richter und Geschworener. Und ganz offensichtlich hat keiner von euch auch nur einen Hauch von Verantwortung gezeigt.«

Die nächsten Worte zitterten in ihrer Kehle, ließen ihre Stimme unsicher und zornig zugleich klingen.

»Camille war fünfzehn Jahre alt. Sie ist von mehreren Jungs vergewaltigt worden. Das ist ein Verbrechen, da führt kein Weg dran vorbei. Was ihr passiert ist, war schrecklich. Diese Jungs hätten bestraft werden müssen.«

»Der Fall hätte auf keiner guten Grundlage gestanden ...«

Jocelyn schlug mit der flachen Hand auf den Tisch. Das ließ Simon zusammenschrecken und schickte eine Welle von Schmerz durch ihre Hand.

»Hör endlich auf, wie ein Anwalt zu denken – und fang an, die Sache wie ein normaler Mensch zu sehen, verdammt noch mal!«

Sie konnte ihn nicht ansehen. Ihr Körper zitterte vor Wut, und das Loch in ihrer linken Hand schmerzte.

»Jocelyn«, bat Simon und streckte die Hand nach ihr aus.

»Lass es!«, sagte sie kalt.

Simon hatte keine Kinder. Irgendwie konnte sie verstehen, warum die ganze Sache für ihn kein so großes Problem bedeutet hatte. Wenn irgendjemand Olivia etwas tun würde, Jocelyn würde ihn umbringen. Sie *hatte* jemanden umgebracht, um Olivia zu schützen. Warum hatten ihre Eltern das nicht genauso empfunden? Das war es, was ihr am meisten zusetzte. Das war es, was sie nachts wachhielt. Sie konnte sich an den Tag, an dem Camille vergewaltigt worden war, nicht erinnern, aber sie erinnerte sich sehr wohl an die schreckliche Zeit danach. Warum war niemand für sie eingetreten? Und zum Teufel damit, was das gekostet hätte!

Sie hatte nicht bemerkt, wie Simon näher herangerückt war. Er legte eine Hand auf ihre Schulter.

»Sie haben gedacht, sie schützen sie dadurch«, sagte er, als ob er ihre Gedanken lesen könnte.

Jocelyn blickte stur geradeaus, an Simon vorbei. Ihre Augen sahen auf der Wand hinter ihm ein Bild von der Freiheitsglocke. Es war eine bittere Pille, die sie einfach schlucken musste. Was auch immer ihre Eltern zu ihrem Verhalten bewegt hatte – es war geschehen, und sie konnte es nicht ungeschehen machen.

Du musst dort beginnen, wo du gerade bist, hämmerte es in ihrem Kopf. Camille hatte erzählt, dass einer der Therapeuten in ihrer neuen Klinik ihr das gesagt hatte. Es galt für sie beide.

Sie seufzte und rieb sich die rechte Schläfe.

»Meine Mutter wollte nicht aufgeben. Was hat sie von dir verlangt, das du tun sollst?«

Er blätterte in der Akte und zog einen großen braunen Umschlag hervor. Mit dem Finger öffnete er die Lasche und reichte ihr den Umschlag. Sie schüttete ihn aus. Hochglanzfotos fielen auf den Tisch und in ihren Schoß. Sie überflog sie rasch, wollte wegsehen, wollte kühl und unberührt wirken. Aber jedes Foto war ein Messer, das sich in ihrem Bauch drehte. Die Bilder waren alle von Camille mit fünfzehn, ihr Haar wirr, ihre Augen glasig und leer. Sie lag in einem Krankenhausbett. Ihr Nachthemd reichte nur bis zu den Oberschenkeln. Unterhalb des Saums waren dunkle Flecken zu sehen, Handabdrücke. Einige der Fotos zeigten die Prellungen auch in Großaufnahme. Jocelyn konnte sich vorstellen, wie fest die Jungs Camilles Schenkel gepackt haben mussten, um solche Spuren zu hinterlassen.

»O mein Gott!«, keuchte sie.

»Die Laborberichte sind ebenfalls im Umschlag«, erklärte Simon. »Und die DNA-Analysen.«

»Beweise«, sagte Jocelyn.

»Dein Vater hat alles aufgehoben – für den Fall, dass die Familien der Jungs, die sie vergewaltigt hatten, ihre Zahlungen einstellen sollten. Sobald die Tat verjährt war, brauchte er das alles nicht mehr. Deine Mutter hat mich gebeten, dir die Beweise zu geben, sobald sie einmal nicht mehr ist.«

Jocelyns Magen brannte. Sie presste die verbundene Hand dagegen.

»Mir? Warum nicht Camille? Und warum erst jetzt?«

Simon hob die Hände, stand auf und begann umherzulaufen.

»Ich weiß es nicht. Vielleicht als eine Art Absicherung. Sie meinte, du wüsstest schon, was du damit machen musst. Und sie wollte, dass ich euch beiden sage, wie leid ihr alles getan hat.«

»Das ist es, worum sie dich gebeten hat? Mir die Beweise für die Vergewaltigung meiner Schwester zu geben, die ich jetzt nicht mehr verwenden kann? Und sich für etwas zu entschuldigen, das unverzeihlich ist? Nein, das glaube ich nicht. Sie hat dich um etwas anderes gebeten. Was war es, Simon?«

Er verzog das Gesicht und streckte die Hände aus, wie ein Friedensangebot.

»Ich glaube, du weißt genau, worum sie mich gebeten hat.«

Wieder spürte sie die Säure in ihrem Magen arbeiten.

»Du liebe Güte!«

Er setzte sich wieder und legte die Ellbogen auf die Knie. Sein Gesicht war nur wenige Zentimeter von ihrem entfernt.

»Denk doch einmal nach. Sobald es verjährt war, konnte man diesen Kerlen nichts mehr anhaben. Selbst wenn ich damit zu den Journalisten gegangen wäre«, er deutete auf den Umschlag, »hätte das nur bedeutet, dass Camille in den Schmutz gezogen wird. Und was gab es sonst für Möglichkeiten? Was war das Schlimmste, das man einem von ihnen antun konnte? Dass man ihren Ruf selbst dann, wenn die Vorwürfe sich als haltlos erwiesen, für immer zerstörte? Dass dafür gesorgt würde, dass sie für immer mit der Schande und dem Stigma leben müssen?«

»Meine Mutter hat dich gebeten, ihnen Kinderpornografie unterzuschieben?«, fragte Jocelyn und blätterte durch die Fotos auf ihrem Schoß.

Er schürzte die Lippen und verzog das Gesicht, als ob er etwas Saures gegessen hätte. Er antwortete nicht. Natürlich nicht. Niemals würde er das offen zugeben, nicht einmal ihr gegenüber. Er wusste genau, wenn sie jemals gegen ihn aussagen und die Unterhaltung schildern müsste, die sie gerade führten, reichte bloßes Schweigen nicht als Belastungsbeweis aus.

Ein guter Verteidiger würde fragen: »Hat Mister Wilde tatsächlich zugegeben, dass er diesen Männern Kinderpornografie untergeschoben hat?«

Was sie verneinen müsste. Er hatte lediglich eine Frage gestellt, von der er jederzeit behaupten konnte, sie sei rein rhetorisch gewesen. Sie war diejenige, die diese Worte verwendet hatte – nicht er. Sie hatte eine Vermutung geäußert, und als genau das würde Simon es auch abtun, als eine Vermutung und mehr nicht.

»Ich habe mich schon gefragt, woher du die Fotos hattest«, sagte sie leise. »Dann ist mir eingefallen, dass Caleb... dass Lieutenant Vaughn mir erzählt hat, es seien ziemlich alte Bilder, die schon eine Weile im Umlauf sind. Und wer außer der Polizei und einem Kinderschänder hat wohl Zugriff auf solche Dinge? Ein Anwalt natürlich, der so einen Perversen irgendwann einmal verteidigt hat. Was du gemacht hast, ist einfach nur krank!«

Wieder sagte er nichts, aber immerhin hatte er den Anstand, so auszusehen, als ob sie ihn geschlagen hätte. Erneut wurden seine Augen feucht. In diesem Augenblick wirkte er sehr zerbrechlich. Er war nur ein trauriger alter Mann, der versucht hatte, etwas Schreckliches mit etwas Schrecklichem wieder in Ordnung zu bringen. Ein Mann, der sich darum bemühte, ein Pflaster anzubringen, nachdem ein Arm abgetrennt worden war. Ein Mann, der völlig verloren war.

»Michael Pearce hat sich deswegen umgebracht, Simon. Er ist von der Henry-Avenue-Brücke gesprungen. Seinen Tod hast du auf dem Gewissen.«

Simon lächelte traurig. »Tut es dir wirklich leid, dass er tot ist?«

Diesmal war sie es, die nicht antwortete. Ein paar Augenblicke vergingen. Sie schob die Fotos von Camille zurück in den Umschlag und nahm die Akte vom Tisch, klemmte sich beides unter den Arm.

»Jemandem ein Verbrechen unterzuschieben, das er nicht

begangen hat, ist Unrecht, Simon. Ob diese Person nun moralisch verkommen ist oder nicht. Du glaubst, ich will nicht, dass diese Männer leiden? O doch – das will ich. Aber nicht so.«

»Jocelyn!«, rief er.

Sie stand auf. Der Stuhl stieß gegen den Tisch.

»Du kannst mir den Scheck über meine Hälfte des Nachlasses mit der Post schicken.«

Er rief ihr nach, als sie an der Tür war, und sie glaubte etwas wie Panik in seiner Stimme zu hören.

»Was wirst du jetzt tun?«, rief er.

Sie warf ihm einen letzten Blick zu, bevor sie hinausging.

»Das Richtige«, antwortete sie. »Ich werde das Richtige tun.«

23. Dezember

Jocelyn zuckte zusammen, als der Schmerz durch ihre linke Hand schoss. Sie ließ das Messer fallen, mit dem sie gerade Gemüse klein geschnitten hatte. Es klirrte auf den Esstisch.

»Scheiße!«, fluchte sie und hielt die Hand hoch.

»Aber Mami!«, tadelte Olivia sie.

Jocelyn blickte über den Tisch. Olivia, Raquel und Ana, die ihr gegenübersaßen, starrten sie an. Ana wirkte nahezu erschrocken, ihre Augen groß wie Untertassen, ihr Körper unnatürlich still. Das erlebte Jocelyn in der letzten Zeit öfter. Die Leute wussten einfach nicht, wie sie sich ihr gegenüber verhalten sollten – selbst Menschen, die sie seit Jahren kannten. Es war so, als ob alle nur darauf warten würden, dass sie explodierte, durchdrehte oder einen Wutanfall bekam, heftig genug, alles um sie herum in Asche zu verwandeln.

Nur Olivia und Raquel behandelten sie so wie immer. Mit dem roten Stift, mit dem sie gerade gemalt hatte, deutete Olivia auf das Tischende, wo das Glas stand, vollgestopft mit lauter Dollarscheinen.

»Das kostet einen Dollar, Mami.«

Dieses verdammte Fluchglas! Wahrscheinlich war, bevor Olivia auch nur vier Jahre alt war, schon genügend Geld darin, um ihr ein Haus zu kaufen!

»Ja, ja …«, murmelte Jocelyn.

Sie griff sich in die linke Jeanstasche, zog einen zerknitterten Geldschein heraus und stopfte ihn in das Glas. Wieder biss der Schmerz zu.

»Verdammt!«, rutschte es ihr wieder heraus.

Die Löcher in ihrer Hand hatten sich schon längst geschlossen, aber manchmal kehrte der Schmerz zurück, wenn sie die Hand überanstrengte, so wie jetzt. Es fühlte sich an wie ein Stachel oder Widerhaken. Als ob der Nagel noch einmal durch ihre Hand getrieben würde. Sie fragte sich, ob ein Teil des Schmerzes wohl psychisch bedingt war.

»Und das kostet dich noch einen Dollar, Mami.«

Raquel kicherte und durchbrach damit die Spannung im Raum. Ana entspannte sich und stand auf.

»Du kannst die Nudeln aufsetzen«, erklärte sie Jocelyn. »Ich kümmere mich um den Salat.«

»Okay – danke!«, sagte Jocelyn lächelnd und verschwand in der Küche.

Sie füllte einen Topf mit Wasser und stellte ihn auf den Herd. Sie hörte Raquels Frage.

»Wann kommen Papa und Mami denn zurück?«

»Nicht vor morgen«, antwortete Ana. »Das weißt du doch.«

Raquels Stimme näherte sich einem Quengeln.

»Und was machen sie?«

»Sie machen dir gerade einen kleinen Bruder«, spottete Ana.

Jocelyn stellte sich in die Tür. Raquels sonst so glatte Stirn zeigte tiefe Sorgenfalten.

»Einen Bruder? Aber ich will keinen Bruder!«

»Nein, sie machen keinen Bruder«, mischte sich Jocelyn ein.

Sie stellte sich hinter die beiden Mädchen und strich Raquel über die langen schwarzen Haare.

»Aber dein Papa war sehr lange weg und ist nur für ein paar Wochen zu Hause. Er und deine Mami müssen ein wenig Zeit allein miteinander verbringen. Du bleibst bis morgen bei uns.«

Olivia schaute zu Jocelyn hoch.

»Was meinst du, Mami – ob Tante Camille das Bild gefällt?«

Jocelyn betrachtete die Karte, an denen die Mädchen den ganzen Tag gearbeitet hatten. Seit sie Olivia mitgeteilt hatte, dass sie eine Tante besaß und Camille sie über Weihnachten besuchen kam. Ebenso gut hätte Jocelyn ihr sagen können, dass der Nikolaus höchstpersönlich Weihnachten mit ihnen verbringen wollte.

Olivia war total aufgeregt wegen der Aussicht auf ein geheimnisvolles neues Familienmitglied, hatte Hunderte von Fragen gestellt, bis Jocelyn völlig erschöpft gewesen war. Dabei hatte sie die Grenzen dessen erreicht, was Jocelyn bereit war, ihr über Camille zu erzählen und darüber, warum sie sich vorher noch nie begegnet waren.

Camille war jetzt schon mehrere Wochen in Kalifornien in einer Entziehungsklinik. Es war Camilles Idee gewesen, sie über Weihnachten zu besuchen. Und Jocelyns Idee war es gewesen, dass sie ein paar Tage bei ihnen blieb und Olivia endlich richtig kennenlernte.

Jetzt allerdings war Jocelyn ein Nervenbündel. Vor den jüngsten Ereignissen hatte sie zwei Jahrzehnte lang keine nennenswerte Zeit mit ihrer Schwester verbracht. Auch hatte sie keine Ahnung, wie Olivia und Camille aufeinander reagieren und ob sie miteinander auskommen würden. Gleichzeitig konnte sie es kaum erwarten, ihre Schwester wiederzusehen und mit ihr Weihnachten zu verbringen wie eine richtige Familie.

Jocelyn beugte sich zu ihrer Tochter und gab ihr einen Kuss.

»Ich bin sicher, sie wird es lieben. Sieh doch nur, all diese Herzchen und Regenbogen! Es ist sehr bunt und sehr schön.«

»Ich habe das Einhorn gezeichnet«, sagte Raquel und deutete auf ein violettes Einhorn, das über eine Reihe von Blumen flog.

»Das ist toll!«, lobte Jocelyn.

»Die Blumen haben wir beide gemalt«, erklärte Olivia. »Wann kommt Tante Camille denn?«

Jocelyn sah auf die Uhr an der Wand.

»Ich hoffe, in einer Stunde.«

Es klopfte an der Tür.

»Ana, siehst du mal nach den Nudeln?«, bat Jocelyn.

Ana nickte. Jocelyn ging zur Tür und schaute durch den Spion. Kevin und Schwester Kim standen auf der Veranda. Sie riss die Tür weit auf und strahlte die beiden an. Kevins Haare, die der Neurochirurg für die Operation abrasiert hatte, sprossen wieder ein wenig. Er brauchte aber weiterhin einen Stock zum Gehen, und ihm standen noch viele Wochen Physiotherapie bevor, bis er sein normales Leben wieder aufnehmen konnte. Schwester Kim hatte sich aufopfernd um ihn gekümmert. Das machte Jocelyn hoffnungsfroh.

»Rush«, sagte Kevin, als er und Kim eintraten. »Gut, dich zu sehen!«

Er zog sie in eine ungestüme Umarmung. Kim nickte Jocelyn zu und ging ins Wohnzimmer, um auch die Mädchen zu begrüßen. Kevin gab sie frei, behielt aber einen Arm um ihre Schultern.

»Du siehst gut aus«, bemerkte er.

Dann beugte er sich zu ihr und flüsterte ihr ins Ohr: »Dein Freund ist draußen. Ich lenke die Kinder ab, dann kannst du mit ihm reden.«

Jocelyn lächelte, trotz der Hitze, die ihr schon bei der bloßen Erwähnung von Caleb ins Gesicht stieg.

»Danke, Kev!«

Sie trat in die kalte Dezemberluft hinaus und hörte Olivia und Raquel noch freudig rufen: »Onkel Kevin! Onkel Kevin!«

Caleb wartete in der Einfahrt, lässig gegen ihr Auto gelehnt. Sein Lächeln ließ ihr Herz einen Freudensprung machen. Sie rannte los und fiel ihm in die Arme. Er fing sie auf und küsste sie auf die Stirn.

»Hey!«, murmelte er in ihr Haar.

Sie schlang die Arme um seine Taille und atmete tief seinen Duft ein.

»Hey«, antwortete sie.

Er sah zum Haus.

»Ist Camille schon da?«

»Nein. Aber sie kommt bald.«

Sie löste sich von ihm und machte einen Schritt zurück, falls Olivia sie suchte und von der Tür aus entdeckte.

»Ich wollte nur sehen, wie es dir geht«, sagte Caleb.

»Gut. Nervös, aber gut«, antwortete sie und zuckte mit den Schultern.

Caleb warf erneut einen Blick zur Haustür.

»Es gibt Neuigkeiten. Wir haben einen alten Mandanten deines Onkels Simon aufgespürt. Er hat mehr Verhaftungen aufzuweisen als die Straßen der Stadt Schlaglöcher. Er hat zugegeben, dass er einen Job für Simon erledigt hat.«

Jocelyns Atem stockte.

»Reicht das aus, um Whitman zu entlasten?«

Caleb runzelte die Stirn.

»Nein. Er hat nur zugegeben, dass Simon ihm den Auftrag gegeben hat, die Kraniche zu hinterlassen, mehr nicht. Wir glauben, dass die pornografischen Bilder elektronisch auf den Computer gespielt worden sind, aus der Ferne. Jemand aus der Abteilung Computerkriminalität befasst sich gerade damit.«

»Und was ist mit den Mandanten, die Simon in Fällen von Computerkriminalität verteidigt hat, Hacking oder Identitätsdiebstahl oder so etwas?«, wandte sie ein.

Caleb nickte.

»Das steht als Nächstes auf meiner Liste. Wir arbeiten daran.«

Einen Augenblick lang standen sie in vertrautem Schweigen da. Verstohlen ließ Caleb seine Finger über ihren Unterarm gleiten.

»Ich würde dich ja hereinbitten«, sagte Jocelyn, »aber Olivia...«

Caleb grinste.

»Mach dir keine Gedanken. Mein Sohn hat nie eine der Frauen sehen wollen, bevor ich nicht wenigstens ein Jahr lang mit ihr zusammen war. Wenn der Zeitpunkt passt, werden Olivia und ich uns begegnen. Einstweilen gebe ich mich damit zufrieden.«

Er nahm sie erneut in die Arme und gab ihr einen sanften, zärtlichen Kuss auf den Mund. Jeder Zentimeter ihres Körpers summte vor Behagen.

»Okay«, sagte sie atemlos.

Er ließ sie gehen und drehte sich um.

»Ich rufe dich später an«, versprach er, zwinkerte ihr zu und marschierte die Straße hinunter.

Sie stand noch eine Weile in der Kälte und sah ihm nach, bis er in der nächsten Querstraße verschwunden war.

Im Haus hatten sich inzwischen alle um den Küchentisch versammelt, sprachen und lachten. Das köstliche Aroma von Knoblauch erfüllte den Raum. Jocelyn stand da und beobachtete alle ein paar Augenblicke lang, ihr Herz war voll. Sie fühlte Dankbarkeit und Erleichterung, und diese Mischung war stärker, umfassender als jeder Anfall von Wut, den sie jemals gespürt hatte.

Ein zweites Klopfen an der Tür ließ sie zusammenfahren. Sie öffnete die Tür und lächelte ihre Schwester an.

»Camille! Wie schön, dich zu sehen!«

Danksagung

Wie immer muss ich meinem Mann Fred und meiner Tochter Morgan für ihre Geduld während der vielen, vielen Stunden danken, die ich an diesem Buch geschrieben habe. Ich danke meinem Freund, Autorkollegen und ersten Leser Michael Infinito. Danke an meine CPs, die mir mit ihren hervorragenden Einblicken und ihrer Beratung dabei geholfen haben, die ersten Entwürfe Gestalt annehmen zu lassen: Libby Heily, Jeff O'Handley und, wie immer, meine beste Freundin und schreibende Seelenverwandte Nancy S. Thompson. Auch den vielen Freunden und Familienmitgliedern – meinen Betalesern – möchte ich danken, die die frühen Entwürfe gelesen und mir hervorragendes Feedback gegeben haben: Dana Mason, Joyce Regan, Karen Hardy, Eric Gorman, Renee Crabill und Laura Aiello. Dank auch an die wunderbaren Menschen aus dem Polizeivollzugsdienst, die mir bei den Recherchen für dieses Buch geholfen haben: Detective James Sloan, Detective Joe Murray und Officer Timothy Taylor. Dank an die Staatsanwälte und Autorenkollegen Mark Pryor und Paul Parisi, die es mir erlaubt haben, meine fiktiven Szenarien mit ihnen zu besprechen. Dank an mein inoffizielles Straßenteam – meine Freunde, Familie, Leser und Fans, deren Leidenschaft und Begeisterung mich am Schreiben hält, wenn ich kurz davor stehe aufzugeben: meine Mutter Donna House; mein Vater William Regan; mein Vater Rusty House; meine Stiefmutter Julie House; meine Schwester

Grace House; Melissia McKittrick, meine Tante Jean Regan und mein Onkel Dennis Regan; meine Schwägerin Debbie Tralies; Ava & Tom McKittrick; Carol Conlen, Judy LaMay, die Gruppe der »Sisters in Crime« im Delaware Valley; mein Bruder und meine Schwägerin Sean & Cassie House; meine Brüder Andy und Kevin Brock; meine Schwägerin Christine Brock; meine Schwester Rebecca Brock; Tanya Fisher, Lottie Franta, Tracy Dauphin, Helen Conlen, die Dorton-Familie, Marilyn House, Al & Kitty Funk, meine Tanten und Onkel: Ronald & Debbie Conlen; Dennis & Mary Conlen und Paul & Susan Conlen. Sie haben alles gelesen, was ich geschrieben habe, und machen mächtig Werbung für mich. Danke an meine Schwestern bei D.A.M.N. dafür, dass ihr immer für mich da wart und mir den Rücken freigehalten habt. Danke, Rob Conway, dass du mir einen gebrauchten Laptop günstig verkauft hast, damit ich mich darauf konzentrieren konnte, dieses Buch fertigzustellen! Ich danke Carrie Butler und Forward Authority Design für ihr wunderbares Cover und all die Ratschläge über alles auf Erden; T. S. Tate für das prägnante Lektorat des Inhalts; Tajare Taylor dafür, dass sie meinen Arsch gerettet hat, und für all das hervorragende Korrekturlesen und ihre wundervollen Vorschläge, und D. Robert Pease von Walking Stick Books für die Innengestaltung. Und schließlich Dank an Sie, meine Leser – sie sind die Besten.

Meine Internetseite: www.lisaregan.com

Zeitfracht Medien GmbH
Ferdinand-Jühlke-Straße 7
99095 Erfurt, Deutschland
produktsicherheit@kolibri360.de

Druck:
CPI Druckdienstleistungen GmbH
im Auftrag der
Zeitfracht Medien GmbH
Ein Unternehmen der Zeitfracht - Gruppe
Ferdinand-Jühlke-Str. 7
99095 Erfurt